JN183926

連歌文芸論

岸田依子
Kishida Yoriko

はじめに

本書は、中世に隆盛した連歌文芸を対象に、〈座〉の文芸である連歌様式の生成と展開、連歌師の連歌句集や連歌論書等の諸作品、ならびに戦国期の連歌師の生活と深く結びついた紀行について考察した論考をおさめる。

日本の文芸において、和歌は歌謡とともにもっとも古い起源をもつが、古代和歌の発生や様式の生成・成立については、古代和歌研究者によって継続的に繰り返し新たな問いかけがなされ、探究が深められている。古代の歌や様式に対する根源的な問いかけは、黎明期の和歌研究において看過しえない大きな課題であることは充分に理解できよう。古代和歌は、口誦から文字による書記化へ、集団の歌から個の詠作による歌へと展開する過程において、五七五七七の韻律の短歌形式が和歌の主流となり、今日にいたるまで長く日本文学における主要なジャンルとして多様な展開を見せている。

連歌は、和歌（短歌）の五七五／七七の韻律を受け継ぎつつ、二句一章の短連歌から鎖連歌の形式を経て、やがて百韻連歌の新たな様式が形成されるのであるが、この鎖連歌から百韻形式が誕生する平安末期から鎌倉初期にかけてが、座の文芸としての連歌の黎明期として位置づけられる。古代和歌が、集団の歌や口誦から離れ、個体の歌や書記化の方向へ進んだのに対し、中世の始発期において、連歌が座という場を共身体的に共有し、集団で句を口誦しつつ共同連作するという、古代的・始源的な特性を有する文芸として新生したのはきわめて興味深い現象といえよう。

平安時代の和歌界においても、日常の贈答歌や歌会・歌合、あるいは歌壇など、集団性や共同性の要素はあるが、一首一首の和歌作品は個々の歌人が単独で詠むことを前提としている。連歌の場合は、独吟の場合を除き、基本的には座の興行の場における連衆の共同制作により初めて作品として成立する文芸であり、作品の創作そのものが集団性・共同性を前提とするところに和歌の集団性・共同性とは異なる点がある。和歌が口誦から書記化へと進み、和歌表現を洗練させていったのと同様に、連歌もやがて懐紙に書きとめられ、それらをもとに句集や連歌撰集の編纂なども行われるようになるが、百韻においてはあくまでも座という場の共有があるのであり、その一方で作品を書記化することで座を離れても作品の言語データと詠作者データ、時に興行日時や場所のデータのみは共有される方向に進んだのである。

中世の始発期に、なぜ連歌百韻の様式が形成されたのか。連歌文芸は、都鄙貴庶を問わず、なぜ中世において隆盛を見たのか。本書では、黎明期における連歌の座と様式の生成過程や、様式の意味や機能をあらためて問い直すところから始めている。連歌の作品研究を行ううえでも、踏まえておくべき本質的な課題と考えるゆえである。ついで、連歌確立期の能阿・専順・心敬ら七賢の連歌師の諸作品の考察、ならびに連歌最盛期を迎え、地方での連歌指導のため都鄙を往還する戦国期を代表する連歌師、宗祇・宗長・紹巴の紀行について考察し、多様な視点から連歌文芸の諸問題の探究を試みている。

以下、本書の概要について記しておこう。

第Ⅰ部では、連歌の座と様式の問題を扱う。一章から三章の論考では、平安後期の短連歌から鎌倉初期前後の長連歌を経て、百韻形式の連歌様式が形成される過程において、それぞれの様式が形成される意味やその機能について考察する。一章の短連歌では、詠作の〈場〉の構造を三期に分けて分類・分析し、形式の機能が対話的な社交の具から自立した表現形式へと変化することを指摘する。二章の長連歌では、鎖連歌から賦物による長連歌への変化を推定し、百韻形式が定着するに至る背景に後鳥羽院主催の競詠の賦物連歌の活動が大きいことを指摘する。三章の百韻連歌では、連歌論書をもとに、「発句」のみに要請される季語と切字を、現実の場を離れて詠作する付句の表現世界を支える上で必要な要件として解釈するとともに、結界の性質を有する〈座〉の文芸である連歌様式の、中世の社会・文化・生活における多様な機能について論じる。

四章から六章の南北朝連歌に関する論考では、百韻連歌を対象に音曲性ならびに仏教の法会や神祇との連関性について考察する。四章では、連歌論書における「かかり」や序破急等の音曲用語との連関性を指摘し、当代連歌の特色として当座の音曲性が重視されていることを論じる。五章では、二条良基の連歌論書に仏教関係の術語が多く見え、連歌吟詠に関する特殊な用語が、声明口伝書に見えることから、声明の唱法用語転用の可能性が高いことを、関連する人物関係をも精査しつつ論証する。六章では、南北朝期において、伊勢神宮の「桜の宮」を北野社の「桜葉の宮」と同体と称して北野社の連歌の神たる神威が高められる経緯を指摘し、連歌の祭祀性や神祇との関わりについても言及する。

第Ⅱ部では、研究の未開拓の連歌七賢の能阿・専順の連歌句集、心敬の連歌論、ならびに宗長の和歌注釈書の作品研究をおさめる。一章では、能阿自筆本で現存唯一の自撰句集である『集百句之連歌』について、後土御門天皇ならびに能阿の文化的活動状況や、本句集における名所の句の分析、装飾性豊かな料紙等から、本句集が文明の改元を記念して後土御門天皇に進献されたものと位置づける。二章では、集団で、前句に即興的に句を付けつつ百韻を巻くという、特殊な文芸形態をもつ連歌百韻において〈詩〉とは何か、透徹した詩論を展開した心敬の連歌論を手掛かりに〈詩〉の生成の問題について、疎句的付合、心のあり方等の側面から考察する。三章では、専順の句集として従来知られることのなかった孤本『前句付並発句』（早稲田大学図書館蔵）を翻刻し、句集の構成、現存連歌資料との関連、花の句と専順の立花との関係等について考証する。四章・五章は、連歌実作に資するための古典和歌注釈書『宗長秘歌抄』に関する論考で、四章では諸本系統を調査し、川越図書館本を最善本として位置づけ、五章では『宗長秘歌抄』の注釈内容、他注との関係、配列形態の特性を検討し、本書の注釈態度ならびに連歌師の古典和歌享受の方法について考察する。

第Ⅲ部では、連歌最盛期を迎え、地方の連歌指導のため都鄙を往還する、戦国時代前期・中期・後期をそれぞれ代表する連歌師、宗祇・宗長・紹巴の旅に関する作品研究をおさめる。一章では、宗祇晩年の越後への旅の意味について宗祇句集を中心に考察し、都での輝かしくも繁忙な活動に対置する隠栖の地として位置づける。二章では、宗祇と宗長の師弟関係を考察しつつ、宗長晩年の『宗長日記』が、宗長自身が著した師宗祇の『宗祇終焉記』になぞらえた、自らの〈終焉記〉であるとする解釈を提示する。三章から六章は、『宗長手記』『宗長日記』をめぐり多角的な視点で考察した論考で、小話風の悲話と笑話の断章に着目し、作品の文学的特性や近世的要素の萌芽について指摘した論考（三章）、「茶の湯」や禅宗文化の影響を受けた「竹」の数寄の視点から、中世文化との連関について論じた論考（四章・五章）、「境界」「縁」をキーワードに大名領国制の時代に分国の境界を越境する連歌師の旅や連歌会の様相について考察した論考（六章）をおさめる。七章では、中世の掉尾に位置する紹巴の『紹巴富士見道記』を対象に、出立した永禄十年の歴史的背景や織田信長との関わり、『伊勢物語』との連関などを精査しつつ、自らを「都の連歌師」として造形した本作品には、先達を相次いで喪失した紹巴が文芸の後継者として自立する意識が窺えることを論証する。

論文の配列は、各部ごとにほぼ史的変遷に沿って配置しており、第Ⅰ部から第Ⅲ部に至る全体の構成も概ね史的展開に沿う順序となっているが、本書の構想は、連歌文芸の通史的展開そのものの探究にあるのではなく、刻々と変容する中世という歴史的・社会的・文化的な環境の〈場〉において、連歌様式が外的環境とどのように切り結びつつ、どのような文芸として存在したのかという点にあり、それらをできうる限り多面的な視点で立体的に捉えることを目指している。本書を「連歌文芸論」と題した所以も多くはそうした考えに拠っている。

連歌文芸論

目次

第Ⅱ部　作品考

第Ⅲ部　連歌師と道の記

第Ⅰ部

連歌の座と様式

第一章　短連歌考
――場の構造と形式機能について――

はじめに

短連歌は、問いと応答とを五七五と七七の韻律によって行う高度に様式化したコミュニケーションであり、他者との関わりのなかで表現世界を成立させ完結させていこうとするきわめて特異な文芸形式である。短連歌の史的展開とその考察や短連歌が詠まれる広義の〈座〉の質的変遷、あるいは表現性に関する問題等については、諸氏によりすでに詳細に論じられ各々すぐれた解釈が示されてきたのであるが、[1]本章では短連歌が詠まれる〈場〉の構造と、各々の〈場〉における連歌形式の機能およびその形式価値の面から、短連歌の問題を考察していきたい。[2]通史的視点で短連歌の展開を辿ることが主眼ではなく、〈場〉の現象それ自身の意味を連歌形式の問題と関連させつつ、構造的に考察していくことを意図するものである。

一　短連歌の資料

はじめに、対象とする短連歌資料の概要について簡単に触れておきたい。短連歌の作品は、勅撰集・私撰集・私家集・物語・日記・随筆・説話集・連歌集・歌学書に収録されたもので、本章では平安期の短連歌に限定する。

各々の作品名を列挙すると次の通りである。

勅撰集・私撰集　後撰集・拾遺集・後拾遺集・金葉集・続詞花集

私家集　業平集・遍昭集・躬恒集・延喜御集・元良親王集・公忠集・檜垣嫗集・忠見集・中務集・安法法師集・村上御集・清慎公集・義孝集・為信集・斎宮女御集・惟成弁集・仲文集・道信集・朝光集・馬内侍集・実方集・小大君集・重之集・道命阿闍梨集・清少納言集・和泉式部集・大斎院前御集・大斎院御集・公任集・赤染衛門集・定頼集・能因法師集・伊勢大輔集・入道右大臣集・相模集・出羽弁集・経信卿母集・四条宮下野集・弁乳母集・経衡集・為仲集・経信集・康資王母集・江帥集・俊忠集・散木奇歌集・行尊大僧正集・郁芳門院安芸集・忠盛集

物語・日記・随筆　伊勢物語・大和物語・蜻蛉日記・落窪物語・枕草子・和泉式部日記・栄花物語・更級日記・堤中納言物語・今鏡

説話集　今昔物語集・宇治拾遺物語・今物語・十訓抄・古今著聞集・撰集抄・沙石集

連歌集・歌学書　菟玖波集・俊頼髄脳・袋草紙

これら現存資料に関し、以下の諸点を指摘しうる。

（1）家集に散在する連歌は、源俊頼の場合を除き、歌人の余技としての位置にあること。（2）連歌を多く収録する家集の性格は、実方集・大斎院前御集・大斎院御集・四条宮下野集など制作の場として宮廷サロンが深く関わっている場合と、道命阿闍梨集・散木奇歌集など表現において非歌語を多く取入れ和歌世界に新たな趣向を求めた場合の二つに大別され、ここに宮廷サロンのなかで短連歌が生み出されていく環境的要因と、そうした外在的側面に対し歌人の創作態度の問題として、和歌形式において新奇な語や趣向を求めるのみならず、形式それ自身が異なる短連歌形式を取込んでいくことに、既成の類型的和歌世界からの逸脱の意識（道命と俊頼では、その意識の質や深度に大きな差があるが）が読みとれること。（3）金葉集・散木奇歌集・俊頼髄脳には群を抜いて多くの連歌が収められているが、それらは連歌に対する明確な意識に基づいたものであり、俊頼個人の短連歌への関心の高さと実作の技量に負うところが大きいこと。[3]（4）中世に編纂された説話集や連歌撰集の菟玖波集からは、非歌人である平安期の武士や庶民の連歌の一端がうかがえること、などである。これらの事柄は、短連歌の資料を現存しているものの側から、いわば陽画として見た場合であるが、平安期短連歌の現存資料は、当時の連歌の数量的状況ないしは詠手の位相的状況をそれにほぼ相応した形で伝えているものではなく、両者の間に不均等なズレがあることが想定される。それはたとえば、『俊頼髄脳』に収められた四十五連九十一句の連歌が現存私家集所収句とわずか六連しか一致せず、そのことについて木藤才蔵氏が「俊頼が生存していた頃には、現在伝えられている連歌に数倍する作品が、何らかの形で伝承されていたことを推測させる」[4]と指摘されていることからも明らかである。また、こうした当時伝承されていたものが長く残存しなかった場合のほか、『俊頼髄脳』の「連歌こそ、世の末にも昔におとらず見ゆるものなれ。昔もありけるを、書きおかざりけるにや」という条からは、記録されずにその場の言捨てで終わった連歌が多く存在したであろうことが知られる。それは通常、口上で交わされる即興的な短詩形という、短連歌の形式に多く起因するのであろうが、歌人が表芸として嗜むものではなかったことや、さらに詠手が非歌人である場合には記録される機会が殆どなかったことも、記録されざる陰画の要因となっていよう。これらを具体的に対象とすることは当然不可能ながら、平安期の短連歌を扱ううえにおいては、記録されなかった背後の状況と現存資料の限定的状況とを、あらためて確認しておくことが重要であると思われる。

二　短連歌と〈場〉の構造

さて、短連歌がどのような〈場〉を契機として詠まれるかについて、詞書と前句とを主たる対象として検討すると、概ね次のような類型に分類できる。

A　挑発的な掛合
B　恋の贈答
C　日常の折節の贈答
D　日常の折節の景物に触れて
E　名称から触発されるコトバへの興趣
F　非日常的な事象に触れて
G　意想外なモノの発見
H　物事の流れや均衡に破綻をきたす事象に触れて
I　その他（謎問答や詞書がなく状況不明のものなど）

ここで短連歌所収の作品のジャンルを、（1）勅撰集・私撰集・私家集、（2）物語・日記・随筆、（3）説話集、（4）連歌集・歌学書という形で便宜上四つに分け、さらに所収連歌作品の時期を、Ⅰ期（寛弘以前（〜一〇一一）、三代集時代、私家集は業平集より重之集まで）、Ⅱ期（長和〜天仁（一〇一二〜一一〇九）、後拾遺集時代、私家集は道命阿闍梨集より康資王母集まで）、Ⅲ期（天永以降（一一一〇〜）、金葉集時代以降、私家集は江帥集より忠盛集まで）に三区分し（制作年次不明のものは所収作品（平安期）の成立年次に合わせて取扱う）、先の分類に従って聯数を表示すると表1のようになる。

表 1

比率%／総計	Ⅲ期 計	Ⅲ期 連歌集・歌学書	Ⅲ期 説話集	Ⅲ期 物語・日記・随筆	Ⅲ期 勅撰集・私撰集・私家集	Ⅱ期 計	Ⅱ期 連歌集・歌学書	Ⅱ期 説話集	Ⅱ期 物語・日記・随筆	Ⅱ期 勅撰集・私撰集・私家集	Ⅰ期 計	Ⅰ期 連歌集・歌学書	Ⅰ期 説話集	Ⅰ期 物語・日記・随筆	Ⅰ期 勅撰集・私撰集・私家集	時代／ジャンル／類型
5.2／16	6.2／0.8 1	0	0	1	0	31.3／5.1 5	(1－1) 0	0	1	4	62.5／13.0 10	(3－3) 0	0	(2－2) 0	10	A
9.0／28	0／0 0	0	0	0	0	46.4／13.1 13	(1－1) 0	0	1	12	53.6／19.5 15	(3－2) 1	0	4	10	B
22.7／70	17.1／9.1 12	(6－5) 1	3	0	8	54.3／38.4 38	(5－3) 2	0	0	36	28.6／26.0 20	(10－8) 2	0	2	16	C
11.7／36	22.2／6.1 8	(4－4) 0	0	1	7	44.4／16.2 16	(1－1) 0	0	1	15	33.3／15.6 12	(3－1) 2	0	0	10	D
18.5／57	82.5／35.6 47	(17－12) 5	7	0	35	14.3／8.1 8	(8－4) 4	1	0	3	3.6／2.6 2	(1－1) 0	0	1	1	E
11.7／36	50.0／13.6 18	(2－2) 0	2	0	16	25.0／9.1 9	(8－6) 2	0	0	7	25.0／11.7 9	(5－4) 1	0	0	8	F
4.9／15	93.3／10.6 14	(5－3) 2	4	0	8	0／0 0	0	0	0	0	6.7／1.3 1	1	0	0	0	G
3.9／12	83.3／7.6 10	(1－1) 0	1	1	8	16.7／2.0 2	0	0	0	2	0／0 0	0	0	0	0	H
12.3／38	57.9／16.7 22	(6－6) 0	7	(1－1) 0	15	21.1／8.1 8	(2－2) 0	1	1	6	21.1／10.4 8	2	0	(2－1) 1	5	I
308	132	8	24	3	97	99	8	2	4	85	77	9	0	8	60	計

注1　片句や形式不備の句及び三人三句や鎖連歌は省いた。
2　物語・連歌集・学書と歌集とにおいて同一連歌が重複する場合は，歌集の方で扱った。
3　2における重複聯数は，表の（　）内において，全体数からのマイナス数によって示した。
4　ⅠからⅢ期の各類型の合計数値の上欄斜線左は，当類型における各期の比率，同右は，当期における各類型の比率を示す。

ついでA～Hの類型に関し、各々の類型および時代の特性を明示するため、表1における合計数値をグラフ化すると表2が得られる。

次に、A～Hの各類型について具体例を示しつつ、類型の性格とこれらの表の意味を考察してゆくことにしたい。

Aの挑発的な掛合は、次のような場合である。

内辺りに侍りし時、人に来むとたのめて、夜の更くるほどに、丑三つと奏するを聞きて、女のもとより

人心うしみつ今はたのまじよ

といひたれば

夢に見ゆやとねぞ過ぎにける

（遍昭集9／大和物語・拾遺集・俊頼髄脳・菟玖波集）

祭りの帰さに、女車に、卯花あふひにて、ちはやぶるならぬ事書きてとて、筆紙たまふ

表　2

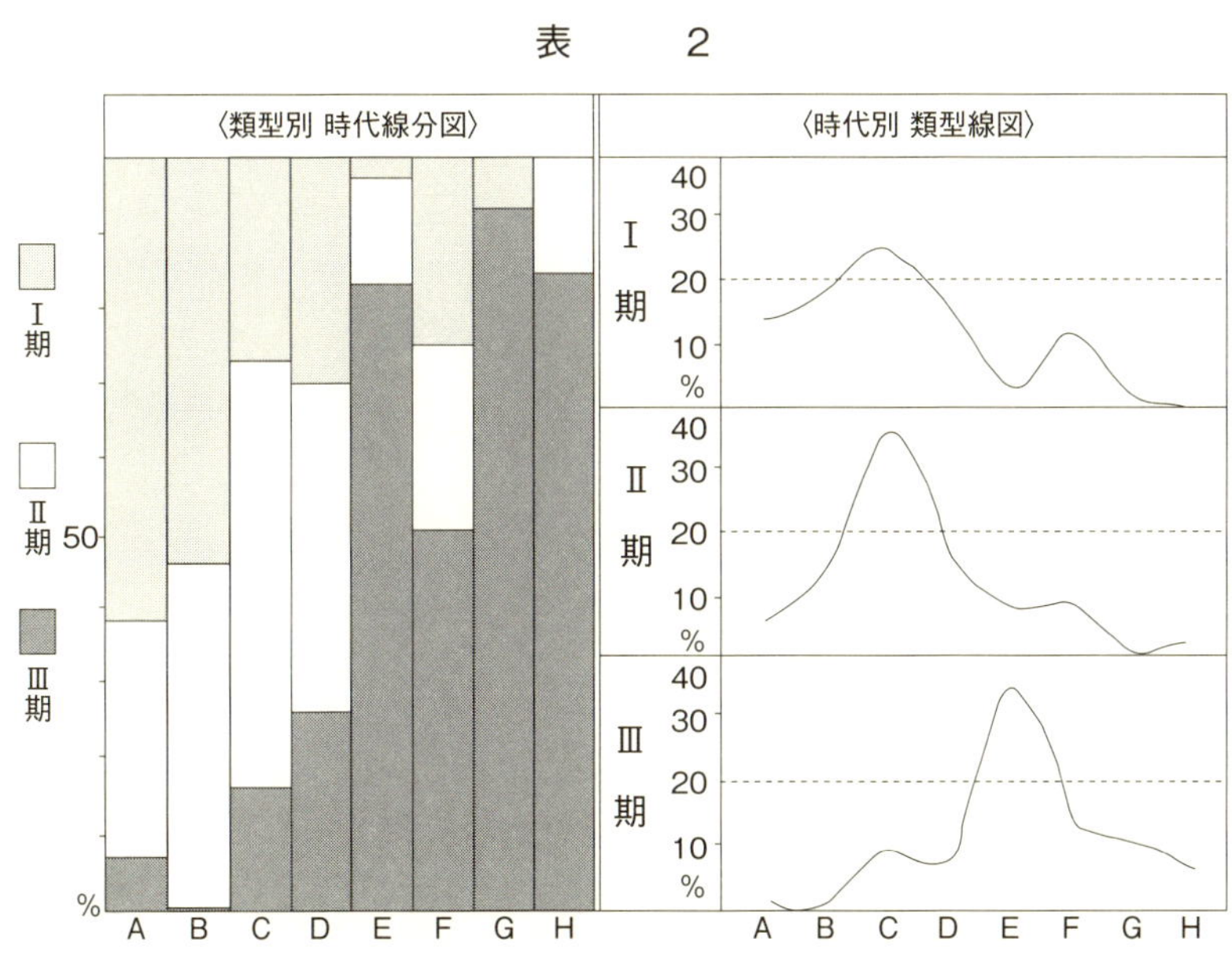

賤の男の忍び音を鳴けほととぎす

とあれば

小高き声はまたもしつるを　（朝光集125）

先の付合の前句は、約束の時刻に訪れのない男を難じた女の句であり、後の付合の前句は女車の女が男の反応を試そうと男に言い掛けた句であるが、こうした恋の駆け引きや男女の間で交わされる挑発的な掛合は、折口信夫が「歌垣のかけ合ひの文学化したものが「連歌」である」[(5)]というところの、その原初的な性格を承継しているものといえよう。付合は、前者は前句の「丑三つ」と「憂し見つ」の掛詞に対し、「丑」の縁で「寝」に「子」を掛けて付け、せめては夢で会えるかと子の刻を過ぎるまで寝過ぎたことだと空惚けて機知的に応じた句であり、後者は前句の時鳥の初音に掛けた恋の忍び音に対し「小高き声」と付け、今や時鳥も忍び音の時期を過ぎて小高い声で鳴いている、私も忍び音で泣く必要があろうかと反論した付合で、付句は前句の言葉に慴伏することなく、逆にその意味内容を変換させつつ巧みな機知で応酬して行くのである。

さて表の数値を辿ると、Aは全体で十六例、総数の五・二%にあたる。時代別にみるとⅠ期が十例で過半数を占め、ついでⅡ期がその半数、Ⅲ期は一例のみとなっており、Ⅰ期に多出する傾向とその後の時代に応じての減少が指摘しうるが、こうした現象は、原初的性格を有する型に相応したものとして理解されよう。

ついでBは、恋愛の場における贈答句である。先のAは前句・付句の少なくともいずれかが心理的にも拮抗していくことで句の文脈が各々別のものになるのに対し、Bは両句相和して合一を求めるというその性質上、前句と付句の文脈が同一化する傾向が最も高い。

かくて、今はえ逢ふまじき女なれば、簾の前にて、そこなる人にものなどいひしほどに、土器をさしいでたり、裏に

かち人の渡れど濡れぬえにしあらば
と書きたるを見て

また逢坂の関もこえなん
とて入れつ

（業平集5／伊勢物語・莵玖波集）

祭りの日、ある公達の、葵に橘をならしていひたりし

古の花橘をたづぬれば
とありしに

今日あふひにもなりにけるかな

（赤染衛門集168）

前者は、業平と伊勢の斎宮がつかのまのはかない逢瀬ののち、別れに際して交わした恋の句で、「江にし」に「縁」、「逢坂」に「逢ふ」意が掛けられている。後者は、ある貴公子と赤染衛門との贈答句で、付句は「葵」に「逢ふ日」、「なり」に実が「生る」意を掛け、さらに「古」に「今日」と応じて、花橘の香りに昔を追憶するのではなく、今日は実を結んでまさしく逢う日になったことだと、機転の利いた句で応じた付合である。こうした場におい ては、互いの距離を超え、対する者の世界に架橋することを願うためであろうが、語法の上でも前句は各々「あらば」「ぬれば」と表現を独立させず言いさしており、畢竟付句と合わせることによってはじめて一つの完結した世界を作り上げていくことになる。したがって、こうした文脈が一つに結合する付合の連歌は、全体として

一首の和歌とみなしうるようなものになる。

Bの類型は、Ⅰ期・Ⅱ期にほぼ同数で現れるが、各期における全体との比率をみるとⅡ期においてやや減少する。さらにⅢ期になると全く消失し、全体としては先のAとほぼ同様の時代的傾向を辿るものである。

Cは、日常の折節の挨拶あるいは対話といった性格の贈答句である。

中将に侍りける時、右大弁源致方朝臣のもとへ、八重紅梅を折りてつかはすとて

流俗の色にはあらず梅の花　右大将実資

珍重すべき物とこそ見れ　致方朝臣

（拾遺集1179／袋草紙・菟玖波集）

師走の晦日に、小大輔、服にて里なるに、霧のいみじう立ちたるにつかはす

年のかぎりのたつはいかにぞ

小大輔

晴れがたみ降る空もなく過ぐしつる

（大斎院御集60）

前者は、八重咲きの紅梅の贈物に託して付された句、後者は、服喪中の小大輔の安否を気づかった句と、その付句である。これら贈与や消息などと結びついた日常生活における社交の具としての連歌は、表の数値によると、Ⅱ期で大幅に増加し全体の半数以上を占めることになる。これはⅡ期全体のなかでも特に高い数値を示しており、この期の大きな特色でもあるが、内実を見ると大斎院の両歌集に多出し、また同じくCが最も高い比率を示すⅠ期においては実方集に多く現れるのであり、宮廷サロンにおいてさかんに交わされていた贈答歌と同様、短連歌

もまた社交のレトリックとして機能していたといえよう。贈答歌はその後和歌の題詠化に伴い減少していくのであるが、連歌においてもⅢ期のCの総数は大幅に下降することになる。

以上、A〜Cは、特定の相手を対象として直接的に抒情の交換を行うものであり、その意味においていずれも贈答の連歌であるといえるが、次のD〜Hでは、外在する物や事象などへの興趣が主題となるのであり、付句はその主題を媒介として試みられることになる。したがってD〜Hにおいては、付句作者はその主題を共有しうる限り特に限定される必要もなくなるのであり、前句はよりよく付けうる他者を求め、より開かれた他者に向かって投げかけられているといえよう。

まずDは、次のような場合である。

殿上人、桂より舟にて渡るに、星の影の見えければ、

右衛門督公任君

水底にうつれる星の影見れば

実方

あまの戸わたる心地こそすれ　（小大君集40）

いとあかくしもあらぬ月の折に、菊のいみじう咲きみだれたれば、女房などいでゐて見るとて、ある

人のささめきける

まだき降りぬる雪かとぞ見る

とあれば

神な月おぼろ月夜の白菊は　（定頼集65）

清らかな川床に映る星影や朧光につつまれた繚乱たる白菊など、情趣深い景物に触れての句である。他には、月や桜の花、時鳥や鹿・蟋蟀の音などを題材とした句が同類型のものとして挙げられるが、ここで歌われるのはいずれも和歌的美的世界の詩情であり、表現においても右の例のように前句・付句の一方が完結せず、従属ないし補足的に他方と関わっている場合が多い。すなわち、表現内容の上でも語法の上でも合作の和歌と変わらず、そこに連歌の形式機能が生かされているとは言いがたいが、形式に対する意識をそれほど明確に確立させていたわけではない当時の歌人たちにとっては、公達や女房たちのつどう集団のなかで、他者とともに和歌的情趣の句を合作することが一つの興趣であったとも考えられる。

D類型はⅡ期に最も多く、数量的にかなりの差があるもののCに次ぐ率を示しており、また全体としても先のCとほぼ同様、Ⅰ・Ⅱ期で七割以上を占め、Ⅲ期において減少する傾向にある。

ついでEにうつる。

筑紫のしかの島を見て　為助
つれなく立てるしかの島かな
ゆみはりの月のいるにもおどろかで　国忠　（金葉集647／俊頼髄脳）

熊野御幸の還御の時、かうぶりなはてにて雨いたく降りければ
冠なはてはこしとこそ思へ　後白河院御製

御こし近く候けるが

追ひかけて磯額をばめぐるとも　従三位頼政

（菟玖波集1732）

前者は筑紫の「志賀島」に「鹿」を掛け、後者は紀伊国の地名「冠り縄手」に装束の「冠」を掛け、さらに冠の名所の「巾子（こじ）」に「こし雨」の「こし」を掛けたもので、付句は、前者は弓張の月の「入る」に「射る」、後者は「追ひかけ」に冠の名所の「緌（おいかけ）」、「磯額」に同じく冠の部位の「磯」「額」を掛けて応じている。右に示した例はいずれも地名に対する興趣であるが、他の名称に関しても人名や字の「連哥」（女房名）に「連歌」、「くろおとこ」に「黒」や、普通名詞では「花茎」に「花釘」、「鵜鷺」に「兎」、「鮎」に「肖ゆ」など多くの例が見え、全体としては人名は少なく、地名と普通名詞が大半を占める。名称の詠み込み方については、単純な掛詞に拠るものから、掛詞であることを暗示しつつある名称を別の語として読み解いてゆくものなど、着想や表現において巧拙の差はあるが、その関わりの契機は、名称自体が詠手にとって奇異であったり新奇であったり滑稽であったりする（人名・地名に多い）ために、その名称をいわばもどきながらよみこんでいく場合と、逆に聞き慣れた日常語を捩り、意想外の語として変形させていく場合とがある。

Eは、Ⅱ期で多少増加するがⅠ・Ⅱ期ともに僅少であり、Ⅲ期で急増、全体の八割以上を占める結果になっている。これはⅢ期のなかでも最多数を示すものであり、その約三分の二は、和歌において新たな歌詞の拡充をはかった俊頼の『散木奇歌集』に現れるのであるが、また一方『古今著聞集』等の説話集に比較的多く見出されることも注意してよいであろう。

Fは、次のような例である。

修理大夫顕季歩かれけるに、大路に車の輪の片輪もなくて傾きて立てるを見て
かたわにてかたわもなしと見ゆるかな　忠清入道
後に彼大夫のえつけざりしと語られければ付けける
ここへくるまもいかがしつらん　（散木奇歌集1585）

堀河院御時、出納が腹立ちて部屋の衆といふものを、御蔵の下に籠むなるを聞きて
部屋の衆御蔵の下にこもるなり　源中納言国信
付けよとせめありければ
納殿には所なしとて　（散木奇歌集1615）

大路で牛車が片輪を失って傾斜している有様や、出納の立腹によって部屋の衆が蔵の下に幽閉されたという出来事など、日常のなかで折々体験される非日常的な事象に触れての詠である。非日常的な事象は、一般に驚き、怖れ・不安・可笑みなどの感情を喚起するものであるが、短連歌はそうした感情を主情的に表現するのではなく、事象自体をきわめて知的に、諧謔的精神をもって捉え、表現してゆくのである。

Fの総数は、全体の比率から見てやや多い部類に入る。その消長に関しては、Ⅰ・Ⅱ期は同数で全体の半数にあたり、Ⅲ期で倍加する点が注目される。

ついでGにうつる。

中宮亮仲実が家に人々あまたまかりて遊びけるに、垂木に鳥をさしたりけるを見て

垂木には山の梁さしてけり
軒には海の月をやどして　　　　　　　慈雲房　　　　　　（散木奇歌集1581）

秦公春といひける随身、宇治の左大臣殿につかうまつりけるが、御沓をまゐらせけるが、御沓の敷に千鳥をかかれたりけるを見て

沓のうらにも飛ぶ千鳥かな

といひたりけるを、とりつぐ殿上人も、物もいはざりけるに、大殿、しばし御沓をはきたまひて

難波なるあしの入江を思ひいでて

とおほせられたりける、いとやさしかりけり。　　　　　　（今物語／菟玖波集）

これらは、垂木の鳥や沓の敷に描かれた千鳥の文様という、日常生活の中で見出される意想外のものの小さな発見である。他にはたとえば、借用した手習いの本にさし挿まれていた桜の押花を見付ける場面や、灯油がきれその代用として差した香油を浸ませた脂綿から漂う芳香に気付く場面などの例が挙げられるが、そうした小さな発見は、生活の中の常の様態をわずかに逸するものへの興趣でもあり、そうした興趣を契機として機知が働くときに、誹諧味のある句が生み出されていくといえよう。

Gの類型は、全体数として多くはないが、その大部分がⅢ期に集中して現れる。

Hは、次のような例である。

説経聴きさして立ちたれば、かくいへる

聴きさして法の筵を立つ人は
　とあれば
ちゑの蓮にゐるとしらなん　（道命阿闍梨集184）

　仲実朝臣のもとにて役する侍の、ものをこぼしたりければ　仲実
しろたへに痴れても見ゆる男かな
　つく
腹黒しとは名をえたれども　（散木奇歌集1616）

これらのごとく、説経聴聞の席での中座や、雑役に従事していた下侍の失錯など、日常の常態において物事の流れや均衡に軽い破綻が生じる場合である。

Hは、Gと同様、全体として多い類型ではないが、これもその大半がⅢ期に集中して見られる。

以上、A～Hにわたり各類型の性格と時代におけるその消長を見てきたが、ここで全体の関係について概括しておきたい。

まず恋の場としてのA・Bは、Ⅰ・Ⅱ期中心に現れる。歌垣の掛合いに近い原初的性格を有していたAはⅠ期に偏在し、Bも数としてはⅠ期が最多であるが、Aとの比率において、Ⅱ期の増加が注目される、王朝的趣向の恋歌の合作という性格をもつBのⅡ期における増加は、現象として次のC・Dの傾向と関連するものであろう。

C・Dは、A・Bと同じくⅠ・Ⅱ期中心に現れるのであるが、ここではⅡ期がともに最多数を占める。Cは、社交の具としての贈答歌と同様の性質をもち、Dは王朝的趣向の叙景歌と変わらぬものであって、総じてこれら

は和歌的世界にきわめて近似する。以上、A〜Dの類型がⅢ期には僅少（あるいは皆無）であったのに対し、E〜Hはいずれも圧倒的にⅢ期に集中して現れる。

E〜Hの類型の個々の性格については先に述べた通りであるが、全体としては、コトバやモノ・事象が、日常の常態、もしくは常態の意識を形成している様々な認識体系から逸脱するという点で共通している。多くは脱日常的なコトバ・モノ・事象が現出する直接的な場に触れてのものであるが、コトバに関しては、日常用語から意想外の語や用法を意図的に作り出していく例が見られる。こうした脱日常性ということに関連し、Ⅲ期の説話集においてE〜Hの総数が高いことも、その意味で興味深い現象であるといえよう。

三 〈場〉と形式機能

二節で見た〈場〉の構造と関わらせながら、次に短連歌の形式機能の問題について考えることにしたい。A〜Dの短連歌は、和歌世界との異質性の少ないものであったが、しかしいずれの〈場〉においても和歌形式ではなく連歌形式が用いられたということは、それが五七五の句に七七の句（または七七の句に五七五の句）が付け合わされてはじめて完結する形式であることを踏まえると、対者（もしくは他者）に関わっていく姿勢がより強いことが指摘されよう。

連歌は、自句の表現を他者の付句表現との関係性のなかではじめて完結させようとする形式であり、たとえばBやDに見られた前句表現の完結しないものは、他者に託す気持ちが一層強いといえる。したがってこの場合、前句と付句との二句で一つの完結した世界を形成することになる。ところで、『俊頼髄脳』では、「次に、連歌といへるものあり。例の歌の半をいふなり。本末心にまかすべし。そのなからがうちに、言ふべき事の心を、いひ果つるなり。心残りて、付くる人に、言い果てさするはわろしとす」とあり、こうした表現においては、前句・

付句は各々完結した二つの世界でありながら、その二つの独立した表現世界の関係性によって、二句の間にさらに別の世界を作り出すことが可能になる。前句・付句、さらにその付合の世界は、平安期の短連歌を見る限り、多くは知的趣向によるものであるが、二句の表現のみに拠らず、制作された〈場〉をも背景において見れば、知的趣向も決して浅いとは言い切れぬ精神の所産であって、単なる口上の言語遊戯という面だけでは捉えきれなくなる。

他者との関わりは、A～Cにおいては文字通り抒情交流の対者に直接に関わっていくものであり、Dは外在する景物を契機として他者と交流しようとするもので、それらは双方とも連歌形式を用いての現実の場における直接的な交流のはからいであって、直接性を超えた次元で他者と関わり、そこに交流目的を離れた新たな世界を作り出していくものではまだなかった。こうした場における連歌は、現実の社会や生活のなかで、人々の交流をとりもつ形式として機能していたといえよう。以上のA～Dに対し、E～Hにおいては、他者との関わりが、直接的な交流目的を離れ、知的に認識された世界を媒介として行われるようになる。

ところで、連歌がその特性をまさしく生かしつつ自立した形式として機能しようとする時、その形式にふさわしい表現世界は、特定の個人の感性や内面における主情的なものではなく、E～Hにおけるような外在する事物や事象の方にあったと思われる。それはこれまでにも述べてきたように、連歌が他者の付句を俟ってはじめて完結する形式であり、外在する事物や事象は共通に認識しやすく、またそれらへの関心が外界へ向かって働きかけていく、より意志的な意識であるのに対し、個人のうちに内在する感覚や感情はより感受的であり、それ自身、本質的な意味において他者は同定しえないからである。そのような事情から、連歌の表現世界はおのずと限定されていったものと思われる。

E～Hは、先に見たように、コトバやモノ・事象が日常の常態、もしくはその意識を形成している種々の認識体系から逸脱していく型であるが、それらは常態に生じる断層や亀裂の存在を意識的に捉えたものであり、またことばの捩りのごとく、日常の言語体系を意識的に攪乱させ、断層や亀裂を自ら作り出していくものでもある。そうした脱日常的なものへの興趣や関心は、一方では日常の惰性的で固定化した認識や思考を活性化する契機ともなりえる点で意味深いものであるが、一方ではその断層や亀裂は不均衡で不安定な状態でもあるのであって、この体験された断層や亀裂は、それらを知的に捉え、知的に構想した前句表現と、それと同様に機知で応じていく付句とその付合によって、知の次元に還元され、その知の次元において新たな自立的均衡が創出されることになる。付句はしたがって、前句表現への応答であると同時に、その表現の契機となっている逸脱のモチーフにも応答していく必要があった。

日常世界はある整合性をもった相を見せているが、その表層にはきわめて多くの種々の不整合がある。連歌はそうした常態に生じる不均衡や常態の世界を逸脱するものを受けとめ、あるいはそうした状態と意識的に関わりつつ、それらを言語世界において知的に捉えなおし、相対する二句の関係性のなかで、現実の次元を超えた新たな均衡を創り出していく形式として、きわめて有効に機能していたといえるのではないであろうか。短連歌形式の自立した価値は、そこにおいてこそ認められるように思うのである。

注（1）金子金治郎『菟玖波集の研究』第三章三「短連歌資料の説話的傾向」（風間書房、一九六五年）、伊地知鐵男『連歌の世界』第二・2「十一—二世紀の一句連歌の性格——一句連歌から鎖連歌へ——」（吉川弘文館、一九六七年）、木藤才蔵『連歌史論考　上』第一章「短連歌の形式と展開」（明治書院、一九七一年）、田中裕『中世文学論研究』第六章第一節「座の成立——短連歌から長連歌へ——」・第二節「連歌の俳諧」（塙書房、一九六九年）、島津忠夫『連歌史の研究』第二

章「短連歌初期の諸相」第三章「短連歌から長連歌へ」（角川書店、一九六九年）、天野紀代子「平安時代の短連歌」（『法政大学文学部紀要』一九九四年三月）、宮田正信『付合文藝史の研究』三「付合文藝の成立」（和泉書院、一九九七年）などがある。

（2）連歌の〈場〉の問題に関しては、短連歌から長連歌に至る過程における連歌詠作の場の展開と変容を論じた池田重「連歌の場の考察」（『国語と国文学』一九四九年五月）や、短連歌の場を偶発的な場と用意された場に二分して論じた木藤才蔵「連歌の場」（注（1）同書同章四）などがあるが、本稿は短連歌の〈場〉を創作契機の場として捉え、〈場〉の構造を詳細に分析しつつ各々の〈場〉における連歌形式の機能についての考察を試みるものである。

（3）源俊頼の連歌に関しては、関根慶子『中古私家集の研究』第四部第七章第四節「俊頼と連歌」（風間書房、一九六七年）、小池一行「源俊頼と連歌――散木奇歌集巻十を中心として――」（『書陵部紀要』一九六八年一一月）、石川常彦「短連歌史における源俊頼」（『国語国文』一九七〇年一〇月）、注（1）木藤才蔵氏同書同章三「短連歌の完成」（1源俊頼の作句歴、2俊頼連歌の特色、3俊頼の先駆者たち）、池田富蔵『源俊頼の研究』第五章「俊頼と連歌」（桜楓社、一九七三年）、藤原正義「俊頼と連歌」（『北九州大学文学部紀要』一九七八年一月）、乾安代「『俊頼髄脳』の連歌」（『後藤重郎教授停年退官記念国語国文学論集』一九八四年四月）、大野順子「源俊頼の和歌と短連歌」（『国文学研究資料館紀要』二〇一一年三月）などがある。

（4）注（1）木藤才蔵同書同章三「短連歌の完成」。

（5）『折口信夫全集』第一巻「万葉集の解題」（中央公論社、一九五四年）。その他、同全集第十巻「俳諧の発生」「連俳諧発生史」（一九五六年）、同全集ノート編第十六巻「連俳論」（一九七一年）など。

＊本文の短連歌の引用は、勅撰集・私家集は『新編国歌大観』、『今物語』は『今物語・隆房集・東斎随筆』（三弥井書店、一九七九年）、『菟玖波集』は『菟玖波集の研究』（金子金治郎、風間書房、一九六五年）所収本に拠り、句番号もそれに拠った。表記は適宜改めたところがある。なお、出典が複数ある場合は引用出典以外の出典名を並記した。『俊頼髄脳』の引用は、『歌論集』（日本古典文学全集）に拠る。

第二章　長連歌の形成

はじめに

五七五の長句と七七の短句の、二句一連の付合である短連歌は、平安中期から後期にかけて多く詠まれたが、平安末期には現存している私家集の数に比して短連歌の収録作品数が極端に減少する。短連歌は短詩形で簡便なことから、鎌倉時代以降も詠まれなかったわけではないが、三句以上を連ねる長連歌が形成され、百韻形式が定着するようになると、和歌と連歌とは明確に区別されるようになり、平安期におけるように連歌の作品が私家集や勅撰集などに収録されるような現象は殆ど見られなくなる。

この平安末期から鎌倉初期にかけての時代は、連歌が短連歌から鎖連歌を経て長連歌に移行し、やがて定型となる百韻形式が形成された時期(1)で、連歌という文芸のスタイルが飛躍的な展開を見せた連歌史上注目すべききわめて重要な時期である。文学史上はじめて誕生した百韻の様式は、以後四百年にわたり中世のあらゆる階層の人々や、都鄙を問わず広範な地域の人々とともに生きることになる。

鎖連歌から百韻連歌へという長連歌の形成の時期は、白河院から後鳥羽院に至るいわゆる狭義の院政の時期と重なっている。院政期に、なぜそのような形式が生み出されたのか、古代と中世の境界に生成した〈長連歌〉の形成の過程とその意味を探究することにしたい。

一　〈鎖連歌〉の発生――前期院政期

鎖連歌は、五七五の長句と七七の短句を交互に三句以上、句数を限定せずに鎖り連ねる形式をいうが、その現存する作例はきわめて少なく、前期院政期では周知のように『今鏡』「花のあるじ」に収められた、花園左大臣源有仁邸で行われた二句一連と三句一連の二例のみであり、これが現存最古の資料となる。

上の御兄弟たちの君達、若殿上人ども、絶えず参りつつ、遊び合はれたるはさる事にて、（略）外より参らねど、内の人々にて御み遊び絶ゆる事なく、（略）歌詠みも詩作りも、かやうの人ども数知らず。越後の乳母、小大進などいひて、名高き女歌詠み、家の女房にてあるに、君達参りては、鎖連歌などいふ事常にせらるるに、三条内の大臣の、まだ四位少将などの程にや、

葺きぞわづらふ賤の笹屋を

とし給ひたりけるに、中務の丞実重といふ者、常にかやうの事に召し出ださるる者にて、

月は漏れ時雨はとまれと思ふ間に

と付けたりければ、いとよく付けたりなど感じ合ひ給へりける。またある時に、

奈良の都を思ひこそやれ

と言はれ侍りけるに、大将殿、

八重桜秋の紅葉やいかならむ

と付けさせ給へりけるに、越後乳母、

時雨るるたびに色や重なる

と付けたりけるも、後まで褒め合はれ侍りけり。かやうなる事多く侍りけり。[2]

鎖連歌発生の契機については、短連歌でもすでに見られたようにはじめに七七の下句（短句）から詠み出す〈下句起こし〉の形式が句の連続を促す一つの契機となったとする説や、、宮廷サロンなど多くの人々が集う場の存在、あるいは漢詩における聯句の流行などを契機として考える説などがある。右記の『今鏡』では、三条内大臣公教が四位の少将であった天治三年（一一二六）正月から大治五年（一一三〇）四月の頃、有仁邸に「上の御兄弟たちの君達、若殿上人ども」が「絶えず参り」、歌才のある人々が鎖連歌を風流な遊びの一つとして「常に」楽しんでいるさまが描かれるのであるが、ここには〈鎖連歌〉という新しい形式が見られるものの、連歌的な付合はまだ希薄であり、句風も和歌的情趣の濃い優雅なものであった。

これと同じ時期に、表現面において連歌的な付合の技法を熱心に追求し、連歌の名手として優れた作品を残したのが源俊頼であった。天治二年・大治二年の『金葉集』の二度本・三奏本に、勅撰集として初めて「連歌」と明記して作品群を収録するほか、大治四年以前に成立の自撰家集『散木奇歌集』や、天永二年（一一一一）から永久三年（一一一五）の成立とされる歌論書『俊頼髄脳』に自作・他作の連歌を数多く収録するなど、その連歌における活躍は際立っている。収録作品はいずれも短連歌形式であるが、後世の長連歌における賦物を踏んでいるかのごとき、前句・付句に物名を隠して賦した作品が多く、もともと短連歌であったのか、鎖連歌の二句一連を抄出したものなのか、判別しがたい作品の多い[3]ことに留意される。しかし鎖連歌である明確な証左はなく、短連歌と一応は見なすべきであろうが、対話的な社交の具から自立した表現形式へという、短連歌の形式としての機能に明らかな変化が窺えるのであり、たとえば人々が付け難じた難句に同座しない別の者が付句をする場合も度々あるなど、いかに巧みに付けるかという付合の技法の探求の方に重きが置かれてゆくのである。平安後期に流行した類語・縁語・対照語などの物名を各句に配して相互に詠み入れる短連歌の技法は、やがて物名などの賦物を全句に詠み入れつつ長く連続させる形式の〈賦物連歌〉を生み出し、鎌倉初期にその流行を見るようになる。『俊頼髄脳』に見る十一世紀における連歌作者は、「受領層およびそれと同程度の下級貴族に属する歌人と和歌愛好の僧侶たち[4]」の二つに大別され、勅撰集入集の歌人も少なくないが、歌壇の周縁の、歌人と非歌人との境界に位置するといってよい存在の者も多い。また『散木奇歌集』における俊頼の連歌の相手も「俊頼と同階級かそれ以下の階層に属する人達[5]」が中心であり、そうした連歌では非歌語や俗語なども自由に詠み入れられている。革新的な表現や新たな歌詞の拡充は俊頼が和歌においても志向したことであったが、俊頼がそうした階層の作者たちに短連歌の新たな表現や技法を学びつつ錬磨していったのに対し、同時代の先の『今鏡』の有仁邸での鎖連歌の場は世界をまったく異にするかに見える。鎖連歌の「発起者は誰であったかよくはわからないが、華奢を好み流行の魁を以って自ら任じていた花園左府有仁公の一家がその中心ではなかったであろうか[6]」との推測もある。『今鏡』は、武士が台頭する現実から離れ、衰退期にある王朝的な情趣と文化の残映を追う懐古性の濃い作品ともされるが、特に作者の理想の人物として三巻にもわたって語られる有仁のその邸宅での遊興の場は、「外より参らねど、内の人々にて」とあるように、気心の知れた親密なる内々の、才芸ある貴族や女房たちで囲われた空間であり、そうした内の風流韻事において、句風や付合は和歌的でありながらも、時代の先を行く新しい形式の〈鎖連歌〉が日常的に興ぜられていたのである。

二 〈長連歌〉の形成——後期院政期

後期院政期の鎖連歌の作例としては、『古今著聞集』巻五に収められた〈いろは連歌〉における二句一連の一例があるのみである。

同じ御時の事にや、いろはの連歌ありけるに、誰とかやが句に、

うれしかるらむ千秋万歳

としたりけるに、この次の句に、ゐ文字にや付くべきにて侍る。ゆゆしき難句にて人々案じわづらひたりけるに、

小侍従付けける、

ゐは今宵明日は子の日と数へつつ(7)

「同じ御時」は、前話を受け、六条天皇の時代(一一六五〜一一六八)をさすが、本例は、いろは四十七文字の第二十四・二十五の「う」「ゐ」を頭韻とする二句一連で、いろは文字を冠字の賦物とした賦物連歌の先例である。先の『今鏡』の鎖連歌は実際に何句続けられたか不明であるが、いろは連歌の場合首尾よく行けば五十句ほど連続することになる。難句に巧みに付け、説話として語られる程の才を見せた小侍従は、『今鏡』の鎖連歌の座に同席していた小大進の娘であり、母子二代にわたって鎖連歌が興ぜられているのを知るのであるが、その間四十年ほどの経過のなかで鎖連歌から賦物による長連歌が形成されつつあったことが窺える。

鎖連歌の現存の作例は以上のように乏しいが、『袋草紙』上巻の「連歌骨法」や、『和歌色葉』の「可用意事」に、鎖連歌の座の作法に関する記述が簡潔ながら見え、また九条兼実の『玉葉』には当座和歌が果てて後、引き続き連歌に興じる記事が散見する。具体的な形態やルール・句数などについては明らかでないが、治承二年(一一七八)六月二十九日の条には、「会者九人、披講之後、有連歌、以扇五十本為懸物、人々入興(8)」とあり、付句を競い合う白熱した競技的雰囲気のなかで、賭物の扇の数に相当するだけの句が続けられたことが推測される。それはまさに、翌治承三年に平清盛が後白河法皇を幽閉して院政を停止させる前年のことであり、以後源平の対立が激化

し、文治元年（一一八五）に平家が壇の浦の戦いで滅亡するまでの間、連歌興行の記事は見えない。連歌会が再び記されるようになるのは、その翌年の文治二年七月九日のことであり、『玉葉』の連歌記事はしかしながらこれを最後に途絶えるのであるが、兼実が宮中の直廬で催した連歌会に、定家が奇しくもこの日初めて参会している。定家の方は、文治四年より連歌に関わる記事を『明月記』に書き留めるようになるのであるが、この『玉葉』から『明月記』へ、兼実から定家への移行は、そのまま長連歌の記事から百韻連歌の記事への移行でもあった。

三 〈百句〉の出現――正治二年とその前後

正治二年（一二〇〇）九月二十日、六条殿に赴いた定家は『明月記』に次のように記している。

披講了連歌、賦五色、百句了退出、狂事数奇也[9]

〈百句〉の連歌が催されたことを知る、現存最古の記事である。この後、『明月記』に記された連歌の句数は、百句のほか三十句、五十句、八十句、あるいは百十余句、百二十余句など種々あるが、全体では百句が三分の二以上を占め、百韻形式が定着するさまが窺える。また、百句の折には他の句数の場合とは異なり、「終」「了」の字が必ず用いられており[10]、〈百句〉が完結した一つの作品の単位として定型化していたことが推察される。先の記事ではさらに「賦五色」とあって〈賦物〉も明記されており、そうした遊戯性の強いルールのもとに「狂事数奇也」と記す通り、眩暈を催すような熱気と興奮に包まれて百句連歌が興ぜられたのである。

ところで正治二年は、定家においても後鳥羽院においても、またその歌壇においても、和歌活動の上で大きな飛躍を遂げる転換点となるきわめて重要な年であった。周知のように、後鳥羽院は同年七月十五日、百首歌（『正治二年院初度百首』）を主催し選定された歌人たちに下命したが、定家・家隆らの新進歌人らが排除されたのに対し、俊成がただちに定家・家隆らを擁護推挙する奏状（『正治奏状』）を院に奉って直訴、その結果八月九日に定家は百首詠進歌人に加えられ、同月二十五日に百首歌を進献、さらに翌二十六日には当百首歌により内の昇殿を許されたのであった。これを機に、新風の御子左派は後鳥羽院歌壇で高く評価されるようになり、一方院は正治二年後半から本格的な和歌活動を展開、『正治初度百首』以降、仙洞における和歌の催しが急激に盛んになるのである。

院の二十歳の生誕の日[11]に下命された『正治初度百首』は、文字通り院主催による最初の歌壇的大事業であった。当百首は組題百首であるが、組題百首の形式は源俊頼が最初に企画した『堀河百首』に始まる。『堀河百首』は、組題の規範として平安末期以降盛んとなる組題百首に多大な影響を与えたが、百首という定数を設定し、組題により百首全体の組織化をはかる組題百首の形式は、詠歌の営みが受動的な体験世界としての既成の現実時空を離れ、観念的・表象的世界を能動的に新たに創造し構築することを志向する一つの典型であるといえよう。連歌における短連歌から長連歌・百韻連歌への移行も、現実の体験世界における対話的交流的な場から離れ、観念的・表象的世界を創造する過程を辿るのであるが、連歌の場合、百韻という形式や、全体の統制をはかる賦物あるいは後の式目などのルールはもとより、そもそも前句の表現世界に一句一句付け連ねてゆく〈連鎖〉の形式そのものが、そのまま観念的・表象的世界の創作を意味しており、その意味で長連歌の形式は体験世界としての現実世界から離脱する詩形であったといえよう。連歌が一般に多人数で百韻一巻を共同制作するのに対し、百首歌は個人の単独詠であるが、掘河院歌壇における『堀河百首』や、後鳥羽院歌壇における『正治百首』などの応製百首は、個人詠による百首歌を一つの単位とはするものの、共通の題のもとに多人数によって一斉に制作されるもので、歌壇における一種の共同制作といってよい性格をもつ。承久二年（一二二〇）以前、定家・家隆・公経らは後鳥羽院の召に応じて独吟百韻をそれぞれ詠進した模様で、『菟玖波集』にその断片が収録されているが、これは応製百首の形式を早くも連歌に応用したものとして注目されよう。専門歌人にとって連歌は、歌会や歌合などが果てて後に楽しむ余技・余興であったが、『明月記』における連歌記事は、正治二年の後は建仁三年（一二〇三）に一例あるのみで、以後建永元年（一二〇六）まで見えない。定家はこの間、後鳥羽院主催のさらなる大事業である『千五百番歌合』のための百首詠進や当歌合の判定、また『新古今集』の編纂など歌人としての重責を担う仕事に専念していた模様であり、『新古今集』が完成し竟宴が行われたその翌年の建永元年以降、連歌に関する記事が急激に多くなるのである。

四　後鳥羽院と城南寺——競詠連歌の始まりと終わり

後鳥羽院主催による有心無心の競詠連歌は、建永元年（一二〇六）八月九日、新御所を造営したばかりの離宮の城南寺で始められた。『明月記』によれば、この日より以前、狂連歌（無心連歌）を得意とする宣綱ら非歌人の人々が、定家・雅経ら和歌所の寄人たちを狂連歌でやりこめようと挑み、双方が集団で対抗する勝負連歌が二度、三度と続くうち、やがて後鳥羽院の耳に入り、九日院の主催で宣綱・長房・重輔ら非歌人のグループを無心衆、後鳥羽院・公経・雅経ら歌人のグループを有心衆として分かち、双方対抗の競詠連歌が興行されたのであった。八月八日・九日には、同じく城南寺で闘鶏も行われているが、競馬・闘鶏・相撲・蹴鞠・囲碁・双六など、生来勝負好きで進取の気性に富む院は、この新しい対抗競技に熱中し、同月十一日、および十八日にも城南寺で競詠連歌を主催するほか、以後承久の乱に至るまで有心無心連歌がたびたび興行されることになる。

承元二年（一二〇八）以降は、院の御所である高陽院で催されることが多かったが、賦物は「鳥魚」「黒白」「木人名」「魚河名」「国名源氏」などの物名式であり、また建暦二年（一二一二）以降は賭物が出るようになり、当初は檀紙であったが、建保二年（一二一四）には、護袋・紫染衣・富士綿・色革などを一度に出す豪勢な会もあり、また翌建保三年には銭までもが賭けられ、賭博的な様相を呈する会さえあった。こうした難解な賦物のルールと、賭物、さらに歌人と非歌人の集団競詠という、二重、三重に仕掛けられた遊戯性・競技性によって、座の熱気と興奮は相乗的に高められたのである。そうした遊興の間にも、時代は公家の院政政権から幕府の武家政権へと確実に移行していた。後鳥羽院の、諸芸の競技・闘技に注がれた闘争・対抗のエネルギーは、やがて幕府打倒の決起へと収斂されてゆく。

承久三年（一二二一）五月、院は流鏑馬に託して城南寺に近国の兵を召集し、討幕の軍を起こした。城南寺は祭礼の折などに流鏑馬や競馬が行われ、また院の歌会や歌合なども度々催されたが、城南寺のある鳥羽離宮は、周知のように白河天皇が退位後の後院として応徳三年（一〇八六）に造営した大規模な離宮で、「如都遷」[12]と記されるほどの、まさに〈院政〉を象徴する地であった。建永元年、有心無心対抗の競詠連歌の火蓋が切って落とされた城南寺は、承久三年、院主催の連歌、そして院政に終止符を打つ地となった。後鳥羽院が隠岐へ配流された後は、『明月記』によれば権門の九条基家や西園寺実氏をはじめ、藤原定家や為家らの貴族の邸宅で連歌が新たに催されており、その後の賭物の減少、賦物形式の大幅な変化とともに、連歌はしだいに遊興的な勝負性から離れ、文芸性をより探究する方へと移行してゆくことになる。

院主催の有心無心連歌は、非歌人の人々の挑戦から始まった歌人・非歌人の対抗連歌であったが、たとえば和歌においては院の「初学期に立ち会っていた人物は、六条家でもなければ御子左家でもなく、位の低い実務官僚や北面など院の近習たる人々」[13]とされ、「熊野類懐紙」の作者であるがいわゆる歌詠みでない藤原長房・藤原重輔・源仲家らは有心無心連歌の無心衆のグループの人々である。また院が特に熱中した蹴鞠の鞠会においても、プレーヤーとして侍層の鞠足が多く参会し、「院が地下の服装である直垂を着てプレーするという、異常なこともしばしば行われていた」[14]とされるなど、院が推進した諸芸・諸道において地下の人々が多様な形で起用され、活性化や推進化の一翼を担ったその意義の大きさにあらためて留意されよう。承久の乱の後に貴族の邸宅で催される連歌会は、『明月記』によれば無心衆を隔絶し除外した座であったが、地下の連歌は鎌倉中期以降の花下連歌で再び活気を呈することになる。

注(1)短連歌から長連歌に至る連歌史については、金子金治郎『菟玖波集の研究』(風間書房、一九六五年)、伊地知鐵男『連歌の世界』(吉川弘文館、一九六七年)、島津忠夫『連歌史の研究』(角川書店、一九六九年)、木藤才蔵『連歌史論考　上』(増補改訂版、明治書院、一九九三年)など参照。
(2)『今鏡　本文及び総索引』(笠間書院、一九八四年)に拠る。表記は適宜改めたところがある。
(3)注(1)伊地知鐵男『連歌の世界』第二「連歌の歴史」。
(4)注(1)木藤才蔵『連歌史論考　上』第一章三「短連歌の完成」。
(5)小池一行「源俊頼と連歌―散木奇歌集巻十を中心として―」(『書陵部紀要』一九六八年一一月)。
(6)福井久蔵『連歌の史的研究　全』前編本論第二「初期時代の連歌及び長連歌の発生」(有精堂、一九六九年)。
(7)『古今著聞集』(日本古典文学大系)に拠る。表記は適宜改めたところがある。
(8)『玉集』(国書刊行会)に拠る。
(9)『明月記』(国書刊行会)に拠る。
(10)注(3)に同じ。
(11)一説に「十四日」とする(一代要記、帝王編年記など)。
(12)『扶桑略記』(新訂増補国史大系)応徳三年十月の条。
(13)田村柳壹「正治・建仁・元久期の歌壇―後鳥羽院歌壇前史―「熊野類懐紙」の総合的検討と和歌史上における意義をめぐって―」(和歌文学論集8『新古今集とその時代』風間書房、一九九一年)。

（14）秋山喜代子「後鳥羽院と蹴鞠」（『芸能の中世』吉川弘文館、二〇〇〇年）。

第三章　連歌の時空と構造
――〈発句〉様式の解析を基底として――

はじめに

俳句における季語・切字は一般化した様式であるが、遡れば俳句は連歌の発句にあたり、季語・切字の様式史もここに始まるのである。しかし、連歌の発句に季語・切字がなぜ要請されるのかについては、当初においても明らかにされていたわけではなかった。(1)

発句の重要性は、二条良基の『僻連抄』に、「発句は最も大事の物也。おぼろげにては得がたし」と記され、それは良基の以後の連歌論書はもとより、宗砌や宗祇等の連歌論にも等しく継承されてゆくのであるが、付句九十九句に対する独立句としての発句の価値は、季語・切字の問題を考える時、百韻の巻頭句という、その初発性にのみ拠るものではなかったように思われる。

「発句」なる語は、『袋草紙』の「連歌骨法」に早く見えるが、ここでは鎮連歌の発端の句として五七五の上句で起こすことが説かれ、ついで五十句・百句等の賦物連歌が盛行していた後鳥羽院時代の『八雲御抄』では、その表現に完結性が要請されてくる。さらにその後、文献としては、『弁内侍日記』や『沙石集』『井蛙抄』等に連歌会での発句の話が散見され、また『菟玖波集』巻二十「発句」の部には、鎌倉・南北朝期の堂上連歌や地下の花下連歌、あるいは法楽連歌等の発句が多く見出されるのであるが、〈発句〉論としては、良基による『僻連抄』を俟つよりほかはない。そこへ至る「発句」様式の生成過程それ自身については、当面の対象として詳しくは論じないが、[2]この『僻連抄』において「最も大事の物」として捉えられていた発句の理想の姿は、

　よきは皆古し。さらでは又下品也。（『僻連抄』）

よき発句みな同類をのがれず。新しき又侍りがたし。（『筑波問答』）

発句よきは皆同類也。新しきは又秀逸にあらず。（『九州問答』）

とあり、新たな詩的世界を拓いてゆくような独創的な句風にではなく、同類の古風な趣にあるとされる。また、『連理秘抄』では削除され、『僻連抄』のみに見える、

　或人の、発句も聞かで、脇の句付けたる事のありき。これは秘事にてあれども、嫌物を聞きて発句は聞かずとも、付くる事、子細あるべからず。（略）かやうの事、末学は知り難し。仍つて之を注す。

といった、当時地下の花下連歌で秘伝されていたであろうような条を見ると、発句の「大事」の意味、ひいては発句の百韻における価値を改めて問い直さざるを得ないように思われる。

　定型化した連歌百韻において、〈発句〉はどのような意味を担っていたのか。さらにその様式価値は、連歌独

自の性格とどのように関わってくるのであろうか。これらの問題においては、〈発句〉のみに要請される季語・切字の問題を、百韻全体の構造と関わらせて捉え直してゆくことが必要であろう。二節以下で、〈発句〉様式の解析を基底とした、連歌の時空と構造に関する考察を行うが、まずはじめに一節で、季語・切字の説を、良基より宗祇に至る連歌論を通して辿ることにしよう。なお以下の論は、主に形式構造の面から考察するものであり、表現性の問題についてはここでは対象としないことを、あらかじめお断りしておく。

一　〈発句〉と季語・切字

切字については、まず『僻連抄』に、

かな・けり、常の事也。この他、なし・けれ・なれ・らん、又常に見ゆ。所詮、発句にはまづ切るべき也。切れぬは用ゐるべからず。かな・けり・らんなどのやうの字は、何としても切るべきなり。物の名風情は切れぬもある也。それはよく〳〵用心すべし。

とあり、その大要は概ねここに言い尽くされているようである。良基の『撃蒙抄』の「上の句のかな、発句の外は用ゆべからず」や、良基・救済仮託の秘伝書『一紙品定灌頂』の「哉、発句によし、只句に好むべからず」などは、切字のなかでも特に強く切る働きのある「かな」が重用され、それがまた発句に限定されてくる経緯を語るものであろう。しかしそうした傾向の反面、一方では切字の種類はさらに増加し、伝救済の『連歌手爾葉口伝』や『専順法眼詞秘之事』等には、発句の十八の切字の口伝が見える。さらに南北朝末頃の書かとされる[3]作者未詳の秘伝書『連通抄』には、

発句の切目の事たやすからず。先づ其かたち品をいだして申すべし。切目の字、し　そ　ぬ　れ　よ　や
な　む　す　か　め　り　せ　け　此文字共を置きて切る也。けりは当時はせず、百千に一も上手の取成す
時は子細なし。らんは一句にせず、切るる字の感はなし。とどめ、かなとするが本也。此文字、又は中の七
文字下の五文字の間に置きて聞きにくからぬ様に仕り侍るべき也。（略）切れぬる文字置きて、発句の趣を
出し侍るべし。

とあり、句末表現の「かな」を重用する説を継承しつつ、同様に『僻連抄』にはない切字が多く列挙されている。それと同時にここでは、『僻連抄』で「何としても切るべし」とされた「けり」は用いられず、また「らん」も、当世においては切れる感がないとして逆に消滅していく過程をも知ることができる。さて、そうした増加・消滅の交替はあるものの、総じて発句は、「所詮、発句にはまづ切るべき也」（『僻連抄』）、「切れぬる文字置きて、発句の趣を出し侍るべし」（『連通抄』）とあるように、切字によって明確に切れることが肝要とされ、その切字は、当世当座において切れる感のある語であることが要請されたのである。

次に、季語に関しては、『僻連抄』に、

又、発句に折節の景物そむきたるは返す返す口惜しき事也。ことに覚悟すべし。景物のむねとあるはよきなり。（以下、各月ごとの主な季語の例示は略す）このほか時によりて、当座の体何にてもあれ苦しみあるべからず。都にて野山の発句、ゆめゆめすべからず。大方、あるまじき事を制するなり。都にて、庭に鳴く鹿などの風情、同じくこれを嫌ふべし。

とある。発句は、時節の景物を句の中心に据えて詠むことが肝要とされ、その折の時節にはずれる景物や、都にて野山、都にて鹿などの類のその折の場を離れた景物は制せられている。すなわち発句の景物は、当座の時と場をあらわす具象であることが要請されているといえよう。場に関する規定は、『一紙品定灌頂』にも「山類・海辺にては其心をすべし。居所も当座によるべし」と見える。その他、季語に関して述べたものとしては、『連通抄』の「四季の景思案して、風体・姿能く〳〵案じ懸くべし。雪月花の発句、幽玄の盛に入ていかにも珍しき姿に取りなすべし」や、宗祇の『吾妻問答』の「先づ其の季の前後をたがへず、いかにも乱りになく、しかも花・鳥・月・雪によそへて幽玄の姿を心にかけ、人に難ぜられぬ様に、詞のくさりなど、いつもの事なりとも、下に置きかへ上に置きかへ案じて、つかふまつるべきことなり」などの論があり、これらにおいては美的素材の選択や一句の趣向・風体にまで及んで説かれているが、季語についての基本的な捉え方に差異はないといえよう。

二　〈発句〉と連歌百韻の時空

切字は、一句の表現内容を完結させる働きをもち、脇句より挙句に至る連続した付句九十九句に対する、発句の独立性を支えるものであるが、発句一句は、以下の九十九句となぜ切れなければならなかったのであろうか。

切字とともに、当座の時と場を具象する季語が発句に要請されることは、前節において見たとおりであるが、たとえば脇句の景物に関し、「時分・景物は発句に同じ」（『僻連抄』）、「脇句は発句を請けて軽々とすべし。（略）発句にかけ合ひたるよき也。のきたるは悪し。当座の風景によるべく候ふ」（『九州問答』）と記されてはいても、その時分や景物は、発句の表現を承け、その表現内容から離れぬように付けていくためであって、連想による想念の働きは脇句から始まることに留意しなければならない。すなわち、発句は現実の時空間に立脚して創作されているのであり、脇句は現実の時空間を共有しながらも、発句の表象世界をかかりとして句を付けることになる。このことは、次のように換言されよう。発句と脇句との間はまず形式的に切れるのであるが、その〈切れ〉は、発句の立脚する現実の時空と、脇句（および以下の付句）の立脚する表象世界の時空との次元の差異を象徴するものであり、この隔絶した双方の時空は、発句の表象世界を媒体とすることによって、心的働きをとおし、内的世界においてはじめて橋を掛け渡されるのである。季語・切字の問題を以上のように捉えるならば、当座の現実時空に立脚しつつ当座の時と場を詠み入れた発句は、脇句以下付句九十九句の虚構世界、超常的時空を保証するものとして、形式的に切れる必要があったと解することができよう。[4]〈発句〉立ての連歌百韻の様式は、一座興行の幕開けに建立される発句一句を支柱として、虚構世界、超常的時空に創作舞台が仮構された文芸様式であるといえよう。[5]

次に、この百韻の様式によって創出される連歌の超常性に関するいくつかの問題を整理し、連歌の時空と構造についての考察をすすめることにしたい。

連歌の詞は如何様なるを能と申し候ふべきや。答へて云ふ、先づ浮き〳〵とやさしき詞を軽々とすべし。沈みたる様なる詞、むさ〳〵と聞こゆるをばせぬ事也。（『九州問答』）

心をうき〳〵と持ちなして沈むべからず。（略）只当座を沈ませぬ様にもみ〳〵とすべき也。[6]（『連歌十様』）

ここではまず、心・言葉ともに浮き浮きと沈まぬように配慮すべきことが説かれている。心を軽く晴れやかにもちなし、座を沈ませるような言葉や、むさむさとした具足の多い雑然とした体の句は避けるべきであるとされる。さて、そうした座および行様の軽快な趣は、付句の速度ともまた密接に関わってくる。

連歌も、あまりにどこともなからん人には、案じたるがよきと申すべし。沈みたらん人には、案ぜぬがよきと教ふべきなり。但し二つにとれば、早くてどこともなき中に、無上の堪能はおのづから出で来べき也。沈みはてたらん人は、うるはしき上手にはなるまじきにや。（『筑波問答』）

連歌は、早口なるべし。つくべし。これ一のこころなり。（本ノマヽ）連歌は早口なるべし。いかにも又（可歟）・案。（『千金莫伝抄』、傍点原書）

ここでは、句の付様や仕立ての工夫への配慮もさることながら、まず何よりも早いテンポで付けるリズム、呼吸を重視すべきことが強調される。「早くてどこともなき中に、無上の堪能はおのづから出で来べき也」「連歌は早口なるべし」とされる、その早さは、「難波の三位入道の、「鞠は淀川の水の様にあるべし」と常に申されしなり。静かにて下早きなり。連歌もおなじ事なり」（『筑波問答』）とあるように、座の雰囲気は長閑やかでありながら、底に軽快な律動感のある状態をいうのであろう。そうした間合いの律動性は、先の心や言葉の軽快な趣とともに、現実から遊離した時空間を創出するうえで、きわめて重要な演出要素であったと思われる。

さて、脇句以下仮構の世界に浮上した連歌は、全体として序破急の流れをもちながら、春夏秋冬・恋・述懐の諸相を自在に渡り、古今を往交い、諸所の名所を経巡り、連続と非連続のなかで一句一句移ろってゆく。時は、過去から未来へ線状に流れるのでもなく、春夏秋冬の円環を描くのでもない。そこにはあらゆる時間が充溢し、空間はまた万象を宿らせている。

行はざれども仏智にかなひ、詣でざれども神慮に叶ふ。一時に四季にうつり、月花を見、春夏秋冬一時に移行く事は連歌の徳也。其身は未だ捨てざれども隠家山深き居所閉居を求むる也。其身は未だ若き物なれども昔古を忍び、老衰へ年闌けて、更に身の便なき由を観ず。是よの道にはなし、歌道第一の徳也。恋ひずして来ぬを恨み、あかぬ別れの鳥の音を惜しみ、あこがれまよふ心づくしの有様は、いかなる一生不死の聖人も其心をなす。儚き事とはおもへども、是又大事の所なるべし。

(『連通抄』)

こうした連歌特有の性格は、のちの連歌十徳や連歌二十五徳といった功徳信仰に通じてゆくのであるが、たとえば伝兼載筆とされる『北野天神連歌十徳』の第三ないし第八にあたる、「不移亘四時」「不節遊花月」「不行見名所」「不老慕古今」「不恋思愛別」「不捨遁浮世」は、まさに右の論書にいう、現世的時空を超えた連歌の仮構世界における行様の興趣を語るものである。

さて、同じくその第一および第二の「不行至仏位」「不詣叶神慮」は、『連通抄』の引用文冒頭に見える神仏の道に通じる徳であるが、これについては良基の『筑波問答』に、

問ひて云はく、「連歌は善き事にてあれば、此の世一ならず、菩提の因縁にもなり侍るべし」など申すは、あまりの事にや。答へて云はく、(略)つらつらこれを案ずるに、連歌は前念後念をつがず。(略)ただ当座の逸興を催すまでなれば、さのみ執着執心なき事なるうへ、一座に更に余念なければ、悪念もおのづから盛りに侍るべき事なし。

とあるほか、宗祇の『淀渡』にも、

抑、何とてこの連歌をば諸神の面白がらせ給ふらんと、とり分天神の御納受あるらんと案ずれば、只連歌にはじめてとりむかひぬれば、百韻の内には余念なし。こころやはらぎて、一句々々過行けば、付けたりつる句にもしばしは心とまるれども、人の付けぬれば又その句に付けむと案ずるほどに、前の心をすて侍るにや。神慮にもかなひぬらんとおぼゆる。

と見える。連歌は、打越と前句との付合の趣向から常に離れつつ、一句ごとに新たな句境を展開させてゆくものであり、この執着・執心を離れた無我の境地での風雅の世界への専心は、それ自身がそのまま修行になり、同時に神明仏陀への法楽にもなるというのであるが、そうした考えとも関連して連歌の超常的時空は、神仏示現の場としての神霊的時空ともまた結びついてくる。特に、地下連歌師の間で相伝されたと思しき『千金莫伝抄』や『連通抄』といった秘伝書に、それが顕著に見られるようである。

発句のかかりは当代、祝言を本とする也。いかにも大いになすべし。（略）連歌の用心と申す事は、面の懐紙にて、鹿、千鳥なくとはあるべからず。又同じく、旅なれども、うき、つらき、袖ぬれて、居故郷（所の歟）などはあるべからず。いかほど（も歟）・祝言をむねとすべし。（略）里のけぶり、すつる身、捨つる世、すて人、墨の袖など、九十九句めには斟酌すべし。いく度も祝言を宗とすべし。

（『千金莫伝抄』）

いかにも表八句をば祝言たるべし。禁忌を嫌ひ侍るべし。（略）にほひは或は祝言、或は政道などたるべし。

扨、挙句はにほひのてにはをうけていかにも目出度く上げ侍るべし。（『連通抄』）

この二書は、内容・成立ともにきわめて近い関係にあるとされる伝書[7]であるが、ここでは最初の発句（あるいはそれより始まる表八句）ならびに最後の挙句は、禁忌の言葉を避け、ひたすら祝言にすべきことが、「いかにも大いにしなすべし」「いく度も祝言を宗とすべし」「いかにも目出度く上げ侍るべし」といった些か誇張した表現で述べられている。こうして最初と最後を祝言にすることによって、連歌詠作の全体の時空にもある祝儀性が漂うことになろう。そうした線に沿って考えるならば、同じく『連通抄』の

発句を以て、百韻の中の王とす。次句は大臣臣家也。其外の句は万民也。上に祟有らば、万民不安といへり。発句明らかなれば、脇、第三よし。上に煩ひあれば大臣臣家悩む。大臣累へば万民安からず。其ごとく発句よければ百韻みな面白し。たとへば明王の御代に逢ふる万民のごとし。

といったきわめて特異な表現も、王のまつりごとの所作が、神明に通じるか祟を蒙るか、全体の吉凶の予兆になるという民俗的な神事とも通じる面があり、興味深い。以上の説のほか、連歌にすまじき詞として哀傷をあげる（『一紙品定灌頂』）ことや、『僻連抄』に見える「昼、夜の発句、ゆめゆめすべからず（但し、明月の良辰には、これを許す）」とするその理由が、宗砌の『密伝抄』では「夜は昼の発句をする也。昼は夜の発句をする事あるべからず。仍ち哀傷にとる也。但し、明月はくるしからず。其謂は、昼は生にとり、夜をば死にとる也。祝言の詞にはすとも、夜、昼の発句をするは祝言也」とされること、あるいは『僻連抄』の「発句の悪きは、一懐紙けがれて悪く見ゆ」の「けがる」という潔斎性を期するような用語など、それらの背後にも発句の祝言性、またそれによって創出される座の時空

の祭儀性もしくは儀礼性が読み取れるように思うのである。

寺社の桜と連歌との意味深いつながりや、[8]『菟玖波集』の発句に寺社の桜の句が多いこと、さらにその花下連歌における宗教性の問題についてはすでに諸氏により指摘されているところであるが、[9]加えて鎌倉から南北朝にかけてすでにしばしば法楽連歌が行われていたことをも思い合わせると、[10]一節・二節で見た〈発句〉立ての連歌様式は、地下連歌が祭儀や寺社の儀式と結びつくなかで、その精神を概念化した様式として形成され、定位化していったということも考えられてこよう。[11]そのように見るならば、連歌会において尊者や貴人といった主なる客人が発句を詠むということも、民俗的な祭儀や饗宴における客の言祝や鎮魂の役割と相応して捉えられ、同様にこれに対しては、精霊を迎え饗応する主である座の興行者が、脇句で応対することになる。[12]このような宗教的時空においては、発句は、神仏と人々との間につながりを設け精霊を祝い鎮める、供物としての機能を担うことになろう。社寺の桜の下での連歌会で、神の依代となる花を詠み入れた発句は、饗宴・法楽として展開される一巻に先立ち、まず影向する神に捧げられたものと思われる。[13]

南北朝期以降、連歌は北野社神をその風雅の神とするのであるが、そのことも和歌の住吉・玉津嶋の神に拮抗する面もあったにせよ、もともと地下連歌の背後にあった民俗的な祭儀性や寺社との結びつきが、文芸にも由縁のある北野天神に収斂されていったものと見ることができよう。[14]

三　連歌の〈座〉と中世

さて、前節でも触れた『連歌十徳』の最後、第九と第十は「不親為知音」「不貴交高位」であり、これらと同様の趣意の言説は『連通抄』の、しらぬ人にも早く知音と成る事も、此道に過ぎたるはなし。（略）其身散々賤しき身とは申せども、一座に指し莅む時は、限なき高官にも交はる事あり。

や、宗祇の『淀渡』の、

大方、連歌師の友は従兄弟程親しきぞと申し侍り。げにもはじめて見る人なれども、連歌の座にて寄合ひぬれば、たがひに親しみたる心地して侍るにや。老いたるは若きに交はりたるも苦しからず。高きは賤しきを避けぬもただこの道なり。

の条にも見えるが、連歌の座の超常的時空は、詩的虚構の世界に限らず、地域や職業・階級・年齢等の世俗的世界の様々な位相の差異をも超えるものであり、そのことがきわめて体験的に会得される場でもあった。こうした性格をもつ座を形成しての連歌様式は、中世という時代と密接に結びつきながら、社会・文化・生活の中で多様な機能を示してゆくことになる。

中世は、社会体制における古代的諸関係が解体し、地方分権化の気運が高まるなかで、諸勢力が乱立・流動する動乱の時代であったが、連歌が公家・武士・僧侶・庶民の各層にわたり、また都を超えて地域の人々にもきわめて広範に浸透し、身分上の差異や親疎の差異、居住地の遠近の差異などを超えて、一座する人々が座での交流をとおして個々に様々なネットワークを新たに形成していったことは、真に興味深い現象である。あるいはまた、中世の歴史的環境と緊密な関係にある、能楽や茶道・香道といった座や寄合の芸能、広く普及した芸能的要素をもつ時宗の踊念仏、連歌師・芸能者・遊行僧などによる諸国遍歴の旅、遁世者の草庵生活など（これらは、それに携わる人々においても各々の事象においても、互いに重層的に入り組んでおり、たとえば、連歌と寄合芸能との形態の類似やそれらに携わる人々の連歌会での同座や相互交流、あるいは連歌師に時宗僧が多いことなどはすでに指摘されてきたことであるが）、いずれも非日常的かつ体験的である点において、連歌の座の性格と構造的に結びついてくるのである。同時にここでは、これらに関係する人々が、多く世俗の公的な組織体系と縁の切れた存在であることも注目されよう。連歌百韻が現実時空に立脚した〈発句〉から切れることで虚構の世界に遊離したように、人々は現実の世俗的世界と切れることによって、非日常性を獲得していったのである。また、生活の中での常とは異なった特別の出来事――新宅落成や旅行・出陣・厄祓い・追善供養などに際しての、祝言や祈願・仏事等に関わらせた連歌の興行も、単なる非文芸的な契機としてではなく、法楽や功徳への信仰とともに、超常的時空を創出する連歌の座と、その様式構造それ自身の内在的機能に負うものとして、有機的に捉えることができよう。

さて、二条良基による文芸としての連歌の確立から、その後の連歌七賢の活躍を承け宗祇が有心系連歌を確立するまでの、連歌の文芸性の形成と展開の過程は、文芸性の衰退期とされる応永期あるいはその後の室町後期が連歌活動としては活況を呈していたことに徴しても、社会現象としての隆盛や一般の文芸的傾向と必ずしも合致するわけではなかった。全体として連歌師の指導や啓蒙も多大な役割を果たしたが、一般には高次の文芸性の問題とは別に、多種多様な機縁のもとに、多様な階層のなかで、多様な地域性をもって、人々は中世という時代を生きながら、連歌に興じていたのであろう。連歌の超常的時空は、現世における一時の夢幻的時空であり、座の散会とともに消え去る儚い世界であったが、人々はなおかつ架空の時空に身心を託し参入することによって、一時のあいだ乱世や俗世を忘れ、虚構の世界に遊離したのである。「儚き事とはおもへども、是又大事の所なるべし」（『連通抄』）ともあり、中世を生きた人々に、連歌がある精神的充足を与える様式として機能していたことは否めない。

連歌の形態は、近世の俳諧を経て近代の俳句へと、時代の流れとともに変遷していったが、文芸様式の形態の変化の一方で、寺社信仰と結びついた法楽を契機とする連歌は、今井祇園社奉納連歌や時宗別時念仏の御連歌の式におけるような形で、今日に至るまで伝承されてもいるのである[15]。

四　連歌文芸と〈詩〉の課題

ところで、連歌が百韻形式の連続した形をもつようになるには、後鳥羽院時代の賦物連歌に負うところが大きい。『明月記』を見れば百韻形式が次第に定着してゆく様子が窺える。院をはじめ当時の新古今歌人たちが熱中し、往々にして勝負連歌ともなった賦物連歌は、本道の和歌を離れての遊技であったが、その遊興もまた、日常の世事から遊離した一つの超常的世界を作るものであった。

付句を促すと同時に全体を統括する働きを担っていた賦物にかわり、発句を立てた百韻形式が形成され、その百韻が滞りなく興趣をもって展開されるには、式目の形成と制定ならびに時代に応じての改訂が必要であったが、そうした百韻一巻全体の進行における演出技法上の問題と同時に、連歌が〈詩〉を志向する限り、文芸性が次の重要な課題となってくる。詩の創作は、現実世界の足枷を跳躍の内的エネルギーとして、精神を永遠の世界へ飛翔させる行為ともいえようが、あらかじめ超常性を保証された（それが時にして宗教的超常性ともなるのだが）様式において、文芸性——特に詩的機能の問題はどのように克服すべきであろうか。

展開史的にみれば連歌百韻形式における超常性は、賦物連歌の言語遊技的世界の次元から、発句立て連歌の、法楽連歌等における神仏示現の宗教的世界、さらに文芸的世界の次元へと質的に変化してゆくのであるが、その究極の文芸的世界への志向は、座の内で即興で創作と鑑賞を繰り返しつつ集団で制作した百韻を、筆記された懐紙をとおし、一つの作品として、座の外においてまた時を措いて、作品の享受者との出会いのなかで再生されることを希求する道であった。

心敬の『ささめごと』に次のような条がある。

如何。

田舎ほとりの人は、句ごとに祝言をこととして、聊かの句も出できぬれば、眉をひそめ伏目になり侍る。此の道は、無常述懐を心言葉のむねとして、あはれ深きことをいひかはし、いかなるえびす鬼のますら男の心をもやはらげ、はかなき世の中のことわりをもすすめ侍るべきに、たまたまあへる此の一座にだに、色にふけり名にめでて、千世・万世・鶴・亀・宿の楽しびなど言ひあへらんこそうたて侍れ。かく祝ひ侍るとて、いづれの人か百とせ、誰の者か千とせを経たる。昨日は栄えぬるも今日はおとろへ、朝に見しも夕には煙となる。楽しび悲しび、たなごころを反すよりも程なし。古の歌人は述懐無常をむねとし侍り。

最も透徹した詩精神をもった連歌師心敬は、当時の祝言性の強い地方連歌の状況に対し、儚い現世の仮象を寿ぐことの蒙昧を嘆じ、無常を観ずる心と万象に対する深い情趣を尊ぶべきことを説いた。この条の後には「しかはあれど、年の始め・貴所・外様の会席、禁忌の言葉心を得べきなり」とあり、晴の会席における作法まで認めないわけではなかったが、ともあれ、その文芸観は、仏教的哲理による人生への深い観想に裏打ちされたものであり、すぐれた詩想や深い詩情を精神的修練によって生み出そうとする態度は、心敬のきわやかな個性を示すものである。たとえば良基が、歌の道は昔の人あまりに執心し侍りし程に、或は一首に命をかへ、難をおひては思ひ死にしたるためしも侍りき。連歌はさやうの事は侍らぬ事なり。ただ当座の逸興を催すまでなれば、さのみ執着執心なき事なるうへ、一座に更に余念なければ、悪念もおのづから盛りに侍るべき事なし。

（『筑波問答』）

とあるように、連歌は和歌と異なり創作に身を賭す程のことなく、まず当座の興趣を味わうことを第一としたのに対し、心敬は同様の例をあげ、刻苦精励し苦吟すべきことを説いている。

ひとへに軽々しくはいかでか侍らむ。道に心ざし深くしみこほりたる人は、玉の中に光を尋ね、花の外に匂ひをもとむる、まことの道なるべし。（略）紀貫之は一首を廿日に詠ぜしとなり。宮内卿は血を吐きしといへり。公任卿はほのぼのの歌をば三とせまで案じ給へるといへり。長能は歌を難ぜられて死す。

（『ささめごと』）

またこれと関連し、連歌の超常的時空を演出する重要な要素でもあった、浮き浮き軽々と句早に付けることに対しても、心敬は、「堪能の人の句は、心とらけて胸より出づる故に、時もうつり日も暮れて侍るにや。不堪の人の句は舌の上より出でぬる故に片時なるらむ」（『ささめごと』）と評している。以上のように、二節で見た超常的時空に関わる軽快な趣や速度、神仏示現の場としての祭祀性は、心敬においては否定され、逆に良基等の連歌論において退けられていた執心や沈思呻吟が高く評価されてゆくのである。

あるいは次のようにも説く。

まことの仏まことの歌とて、定まれる姿あるべからず。ただ時により事に応じて、感情・徳を現はすべしとなり。天地の森羅万象を現じ、法身の仏の無量無辺の形に変じ給ふごとくの胸のうちなるべし。

（『ささめごと』）

これは、まことの仏、至極の歌・連歌について述べた条であるが、心敬の場合、至極の表現は、まことの万象を宿らせた深遠な内的世界から生み出されるものであった。現世を仮象であり、空であると考える心敬にとって、〈発句〉の形式機能が創出する超常的時空は、超常とはなりえず、また自己の精神を託し依拠すべき時空ともなりえなかったのであり、したがって心敬における創作空間の次元は、歌においても連歌においても同じものになる。すなわち心敬は、現実世界を透視し観想することを通し、現実の自然形態の世界でもなく、想像される虚構の世界でもない、真理の世界を心の内に創生しようとしたのであるが、それは究極的には連歌様式の虚構的時空の次元をも突き抜けてゆくものであった。同時にそれはまた、〈発句〉形式によっていわば自動的に用意される虚構の時空を、自己の内に自立する時空として創りなおし、そこに新たな詩精神の深まりとその可能性を追求してゆこうとするものでもあった。

以上、〈発句〉立て連歌百韻の様式論を基底として、連歌の時空の問題を追ってきたが、第二節では主として、百韻が展開される上での連歌の超常的要素について論じ、第三節は、百韻興行の場であり、それ自身がまた超常的でもある連歌の座の、中世の社会・文化・生活における機能と、その有機的な連関について考察した。第四節は、超常的世界を保証された〈発句〉様式において、きわめて難しい課題となる連歌の詩的機能の問題について、最も高次の詩精神をもつ心敬の論を対極に置き、超常的時空に関わる点に限って検討してみたのであるが、心敬の場合、それは先にも述べたごとく、連歌様式の虚構的時空の次元をも超えていくものであり、様式の構造それ自身に内在する問題である、連歌百韻が〈詩〉として自立して生きる道の容易ならざることがあらためて確認された。連歌独自の様式構造を生かしつつ、高次の文芸性を志向する文芸理論は、全体としてはどのように追求され深められていったのか、次の課題として稿をあらためて考察することにしたい。

注（1）切字・季語の問題を発句の表現構造の面から解明した論として、浜千代清「連歌の発句」（『女子大国文』一九五五年七月）がある。本稿は、その前段階に位置するものとなろう。その他、参考論文として、季語を「当座の儀にかなう」ことの現れとして捉えた安藤常次郎「連歌の発句について——季の約束はどうして生じたか」（『早稲田大学教育学部学術研究』一九五二年一〇月）、季語切字の史的展開について論じた生田勝彦「連歌論における発句の問題」（『文芸研究』一九六七年七月）、切字説の史的展開とその意味について論じた瓜生安代「連歌の発句切れ字についての小考　良基の『僻連抄』・伝救済の『連歌手爾葉口伝』を中心として」（『県大国文』一九七五年二月）などがある。

（2）発句意識については、金子金治郎『菟玖波集の研究』第三編第三章二「当代の発句観」（風間書房、一九六五年）で、傍証資料による跡付けがなされている。

（3）島津忠夫『連歌史の研究』第七章「今川了俊と梵灯庵」（角川書店、一九六七年）。応永期に近い明徳の頃かと推定されている。

（4）いま仮に、日常的現実もしくはその常態から離脱した状態を「超常」と称することにする。

（5）すでに仮象の世界のものである、夢想の句を発句とする場合、脇句から起こすことにも留意したい。

（6）（略）の箇所は、「地連歌はいたく能くなくとも口軽にさんぐに付けて、その内に二三句興ありてすべき也。かくの如くよく案ぜんと思へばかへりて毒となすべし」とあり、これらの文意からみてこの場合の「もみもみと」はいわゆる歌論用語におけるそれではなく、むしろ後の能楽論の「さて、開口人と問答、理を責めて、言葉論議四つ五つづつばかり、甲の物の謡十句ばかり、いかにもいかにも軽々浮き浮きと節付すべし。舞より曲舞に至るまでも、揉み揉みとあるべし」（『三道』）などに近い意であろう。本書第Ⅰ部第五章第三節参照。

（7）注（3）島津忠夫同書同章。

（8）『定本柳田国男集』第二十二巻「信濃桜の話」（筑摩書房、一九六二年）。

（9）岡見正雄「「もの」――出物・物着・花の本連歌――」（『国語国文』一九五〇年一〇月、『室町文学の世界』（岩波書店、一九九六年）所収）。岡見氏は、花の下での連歌に、古代の鎮花祭にも通じていく民族の心を見てとられている。その他、金子金治郎『菟玖波集の研究』第一編第四章一「花下連歌の歴史と形態」（風間書房、一九六五年）、島津忠夫『連歌の研究』第一章一「芸能性と文芸性と」（角川書店、一九七三年）など参照。島津氏は、花下連歌を「初期の念仏宗関係の出身かと考へられる連歌師の指導のもとに、庶民たちが寄り集まって行ふ、いはば宗教的行事であった」とされる。

（10）真観の夢想による千人付句の法楽連歌の勧進（『経光卿記』仁治三年（一二四二）一一月二二日条）、『菟玖波集』巻二十「発句」部に見える『法輪寺千句』（正和元年（一三一二）三月・同三年三月）や文保の頃の「北野社年毎の千句」、『太神宮参詣記』に見える『伊勢神宮法楽連歌』（康永元年（一三四二））など。

（11）花下連歌による式目制定の記録（片桐洋一「冷泉家蔵『草子目録』について」（『和歌史研究会会報』八、一九六二年一二月）参照）や、『僻連抄』の「自鷲尾辺不慮所尋得也」の奥書など、花下連歌が連歌様式の形成に深く関わっていたことに留意したい。

（12）連歌会席における客と主人の所作についての民俗学的解釈は、岡見正雄「室町ごころ」（『国語国文』一九五一年一一月、『室町ごころ』（角川書店、一九七八年）・『室町文学の世界』（岩波書店、一九九六年）所収）にも見える。

（13）このことと関連し、「花の下連歌を正当に受けついだ姿と思はれる」（注（9）島津忠夫同書同章）とされる、のちの笠着連歌について触れておきたい。島津氏は、志田義秀氏の『翁草』、金子金治郎氏の『太神宮参詣記』をめぐっての各々の指摘に注目された上、加えて『続撰清正記』を紹介されているが、連歌の超常的時空の問題に関し、ここでさらに注意されるのは、「笠着」が「着座の人」とは別の、座に招かれざる客（『太神宮参詣記』）、もしくは発句をよみいだす執筆一人を除いた垂幕の外にいるすべての者（『続撰清正記』）であって、換言すれば超常的時空とは無縁の者である点である。島津氏も触れられている、遠くから訪れてくる神の旅姿のしるしであり、それによって神格を得る（『折口信夫全集』一巻「蓑笠の信仰」）とされる「笠」を着けるということは、座の時空に宗教性があるためであり、座と無縁の者は、「笠」を着けることによってはじめて超常的時空の場に関わっていくことができたものと思われる。

（14）北野信仰と連歌との結びつきについては、伊地知鐵男「北野信仰と連歌」（『書陵部紀要』一九五五年三月）に詳細な論がある。

(15) 池田富蔵「今井祇園社奉納連歌の沿革とその概要――生きている法楽連歌――」(『福岡学芸大学紀要』一九六二年二月)、金井清光「一遍の和歌と連歌」(『時衆文芸研究』(風間書房、一九六七年))、梅谷繁樹「時宗の別時念仏と御連歌の式」(『園田学園女子大学国文学会誌』一九八三年三月)など参照。なお昭和九年まで残存した例としては、太宰府天満宮の連歌堂月次連歌と笠着連歌が報告されている(川添昭二・棚町知彌・島津忠夫共編『太宰府天満宮連歌史　資料と研究II』第六部「小鳥居寛二郎氏連歌聞書」(太宰府天満宮文化研究所、一九八〇年))ほか、日本で唯一「連歌所」が遺る大阪市平野区杭全神社で近年復興された法楽連歌会(『平野法楽連歌』和泉書院、一九九三年)などがある。

＊本文の引用は次のテキストに拠った。なお表記は適宜改めた所もある。
『僻連抄』(日本古典文学全集『連歌論集・能楽論集・俳論集』)、『筑波問答』『ささめごと』(草案本)『吾妻問答』(日本古典文学大系『連歌論集　俳論集』)、『撃蒙抄』『九州問答』『連歌十様』(『連歌論集　上』(岩波文庫))、『一紙品定灌頂』(『連歌論新集一』(古典文庫))、『淀渡』(『連歌論集　二』(三弥井書店))、『密伝抄』(『連歌論集　三』(三弥井書店))、『千金莫伝抄』『連通抄』(注(3)『連歌史の研究』所収翻刻資料)。

第四章　連歌と音曲
――南北朝期の連歌論をめぐって――

過ぎにし春の比かとよ、旧池の乱草をはらひて、蛙楽を愛することありき。彼の孔珪を学ばざれども、折にふれては声々すだく、霞がくれの水の面は、げに両部の鼓吹とも聞きなしつべし。

（『筑波問答』）

一　泉水・楽・連歌

『筑波問答』は、二条良基の連歌論書のなかで、また同時代の他の連歌学書においても、内容・形態ともによく整備された、最も完成度の高い一書である。本書の序文は、老翁が連歌の故実を語るという鏡物の形式をとって叙述されるが、こうした虚構としての構成上の趣向とともに、良基の連歌文芸に対する理念が、ここにきわめて端的に表象されているように思われる。

右に記したように、まず序文の冒頭で語られるのは、庭園の泉水と音楽である。楽は、蛙楽――生類の声の音楽であり、それはかの孔珪のごとく中国宮廷の式楽に譬えられる。泉水は、同じく序文に「あはれ、いさぎよき水の流れかな。水には、たち水ふし水といふことのあるなり。これぞまことのたち水にて侍るらん」とあり、翁の感嘆を誘う、たえず湧出する流水である。この泉水は、また「此の水は、昔より名池にて侍りしかども、ことさら承元二年の比かとよ、後鳥羽院、三条坊門殿とて、とぎみがき造らせ給ひて、詩歌管絃の御遊所にて侍りき」（序文）ともあるように、詩歌管絃の御遊所であり、後嵯峨院の時にはその泉殿で庚申連歌なども催された。三条坊門殿はその後、二条家の邸宅となったが、二条殿（押小路殿）の園池はじっさい名池としてよく知られていた。[1] 公家の年中行事について解説した、良基の『思ひのままの日記』の某年六月二十日ごろの、二条殿への行幸の条でも、「山の姿、水の心ばへいとおもしろし。東に高き松山あり。山の麓よりわきいづる水の流れ、松のひびきをそへていと涼し。水の上に二階を造りかけたれば、やがて座の中を流れ行く石間の水、さながら袖打つばかりなり。流れの末の池の姿、入江々々に島々のたたずまひ、いとおもしろく、西の流れの末に山を隔て五尺ばかりの滝落ちたり」とこの池の風趣豊かな景観が語られ、また三隻の舟を浮かべての詩歌管絃や曲水の宴の模擬に興じるさまが記されている。

水と音楽との連関については、世阿弥の『曲付次第』にも「声は水、曲は流なるべし」とあり、水なる声を作庭の曲水・流水のごとく曲付する論が展開されている。また、水と連歌とは、連歌の速度（テンポ）が「難波の三位入道の、「鞠は淀川の水の様にあるべし」と常に申されしなり。静かにて下早きなり。連歌もおなじ事なり」[2]と、淀川の水の流れに譬えられるほか、『筑波問答』序文に、水の「昼夜をすてず流れ行くさま、よろづの事につけて、進む心ざしはあれども退くことのなければ、其の事みな成ずるなり」と記す条は、連歌の行様の暗喩とも解されよう。水と音曲と連歌は、絶え間なく流動・転変する律動（リズム）の形象化という点で共通するといえようが、流水が主として視覚的に捉えられるのに対し、音曲と連歌は聴覚によって感受される。

『筑波問答』をはじめ、二条良基の連歌論には、連歌の音曲性に関する言説が多く見られる。二条良基は、花下連歌から正風連歌への移行の推進に重要な役割を果たしたが、一座で連衆が句を詠じつつ付け連ねてゆく、音声による口頭文芸としての連歌百韻において、音曲性の問題はどのように認識されていたのか。本章では、主として二条良基を中心とする南北朝期の連歌論[3]を対象に、連歌の音曲性について考察し、さらに連歌文芸における音曲性摂取の意味について考えてみたいと思う。庭園の泉水については、終節で再び触れることになろう。

二　吟と「かかり」

おほかた、歌の道は、心なき民の耳に近くてこそ国の風をも移し侍るべけれ。毛詩といふ文に、「声のあやをなす」といふも、言葉の花の事にや。また、おなじき文に、「嗟嘆するにたへざれば詠歌す」といへるも、ただ聞く所の面白きを申し侍るにや。（『筑波問答』）

歌は声によって表現されるが、声は歌を表現するためのたんなる具ではない。感情がそのまま声となり、その声が美しい調べとなるのであり、さらに嘆声のみで満ち足りないと歌の吟詠となる。しかしその歌も、ここでは特に吟の面白さが強調されており、この後に続く「月やあらぬ春や昔などいへる歌は、理を聞かざるより、うち詠むればまづ身にしむ心地ぞする。（略）晩唐の詩といふ物を見れば、すべて心も知らぬさきより吟の面白くて、心にもしむやうに覚え侍るなり」においては、吟誦の興趣がそのまま詩情の感得にもつながるとある。吟については、ほかに、

・（弁内侍・少将内侍などの女房連歌師が）心も及ばぬ句どもを申し出だされ侍りしかば、人々感にたへず、高声に吟詠せられき。（『筑波問答』）

・抑、連歌を高声に感じなどする事は、公宴などにては、其の道に至らざらん人はあるまじき事なりと申せども、

毛詩と云ふ文には、「嗟嘆するにたらざれば詠歌とし、詠歌するに足らざれば手の舞ひ足の踏む所を知らず」といへるもまことにや。面白からん時は舞ひもすべき事なり。唐国の法にて侍れば、秀逸の句を高く吟じ感ぜんも、連歌などには何か苦しかるべき。詠吟せねば当座のしまぬ事にて侍るにやと覚ゆるなり。（同右）

などをあげることができるが、これらはまた当座の興を重視する論と通底する。

・所詮連歌ハ先当時ノ興ヲ催スガ詮ニテ侍ベキ也。（略）花々トモ幽玄ニモ、又面白モ新シクモ聞エンズルガ秀逸ニテアルベキ也。（『九州問答』）

・諸人面白がらねば、いかなる正道も曲なし。たとへば田楽・猿楽のごとし。連歌も一座の興たるあひだ、只当座の面白きを上手とは申すべし。いかに秘事がましく申すとも、当座聞きわろからむはいたづら事なり。（『十問最秘抄』）

秀逸の句を高声に吟詠し、句の興趣を感受することは、連歌の座の興を高めることになるのであるが、創作と鑑賞とが相即不離の関係にある連歌においては、それは同時に作者としての連衆に、「心なき民の耳」にも近く、「花々トモ幽玄ニモ、又面白モ新シクモ聞エンズル」ような句の創作を求めることになる。良基の連歌論の性格を、当座性・興遊性・聴覚性にあるとする田中裕氏の論は（4）、その本質を捉えた卓論であるが、それと関連し、「只当座の面白きを上手とは申すべし」「当座聞きわろからむはいたづら事なり」とある条や、抑当座ノ聞庭ト点トハハタト変リ侍也。ヤサシク細キ連歌ハ、当座ハ面白テ点ガ稀ナル也。チト無骨ナル様ナル連歌ハ当座ハ悪クテ、寄合ナド確カナレバ点ノアル事モアリ。努々点ニ目ヲカクベカラズ。

（『九州問答』）

の条では、当座の〈場〉における評価や、当座の〈場〉における即興的な興趣が尊重されており、総じて連歌の生命は、その時その場の、座の〈時空〉においてのみ享受される一回性の調べの興趣にあるといえよう。連歌は、座の一回性の〈時空〉の文脈のなかでのみ真に生き、真に享受することができるのである。『九州問答』の右の言説では、座の内と外との享受・感得の違いと、座の優位性が説かれている。

『梵灯庵主返答書』には、梵灯の師である二条良基の教えが散見されるが、

当時発句の切れたると切れざると申す不審あり。（略）耳たかからねば、いまの人こそ狐疑不信も侍るべけれ。（略）昔細々に参り近づきし比、此条いかが候ふべきと尋ね申したりしに、一反二反にては猶分明ならず。四五反も吟ずれば、必ず吟声のうちに切れたるは聞こゆるなり。

（『梵灯庵主返答書』）

の条の、発句の切れを切字の文字による判別ではなく、繰返し詠じる吟声のなかで聞き取り感得することを説く教えは、先に見た良基の論書の説とよく相応する。しかし、梵灯は「耳たかからねば、いまの人こそ狐疑不信も侍るべけれ」とも記しており、「耳たかからねば」は、連吟を競う勝負連歌が流行し、すぐれた連歌師の輩出を見なかった応永期連歌の風潮を背景にしての言であろうが、本書で、

・民部少輔成量は昔より上手の連歌を聞きたる仁にて、耳は無双に候ひしものを、今の世に候はばよき点者にてこそ候はんずらめ。歳四十未満にてまかり候し事、無念に候。（『梵灯庵主返答書』）

・京極黄門、我は歌作にてこそあれと申されける。連歌にも連歌作・連歌師・連歌聞あるべき也。只耳こそ肝要に候へ。（『同右』）

など、成量や定家の例を挙げつつ、梵灯が自説として「只耳こそ肝要に候へ」と耳の感性を重視するのも、先の『九州問答』の良基の評点に関する言と同様、当座の聴覚的感性や音曲的感性の尊重に因るのであろう。高く吟じる秀逸の句の調べは、ただ耳によって感得されるのである。

さて、『梵灯庵主返答書』の吟詠に関する二条良基の教えのなかで特に重視されるのが、次の「かかり」についての条である。

句は吟の内にありと仰ありし。是又はかりがたき事なり。常に連歌はかかり第一なり。かかりは吟也。吟はかかりなりとこそ仰ありしか。（『梵灯庵主返答書』）

「かかり」は、良基の連歌論書では、

1　詞ヤサシク、カヽリ面白クスル人ハ、花ノ句ナラズトモ面白カルベシ。（『九州問答』）

2　所詮連歌ノカヽリト云ハ、詞也。当座ニシミ〳〵ト面白ク聞ユルモ、只詞也。（同右）

3　連歌ハ、カヽリ・姿ヲ第一トスベシ。イカニ珍敷事モ、姿カヽリ悪クナリヌレバ、更ニ面白モ不覚。譬ヘバ、微女ノ麻衣キタルガゴトシ。ヤサシク幽玄ナルヲ先トス。（『連歌十様』）

4　又歌・連歌はあながち其の師にかかりの似る事もなきにや。（略）意地はゆるぐ事なし。（『十問最秘抄』）

5　救済は詞あくまでききて幽玄に面白かりき。風情をこめて連歌を作る事はなし。ただ能く付きたりし也。一句にて詮あるやうなる句は、いたくなかりし也。ただかかりをむねとし、詞を花香あるやうに使ひしなり。（同右）

6　先達を捨てよと教ふるは、かかり・風情なり。意地は同じ物にてあるべきにや。（同右）

7　詩も歌も花実揃ひたるをよしと申す也。（略）風情ありてしかもかかり幽玄なるべし。（同右）

などのような用法で説かれるが、これらから「かかり」の特性を以下のようにまとめることができよう。

①「かかり」は、詞に関する美的情趣であり（右記1）、「吟ずる詞」に関する美感である（『梵灯庵主返答書』・右記2）。

②「かかり」は、姿（風情）とともに、詩歌においてきわめて重要な要素である（右記3・5・7）。

③「かかり」は、当座において面白く（右記1・2）、また幽玄であるのがよい（右記3・5・7）。

④「意地」が不易であるのに対し、「かかり」は「風情」とともに、新しさを求めてたえず変化する流行性のものである（右記4・6）。

「かかり」については、早くに能勢朝次氏の論[5]があり、その後もいくつかのすぐれた論が展開されているが[6]、能勢氏はこれを、「詞のつづけがら」の上に生じるものであり、「声調美、吟調美として、最も端的に現はれるもの」、

「即ち、句の詞のつづけがらに発して、それが詠吟的美感となつて発現するものが、かかりである」とし、さらに「姿といふ時には、静的な形態的な感じがするに対して、かかりは流動的、律動的な感じがし、それは姿の中から自然に匂ひ出で漂ひ流れる香気の如き感じがする」と考察されている。[7]「かかり」は、言葉の一音一音の、あるいは五・七・五／七・七の各句の、あるいは前句と付句の一句一句の、〈間〉にわたる響きの美感といえようか。「かかり」の流動性については、湯之上早苗氏の論でも「動いてゆく時間性」が根底にあることが指摘されている。[8]律動感も流動感も、その「動き」はつねに連続する時間のなかでのみ感得しえるものである。律動・流動は、詩歌としてのリズムであり、また「かかり」が〈間〉を〈わたる〉という「動き」をもつからであり、先に挙げた『十問最秘抄』の5「ただかかりをむねとし、詞を花香あるやうに使ひしなり」の「花香」は、「かかり」の、〈間〉にわたる空間的な感覚美の比喩として、きわめて象徴的な表現といえよう。

さて、他の連歌書では、『知連抄』（書陵部本。以下同じ）に「連歌は三種あり。上中下也。先づ上品の連歌は、未だ人の思ひ寄らぬことを始めて申し出だす也。風情飽くまで新しく詞幽玄に、かかり面白かるべし」とあり、先の良基の説と変わるところはない。『千金莫伝抄』には、「文字のうつりの沙汰は、吟するすると、くだるべし。（略）たとへば、今程の京童の申す事あり。仏士、絵師、箕つくり、[9]とは吟くだるなり。かりそめの事も、皆かくのごとくなるべし」「上手の文字のうつりをば、いかやうに候ふべきやらんと申しければ、ただ平家ぞと答へけり。たとへば、おなじ平家なれども、上手の言葉は、吟するするとくだりて、いつもおもしろし。下手の言葉は、文字のうつり、悪きゆゑに、吟くだる事なし。（略）ただ今ほどのかかりは、すぐに、うきうきと、あるほどに上手とは申すなり」とあるが、ここでいう「文字のうつり」は、「かかり」に相当する謂であろう。後者の条の省略個所のうちに「但し田舎のかたにては、文字のうつりといふ事は、聞くことだにも、さうなくあるまじきなり。誠の数寄ならば、なにとすれども、秀逸をもとめ、これを聞き、たしなむべし。秘事とも大事とも、これをこそ申すべけれ」とあるが、地方連歌では「文字のうつり」の美感などは沙汰されなかったのであろうし、良基のいう幽玄のかかりなどはさらに、一般においては習熟しがたい美感であったであろう。本書ではほかに、「発句のかかり」「恋のかかり」なども「かかり」の用語が応用され、「秘事とも大事とも、これをこそ申すべけれ」のように、奥義として重視されてゆくのである。

三　音声と音曲

連歌論には、音曲用語との連関性がいくつか見出される。それらの多くは、能楽論や他の芸道論にも異義での使用にせよ現われるものであるが、ここでは連歌論における音声や音曲に関する用語の諸相を、聊か辿ることにしたい。

前節で触れた「かかり」も音声に関わることであるが、音楽的諧調を具体的な技術論として説くのが、「五音相通・五音連声」の説である。これらは、連歌師相伝の秘説かとされるが[10]、良基の連歌論にはなく、『知連抄』をはじめ、『長短抄』『連通抄』などで詳述される。「五七五の切目に五韻のひびきの字を置く」（『知連抄』）を相通、「詞のたよりを五七に置きて、其声のするすると下る様つづくる」（『知連抄』）（あるいは、五・七・五の句の移りに同母音を置く）を連声といい、「歌にも連歌にも変はらぬ也」（『知連抄』）とあるように、相通・連声（後者説）ともに、歌学書『竹園抄』に拠るものであるが[11]、「此二種をはなれて連歌をしたるは、只死せる人のごとし」（『知連抄』）、「五音なくば人の死たる五躰の徒に朽失がごとし」（『連通抄』）ともあり、これらの連歌書は、連歌の調べの奥義をそこに求めたのである。なお、『長短抄』の末尾に付された相通・連声の音韻表は、『連通抄』末尾のものと同種のものであり、また主として雅楽や声明において用いられた音階理論である「律五音呂七声」の十二律の図が、『連通抄』にのみ掲出されている。この図にある「ノリ」「ソル」「ユル」などの語も、もとは声明の旋律の型の名称である。連歌における「五音」は無論、音の階位とは無縁であるが、後世に比べ音感をより重視していたことは確かであろう。[12]

次に、発声に関する用語として「さし声」がある。

先づ連歌を出ださんと思はん時は、（略）扇をならし、執筆のあたり二、三人の耳に入る様に、声をやわらげてさし声に出すべし。（『知連抄』）

「さし声」の用語は、平曲や能楽等でも用いられるが、本来は声明の声楽で、殆ど旋律なしにさらさらと歌う唱法を意味した。『長短抄』にも、（執筆は）「句ヲバ請取テ云アゲテ書テ、又指声ニ読ミアゲテ作者ヲ書也」とある。

ついで「序破急」については、『筑波問答』に、

一の懐紙の面の程は、しとやかの連歌をすべし。てにはも浮きたる様なる事をばせぬ事也。二の懐紙よりさめき句をして、三・四の懐紙をことに逸興ある様にし侍る事なり。楽にも序・破・急のあるにや。連歌も一の懐紙は序、二の懐紙は破、三・四の懐紙は急にてあるべし。鞠にもかやうに侍るとぞ其の道の先達は申されし。（『筑波問答』）

とある。「序破急」は、良基自ら記すように、もとは雅楽で用いられ、雅楽の楽曲構成の演出法をあらわす用語であったが、ここでは連歌百韻一座の行様を興趣をもって進行するための演出法として応用されている。「しと

やかの連歌」「さめき句」「逸興ある様」の表現から推察されるように、それは全体の構成と同時に、百韻展開の緩急の速度や律動とも関わっている。「一座の沈みたちぬれば、いかにも興有る事のなき也。物忽ならでしかもうきうきとしなすべき也」(『筑波問答』)ともあり、連歌の序破急は、一座を沈潜・停滞させることなく、発句から挙句まで百韻全体を序・破・急の流れでテンポを転じつつ興趣をもって進行させる演出上の形式原理であった。なお、「序破急」という用語の用例は、良基の連歌論では『筑波問答』のみであり、このほかでは梵灯の『長短抄』に、(一・二の懐紙には)「少シモ浮キタル様ノテニハナク、句柄モヤサシク治連歌ヲスベキ也。三・四ノ紙ヨリハチト風情アリテ躍タル句モ苦シカラズ」と二段構成の説が見られるが、南北朝以降の連歌論書にも用語としては殆ど見られない。[13] 他の芸道では、先の引用文にも見えるように、はやく蹴鞠の方で用いられたが(『蹴鞠条々大概』)、その後能楽をはじめ、花道・茶道などの芸道でも広く応用されている。

最後に音声に関連し、二条良基の連歌論書としては『筑波問答』をはじめ、『九州問答』や『十問最秘抄』、その他著者未詳の『千金莫伝抄』の一部が、「問答体」であることに留意しておきたい。問答体は、俊成の『古今問答』や基俊仮託の偽書『和歌無底抄』(巻第八~十)などの歌論書にも見られるが、良基は特にこの形態を好んで採用している(歌論書としては『愚問賢註』がある)。こうした平安末期から現れる問答体の論書は、師と弟子が経論の要義について問答する、声明の「論義」の様式に則っているのではなかろうか。「論義」は、「歌論義」として和歌の用語にもあるが、それが和歌の良否等について論義をたたかわす意で用いられ、「番論義」の様式に相当するのに対し、連歌論書に見える問答体は、博学の講師と初学の問者によって展開される「講問論義」にあたるといえよう。一節で触れたように鏡物の形式をとり、虚構的に叙述される『筑波問答』で、講師の役割で登場する老翁は、連歌発祥の地ともされる「常陸の筑波のあたりの者」とあり、「鹿杖」をつき「山水に心をすまして、よろづの所へあくがれ」いづる遊行聖の趣で、「苔の袂」の法体姿で描かれているのも興味深い。

四　「池の園ものかたり」

『筑波問答』の現存最古の写本（東洋文庫本・室町期写）は、「池の園ものかたり　連歌の双帋」と題するが、本書の性格を知るうえできわめて示唆に富む名称である。良基と親交の深かった、頓阿や足利義満、またすぐれた作庭家としても名高い夢窓疎石の法弟の義堂周信らが、数寄をこらした名園を造営し庭園の風雅を賞玩したことはよく知られているが、一節でも触れた二条邸の庭園は、廻遊式で公家では初めて禅寺にならい十境を設けたもので、[14]良基がこの山水に深く執心していたことは、『思ひのままの日記』や終焉を迎える前日に記した『二条押小路家門亭泉記』によってうかがえる。[15]その「池の園」の泉殿は、堂上の詩歌・管絃の、そして堂上連歌の宴遊の場であった。「地下にも花の本の好士多かりしかども、上ざま道の人々の上手にてありしかば、とりわきて抜け出でたるも聞こえ侍らず」（『筑波問答』）ともあるように、地下作家よりも堂上作家の方が高く評価されており、泉殿に流れる宮廷貴族の文芸・音楽の系譜は、紛れもなく堂上連歌へと続くものであった。庭園は美的に造形された邸内の自然であり、連歌も宮廷音楽のごとく室内文芸としてあった。

さらに、禅の風趣を湛えた庭園、中国宮廷の式楽に譬えられる蛙楽をはじめ、連歌の本論でも、毛詩大序の引用、声調美の優れた晩唐詩の推賞、天竺の偈・唐国の連句との同類視など、全体的に中国外来文化への傾倒がきわめて強く、そうした過程を経て第二・三節で見たような句の音楽的諧調が求められてくるのである。五山文学隆盛の気運のなかで、聯詩連句が盛んに行なわれたことも、漢詩に調和するような美的音調を連歌に要請していく要因となっていよう。先に触れた「かかり」は、詠吟の声から詩情の優美さが沁み渡るような声調美であるが、それは地下階級の花下連歌や法楽連歌にあった民俗信仰性や土俗性を払拭する一方、当座性や即興性は生かしつつ、文芸としての審美性を志向していくものであった。当座性や即興性などの要素と審美性の双方を尊重するうえで、音声に対する美感の洗練が必然的に求められていったのであろう。良基は、「かかり」の概念を新たに展開させる一方、雅楽や様式化した仏教声楽などとも接触するなかで、言葉の音声に対する感性を養っていったのではなかろうか。

民俗信仰性をもった花下連歌の座は、遊興的、宗教的空間であったが、堂上の邸宅における連歌の座は、斉整とした美を探究する文芸的な空間であった。民俗宗教性や土俗性をもった地下連歌に対し、審美性を重視する堂上連歌は、有心系の正風連歌を確立したが、その後正風連歌では、〈音声〉の尊重にかわり、書記を前提とするなかで表現を彫琢することの方が重視されるようになるのである。

注（1）『思ひのままの日記』に記された良基自身による景観の素描や、『空華日用工夫略集』に記す義堂周信の賛辞（「其美不可勝言」）（日本古典文学大系『連歌論集　俳論集』の木藤才蔵氏補注参照）のほか、虎関師錬・龍泉令淬・中巌円月・惟忠通恕などの禅僧の頌する詩文が残されている（外山英策「二條摂政良基の二條殿」（『室町時代庭園史』、岩波書店、一九三四年）参照）。

（2）『筑波問答』『梵灯庵主返答書』など。

（3）二条良基の一連の連歌論書のほか、『知連抄』、梵灯の『長短抄』『梵灯庵主返答書』（良基の聞書個所）、および島津忠夫『連歌史の研究』第七章「今川了俊と梵灯庵」（角川書店、一九六九年）で南北朝末期の書かとされる、同書所収の『千金莫伝抄』『連通抄』を対象とする。なお、『知連抄』は、良基自身の著書の扱いからは一応外しておく（浜千代清「知連抄存擬」「知連抄存擬再論」（『連歌―研究と資料』、桜楓社、一九八八年）、斉藤義光「連歌書「知連抄」成立考」（『中世連歌の研究』、有精堂出版、一九七九年）、島津忠夫「二条良基の連歌論と秘伝書と」（『連歌史の研究』）、木藤才蔵「知連抄」（『二条良基の研究』、桜楓社、一九八七年）など参照）。

（4）田中裕「当座性・興遊性・聴覚性」（『中世文学論研究』第四章良基の連歌論第一部二、塙書房、一九六九年）。

（5）能勢朝次「連歌論と能楽論に顕れたる時代芸術意識」（『国文学　解釈と鑑賞』一九四四年九月）、「「かかり」の芸術的性格一、連歌論に於ける「かかり」」（『能楽芸道』、桧書店、一九五四年）。

（6）連歌関係では、湯之上早苗「かかり考―良基・世阿弥―」（『中世文芸』一九五六年一月）、田中裕注（4）同書「幽玄と「かゝり」と」（第四章第一節三）、和歌関係では、谷山茂「かかり続貂―源承歌論の一意義―」（『谷山茂著作集一』角川書店、一九八二年。初出は一九六三年）などがある。

（7）注（5）能勢朝次同書同章。

（8）注（6）湯之上早苗同論文。

（9）「仏師・絵師・箕つくり」については、心敬の『ひとりごと』に、「昔、二条太閤にある人の、連歌の堪能と不堪との心あてを尋申侍しに、仰給ひしと也。「仏師・経師・箕作といへらん程の事也。不堪の句は、箕作・仏師・経師などとくさるべし。」」とあり、『兼載雑談』にも同様の記事が見える。

（10）注（3）島津忠夫同書同章。

（11）『竹園抄』と『知連抄』『長短抄』の関係については、三輪正胤「『竹園抄』の成立に関する二、三の問題」（『名古屋大学国語国文学』一九六三年三月）参照。

（12）たとえば、心敬の『ささめごと』に、「昔の人の言葉をみるに、前句に心をつくして、五音相通・五音連声などまで心を通はし侍り」とある。

（13）この点に関し、金子金治郎氏は「序破急、あるいは序破急的な行様の波は、誰しもの意識の中にあり、暗黙の中にそれに随うことは、自然に守られていたかと思う」（『連歌総論』〔I〕「連歌概要」、桜楓社、一九八七年）と解説されている。

（14）注（1）外山英策同書同章。

（15）木藤才蔵「良基の死・その子孫」（『二条良基の研究』第一編第五章一〇）参照。

＊本文の引用は、次のテキストに拠った。なお、表記は適宜改めた所もある。『筑波問答』『十問最秘抄』（日本古典文学大系『連歌論集　俳論集』）、『九州問答』『連歌十様』『長短抄』（岩波文庫『連歌論集　上』）、『知連抄』（古典文庫『良

基連歌論集二』)、『千金莫伝抄』『連通抄』(注(3)『連歌史の研究』所収翻刻資料)、『梵灯庵主返答書』(古典研究会叢書『梵燈庵主返答書・百韻連歌集・歌道聞書』)、『曲付次第』(日本思想大系『世阿弥・禅竹』)、『思ひのままの日記』(『群書類従』二八輯)。

第五章　連歌と法会
——結界・声明・回向——

一　様式の新生

中世、社会構造の大きな変化のなかで、宗教がそれ自身の純粋な運動のみならず、文学や思想・芸能・絵画・音楽・建築など、文化の多様な相に浸透し、その多様な展開や深化の原動ともなる力を担って存在していたことは、歴史の語るところである。

中世文学の一ジャンルである連歌は、中古の二句一章の短連歌の形態、近世の三十六句の歌仙の形態のそれぞれと連関し、一つの系をなすものであるが、中世における百韻形態の発生の経緯や意味などについては、その形成過程を類推する資料がとぼしく、いまだ充分に明らかではない。しかし少なくとも、中世における連歌文芸のありかた、すなわち百韻連歌の形成と展開は、中世の社会構造と緊密な関係をもっていたと考えられる。そしてそれは、宗教の世界とも深く連鎖していたのである。連歌の詠み手である連歌師や連衆に時宗の者が多いということや、社寺の桜の樹の下での花下連歌の宗教性などについては、すでに指摘されている。しかしそうした事象のみならず、連歌の文芸形態や座としての会席の形態、あるいは連歌関係の用語などを見ると、百韻連歌の形態の形成過程、すなわち様式の新生そのものに、宗教とりわけ仏教が大きく関わっていると考えられる。

十三世紀前期、新古今時代の歌人たちが、遊技として興じた賦物連歌は、それからほぼ一世紀のあいだに大きな質的転換をとげ、形態・表現ともに文芸としてのレベルに高められていった。そして、連歌がその守護神を北野社に求める以前の、十三世紀までの地下連歌の張行場所は、出雲路の毘沙門堂出雲寺、白河の法勝寺、鷲尾の正法寺など、寺院の境界内で催された場合が多いのである。

「連歌」においては、民間信仰的要素や神道的要素も見いだされ、いわゆる神仏混淆の複雑な様相を呈しているのであるが[1]、本章では仏教との連関を主軸に、「連歌」の領分と、法会や声明など「仏教儀礼」の領分とのさまざまなアナロジーや連鎖網を指摘し、「様式の新生」におけるその関わりと意味について考察することにしたい。

二　座と作法

日本の仏教儀礼の組織化を、明確な視座のもとに推進したのは、特に天台・真言両宗における密教であったとされる。その密教における「儀礼」は、呪術的効果や布教・権威の誇示などのための、たんなる手段としての役割をになっていたのではなく、それ自身が「密教の理想を具現する一つの象徴」であり、空間的表現としての「マンダラ」に対し、「儀礼」は時間的表現としての性格をもっていた。声明を基本に整然と構成された、調和と律動のある「儀礼」の展開が、時間の流れのなかで「一つの完結した象徴的世界」を開示するのである[2]。そして仏教儀礼は、宗教儀礼であると同時に、さらには芸術的典礼ともなっていった。

さて、その仏教儀礼の形態についてであるが、法会の代表的なものの一つであり、平安期の文学にも多く記される法華八講会は、九世紀末にはすでに完成した勤修形態で定着しており、少なくとも十一世紀初めには、現在と同様の骨格を備えていたらしいとされる[3]。

一般の法会は、祈願・慶讃・供養・懺悔・修善・論義・伝法・実践修業など、さまざまな目的をもって開催されるが、その規模や内容の密度などは多様であり、基本的には声明の組み立て方で多様な表現を構成してゆくことになる。つぎにそれらの法会に共通した場と作法の輪郭を、連歌会との接点を中心に辿ることにする。まず法会の構成は、導入部・主部・終結部の三部分からなる。法会を行う場は、道場・会場であり、主部に入る前に、修法の道場や供物を清め、また式衆は心身を清らかにし、会場の空間全体を「結界」する。法会で声明を唱え所作を行う僧侶を、「式衆」という。法会には、七、八人ないし十二、三人の式衆が必要であるが、その式衆の中心となり法要全体を導いていく役を「導師」という。導師は、式衆全体の声明・所作などを統括し、式次第の進行を司るとともに、必要に応じ法要の重要な声明・所作をも担当する重責ある役であるため、法﨟の高い上主に相当する者があたる。ついで、法会の所作・次第などについて熟知し、法要を滞りなく進行させる行事役・後見役が、「会奉行」（「会行事」）である。一般の式衆たちは、法要での自らの役に専念するため、会奉行は特に全体の運びに配慮する。導入部につぐ主部では、それぞれ法会の目的に応じた展開を行い、終結部は、法会の功徳があまねく一切衆生にめぐることを願う回向で終了することになる。

発句立て連歌における座が、非日常的性格の場であることについては第三章で論じたので詳細は前章に譲るが、法会の座とひとしく連歌の座も一種の「結界」であり、現実世界を超えた仮構の場で詠作が行われた。また興行の目的も、法楽・追悼追善・祈願・祈禱など種々の宗教的な目的のもとに張行されることが少なくない点も留意される。

連歌会で法会の「導師」の役に相当するのは、「宗匠」である。宗匠は一座の調和をはかり、百韻一巻の構成・演出を考えつつ、連衆の詠作の進行を司る役であり、一般に連歌の年功を積んだ長老師匠が担当する。法会の「会奉行」は、「執筆」に相当する。執筆は、句の書記役であると同時に、連歌の式目・故実に熟知していることが要請される。連衆たちは句作に専念するため、執筆は全体の運行に気を配り、一座が滞りなく進行するようつとめる。法会の「式衆」にあたるのが、連歌会に参集し、詠作する「連衆」あるいは「会衆」であり、一般の連歌会では、四、五人ないしは七、八人前後が最適とされる。一巻の流れを理想的な形に構成していくための作法・方式である「式目」は、法要の表現形式・構成に相当するといえよう。

さて、その連歌の「式目」についてであるが、冷泉為相の蔵書目録と推される『冷泉家蔵草子目録』には、式目の制作・制定者として、定家・隆祐・信実・行家・為家などの堂上歌人の名が見える。承久の乱以後、連歌の形態も賭物が減少し、賦物が物名式から上賦下賦式へ変化するなど、遊戯性から文芸性への移行がうかがえるが、式目の制定もその一端として理解されよう。さきの隆祐以下は、いずれも承久以後の連歌会で活躍した人々であるが、後鳥羽院主催の内裏・仙洞での連歌会が消失し、代わって定家の自邸や九条家・西園寺家・六条家などの邸宅、あるいは寺院で、貴族や僧侶同座の会が催されることになる。

そうした座の寺院関係者の一人に、「連歌禅尼」がいる。『明月記』の嘉禄元年四月十四日の記事以来、「好士之老女」「好士禅尼」「連歌禅尼」などの呼称で頻繁に記され、また『筑波問答』にも「又、御腹取の尼とて、七八十になる連歌師も侍りき。それは京極中納言入道殿などおなじ時の人にて侍りしやらん」「おほかた京極中納言入道殿も、老後には日ごとに連歌をせられ侍りけるなり。御腹取りの尼とかや云ふ者上手にて、常に張行する由、彼の日記にもこまかに記しおかれたり」と記されており、伝承の正否は別として、『明月記』の「禅尼」と同一人と推される。この連歌尼の人物特定については、諸氏によるいくつかの考察があるが[6]、いまここでは寛喜二（一二三〇）年四月十五日に他界した折、供養のための結縁経勧進の場所を「年々翫花道場」とする計画を立て（『明月記』四月二十二日の条）、同年八月十四日に定家・信実・覚寛法印らが毘沙門堂で追善の連歌を行っていることを問題としたい。この条は、花下連歌の歴史を考えるうえで注目されてきたところで諸説があるが、一つにはこの頃から毘沙門堂の道場で翫花の連歌、花下連歌が年々行われていたと推測し、『菟玖波集』で確認される、その十五年後の寛元三（一二四五）年三月の毘沙門堂での花下連歌をはじめ、寛元・宝治の道生・寂忍らの花下連歌より遡るものとして解する論がある。(7) これに対し、「翫花」をそのまま花の賞翫とし、花下連歌そのものに直接関連づけない論も提示されている。(8) こうした解釈の相違はあるにせよ、すでに指摘されているように、『明月記』寛喜元（一二二九）年四月二十一日の条で、連歌禅尼が連歌会のことで定家を訪問の際、同座していた「隆祐」は、『冷泉家蔵草子目録』によると「花下様」の式目の作者でもあったこと、同じく嘉禎元（一二三五）年三月二十五日に定家訪問の記事が見える「素俊入道号十念房」は、『沙石集』における毘沙門堂での花下連歌の一話（建長の頃か）に見える「花下の十念房」と考えられることの関連に注目される。また、『沙石集』の先の一話には、「ウスクレナヒニナレルソラカナ　ト云句ニ、ツケ煩テ、三十餘句返テケレバ」とあり、『筑波問答』にも「道生・寂忍・無生などいひし者の、毘沙門堂・法勝寺の花の本にて、よろづの者おほく集めて、春ごとに連歌し侍りし」とあって、僧形の地下の花下の好士たちを中心に、「よろづの者」(9)が大勢集まって活気ある座がすでに展開されていたのであり、おそらく寛元・宝治以前からもその兆しや動きのあったことが想定される。

さて、寛元・宝治の花下連歌で活躍していたのは、道生・寂忍・無生・京月など、いずれも地下の凡僧(10)とされる僧形であり、張行の場所も出雲路の毘沙門堂をはじめ、白河の法勝寺・清水寺の地主権現、鷲尾の正法寺など、いずれも寺院であることに注目される。この花下連歌は、鎌倉後期の善阿らの花下連歌につながるものであるが、善阿をはじめこの当時の地下連歌師の大部分もまた宗団、ことに新興宗教の浄土宗・時宗・融通念仏宗などに属する宗団の下層僧侶階級の人々であった。さきに触れた『冷泉家蔵草子目録』には、定家、隆祐、信実、為家らの式目のほか、「花下様同（隆祐を受ける）」「同式花下道生等」「花下新式目」とあって、花下連歌の式目が制定されており、その制定作者の一人に地下の連歌師道生の名も見える。

定家らの式目と花下の式目とに関してであるが、堂上の式目は、『八雲御抄』の連歌に関する十五か条の法則とほぼ同種の内容で、文学的教養をほぼひとしくする、親しい参会者たちの、内輪のルールであったと考えられる。それに対し花下の式目は、『沙石集』や『筑波問答』などからもうかがえるように、多くの「よろづの者」を交えてのもので、一座全体の進行には、よく構成・整備され、明確な骨格をそなえた形式が必要であり、またそのような形式があったからこそ、花下連歌の興行が成立したのだと思われる。[11]その具体相を資料のうえで知ることはできないが、実際には善阿が制定したとおぼしき建治新式に改定を加えた『僻連抄』所載の式目を見ると、「輪廻」「体用」など『八雲御抄』にはない項目がかなりの比重を占めて記されており、それらがいずれも仏教語に基づく用語であることに留意される。中世において、仏教や寺院は、新たな文学や芸能を創造・展開させてゆく源泉であったが、連歌が象徴的空間としての意味機能をもった「座」や、連歌一巻全体の構成・表現形式としての「式目」を形成してゆく過程、すなわち連歌が構造化してゆく過程で、仏教的世界の摂取があったことは否めない。花下連歌の中心的連歌師が、下級僧侶であり、張行場所が寺院の境界内であることもまた、それを証するものといえよう。堂上の歌人たちが文学的教養を生かした、内輪の私的なルールを形成する一方で、地下の連歌師たちはその時期は定かではないが地下の式目を作成していったのであろう。そしてこの時、地下の連歌は、外から法会の形態をはじめさまざまな仏教的要素を広範に吸収し、あるいはまた仏教的行儀としての献茶・供花・供香から茶・花・香の座の文化が形成されたように、[12]法会等の仏教的行儀から座の文芸である連歌の形式形成が内から促成されていったのではないかと思われる。そして堂上と地下との間に位置し、堂上の文学的要素を地下の連歌に注ぎ込んでいったのが、堂上の座に同席していた連歌禅尼や、歌人の素俊（花下の十念房）、あるいは隆祐（花下様の式目の作者であり、連歌禅尼との連歌会にも同席、さらに『沙石集』にも花の下の連歌の付句の話が見える）などであったと推される。

三　声明の波動

南北朝時代、堂上連歌の好士と地下の連歌師とのあいだに立ち、連歌文芸の確立と向上をめざして旺盛な活動を行ったのは、二条良基であった。その連歌論書の多くは、良基の文芸的教養や理念などをベースにした連歌論であり、地下連歌の精神をそのまま伝えるというよりは、良基の文化圏での連歌のあり方を論じたものといえよう。そのような限定はあるが、それらはまぎれもなく堂上と地下の境界から生みだされていったのであり、とくに康永四（一三四五）年三月、良基二十六歳の折の最初の連歌論書『僻連抄』は、式目記載のあとに「於此抄、大略救済所存也」とあり、奥書に「康永四年三月下旬之頃、自鷲尾辺、不慮所尋得也」とあって、式目をはじめこの書が、連歌の師救済を中心とする地下連歌師の考えに多く拠っていることがうかがえる。そして、連歌様式が確立した後の連歌論書としては、『僻連抄』が現存最初のものであり、百韻の様式を整えた連歌文芸の姿が、そこで一気に明るみに出されてくるのである。

さて、この書には、前節でも触れたように、式目の基本事項に「輪廻」や「体用」という仏教語に基づく用語が見えるほか、地の文における「心地（しんぢ）を沈むべからず」とある文の「心地」や、良基連歌論の要の一つとして新しく提示される「骨のある人は意地によりて句柄の面白き也」の「意地」の用語なども、いずれも仏教語である。また、『連理秘抄』では「意巧」や「所存」の語に改められる、「かやうの事はただ人の意楽にあるべし」（ほか三箇所）の「意楽」も仏教語で、「顕密二教僧意楽」（『続遍照発揮性霊集補闕抄』巻十）、「慈悲ノ意楽ヲナス」（『沙石集』巻二「菩薩代受苦事」）、「死をもねがふ意楽をこのむべき也」（『一言芳談』）、「私ノ意楽ヲ存ゼズシテ」（『正法眼蔵随聞記』二）など、一般に仏教関係書で多く使用される語である。これらの点から、先駆的な連歌論書『僻連抄』における仏教語の多用にあらためて注目されるのである。

『僻連抄』に、次のような文がある。

A　景物、又大切也。ただ当座の会興催さむためには、少々いはれぬことをも面白く幽玄に、聞き所ある様にすべし。

B　上手の一座は、上はのどかにて早く行く也。

まずBの方を先にとりあげるが、貞和二（一三四六）年の奥書をもつ、講式の唱法の口伝の一紙「音曲式口伝」[13]に、（読式事）「上者重、下者軽、可上静、下早、上和、下強矣」とあり、また同紙の初めには「存略、任意楽」と記され、先の「意楽」の用語も見える。奥書には、「貞和二年八月一九日於泉州中信太為後学也。沙門普一大概記之。同十一月十二日為良玄大徳書之。沙門在判」とあり、『魚山集』の書写者で、真言宗南山進流の声明家普一と、当口伝を与えた良玄の詳細は不明であるが、この頃の唱法の一端をうかがう参考ともなり、連歌会での句の詠み方との類似性に注目される。「意地ハ強ク詞柔カナルベシ」（『九州問答』）などとの関連も考えられよう。

次にAに関しては、正和二（一三一三）年の序、暦応三（一三四〇）年の奥書をもつ、種々の講式の唱法などを記した声明口伝書『声塵要次第』[14]のなかに、「只殊ニ名句ニテモアリ、又サマデナラズトモ文章モ幽玄ニ面白キ句ノサシアゲタレバ、聞キドコロモアリ」（「舎利講式読様事」）とあり、表現の類似に留意される。本書にはさらに、同じ「舎利講式」唱法を記すなかに、「又ヨキ句ナレバトテ、コレヲカマヘテ句ゴトニアゲントセバ、式ノカカリモ声ウツリモキキヨカラザル事モアリヌベシ」とあり、後に良基の連歌論書の重要なタームとなる「かかり」の語が見いだされるほか、「安居院古キ口伝ニハ」として「往生講式」の唱法を記すなかに、「第七ノ段コレモ乙ニ読出シテ、セメフセテヨムベシ。サテ若セメヌベクハ、乙ノ曲ニアグベシ。ソノ句ハ、謂生死ニ終リアリノ句ナルベシ。サテ、モミモミト読ミハツベシ」とあり、同じく後の良基の連歌論書にあらわれる「もみもみ」の語も使用されていることを知るのである。この書は、奥書に「于時暦応三年孟秋下旬大原沙門、玄雲示」とあり、天台宗の声明家玄雲による「大原流」の口伝書である。

ところで、良基の連歌論書と声明口伝書との表現や用語の類似性は、なにを語っているのだろうか。

ここでまず、「もみもみ」と「かかり」の二つのことばについて、考察を深めることにしたい。

「もみもみ」は、良基の連歌論書では、つぎの二書に見られる。

・其句ノ内ノ肝要ノ寄合ヲ目ニカケテ、凡ソ句去カヌ様ニ付テ、一句ヲモミ〳〵ト面白ク可付。（『九州問答』）

・只当座ヲ沈マセヌ様ニモミ〳〵トスベキ也。（『連歌十様』）

両書とも、高野山正智院秘蔵の書で孤本とされているものであるが、『九州問答』は今川了俊宛の伝書、『連歌十様』は足利義満へ進遣したものかとされる[15]。また「もみもみ」の用語は、後の世阿弥の能の伝書『三道』にも見られるが、ここでとくに注意すべきは歌論用語の先例としてあげられる『後鳥羽院御口伝』における用例であろう。

・又俊頼堪能の者なり。歌の姿二様によめり。うるはしくやさしき様も殊に多く見ゆ。又もみ〳〵と、人はえ詠みおほせぬやうなる姿もあり。この一様、すなはち定家卿が庶幾する姿なり。

うかりける人をはつせの山おろしよはげしかれとは祈らぬ物を

この姿なり。

・齋院は、殊にもみ〳〵とあるやうに詠まれき。

・（定家は）やさしくもみ〳〵とあるやうに見ゆる姿、まことにありがたく見ゆ。道に達したるさまなど、殊勝なりき。

右の用例における語意については後に触れるが、[16]この口伝書は、頓阿自筆の奥書をもつ一本には、

写本云

仁治元年十二月八日、於大原山西林院普賢堂、以教念上人所持御宸筆草本書写之。此御草本之外、他所無之。子細難尽筆端。頗有由来。尤可珍敬之。惣可停止外見云々。

蓮信房勝林院在判

と記されており、後鳥羽院薨去の翌年、仁治元（一二四〇）年に、教念上人が所持する宸筆の草本を、大原の西林院普賢堂で、同じく大原勝林院の蓮信房が書写したことを伝えている。別本の追記に載せる「件の教念上人は、彼院に遠所まで付まひらせて、いまはの御時まで候ける人とかや」の文が事実であるか否かは分明でないが、西林院普賢堂は、「御骨令渡出雲国、（略）同（延応元年五月）十五日、入御大原西林院御堂、但過宮城、奉入大原、安置之、（略）仁治二年二月八日、大原法華堂供養、同日、御骨自西林院御堂、奉渡法華堂」（『一代要記』後鳥羽天皇の条）とあり、仁治二年二月八日まで後鳥羽院の遺骨が安置された御堂である。

さて、その「大原」と生前の後鳥羽院との関係であるが、ここで留意されるのは『法然上人行状絵図』の次のような記事である。

・又嘉禄二年のころ、後鳥羽院遠所の御所より、西林院の僧正〈承円〉に、仰下されける御書にも、散心念仏の事一定出離しぬべく候はんやう、明禅・聖覚などにくはしく尋さぐりて、最上の至要をしるし申さるべきよし、仰下されければ、法印こまかにしるし申されけるとなむ。（第十七）

・又散心念仏の事、後鳥羽院遠所の御所より西林院の僧正〈承円〉につげて、仰下されける。嘉禄二年正月十五日の御書云。（以下、送状の文面あり）（第四十一）

後鳥羽院は、隠岐在島中に、大原西林院の承円をとおし、明禅・聖覚に、散心念仏の最上の至要を、尋ね合わせていることがうかがえる。明禅・聖覚とも天台宗の僧であるが、明禅は顕密に造詣が深かったといわれ、毘沙門堂に住した。聖覚の方は、竹林院の里坊安居院に住したが、父の澄憲を祖とする安居院流の唱導はつとに有名であり、『明月記』のほか、『古今著聞集』『沙石集』などの説話、あるいは虎関師錬『元亨釈書』巻二十九「音芸史」などで、その能説が讃えられている。そして、先に「もみもみ」の例として引いた『声塵要次第』「往生講式読事」の「安居院古キロ伝ニハ」とあるのは、同文中に「聖覚法印云」とあり、安居院法印と称された「聖覚」の口伝であることがわかる。さらに、『法然上人行状絵図』の記事は、すべてを事実と捉えるべきではないが、聖覚は、承久の乱以前から後鳥羽院主催の法会や経供養、逆修などで、証義・講師・導師などをつとめるほか、承久三年五月二十八日、後鳥羽院の願文が奉納された、倒幕・戦勝祈願の法要でも導師をつとめており、後鳥羽院と聖覚との関係がきわめて親密なものであったことが指摘されている。[17] また院は、隠岐の配所で『無常講式』を作成してもいる。その直接的な示教にたずさわった者の有無などについては不明であるが、天台声明の根本道場であった大原やその関連の僧たちを通じ、声明について多くの知識をもっていたことは充分に考えられよう。以上のことを踏まえ、今「もみもみ」の用語に限って考えると、このタームがそれ以前の歌論に見られないことからも、声明の唱法用語の転用ではなかったかと推察される。

そのように考えるならば、「もみもみ」の用語は、「もむ」のいくつかの用例のうち、「数珠をもむ」意からの、「仏に強く訴える」意から派生した意味と解釈することができるのではないだろうか。「もみもみ」は、その様態の修飾であり、歌の場合でいえば、ことばにしがたい激しい情動の高まりが、極限的なところで奇跡的な形象化をはたしている歌ということになろうか。

『後鳥羽院御口伝』の先の用例で見ると、俊頼の「うかりける」の歌はそのような歌として解釈することができ、また式子内親王に関しては評語のみで例歌はないが、たとえば代表的な名歌「玉のをよ絶えなば絶えねながらへば忍ぶることのよはりもぞする」などが想定される。定家の場合も同様に例歌はないが、のちに正徹が「もみにもうだる歌様」（この場合は、「身をもむ」の意で解釈するが）として、

定家卿母にをくれて後に、俊成の許へゆきて見侍りしかば、秋風吹きあらしていつしか俊成も心ぼそき有様に見え侍りしほどに、定家の一條京極の家より父の許へ、

玉ゆらの露も涙もとゞまらずなき人恋ふる宿の秋風

と読みてつかはされし、哀れさもかなしさも云ふ限りなく、もみにもうだる歌様也。（『正徹物語』）

と記していることを参考にすると、定家のこのような歌を念頭に置くべきであろうか。

「もみもみ」は、声明の唱法の場合は、『声塵要次第』に「セメフセテヨムベシ」ともあることから察せられる

ように、「せめふす」すなわち「何事かを高い、強い、または早い調子で行なう」に近い用法であろう。良基の連歌論の用例は、「一句ヲモミ〳〵ト面白ク」「当座ヲ沈マセヌ様にモミ〳〵トスベキ也」とあり、声明の用法に近いといえる。

つぎに専門用語としての「かかり」の語については、良基の場合、

・詞ヤサシク、カヽリ面白クスル人ハ、花ノ句ナラズトモ面白カルベシ。（『九州問答』）

・所詮連歌ノカヽリト云ハ、詞也。当座ニシミ〴〵ト面白ク聞ユルモ、只詞也。（同右）

・連歌ハ、カヽリ・姿ヲ第一トスベシ。イカニ珍敷事モ、姿カヽリ悪クナリヌレバ、更ニ面白モ不覚。（『連歌十様』）

・救済は詞あくまできゝて幽玄に面白かりき。（略）ただかかりをむねとし、詞を花香あるやうに使ひしなり。（『十問最秘抄』）

など、『九州問答』以降の連歌論書に散見される。良基以前の歌論書における「かかり」の先例は、源承の『和歌口伝』（『愚管抄』）に見られ、その歌論十章のうち第二章「句のかゝりよろしからぬ歌」で、多くの具体例をもとに批評・解説がなされている。

さて、この『和歌口伝』において源承の説く「かかり」は、平安末期から鎌倉期にかけての歌合判詞や一般の歌論書における「詞つづき」「つづけがら」を重視する傾向を継承しつつも、それをさらに拡張・深化させており、それゆえ「かかり」という新たな語を用いる必然性があったとされる。しかしながらすでに専門化された意味機能をもつ「かかり」の語を、源承がどのような経路をへて歌論用語として使用するに至ったのかは、なお不明と

されてきた。(18)

『和歌口伝』に、つぎのような文が見える。

・況やもとは前中納言定家子として俗名散位後に安居院法印聖覚の門弟として公請につかへしまで、仗をなべて論議をしるしとられき。

（「一　初本とすべき歌」）

・愚老は祖父前中納言定家為子後に祖子法印聖覚存是門弟也。

（「十　訓説おもひ〳〵なる事」）

右に記すごとく、源承は幼少においては祖父定家に養われ、若くして安居院法印聖覚の門弟となり、出家している。したがって「大原流声明」に精通していたことは疑いないであろう。よってここにおいても、歌論に新しく用いられた「かかり」の語が、先の「もみもみ」と同様、声明用語の転用ではなかったかと推理されるのである。先の『声塵要次第』の「舎利講式」は、「解脱上人　草」とあり、解脱上人貞慶の没年である建暦三（一二一三）年以前の作であることはわかるが、その読み様の口伝のはじまりの時期は明らかではない。しかし源承の没年が、八十歳の嘉元元（一三〇三）年以後であることや、その歌論書『和歌口伝』の成立が永仁（一二九三〜九九）頃とされることを考慮すると、正和二（一三一三）年の序・暦応三（一三四〇）年の奥書をもつ、この声明口伝書の「かかり」の用例は、源承の時代と大きく隔つものではなく、口伝として継承されてきたことを考えると、むしろ時期的に重なっているものと推定されよう。また、「ヨキ句ナレバトテ、コレヲカマヘテ句ゴトニアゲントセバ、式ノカカリモ声ウツリモキキヨカラザル事モアリヌベシ」の用法から見ても、音調や声調が問題とされているのであり、歌論用語として転用されることは、決して不自然ではなかったものと思われる。

さて、良基連歌論書の「かかり」も、ことばの音調・声調に関するタームであり、『九州問答』以降の連歌論書で多用され、重要な連歌用語となっていった。良基連歌論の「もみもみ」や「かかり」の用語が、歌論からの経路によるものか、声明口伝の経路か、あるいは双方によるものかについては、いまは明確には断定しえない。(19)しかしここで、本章のはじめの問題に立ちかえると、『僻連抄』と声明口伝書との表現や用語の類似性をはじめ、この書における連歌論用語や地の文の用語、あるいは連歌百韻の制作を支える式目などにおける、仏教的色彩の濃い様相は、『僻連抄』の成立に深くかかわった救済をはじめ順覚・信照など、多く僧侶であった地下連歌師たちの存在をあらためて想起させるのである。

救済は、『菟玖波集』発句に、「一二三〇　神無月の始紅葉さかりの比、救済大原極楽寺に日数へて住侍りけるに、閑居とふらひ侍らんとて彼所にまかりて連歌し侍りけるに／冬木まで庭にみやまの紅葉かな　二品法親王」「一二三一　同所にて／ちらすなよ染し時雨のした紅葉　救済法師」とあり、時期は明確でないが少なくとも『菟玖波集』撰集以前に「大原極楽寺」に住しており、正慶二（一三三三）年より四度にわたり天台座主を重任した二品法親王（梶井宮尊胤法親王）と交流の深かったことが知られる。親王は、同集に救済に次いで第二位の入集句を収め、たびたび自邸でも連歌会を催しており、その数寄に興じる様は『太平記』などからもうかがうことができる。救済は、親王の連歌の師をつとめたのであろうが、叡山との関わりの深さは注目される。『僻連抄』奥書に「自鷲尾辺、不慮所尋得也」とある花下連歌の主要な拠点であった「鷲尾」の正法寺もまた、天台別院であり、仏教界との具体的な関連を追ってみると、叡山・天台宗との関連に注目される。

平曲や宴曲・早歌、能楽の謡など、中世の声楽は、声明を源流としており、その宗教音楽の波動は、それぞれの様式に流伝し、そこで新たな声の音楽を響かせることになった。声明との関連を一歩すすめて考えれば、法会で声明が唱えられてゆくように、「座」の空間で「声」のフレーズを連鎖させ、「声」によって表現される文芸であった連歌が、中世の声楽とひとしく声明の水脈につらなり、そこからフレーズの声調の美学を展開させていったとしても、決して不可思議なことではなかったといえよう。

四　回向と行

中世宗教の主流は、顕密仏教としての旧仏教にあり、中世宗教史は、旧仏教それ自身の展開あるいは変革の歴史であると同時に、新仏教が旧仏教に対峙しつつ革新運動を展開していく歴史であった[20]。

連歌師や連衆に時宗の者が多いことは、すでに触れたが、中世宗教史のそのような流れのなかで、新仏教の念仏宗などの運動も展開されていったのであり、たとえば十三世紀、花下連歌の主要な道場の一つであった鷲尾の正法寺は、天台宗であったが、元久二（一二〇五）年に源空が正月別時念仏を行うなど、浄土教的色彩の濃い寺院でもあり、永徳三（一三八三）年には正式に時宗に改めている。時宗と連歌師との密接な関連は、こうした宗教史の展開にかかわる問題であると同時に、念仏僧や遁世者が文化や文芸の新たな担い手にもなるという、文化を生成・創出する階層の変遷の問題でもあり、またさらには連歌文芸の創作それ自身に内在する「運動性」の問題とも深くかかわっていると思われる。

第二節において、法会と連歌会との種々のアナロジーを見たが、連歌会における、法会との大きな相違は言うまでもなく、その場におけるフレーズの「創作」にある。ただ法会も儀礼でありながら、たんなる形式儀礼ではなく、その調和と律動のある展開のなかで一つの象徴的世界を開示する場であることを想起すれば、創作によって象徴的世界を展開する連歌の場と、象徴的世界の創出という点ではその機能をひとしくしているといえよう。

さて、「創作」における連歌形式の内在的な問題と宗教とのかかわりについてであるが、ここでは二つの点に留意しておきたい。まず、連歌は一般には、多くの連衆による共同制作であり、その「創作」は前句に句を付けることによって、つねに（打越を含む）前句の世界から転じ離れ、意味を変換していくことを主眼としている。社会的階層や生活圏・文化圏を異にする連衆が、本質的に一回性の一座のなかで「句」の変換・転換を安定したシステムで行うためには、座は宗教的な空間に相当する結界の場である必然性があったと考えられる。非日常的な市という空間において、安定した物の交換が可能となるように、連衆の「句」の変換・転換は、座が日常を超えた空間であるという保証のもとに成立しているといえよう。寺社の庭で張行された、連歌様式成立後の花下連歌は、座の外部からも自由・活発に付句が試みられる、動的な一座ではあったが、寺社の庭という場にも象徴されるように、座空間はすでに一つの方向性をもっていたのである。したがってそれは、保証された座空間を前提としつつ、そのなかに外部の乱流するエネルギーをも取り込んでいくものであったといえる。屋内の連歌会は、外部との回路がなくより静穏であり、また直接的には宗教性と関連しない場合も少なくないが、第三章で論じたように、「発句」によって保証される非日常的空間へ参入することにより、「句」の変換・転換が可能となったと考えられる。

「回向」の梵語の原意は、「変化・転換」であるが、これは連歌の精神にそのままつながる言葉である。前句の世界をつねに変化・転換させてゆく、動的な意識の働きが連歌の創作においては、重要視されたのであり、連歌の様式は、「変化・転換」を文字どおり実践するための一つの文芸モデルであったともいえよう。二条良基の『筑波問答』に、「連歌は前念後念をつがず。又盛衰憂喜、境をならべて移りもて行くさま、浮世の有様にことならず。昨日と思へば今日に過ぎ、春と思へば秋になり、花と思へば紅葉に移ろふさまなどは、飛花落葉の観念もなからんや」とあるが、「変化・転換」の実践によって創作された連歌の行様は、そのまま諸行無常の理、現象世界の生滅変化の様相を表し、その観想へ導くものともなった。仏教教理の術語である「行」の梵語の原意には、「造作（つくること）」と「遷流（移り変ること）」の二義があるというが、その意味において、連歌の創作は、また「行」

の実践でもあった。
中世における連歌文芸と宗教との具体的な関係性については、個々の事例とその詳細な分析をもとに、全体像を組成していく必要があろう。本章で特に考察の対象としたのは、連歌の様式形成における仏教との関わりについてであるが、すでに見たように連歌が一つの様式として構造化されていく源では、仏教の力が大きく作用していたと考えられる。連歌が「構造」をもち、「形式」としての統一をはかる根底の理論に、仏教の理念が大きく作用したことは、時代の精神と消長をともにする宿命をになうことになったが、しかし、その作用があったからこそ、また中世においてきわめて広範な隆盛を見たのであろう。元応二（一三二〇）年、鎌倉花の下でもすでに一日一万句連歌が張行されているが、連歌は、あたかも宗教の伝播のように早速に、中世の人々に広く深く浸透していった。仏教理念の一つの実践ともいうべき性質をそなえた連歌は、「変化・転換」と「行」の実践を内包しており、その本質的な運動性ゆえに、新仏教の運動性とも共振していったものと思われる。

注（1）この点に関し、黒田俊雄の論に「いわゆる『神道』（神祇信仰）や陰陽道その他の民俗信仰もまた『顕密』仏教と無関係あるいは異質なものとして存在していたのでなく、その一部に組み込まれていたものであることが明らかになってくる。むしろ、今日ひろく見られる日本の〝民俗的〟な信仰・風習の基本は、この顕密仏教の成熟とともにできあがり、仏教によって定着したといってよい」（『日本中世の社会と宗教』序説「顕密体制論と日本宗教史論」、岩波書店、一九九〇年）とある。詳論は、黒田俊雄『日本中世の国家と宗教』第Ⅲ部「中世における顕密体制の展開」（岩波書店、一九七五年）参照。
（2）澤田篤子「仏教声楽——典礼楽としての組織化と展開——」（『岩波講座　日本の音楽・アジアの音楽2　成立と展開』、岩波書店、一九八八年）。

（3）佐藤道子「法華八講会——成立のことなど——」（『文学』一九八九年二月）。
（4）法会・法要の構成に関しては、佐藤道子「寺事の種類と形式」（横道萬里雄編『雅楽・声明・琵琶楽』日本古典音楽大系第一巻、講談社、一九八二年）、横道萬里雄「寺院の典礼音楽——寺事と声明」・佐藤道子「法要の形式と内容」・岩田宗一編「辞典の部」（『声明辞典』（法蔵館、一九八四）所収）など参照。
（5）歌会の座や所作との連関についても、あらためて考える必要があるが、本論では対象としないことをお断りしておく。
（6）山田孝雄「連歌及び連歌史」（『岩波講座日本文学』岩波書店、一九三一年）、石田吉貞「家庭生活の基礎としての家族・家」（『藤原定家の研究』第一編第一章、文雅堂書店、一九五七年）、辛島恵子「養子之禅尼考」（『国文』一九七〇年一二月）、木藤才蔵「承久の変後の連歌界」（『連歌史論考　上』第三章1、明治書院、一九七一年）など参照。
（7）推察の広がりには、多少差異があるが、金子金治郎「花下連歌の歴史と形態」（『菟玖波集の研究』第一編四章1、風間書房、一九六五年）、伊地知鐵男「地下連歌の風体・性格」（『連歌の世界』第二・4、吉川弘文館、一九六七年）、島津忠夫「花の下の連歌」（『連歌史の研究』第五章、角川書店、一九六九年）など参照。
（8）木藤才蔵「花の下連歌の基盤」（注（6）同書同章3）参照。
（9）「よろづの者」について藤原正義の論では、文芸的教養のある僧形・修行者と想定されている。「寛元・宝治の花下連歌」（『日本文学』一九六八年五月）参照。
（10）金子金治郎、注（7）同書同章。
（11）木藤才蔵、注（6）同書同章5「花の下連歌と式目」参照。
（12）『八雲御抄』第一次本成立は、承久の乱頃であり、堂上歌人たちと交流のあった連歌禅尼や仁和寺の覚寛ほかの僧侶たちの存在を考えると、堂上歌人たちの式目に仏教的要素のあった可能性もないわけではない。
（13）書誌等に関しては、福島和夫編纂『上野学園日本音楽資料室第四回特別展観　声明資料展出陳目録』（一九七八年一〇月）に詳しい。
（14）大原勝林院蔵『魚山叢書』耳之筥第二十九、所収。
（15）伊地知鐵男編『連歌論集　上』（岩波文庫、一九五三年）「解題」参照。
（16）「もみもみ」の意味については、つぎのような解説がある。①巧緻な風体か。／近来風体抄に、「其比人の申侍しは、為定大納言は極てけだかくゆる〳〵とたけ有て、しかもまたもみ〳〵と有方も出来しけるにや」とあるのによれば、「もみ〳〵」というのは、美的内容としては「たけ」に対立し、表現方法としては流暢の反対と見るべきもののようである（日本古典文学大系　久松潜一校注『歌論集・能楽論集』（岩波書店、一九六一年）頭注・補注）。②『後鳥羽院御口伝』で「もみもみと人はえ詠みおほせぬやうなる姿」と評された俊頼の歌は、定家により、「心深く、詞心に任せて、まねぶとも言ひ続け難く、まことに及ぶまじき姿」（原形本近代秀歌）とも評されている。深く案じ、心を優先させることによって、表現面では接続の論理を超越し、屈折・深みのある歌となり、結果的には余人の詠むことのできない巧緻な風体の歌をいう。（日本古典文学全集　橋本不美男・有吉保・藤平春男校注・訳『歌論集』（小学館、一九七五年）所収「歌論用語」解説）。③「もむ」とは擦過することであり、「もみにもむ」も戦記物語などによれば、激しく鎧を摺り、また頻りに鞭を馬腹に当てて追ひこむことであるから、風体においても急迫して勢のある貌と推測することができる。（略）おそらく斧鉞のあとをとどめない、自在で遒勁な詞つづきの妙であつたらう（田中裕「後鳥羽院御口伝釋」（『南山国文論集』一九八四年三月））。④「もむ」「もみにもむ」とは烈しく責める意であるが、後鳥羽院御口伝の場合も感情内容・姿・詞のいずれであれ、急迫して勢いのある趣をさすのであろう（『和歌大辞典』田中裕解説、明治書院、一九八六年）など。

(17) 平雅行「安居院聖覚と嘉禄の法難」（中世寺院史研究会編『中世寺院史の研究　上』法蔵館、一九八八年）参照。

(18) 谷山茂「かかり続貂──源承歌論の一意義──」（『谷山茂著作集一　幽玄』第五章、角川書店、一九八二年、初出は一九六三年）参照。

(19) 良基の歌論書『近来風体抄』にも、「もみもみ」の用例が一例見える。

(20) 黒田俊雄、注（1）の二書など参照。

＊本文の引用は次のテキストに拠った。なお、表記は適宜改めた所がある。
『僻連抄』（日本古典文学全集『連歌論集　能楽論集　俳論集』）、『筑波問答』『十問最秘抄』（日本古典文学大系『連歌論集　俳論集』）、『九州問答』『連歌十様』（岩波文庫『連歌論集　上』）、『菟玖波集』（金子金治郎『菟玖波集の研究』）、『後鳥羽院御口伝』『正徹物語』（日本古典文学大系『歌論集　能楽論集』）、『和歌口伝』（『日本歌学大系』第四巻）、『沙石集』（日本古典文学大系）、『続遍照発揮性霊集補闕抄』（『弘法大師空海全集』第六巻）、『一代要記』（『改定史籍集覧』）、

『一言芳談』（日本古典文学大系『假名法語集』）、『正法眼蔵随聞記』（日本古典文学大系『正法眼蔵　正法眼蔵随聞記』）、『法然上人行状絵図』（『法然全集』別巻1・2）。

声明関係の資料の閲覧については、上野学園日本音楽資料室ならびに室長福島和夫氏（現、上野学園大学日本音楽史研究所所長）の御高配を賜った。記して深謝申し上げる。

第六章　連歌と神祇

はじめに

中世に隆盛した連歌は、〈五七五〉の長句と〈七七〉の短句とを交互に付け連ねてゆく形式をもち、〈五七五〉音と〈七七〉音との韻律で構成される点で、和歌と密接な関係にある文芸である。しかし、前句の享受と付句の創作とを即興的に行いつつ句を付け連ねてゆく詠作方法や、百韻一巻を一座の連衆とともに合作する共同制作の形態、一巻全体を序破急のテンポで進行させる演出的配慮など、連歌の創作は〈座〉という興行の場と不可分の関係にあり、韻文学のなかでも特殊な位置に立つ文芸といえる。

百韻形式の連歌は、鎌倉から室町期にかけて都鄙貴賤を問わず広範な流行を見たのであるが、〈中世〉という歴史的社会的文化的環境のなかで、なぜそのような現象が立ち現れたのか。本章では、連歌と神祇との関わりを中心に考察することにしたい。

一　筑波の道と〈古代〉

二条良基の『筑波問答』では、連歌の起源を、記紀の国生み神話に見える伊弉諾尊・伊弉冉尊が、天の御柱を巡りつつ唱え言を誦して婚姻を誓った、男女二神の掛け合いに置いている。連歌の歴史の淵源を創世期に置き、文芸としての価値を宣揚する意図もうかがえるが、二句の唱和に連歌の本質を見る認識によるものでもあろう。

また、唱和の対唱形式は連歌の付様の一つである相対付けとも通い、さらに神々の唱和と神婚によって国土が創造される神話の展開は、句の掛け合いによって作品が制作される連歌文芸のメタファーとも捉えられ、たんなる宣揚を超えた象徴的な意味を読み取ることもできよう。

『筑波問答』では、この二神の唱和の次に、同じく記紀に見える日本武尊と「火をともす稚き童」（記紀ではそれぞれ「御火焼之老人」「秉燭者」とする）との問答句をあげるが、この問答句に見える「筑波」の山は、『常陸国風土記』や『万葉集』巻九に見えるように古代歌垣の名所であり、歌垣が何らかの神事に関連し、筑波山や杵島山など歌垣にゆかりのある地が、男女対偶二神を祭る土地柄であったことが指摘されている。[1]『菟玖波集』がこの唱和を巻十九「雑体連歌」に収め、その序で連歌を「筑波の道」と称して以来、その名称は和歌の「敷島の道」に対する連歌の呼称として定着するようになる。歌垣のもつ対話性や即興性は平安期の短連歌も同様の性質を有するが、祭祀性については第三・第四節で後述するように、平安期の短連歌を超えて中世の百韻連歌の〈座〉に内包されていると考えられ、〈古代〉とのつながり、新たな連関が中世連歌の一つの特色として注目されるのである。

二　連歌と〈神〉

鎌倉中期から南北朝期にかけ、寺社の花の下で興行された花下連歌は、花鎮めの一種としての宗教的行事として起こり、当初は、地下僧や連歌好士らが中心であったが、やがて職能的な連歌師が輩出するようになり、地下連歌の興隆・進展に寄与した。十三世紀半ば、後嵯峨院のころに活躍したのは、道生・京月・寂忍・無生法師ら地下の遁世者で、『菟玖波集』発句の詞書に「法勝寺花の下連歌に」「地主の花下にて」などとあり、興行場所は京都白河の法勝寺、清水寺の地主権現、出雲路の毘沙門堂などの、神霊の降臨が信じられたしだれ桜のもとであった。その興行形態は、『筑波問答』に「道生・寂忍・無生などいひし者の、毘沙門堂・法勝寺の花の本にて、よろづの者おほく集めて、春ごとに連歌し侍りし」とあるように、神の依代である桜の下の聖なる空間に、貴賤を問わず「よろづの者」が参集し、物見の人々をも捲き込んで句を付けてゆく、活気にみちた自由で開放的な場であったようだ。

鎌倉後期に書写された冷泉家時雨亭文庫蔵『新古今和歌集文永本』や『承空本私家集』の紙背文書には、百韻完備の懐紙を含め多くの連歌懐紙が現存しており、鎌倉期の連歌関係の資料が乏しいなかにあって、きわめて貴重な資料が近年公刊され、作品内容をはじめ連衆の社会的文化的環境やネットワークを知る上でも益するところが大きい。そのなかに、『新古今和歌集文永本』紙背にある文永十二年三月日「清水寺地主御前西桜垣用途勧進状」があり、清水寺地主権現では先に見たように花下連歌が盛んに行われていたが、この勧進状は境内の桜の垣の造作もしくは修理のための費用を集めるための文書で、列記された名の人々は花下連歌の参加者であったと見られ[2]、実際これらのうち紙背の連歌懐紙の連衆や、『菟玖波集』の花下連歌の句などに名の見える者が少なくないことは、当時の花下連歌の実態を知る上できわめて興味深い。

こうした花下連歌の形態は、笠着連歌ともつながるものと考えられるが、鎌倉後期の康永元年（一三四二）十月、花下連歌の指導者として活躍した善阿の門弟の十仏は、伊勢神宮参詣を志し、伊勢への紀行と旧跡の巡礼、伊勢神道の大成者で八十歳代半ばごろであった外宮長官度会家行より聞き書きした神道説などをまとめた『太神宮参詣記』（以下、『参詣記』と略す）を著した。そのなかに、両宮奉納としては最初の法楽連歌興行のさまが記されている。まず、伊勢到着後の記事に、

三宝院と申僧坊にやどたちかりて、連歌の物語なんど侍し所に、祠官長官従三位家行卿聞及て、都の伝も聞かまほ

しげに侍るなんど、さそふ人のありしかば、彼宿所へ行ぬ。長官対面して、花のもとのたゝずまひなんど尋侍しかども、不堪の身なれば、詳に申宣たる事もなし。

とある。伊勢の地と連歌との関わりについては、『西行上人談抄』に見える伊勢在住時の西行の連歌談や、『夫木和歌抄』所収の鴨長明詠の「神島山」歌の左注に見える連歌に関する記載、『とはずがたり』に記された後深草院二条と伊勢神官らとの連歌の記事などから、早い関わりが知られるのであるが、この『参詣記』の三宝院の僧坊での連歌の談話や、長官度会家行の都の花下連歌への関心などからも、伊勢神宮に関わる人々の連歌への数寄の深さがうかがえる。十仏が家行との対面を終え、所々巡礼して三宝院に戻り、帰る段になるころ、「当所の好士あまた尋ね来て」、一折の連歌所望により両宮法楽連歌が初めて興行されることになった。

着座十余人、笠着群集せり。其中に垂髪あひまじはりて、花やかなる句なんどをいだし侍しかば（略）
わするなと書置文の一筆に
といふ句の侍りしに、
人の涙をおもひいでけり
と垂髪のつけて侍しかば、諸人の詠吟耳を驚し、満座の感歎腸をたつ。

とあり、笠着の群集の一人である、「志学をいでじ」と見える十五歳にも見たぬほどの垂髪の少年の付句に満座感歎し、その後少年はいずことなく消え去ったという印象深い体験を感懐をもって記している。〈笠〉は遠くから訪れてくる神の旅姿のしるしであり、それによって神格を得るとされるが、花下連歌の座が神の影向する空間であったのと同じく、笠着連歌の座もまた日常を超えた神の宿る空間であったことがうかがえる。なお、十仏下向より十年後の正平七年(一三五二)六月二十一日興行の、外宮神官らによる「何船百韻」の懐紙が『伊勢二所皇太神宮御鎮座次第記』紙背文書に現存する。

南北朝期における伊勢外宮神官たちの連歌への熱意は高く、連歌活動の一端もうかがえるのであるが、『菟玖波集』には内宮神官三名の句が数句ずつ収録されているのに対し、外宮神官の句は見えず、また同集巻七「神祇連歌」全五十八句のうち北野社関係の句が十句と多数を占め、さらに同集巻二十「発句」の詞書により、文保以降救済が宿願により北野社で年ごとの千句連歌を興行していることが知られる。花下連歌は南北朝前半期にかけてしだいに退潮し、代わって北野信仰と結びついた法楽連歌が京都をはじめ地方各地の天満宮に普及し、法楽連歌興行の活況を見ることになる。北野社は足利将軍家の尊崇する神社でもあるが、『菟玖波集』における外宮・内宮神官の入数句数の相違について、奥野純一氏は、内宮神官の多くが北朝方に傾いたのに対し、先の連歌懐紙には「正平」という南朝年号が用いられており、外宮神官らが、伊勢における南朝勢力の中心として活躍した度会家行をはじめとして南朝方に立つ姿勢を保持していたという政治的背景を指摘されている。さらに、十仏来勢の機会を捉えての神宮法楽連歌興行の発意は、同じ善阿の門弟であった救済が北野社との結びつきを強めるのに対し、十仏は二条良基と結んだ救済とは不仲とされ、また和漢の才学に優れ、連歌最要の書とされた連歌学書『拾塵抄』(現存せず)の著者でもあったが、その十仏を賓客として迎えることで、北朝勢力と緊密な関係をもつ北野社に対し、政治的側面から対抗する意識によるものではなかったかとされる奥野氏の論は[3]、説得性に富む卓見といえよう。

さて、十仏の『参詣記』の巡礼の条に、「桜宮と申は、大宮のまぢかき所にましますが御殿もなし。只一木の桜を神体とすとうけたまはりをよぶばかりにて、宮中へは参らず」という記述がある。伊勢内宮の摂社の一つである「桜の宮」は、早く西行や俊成が和歌に詠じており、連歌では二条良基の延文三年（一三五八）成立の連歌学書『撃蒙抄』に、「さかぬ花こそおもかげにたて／是やこの桜の宮のますかゞみ」の付合が見える。「桜の宮」の祭神を「桜大刀自」と称することは『皇太神宮儀式帳』に記されており、室町期を代表する度会神道学者の一人である外宮神官の山田大路（度会姓）元長が応仁元年（一四六八）に著した『太神宮二所神祇百首和歌』の「桜」題の自詠歌「桜太刀ノ天ノ往古ヲ残テヤ宮樹ノ花ノ雲ト見ユラン」の自註にも、「彼桜樹自天上降坐ス。日本ノ桜ノ始也。是桜太刀神ニ坐。朝熊ノ江ニ坐ス」と見える。

一方、至徳元年（一三八四）成立の連歌学書『梵灯庵袖下集』（松平文庫本）には、「北野にては桜の宮を桜葉の宮と申也。是は天神と成給も伊勢の御恩也。其恩に北野に伊勢をいはひ給へり。是を桜葉の宮と申也。たゞ桜葉共すべし。神の御名なり。能々心えべし」とあり、先の『太神宮二所神祇百首和歌』の「梅」題の元長詠の和歌の自註にも、「桜宮是ハ大宮ノ辺ニ坐ス。宝殿マシマサズ。此御神北野ノ桜葉ノ宮同躰ノ由、奉申人有之」の記載が見える。永享・嘉吉（一四二九〜四四）ごろの成立と想定される、(4)『蜷川親当自連歌合』一番右の句「桜葉の御山木青き雪間かな」（「御山」に「宮」を掛ける）に対する宗砌判詞に「右は彼御社の御事にて」とあるのも、北野社を指しての言であろう。また、世阿弥作とされる謡曲『右近』では、桜の名所であった北野の右近の馬場に花見に来ていた上臈（前ジテ）が、鹿島の神職に自らは北野の末社で君が代を守る桜葉の神であると告げ、やがて神の姿（後ジテ）で現れる場面に「曇りなき天照る神の恵みを受けては、桜の宮居と現れ給ひ、ここに北野の神の宮居に、花桜葉の神と現れ」という詞章が見え、南北朝期以降、最も由緒の古い伊勢神宮の桜樹を神体とする「桜の宮」を尊崇しつつ、北野の「桜葉の宮」と同体と称して摂受し、北野社の神威が高められてゆくさまがうかがえる。

これらを花下連歌から北野社法楽連歌へと移行する過程と重ねてみると、都や鎌倉など諸所で自主的に興行されていたであろう花下連歌に対し、北野の「桜葉の宮」を伊勢神宮の「桜の宮」と結びつけることで、都の北野社を桜に神霊の降臨する中心的な場として位置づけ、北野天神を連歌の神として掲げつつ中央主導的な形で、地方諸所の天満宮に法楽連歌が普及し隆盛してゆく構造が形成されていったことが推測される。『菟玖波集』における、序文の北野神詠の記載や、神祇連歌の巻頭の北野神詠と巻末の二条良基詠の菅公を祀る天満宮の句をはじめとする神祇連歌における北野関係の句の比率の高さ、文保ごろの救済の千句連歌を含めた北野社頭での数度にわたる連歌興行の折の句、あるいは応安三年（一三七〇）以前の成立とされる北野社法楽の『紫野千句』など、鎌倉末期以降南北朝期にかけて連歌が北野社との結びつきを強めてゆくさまが明確に知られるのである。

三　百韻連歌の〈座〉

連歌の〈座〉は、宗祇作とされる『淀渡』に「大方、連歌師の友は従兄弟程親しきぞと申し侍り。げにもはじめて見る人なれども、連歌の座にて寄合ひぬれば、たがひに親しみたる心地して侍るにや。老いたるは若きに交はりたるも苦しからず。高きは賤しきを避けぬもただこの道なり」とあるように、世俗的な身分や階級、年齢などの差異がいわば無化され、連衆が平等の立場で集い、百韻を共同制作してゆく場であった。連歌の〈座〉がもつ非日常的な場の性格や、法会など仏教との関わりについては第三章、第五章で論じたが、ここでは簡略ながら神事との連関性について見ることにしたい。

連歌百韻の〈発句〉は、良基の『連理秘抄』に「発句は最も大事の物也」とあるように、一座を開くにあたり最要のものとされる。〈発句〉には切字と当座の季語が求められるが、切字は〈発句〉一句に独立性をもたせるためであり、季語は眺望にすぐれた景色のよい場所を選び、当座の時節にふさわしい季語を詠み込むことで、四季の景物に託して神を一座に招く意味が内包されていよう。人々は古代より、巡り来る四季の到来に神の訪れを感得し、祭りや年中行事などを通して寿ぎ、生命力の更新をはかってきたのである。〈発句〉一句はいわば天と地を結ぶ神の依代となる柱の象徴であり、一座の長老や尊者・貴人が〈発句〉を詠むことで神迎えをし、〈座〉は聖なる空間としての場を整えることになる。

ついで〈脇句〉は、〈発句〉の時分・景物を承け、〈座〉の興行者である主人が詠み、神への挨拶となる。第三句目から九十九句目までは〈平句〉で、「一時に四季にうつり、月花を見、春夏秋冬一時に移行く事は連歌の徳なり。其身は未だ若き物なれども、昔古を忍び、老衰へ年闌けて、更に身の便なき由を観ず。其身は未だ捨てざれども隠家山深き居所閑居を求むる也。是よの道にはなし」(『連通抄』)とあるように、連歌の〈座〉は、あらゆる時間、あるゆる事象が存在する仮想の王土であり、一句一句の句境の移り行きは王土を旅する神の巡行の道行にも喩えられよう。不特定多数の連衆で構成された〈座〉は、「式目」によって秩序ある調和的な世界を顕現させ、全体は序破急のテンポで円滑に詠み進められるよう配慮される。

最後の第百句は〈挙句〉で、「上句はにほひのてにはをうけていかにも目出度上侍るべし」(『連通抄』)とあるように祝言の句でめでたく終え、神送りをすることになる。

連歌の〈座〉と百韻の様式には、神々とともに時空を共有する祭祀性や法楽的な要素が内包されており、それゆえに北野をはじめとする各地の天満宮や伊勢神宮、大山祇神社、熱田神宮などの諸社に多くの連歌が奉納されたのであり、そうした連歌への傾倒は、中世における神祇信仰や神道思想の進展や浸透とも深く関わっていよう。

四　古代の甦りと〈共身体〉

中世史研究者の清水三男氏は、中世において村人の精神生活および政治経済生活の中心が神社にあり、神祭りの一部をなしていた田楽や猿楽を保護するため、荘園文書に「田楽免」「猿楽給田」などが見えることを指摘し、中世村落の文化が従来考えられていたより遙かに高いものであり、その全国文化の上に持つ意義も大きいと説かれている。[5] 連歌もまた、村落の社寺のための法楽連歌や、天神講での法楽連歌を興行する費用にあてた免田の「連歌田」や「天神講田」などが、自治的共同体である惣の発達した中世から近世にかけて各地に存在しており、[6] こうした在地の共同体と神祇信仰、および芸能や文芸との関わりは、中世の村落の精神生活の特色をよく表しているといえよう。連歌の全国的な浸透と隆盛の基盤には、村落共同体の人々の文化的活動と信仰が深く関わっていることが推測される。

連歌の〈座〉は、古代的・始源的な精神を内包した神々の招請や降臨を、観念としてではなく、共身体的に体感として甦らせてゆく場であり、そのことが肝要であったと思われる。〈座〉という共同制作の場で、個体のレベルを超えた集合体としての感興を、共身体的に体感するところに連歌固有の魅力があったのであり、百韻一巻が満尾し懐紙を奉納することで、興行の目的は終了しているといってよい。長い時間をかけて共同で制作された砂曼荼羅が、曼荼羅作成ののちは壊却することで一つのサイクルを終えて完結するように、連歌懐紙に連ねられた共同制作の百句の言の葉は、奉納することで神のもとに帰ることを意味していよう。

短連歌は別として、百韻から優れた付合を二句一章の形で抜き出し、編者の編纂意識のもとに分類・配列した『菟玖波集』『新撰菟玖波集』などの撰集や個人の句集は、百韻の原形からは離れた形で作品を扱うことになる。連歌の文芸性を、和歌的な文芸性を規範としつつ高めてゆくためには、連衆の合作である百韻を解体し、歌集と類似した編纂方法で、整理・分類・保存する方向に進まざるを得なかったことは容易に理解されよう。また、多声によって織りなされた〈座〉の即興詩は、書記化されたからこそ今日まで残り得たのであり、それらが連歌の諸相を知る手掛かりとなる貴重な資料であることは言うまでもない。連歌懐紙よりも句集や撰集の形態の方が伝存しやすいことも否めないのであるが、百韻を解体して編纂された句集や撰集のみならず、現存する連歌懐紙をも含めた連歌資料の総体を、〈座〉における生成の場を可能な限り想見しつつ、現代においてどのように享受し探究してゆくのか、連歌の作品研究の難しさと課題はそこにあるのである。

注（1）森朝男「歌垣のうた―歌垣・対称形式・三輪山」（『国文学 解釈と鑑賞』一九八〇年二月）。
（2）島津忠夫・赤瀬信吾解題『新古今和歌集文永本』（冷泉家時雨亭叢書第五巻、朝日新聞社、二〇〇〇年）、島津忠夫・田中倫子解題『冷泉家歌書紙背文書　上』（冷泉家時雨亭叢書第八十一巻、朝日新聞社、二〇〇六年）参照。
（3）奥野純一『伊勢神宮神官連歌の研究』第二章第五節（日本学術振興会、一九七五年）。
（4）岩下紀之「『蜷川親当自連歌合』と『宗砌付句集』」（『連歌史の諸相』所収、汲古書院、一九九七年。初出は一九七五年）。
（5）清水三男『日本中世の村落』第五章（清水三男著作集第二巻、校倉書房、一九七四年）参照。
（6）島津忠夫『連歌の研究』第二章三（角川書店、一九七三年）、山内洋一郎『染田天神連歌―研究と資料―』（和泉書院、二〇〇一年）など参照。

＊本文の引用は以下のテキストに拠った。なお、表記は適宜改めた所がある。
『連理秘抄』『筑波問答』（日本古典文学大系『連歌論集　俳論集』）、『撃蒙抄』（岩波文庫『連歌論集』上）、『梵灯庵袖下集』（松平文庫本）』（島津忠夫『連歌の研究』所収翻刻資料）、『連通抄』（島津忠夫『連歌史の研究』所収翻刻資料）、『淀渡』（『連歌論集』二）、『太神宮参詣記』（『神宮参拝記大成』）、『太神宮二所神祇百首和歌』（『群書類従』二輯）、『右近』（『謡曲大観』一）。

第Ⅱ部

作品考

第一章　能阿『集百句之連歌』とその背景

はじめに

室町時代中期に活躍した能阿は、北野連歌会所宗匠をも務めた連歌師で、連歌七賢の一人でもある。また、三阿弥の名でも知られるように、子の芸阿弥・孫の相阿弥と三代続いて、日明貿易に伴い中国から舶来した絵画や工芸品など、幕府の唐物の美術品の管理や鑑識、座敷飾りなどに携わる、キュレーターとしてきわめて専門性の高い職に従事したほか、自ら絵筆をとった水墨画の作品も数点現存しており、これらの室町文化を彩る文芸・美術の領域において多彩な才能を発揮した人であった。

能阿の連歌作品は、幕府の唐物奉行の任務による時間的制約などもあったためか、『竹林抄』や『新撰菟玖波集』に採録された句のほかは、百韻や千句などの連歌会で一座した作品は多くは現存していない。そうしたなかにあって、『集百句之連歌』は、能阿晩年に編纂された現存唯一の自撰句集として注目されるのであるが、能阿個人の問題のみならず、室町中期の歴史的・文化的背景をも視野に入れつつ立体的に考察することで見えてくる、作品の特色や意義があるように思われる。本章では、主としてそうした作品の背景と特色について論じ、収載句を含めた能阿の連歌作品全般についての考察は、稿を改めて論じることにしたい。

一　『集百句之連歌』の制作

『集百句之連歌』は、天理図書館綿屋文庫に自筆の巻子本一巻があるほか、大阪天満宮文庫に文政三年（一八二〇）滋岡長松写の転写本がある。天理図書館本の本文は、『諸家自筆本集』に影印、『七賢時代連歌句集』に翻刻がある。[1]また、『國華』第一一四六号には、本文の影印とともに翻刻の掲載があるほか、山下裕二氏による美術史学の視点での論考「能阿彌序説」、ならびに玉蟲敏子氏による本作の下絵を中心とした料紙装飾に関する論考「室町時代の金銀泥繪と能阿彌筆「集百句之連歌」」が収載されており、本作の文化史的背景を考察する上で参考になる。[2]

本作品の巻末には、

此百句之事雖存斟酌
欽命重之間不得止寫之
御一覧惟幸
　文明元年中秋日　　　能阿「秀峰」（鼎型印記）

と記された能阿自筆の奥書があり、文明元年（一四六九）八月、後土御門天皇の命によって進献した一巻であることが判明する。時に、後土御門天皇二十八歳、能阿は七十三歳で、七十五歳で亡くなる二年前の晩年の句集である。

内容は、春二十句、夏十句、秋二十句、冬十句、恋十句、雑二十句で、春・夏・秋・冬の各部の最初に、それぞれ発句一句を置くほかは、他はすべて二句の付合である。したがって、全体としては発句四句、付句八十六句で、総数九十句となる。従来指摘されているように、現状では恋十句が欠脱していることになる。

このうち、詞書によって制作年次が明確に判明するのは、冬の部の発句（九八）の「於松梅院毎月廿五日之御法樂御發句以前面と被申しに于時文安三十一月」とある、文安三年（一四四六）十一月二十五日興行の、北野社月次法楽連歌一句のみであり、その他年次の記載はないものの現存百韻との照合によって、春部第一八／一九の「三字中略四字上下略の百韻に」と詞書のある付合が、長禄二年（一四五八）八月七日能阿独吟『三字中略四字上下略百韻』（島原松平文庫蔵）の第六六／六七、秋部第七〇に「四字上下略」、第七一に「三字中略」と傍注のある付合が、同百韻の脇／第三の句であることが分かる。その他の句については、現存する百韻・千句との照合[3]において、出典が判明する句は見出し得ていない。

宗祇編の連歌撰集『竹林抄』所収の能阿の句は、発句二十句、付句百五十二句であるが、そのうち本集との共通句は、発句二句、付句四十三句である。また、宗祇・兼載らの編による准勅撰の連歌撰集『新撰菟玖波集』所収の能阿の句は、発句五句、付句三十七句であるが、そのうち本集との共通句は、発句一句、付句十一句であり、これら十二句はすべて『竹林抄』所収句である。

本集所収句の特色については、第四節で改めて考察することにし、次節では能阿が本句集を進献した後土御門天皇と連歌との関わりを概観し、句集献上の背景とその意味について考察したい。

二　後土御門天皇と連歌

後土御門天皇の連歌会の初見は、親王（成仁）であった寛正二年（一四六一）十一月二十二日の『内裏何船百韻』であり、父後花園天皇、伏見宮貞常親王、左大臣足利義政らとの同座で、七句を詠んでいる。翌寛正三年十月に、父後花園天皇が成仁親王に贈った、学問・教養等の修得や、修身・作法など、天皇の心得について記した教訓状『後花園院御消息』には、連歌会での心構えについて懇切に説いた教訓も見え、連歌に精通した後花園天皇と同座し、その伝授をとおして学ぶ姿がうかがえる。心敬の『所々返答』第二状には、「同比、当今竹院御座、御位すでに近々とて、愚僧ためとて御一座めされ給ひし。毎々句々、前句御製あそばして付けさせられ侍し[4]」とあり、寛正五年の春か夏頃に、成仁親王が七月二十九日の践祚を前にして心敬のために連歌会を催し、親王の前句に心敬が付句した旨が記されている。心敬は、前年の寛正四年五月に連歌論書『ささめごと』上巻を著し、寛正五年春には『熊野千句』で宗匠を務めており、連歌師として名声の高い心敬と、親王との交流に注目されるほか、寛正五年かその前後の年に、心敬は『後土御門天皇宸筆五十首』に、

愚案亂筆二十首
此一巻被磨玉候　以凡礫之麁言奉贖　尊免々々
隠士心敬[5]

と記し、後土御門天皇の和歌に評点、評語を付しており、和歌の指導にも携わっていたことが分かる。このように、いまだ親王であった寛正期における後土御門天皇は、父後花園天皇や心敬等の指導のもとで、連歌や和歌の文芸への関心を深めていった様子がうかがえる。

ところで、『公卿補任』寛正六年の「飛鳥井雅親」の注記に、「二月廿二日近古以來和歌可撰進之由被下宣畢[6]」とあり、二月二十二日に後花園上皇が雅親に新撰集の撰進を命じた旨が記されている。第十八代勅撰集の『新千載和歌集』以降、勅撰集の撰集は、足利尊氏を初めとする代々の足利将軍の執奏により天皇が撰集の綸旨を下す

という武家執奏の方式を取っており、第二十二代の勅撰集撰集も、時の将軍足利義政によって計画されたのである。しかしその二年後の応仁元年（一四六七）六月十一日、『後法興院記』に連日のごとく火災がうち続く記事が記されるなか、「飛鳥井前大納言宿所、和歌所以下悉焼失」(7)とあり、応仁の戦火により、飛鳥井雅親邸に設置された和歌所も灰燼に帰したのである。『大乗院日記目録』には、同年八月二十二日に「大内入洛了」、同月二十三日に「曉上皇・主上御同車、俄ニ室町殿ニ行幸」(8)と記され、西軍の大内政弘が上洛して来たため、後花園院、後土御門天皇は将軍邸室町殿に避難する。以後文明八年（一四七六）十一月十三日に類火による室町殿の焼亡により、さらに足利義政の邸宅小川殿や別邸北小路殿等に避難、文明十一年十二月七日に土御門東洞院内裏に戻るまで、十余年にわたり将軍邸での仮寓を余儀なくされることになる。その間、応仁元年九月二十日には、『大乗院日記目録』に「上皇俄手自被切御本鳥、上下仰天也、世上様被歎思召故也、無力儀ニ御出家」とあり、後花園院は、兵乱の時世を嘆じ引責のため俄かの出家となった。

後花園法皇、後土御門天皇ともに、仮御所での寓居が続く不如意な日々であったが、応仁三年四月二十八日、『公卿補任』に「應仁三年己丑四月廿八日改元爲文明元年。依兵革也」とあり、うち続く兵乱の災異を除き世を一新するため「文明」と改元される。改元からほぼ四箇月を経た文明元年八月に、『集百句之連歌』は能阿から後土御門天皇に献上されたのである。第一節に記載したように「欽命重之間」とあり、後土御門天皇の再々の命によって進呈した句集であり、玉蟲敏子氏の精査によれば、(9)天地は藍色の打曇りで、全体に金銀泥で三種の雲霞を描き、下絵に八重桜、蒲公英、百合、燕子花、野菊、薄、芙蓉、鶉、雪持笹、藪柑子、鷹など、四季の景物の金銀泥絵が施されており、料紙の工芸的な美しさや巻子本の形態などから見ても、能阿が記念の意を込めて献呈したものと想定される。すなわち、能阿は「文明」と改元し新たな御代を迎えた天皇の治世を寿ぐ意を込めて、『集百句之連歌』を献呈したのではないであろうか。文明十九年七月まで「文明」の元号は約十八年継続し、後土御門天皇の連歌を中心とする文芸活動は、文明年間以降文字どおり画期的な展開を見せるのである。歌人であり連歌作者でもあった時の関白一条兼良は、文明元年十二月に連歌学書『筆のすさび』を著し、後土御門天皇に進呈している。巻末に、

文明かなるはじめの年のしはすのころ、かけまくもかしこき法のすべらき、この一帖を叡覧ありしつゐで、奥の長歌に御筆をそめさせおはしまして返しくだされ侍り。(10)

とあり、後花園法皇の叡覧に与って長歌と返歌を賜った旨を記すが、序文に著作の意図を「初学のともがらに心をつけしめんと思ひ侍るばかりにて」と記し、また本文末尾には文和二年（一三五三）六月に後光厳天皇が南朝軍の入京によって美濃に遷幸したことに関連させて、応仁元年八月に西軍の大内政弘入京のため、後土御門天皇が室町殿に避難して以降、仮寓の身であることに触れていることから、本書がまずは後土御門天皇に進呈され、父の後花園法皇の上覧にも浴したものと解されよう。

『親長卿記』等からもうかがえるように、文明四年以降、内裏で後土御門天皇主催の連歌会、和漢聯句会がしばしば催されている。また、『言国卿記』文明六年八月二十四日の条には、「宗祇三十句連哥ヲ、予ニウツサセラレ了」(11)とあり、禁裏連歌会の連衆の一人でもあった山科言国が後土御門天皇に宗祇三十句連歌の書写を命じられているほか、翌七年四月六日にも「予ニ御双帋ヲカ、セラル、也、宗祇沙汰ノ連哥事ナリ」とあり、同じく後土御門天皇より宗祇沙汰の連歌の書写を命じられ、進上している。文明八年五月には、後土御門天皇独吟の『何木百韻』の詠作も見え、一条兼良が合点を付している。(12)文明十年六月には、月次連歌会が発足し、(13)文明十一年十二月七日、仮寓から土御門東洞院内裏に遷幸する年の正月以降、『実隆公記』や、当年後半期以降は『御湯殿上日記』

にも散見するとおり、後土御門天皇内裏では、連歌会、和漢聯句会が以前にも増して頻繁に開催され、月次連歌会では後土御門天皇が必ず発句を詠み、崩御三日前の明応九年（一五〇〇）九月二十五日まで二十二年余にわたり間断なく継続されることになる。[14]

後土御門天皇の連歌会や連歌壇の様相については、両角倉一氏が、

文明十年（一四七八）六月ごろより毎月二十五日に宮中で連歌会がおこなわれ、翌十一年には月次会として定着し、文明十三年以後は二月または六月に千句または二百韻の連歌の張行をも恒例としたようである。平行しておこなわれた和漢連句や詩連句の月次会をふくめれば、宮廷連歌としては特記されるうちこみようであり、この状況は後土御門帝薨去の明応九年（一五〇〇）までつづいていく。[15]

と早くに指摘され、同時期の金子金治郎氏の『新撰菟玖波集の研究』[16]における言及や、御湯殿上日記研究会による『お湯殿の上の日記の研究』[17]第三章「文芸」における詳細な研究ならびに「連歌御会年表」作成の調査を経て、近年では廣木一人氏による月次連歌会を中心とした考察のほか、[18]小森崇弘氏による、歴史学の側面から後土御門天皇内裏における月次の連歌会及び聯句会の全般にわたり、その人的構成と各月次会の特質を詳細に分析し、後土御門帝連歌壇の特質と変容について考察した論考が提示されている。[19]

戦国期の後土御門帝期において多様化しつつ隆盛を極めた宮廷の連歌会・聯句会は、後土御門天皇崩御後は次第に衰退することから、その隆盛は後土御門天皇固有の特長であり、その連歌への数寄・執心に因るところが大きいと考えられよう。[20]明応四年（一四九五）成立の『新撰菟玖波集』巻頭の序文で一条冬良は、「いま綸命をうけたまはれることは、ひとへに、道にふけるおほん心さしのいたりなるへし」[21]と記し、連歌撰集として初めて承っ

た准勅撰の綸命を、後土御門天皇の連歌の道に専心する志の深さによるものとして讃えるが、後土御門天皇は本集に貴顕では最多の百八句の入集を果たしている。

文明年間以降隆盛となった、後土御門天皇と宮廷の連歌活動の状況を見ると、能阿が進献した『集百句之連歌』は、後土御門天皇が父の後花園上皇から独立してみずから連歌会を主催する、その始発期に位置しており、先に触れたように、宮廷連歌史上きわめて特異な現象とも言うべき、その後の後土御門天皇連歌壇の展開と隆盛から見ても、後土御門天皇における連歌を考える上で注目に値する作品といえる。父後花園上皇は、能阿が『集百句之連歌』を献上したその翌年の文明二年十二月に崩御となり、能阿も翌文明三年八月に世を去ることになるのである。

三　能阿とその環境

前節では、能阿が『集百句之連歌』を献呈した、後土御門天皇における連歌活動と本句集の意義について見たが、本節では作者であり贈呈者である能阿における、本句集の背景について考察することにしたい。

足利家将軍職は、父義教の後継として、短期で終わった兄義勝を経て足利義政に引き継がれた。義政は政治家としての威信は失墜させたものの、文化に関しては、文明五年将軍職を嫡子の義尚に譲り退位した後も、和歌や連歌の文芸、能楽・立花・茶の湯などの芸能や芸道、水墨画・石庭・書院造などの絵画・庭園・建築といった、室町文化全般に広く深く関わり、文化の保護者であると同時にその演出者であり、また実践者として、まさに東山文化形成の中心できわめて多面的な活動を展開した。

応永八年（一四〇一）、足利義満が明と正式に国交を開いてのち、義持の代で一時中断するも、続く義教の代で再開、義政の時代も日明貿易が盛んに行われたのであるが、それに伴い、時代の流行とも相俟って、唐物が大量に輸入された。唐物奉行として唐物の管理や鑑定、唐物を用いた座敷飾りに携わっていた能阿は、『御物御画目録』ならびに『君台観左右帳記』を著している。前者は、末尾に「右目録者従　鹿薗院殿已来御物御繪注文也　能阿弥撰之」[22]とあり、足利義満以来の室町幕府将軍家所蔵の宋・元約三十名の絵画約九十点を能阿が選定した蔵品目録である。後者は、宋・元を中心とする画家約百五十名を上中下に品等分けし、各々の画家の主要な画題を付した画人録、および座敷飾り、茶碗・茶壺・硯など器物の説明を記したもので、唐絵や唐物工芸品とその展観の場である座敷飾りについての規範書である。

足利義政の文芸に関し、第二十二代勅撰集撰集の計画については前節で述べたが、義政は室町殿で歌会・歌合もたびたび主催しているほか、連歌に関しては寛正元年（一四六〇）正月十九日が初見で、以後室町殿で一条兼良・飛鳥井雅親らの公家や、連歌師の能阿・専順・行助らと一座する連歌会をしばしば催している。あるいはまた、寛正二年一月二十二日には、内裏での連歌会に参加し、後花園天皇・成仁親王（後土御門天皇）らと同座の例も見え、その詠作は『後鑑』に発句三百三句、付句五百九十二句、百韻二巻が収載され、『御連歌集』と称されている。『新撰菟玖波集』には、付句二十一句、発句七句、総数二十八句が入集している。父足利義教将軍の代から北野神社で行われた、幕府の公的な会所としての性格の強い北野連歌会所での活動も継続されるが、康正三年（一四五七）四月、能阿は祖阿の跡を継いで北野連歌会所奉行に任ぜられ、幕府ないし将軍家の連歌会に勤仕する宗匠職をも兼任することになる。その折の発句、

会所奉行承し時、始て社頭の会に[23]
茂り来ぬ神ぞ植木の御代の陰

を含め、詞書に北野連歌会所での詠であることを明記する発句、ないしは『集百句之連歌』の詞書によって会所での詠が判明する発句が、『竹林抄』巻第十「発句」の部に五句収められている。

以上のように、幕府に唐物奉行として、また北野連歌会所奉行ならびに宗匠として勤仕する能阿は、絵画や工芸品など唐物の美術的世界と、当代において和歌をも凌ぐ勢いで隆盛した連歌の文芸的世界との双方において、第一級の専門職に従事するきわめて重要な存在であったといえる。

能阿の画人としての作品は、晩年の応仁二年（一四六八）六月、七十二歳の折に制作した「白衣観音図」、ならびに応仁三年三月一日、七十三歳の折の「花鳥図屏風」が知られており、前者は昭和六十三年、後者は平成十年に重要文化財に指定されている。前者の能阿自筆とされる「白衣観音図」[24]（旧溝口家本）の落款は、

應仁貳季六月日爲周健毛髪於泉涌寺妙厳院畐之眞能七十有二歳

「眞能」朱文方印　「秀峰」朱文鼎印[25]

とあり、山下裕二氏が「息子の剃髪を記念して白衣観音図を描いたようだ[26]」と指摘されるように、相国寺に入寺した子息周健が剃髪して喝食から禅僧になったことを記念して描き与えたものと想定される。制作の場である「泉涌寺」は、後堀河天皇の綸旨により御願寺となり、四条天皇以後、歴代皇室の菩提寺として長く尊崇された寺であり、本寺を制作の場とした背景については不明であるが、『竹林抄』巻第十には、

泉涌寺にて

雪白く水涌く谷の岩根哉

とあり、詞書に「泉涌寺」と記し、「白く水涌」と「泉」の字を「白」と「水」の二字に分けて「泉涌」を詠み込んだ、能阿の冬の発句が収載されている。

「花鳥図屏風」は、四曲一双の特異な形状の屏風であるが、その落款は、

爲花恩院常住染老筆
久莫離坐右　應仁三暮春初一日　七十有三歳(27)

とあり、「眞能」の朱文方印が付されるが、山下裕二氏は本落款について、「花恩院」は当時の浄土真宗仏光寺を指し、「まさにこの応仁三年三月、十三世光教は、十二世性善の長子経豪（一四五一〜九二）に法統を譲っており、この屏風はその祝いとして贈られたものと考えられる(28)」と考察されている。同年四月文明と改元した、その文明元年八月に、能阿は『集百句之連歌』を後土御門天皇に献呈するのであるが、第二節で述べたように、料紙の工芸的な美しさや巻子本の形態などから見て、本句集も「文明」と改元し新たな御代を迎えた天皇の治世を寿ぐ祝いとして献呈されたものと考えられる。「白衣観音図」「花鳥図屏風」の二作品とあわせ、能阿晩年のこれらの作品が、子息の剃髪、経豪の法統継承、応仁元年に出家した後花園法皇の後継者、後土御門天皇における新元号への改元など、新たな門出となる出来事を記念して、若年の人々に贈呈されていることはきわめて興味深い。

『集百句之連歌』の工芸性豊かな料紙の装飾、下絵の筆者については不明であるが、玉蟲敏子氏は十四世紀から十六世紀の金銀泥絵について詳細に分析・考察されたうえで、「傳統的な枠組と新奇なモチーフ・描法の攝取から窺われる筆者像は、文明元年當時の和と漢の媒介者」にふさわしく、新奇な素材を持ち込んでいく作畫方法

の類似は、「能阿彌筆の可能性をプラスに向かわせるものであろう」[29]と、能阿筆の可能性を示唆されている。能阿は、文明三年に「蓮図」の作品を遺しているが、落款に「老能七十五歳」[30]とあり、応仁三年の「花鳥図屏風」にも「染老筆」と記しており、老齢を意識した晩年の姿がうかがえる。「あけぬ暮ぬねかふはちすの花のみをまつあらはせる一筆そこれ」の詠歌とともに、浄土を象徴する蓮の花を大きく描いたこの作品を最後に、文明三年八月、能阿は世を去ることになる。

『集百句之連歌』は、連歌に傾倒しつつあった若き天皇に進呈されたが、その時期を始発期として天皇主催による連歌会は連歌史上例を見ない開催数で長く継続されたのである。一方、作者の能阿は制作の二年後に亡くなるのであるが、下絵が能阿の筆か否かは別として、「花鳥図屏風」と同様に花鳥の新奇な素材を取り込んで金銀泥絵の装飾を施した料紙に自ら揮毫した『集百句之連歌』の句集は、連歌師であり、画人であり、宋・元の唐絵の鑑定家でもあった能阿に、まさしく相応しい作品であるといえよう。

四　名所の句と四季の景

『集百句之連歌』所収句の出典に関し、文安三年十一月二十五日、および長禄二年八月七日の百韻については、すでに第一節で述べたが、以上のほか、秋部の発句（五九）の詞書には「於北野社千句に　菊紅葉月各三つゝを題の次第にて十に」とあり、千句第十百韻の発句は興行者が詠む決まりがあるため、能阿が宗匠をも兼ねて北野会所奉行に就任した康正三年四月以降の詠であることが分かる。制作年次が判明する句が限られているが、文安三年が五十歳、長禄二年が六十二歳であることから、連歌師として活躍した中年期以降の句を集成したものと想定される。

春部第六／七句の付合には、

六　いま（今雄）を時そといつるうくひす
七　山たかしかすミやし（宮仕）たにめくるらん（北野社内百韻）

と能阿の傍注があり、前句には北野神社末社の「今雄」社、付句には雑役に従事する社僧の「宮仕」の語が詠み込まれており、「北野社内百韻」であることから、神社関係の語を物名として詠み入れた百韻かと推測される。詞書に『三字中略四字上下略百韻』の出典を明記する、春部第一八の前句「あはする（荷）」、第一九句の付句「さくら（皿）」の語には傍注を付し、「あはする」の上下略で「荷（はす）」、「さくら」の中略で「皿」の物名が詠み込まれていることを注記する。本百韻の出典名を記さない秋部第七〇／七一の付合では、前句、付句の句頭に「四字上下略」「三字中略」とそれぞれ注し、前句「あさかほ（坂）」、付句「かゝミ（神）」の語に傍注を付し、「あさかほ」の上下略で「坂」、「かゝミ」の中略で「神」の物名を注記している。

宗祇の『吾妻問答』に、「宗砌は名所を多くつかふまつるにや。當奉行能阿も好み侍る也(31)」とあり、能阿が名所の句を好んで作句したことが記され、宗祇の『老のすさみ』等の連歌論書でも能阿の名所の句や付合を秀逸な句として評した例が見られるが、本句集にも名所を詠み入れた句が多く収載されており、『竹林抄』および『新撰菟玖波集』入集句とともに、表にして掲載する。名所を詠み入れた句は付句十四句で、本句集の付句八十六句に対し一六・三パーセントにあたり、そのうち『竹林抄』と共通する句は六句で、能阿の『竹林抄』入集付句数四三句に対し一四・〇パーセントにあたる。『名所句集』にも収載されている句は、能阿の所収句二十七句中六句(32)であり、二二・二パーセントにあたる。前句に名所を詠み入れた句に付けた付合は八句あり、一句を除き七句が『竹林抄』と共通するが、それらを含めると名所に関わる付合は二十二句となり、本句集の付合数に対し二五・六パー

表　『集百句之連歌』入集状況と名所句

句番号	部立	『竹林抄』入集句	『新撰菟玖波集』入集句	名所句	名　所
1	春	○	○		
3		○			
5		○			
7					
9					
11		○			
13					
15		○			
17					
19					
21		○			
23					
25		○			
27		○	○	○◎	二村山（三河）
29		○			
31		○			
33					
35		○			
37					
39		○	○		
40	夏				
42					
44		○			
46		○		△	信楽　（近江）
48				○	宮城原（陸奥）
50					
52					
54				△	紀森　（山城）
56					
58					
59	秋	○			
61				○	富士　（駿河）
63		○	○	△	交野　（河内）
65		○			
67		○			
69		○		△	三船山（大和）
71					
73					
75		○	○		
77					
79					
81		○		△	住吉　（摂津）
83					
85		○	○		
87		○	○	△◎	丹波道（丹波）
89					
91		○	○	○◎	明石　（播磨）
93					
95		○		○◎	野宮　（山城）
97		○			
98	冬				
100					
102					
104		○	○	△	鳥羽山（山城）
106		○		△	水無瀬（摂津）
108					
110					
112				○	猪名　（摂津）
114					
116				○	賀茂　（山城）
118	恋				
120		○			
122		○			
124		○			
126		○			
128		○			
130					
132		○			
134					
136		○			
138	雑			○	肥川　（出雲）
140				○	斑鳩　（大和）
142				○	布留　（大和）
144				○	玉津島（紀伊）
146		○			
148		○			
150		○			
152		○			
154					
156		○			
158		○			
160					
162		○	○	△	其神山（山城）
164					
166					
168		○	○		
170		○	○	○◎	吉野山（大和）
172		○		○◎	片岡山（大和）
174					
176					

（注）1．句番号は発句および付句の番号を示した。1・40・59・98が発句である。
2．「名所句」欄
○：付句に名所を詠み入れた付合
△：前句に名所を詠み入れた付合
◎：『名所句集』（古典文庫476／静嘉堂文庫本）所収句

セントの多数を占める。それらの内訳は、恋部にはなく、四季部と雑部に分散し、春一、夏三、秋七、冬四、雑七となっている。

名所の句については、二条良基の『連理秘抄』のほか、宗祇の『吾妻問答』、宗祇作かとされる『初学用捨抄』でも名所に関する一項目を立て、「名所の句をする時、其の名所の寄せ候はでは悪しく候。一句に詮なき事など侍るは見苦しく候」、「名所の句をば上手も付にくきよし申あへり。（略）名所などは聊尓にすべからず」[33]とそれぞれ記し、名所に縁のある付合を心がけ、特に必要でない折に聊爾に詠むことを戒めるなど、名所を重視していることがうかがえる。

本句集において、前句に名所を詠み入れた句に付けた付合としては、

一〇五　しからきや夏山むかふ谷ふかミ

一〇六　杣木なかるゝ瀬〻のさみたれ

一〇五　かへりみなせの宿のふるあと

一〇六　山もとの瀑もあらハに木ハかれて

など、名所の「信楽」から「杣」、「水無瀬」から「山もと」「滝」をそれぞれ寄合で付け、前句の名所の景を承けつつ新たな景を添えて描出しており、一幅の山水画のような趣の構成となっている。一〇五／一〇六の付合については、『老のすさみ』に、

水無瀬は景おもしろき所なれば、立いでし跡をかへり見るに、落葉しはてて、宿のかよひも古みちとなりて、枯木の中に滝のすさまじく落ちたるさま、さる躰にや侍らん。一句も更になまみなく、力入て聞え侍る也。[34]

とあり、木藤才蔵氏は「宋元の水墨画家の眼で日本の自然を把握したような趣の句で、唐絵のすぐれた鑑定家であり、また室町時代を代表する画家の一人でもあった能阿の面目を発揮した句のように思われる[35]」と述べ、能阿の絵画的才質の発揮された句と評されている。「鳥羽山しろく雪そつもれる／朝こほりかり田の月に末とちて」（一〇三／一〇四）なども同様の趣向の付合といえよう。

一方、付句に名所を詠み入れた付合としては、

九〇　心にハ絶たる峯もすミつへし

九一　おもひあかしのよな〳〵の月

一六九　うさは日ことにまさるよの中

一七〇　いつゆきて岩ふみなれむ吉野山

などがあり、前者は『源氏物語』「若菜上」の巻に「かの絶えたる峰に移ろひ給にし[36]」とある、明石入道入山のさまを踏まえ、「思ひ明かし」と「明石」の地名を掛け、「明かし」の縁で「月」を詠み入れ、『源氏物語』を本説として秋の月を賞翫する句に転じた付合で、『老のすさみ』『分葉』は「源氏の物語は、かやうに取りたきもの也」、「尤か様成はおもしろく侍也[37]」とそれぞれ賞する。後者は、「世に経れば憂さこそまされみ吉野の岩の懸道

踏み馴らしてむ」[38]（古今集・雑歌下・九五一・よみ人しらず）を本歌とする付合で、宗祇は『浅茅』で「一句、言葉をやすらかにいひて、しかも深き心をあらはせり。尤かやうにこそあらまほしく侍れ[39]」と賞し、能阿の名所の句の付様を高く評価している。

雑部の最初には、「肥川」「斑鳩」「布留」「玉津島」の名所を付句に詠み入れた句が四句連続して配されている点にも注目され、以下これらの付合について考察しておきたい。

一三七　　ひとりゑひぬる酒のあちハひ
一三八　影うつすひの川上のとをき世に
一三九　　道はあまたの敷嶋の哥
一四〇　跡しめし素鵝斑鳩の残る世に
一四一　　山こそ身をハをきところなれ
一四二　いく世をかふるの劔となりぬらん
一四三　　こゝろつくさてあひ見まほし（マヽ）
一四四　玉津嶋いり江にたれかひろふらん

一三八の句の「ひの川」は、「妻籠めて八重立つ雲に鳴神やひの川上の夕立の空」（夫木和歌抄・雑部六・

一一三一・公朝）と詠まれるように出雲の歌枕である。一三七／一三八の付合は、素戔嗚尊が出雲国「肥川」の川上で、八岐大蛇に酒を飲ませて退治したという『日本書紀』等の伝承を介して、「酒」に「ひの川上」を付け、前句の酔人を八岐大蛇に取りなして、遠い古代の神話を想起するさまとした。

一三九／一四〇の付合は、前句の「敷嶋」から「大和」の連想を介して、聖徳太子が斑鳩宮を造営し、蘇我馬子とともに国政に尽力したその旧跡を偲ぶさまとした。「道」は前句一句では和歌の道の意であるが、付合では政道の意となり、また両者ともに仏教興隆に尽力したことから仏道の意を含むとも考えられる。

一四一／一四二の付合は、前句一句は山に隠棲する人のさまであるが、付句は前句の人身の意の「身」を、刀身の意に取りなし、「山」に「ふる（布留）」と付けて布留山とした。「石上布留の社の剣の緒の長きためしもわが君のため」（万代和歌集・神祇歌・一五五九・卜部兼直）の歌例のように、布留山の石上神宮には神武天皇東征譚に見える布都御魂剣が神体として祀られているほか、多くの神剣が集め納められており、布留山が長き世にわたり神剣を保管する場所となったさまを詠む。「ふる」は「経る」と「布留」を掛ける。

一四三の末句は、「見まくほし」の誤写であろう。前句一句は、あれこれと気遣いをすることなく逢いたいものだという恋の句。一四四の付句は、「わたの原寄せ来る波のしばしばも見まくのほしき玉津島かも」（古今集・雑歌上・九一二・よみ人しらず）の歌を介して、「見まくほし」に「玉津嶋」を付け、玉津島の名所の景の句に転じた。付句の参考歌としては「人ごとに道をぞ磨く玉津島玉拾ふべき時や来ぬらん（草庵和歌集・神祇・一四一九）などがあり、「あひ見まくほし」の対象を、前句での恋人から付合では入江の真珠の「玉」に転じている。

以上、四組の付合において、まず「肥川」「斑鳩」「布留」と、素戔嗚尊、聖徳太子、神武天皇の由縁の歌枕を詠じ、大蛇退治の神や、国家の統一や体制の確立に尽力したとされるいわば神格化された英傑の活躍が連想される、古代を舞台とする歌枕が並置され、それらが「とをき世」「残る世」「いく世をかふる」というように、いずれも当代から古代、古代から当代へと長き世を経た意識で捉えられており、歴史性がうかがえる点に留意される。一四四の「玉津嶋」は、和歌の神を祀る神社として知られるが、一三七／一三八の付合で想起される素戔嗚尊は、『古今和歌集』仮名序に「この歌、天地のひらけ初まりける時よりいできにけり。しかあれども、世に伝はることは、久方の天にしては下照姫に始まり、あらかねの地にしては、素戔嗚尊よりぞ起りける。（略）人の世となりて、素戔嗚尊よりぞ三十文字あまり一文字はよみける」と記すように、和歌の始祖とされるほか、一三九にも「敷嶋の哥」とあり、和歌の道を連想させる句が雑部の冒頭に多出する点にも注目される。[40] 本句集が後土御門天皇に献呈されたことを考慮すると、雑部の冒頭に天皇の治世の政道と和歌の道を意識した句を配列したとも想定される。これら四組の付合の次には、名所を詠み入れた付合ではないが、

一四五　君か御法ハかろき事なし

一四六　百敷やいのる夜ゐの間出入て

の句が配置されている。天皇が下される御法令に軽んずべきものはない、という意の前句に、「君」に「百敷」、「御法」に「いのる」を付けて、前句の法令の意の「御法」を仏法の意に転じた付合である。本付合について『竹聞』の古注に、「よひノ僧トいひ、又二まノ御持僧ナトイヘリ、大裏ノ持佛堂ヲ二まトイヘリ、をもくしく御祈禱ナトモ申也」[41]と記すように、宮中では終夜祈禱を行う僧が夜居の間に出入りして、天皇の身体護持を祈る仏法は、大法秘法を修する重々しいものであるという意に取りなした句であり、先の四組の付合とあわせ、雑部冒頭の配列には、政道、歌道を司る天皇への祈りが込められているとも読み取れよう。

本句集における名所の地を改めて見ると、山城・大和が各五句、摂津が三句、その他陸奥・駿河・三河・近江・

河内・紀伊・丹波・播磨・出雲が各一句となっており、山城・大和・摂津の畿内を中心に、東は陸奥から西は出雲に至るまで、日本国土の名所が句集全体に散らすように配されていることが分かる。句集冒頭の春部前半に名所の句がないのは、『宗祇袖下』などにも見えるように、連歌懐紙で初折の表には名所の句を詠まないという決まりを、句集にも応用させたのであろうか。また、それらの名所には、信楽（紫香楽）・吉野・交野・鳥羽・水無瀬というように、天皇の離宮の地が多く、さらに「猪名（猪名野）」の地名は雄略天皇が命名した「猪無野」に拠ることが『俊頼髄脳』に見え、「丹波」は大嘗会の主基の国であるなど、皇室所縁の名所が多い。賀茂・其神山、糺森は、王城鎮護の神を祀る上賀茂神社、下鴨神社に関わる名所であり、両社がともに配されている。住吉・玉津島・水無瀬は、和歌に縁の深い名所であり、名所全体から見ても、皇室関係を中心とし、次いで和歌に関わる名所が多いことに注目される。

料紙全体に下絵として描かれた金銀泥絵の四季の景物は、室町期の絵懐紙について玉蟲敏子氏が「四季がすべて揃うことは、室町人にとってこのうえない喜びであった。四季の景物が連歌の懐紙に盛んに描かれた背景には、人々のユートピアへの思いが託されているのである[42]」と指摘されるように、理想とする吉祥の景の象徴であり、天皇に献上された晴の句集に相応しい装飾である。句集全体に散らされた名所は、たんに能阿の好尚によるばかりではなく、大和の国、天皇の国土を象徴するものと考えられる。四季の景を描いた料紙の上に散らされた日本の王土の名所、そこには四季の時間と王土の空間という、まさしく王の時空を頌える祝意が込められていよう。『集百句之連歌』は文明の改元に相応しい贈物であったのである。

本句集の末尾は、

一七五　金こそおもき御調となりにけれ

一七六　むかふ佛の前ハたのもし

の句で閉じられている。「金」と「御調」を取り合わせた句に、「御調物こかねは君のたからにて（行光）／みかけは玉や光そふらん（慶寿丸）」（『看聞日記紙背文書』応永三十二年十一月二十五日「何船百韻」[43]八五／八六）の付合があり、「金」と「仏」を取り合わせた歌に、「来む世まで長き宝となるものは仏に磨く金なりけり」（秋篠月清集・雑部・一四八八）があるが、本付合では貢物の金を、金銅の仏像に取りなし、仏像に祈り仏を頼りとする心が安穏であるさまを付けた。唐物奉行として日明貿易に携わった能阿、最晩年に浄土を象徴する「蓮図」を描き、蓮の歌を詠んだ能阿の、本句集編集に込められた心がうかがわれるとともに、晴の句集の巻末を飾るうえでも相応しい付合であるといえよう。

注（1）『諸家自筆本集』（天理図書館綿屋文庫 俳書集成 第三五巻、天理大学出版部、一九九九年）、金子金治郎・太田武夫編『七賢時代連歌句集』（貴重古典籍叢刊11、角川書店、一九七五年）。
（2）『國華』第一一四六号（一九九一年五月）。
（3）個人蔵の長禄元年「何路百韻」（野坂本）は未見。
（4）木藤才蔵校注『連歌論集　三』（三弥井書店、一九八五年）所収。
（5）『弘文荘善本目録』（『弘文荘待賈古書目』第三〇号、一九五七年一〇月）収載の影印に拠る。
（6）『公卿補任』第三篇（新訂増補国史大系・第五五巻、吉川弘文館、一九七四年）。以下同じ。
（7）『後法興院記　一』応仁元年六月一一日条（増補続史料大成・第五巻、臨川書店、一九六七年）。
（8）『大乗院寺社雑事記』第一二巻（増補続史料大成・第三七巻、臨川書店、一九七八年）。以下同じ。
（9）玉蟲敏子「室町時代の金銀泥繪と能阿彌筆「集百句之連歌」」（注（2）同誌）。

(10)注（4）同書所収。

(11)『言国卿記 第二』（史料纂集、続群書類従完成会、一九六九年）。以下同じ。

(12)岩下紀之「松平文庫本『文明八年五月賦何木連歌』について」（『連歌史の諸相』所収、汲古書院、一九九七年。初出は一九八一年一二月）。

(13)『兼顕卿記別記』（大日本史料・第八編第一〇冊）文明一〇年七月二五日条に、「於禁裏有御連歌、毎月可爲御月次云々、自去月御張行云々」とあり、廣木一人「後土御門天皇家の月次連歌会」（『連歌史試論』第七章二、新典社、二〇〇四年。初出は二〇〇一年三月）にも指摘がある。

(14)注（13）廣木一人同書同節参照。

(15)両角倉一「後土御門帝連歌壇の作品について―現存作品の整理と式目実施の状況―」（『山梨県立女子短期大学紀要』一九六九年三月）。

(16)金子金治郎『新撰菟玖波集の研究』第二編第一章一「撰集の動機」（風間書房、一九六九年）。

(17)御湯殿上日記研究会『お湯殿の上の日記の研究 宗教・遊芸・文芸資料索引』（続群書類従完成会、一九七三年）。

(18)注（13）廣木一人同書同節。

(19)小森崇弘『戦国期禁裏と公家社会の文化史―後土御門天皇期を中心に―』第一部第一章「後土御門天皇の月次連句文芸御会と公家」、第三部第一章「後土御門天皇連句文芸御会の歴史的位相」（小森崇弘君著書刊行委員会編集発行、二〇一〇年）。

(20)小森崇弘氏は、注（19）同書同論文において、後土御門帝期における連句文芸隆盛の事象について、後土御門天皇主導のもとでの、公家を動員しての「一座」張行は、天皇を中心とした朝廷の再興と公家再編の意図を具体化する試みであったと捉える解釈を提示されている。

(21)横山重・金子金治郎編『新撰菟玖波集 實隆本』（貴重古典籍叢刊4、角川書店、一九七〇年）。

(22)東京国立博物館ウェブサイト公開のデータベース画像に拠る。

(23)新日本古典文学大系『竹林抄』（岩波書店、一九九一年）。以下同じ。

(24)山下裕二「能阿弥伝の再検証（一）」（『藝術学研究』一九九一年三月）。なお、能阿の「白衣観音図」についての考察は、本論文のほか、同「能阿弥伝の再検証（七）」（同・一九九七年三月）、同「能阿彌序説」（注（2）同誌）に詳しい。

いずれも『室町絵画の残像』（中央公論美術出版、二〇〇〇年）に収録。
（25）注（24）「能阿彌序説」収載の翻刻に拠る。
（26）注（24）「能阿弥伝の再検証（七）」。
（27）注（24）「能阿彌序説」収載の翻刻に拠る。なお、能阿の「花鳥図屛風」については、本論文のほか、山下裕二「能阿弥伝の再検証（八）」（『藝術学研究』一九九八年三月）、米澤嘉圃「能阿彌畫をめぐって」（『國華』一九八三年二月）、島尾新「能阿弥」（『日本の美術』一九九四年七月）など参照。
（28）注（27）「能阿弥伝の再検証（八）」。
（29）注（9）同論文。
（30）「蓮図」の落款と和歌は、『禅・茶・花』図録（正木美術館四十周年記念展、正木美術館、二〇〇八年九月）に拠る。
（31）日本古典文学大系『連歌論集　俳論集』（岩波書店、一九六一年）所収。以下同じ。
（32）『名所句集』（古典文庫）の解説の表には、本句集との共通句を五句とするが、六句が正しい。
（33）『連歌論集　二』（三弥井書店、一九八二年）所収。
（34）注（33）同書所収。
（35）『連歌史論考　上』第七章「中興期の連歌」二・4「能阿・行助」（増補改訂版、明治書院、一九九三年）。
（36）新日本古典文学大系『源氏物語　三』（岩波書店、一九九五年）。
（37）注（33）同書、所収。
（38）和歌の引用は、いずれも『新編国歌大観』に拠るが、表記は適宜改めたところがある。
（39）注（33）同書所収。
（40）なお、前句に「敷島の道」を詠み入れ、聖徳太子詠の歌を介して「片岡山」を付けた付合が雑部の一七一／一七二にも収載されている。
（41）横山重編『竹林抄古註』（貴重古典籍叢刊2、角川書店、一九六九年）所収。
（42）注（9）同論文。
（43）『看聞日記紙背文書・別記』（図書寮叢刊、養徳社、一九六五年）所収。

＊本章における『集百句之連歌』の本文は、『諸家自筆本集』（注（1）同書）所収の影印に拠る。なお、句番号については便宜上、金子金治郎・太田武夫編『七賢時代連歌句集』（貴重古典籍叢刊11、角川書店、一九七五年）の句番号を用いた。

第二章　心敬連歌論と〈詩〉の生成

一　連歌と〈詩〉

百韻一巻を支えるテーマもなく、一句一句新たな世界を詠み連ねてゆく連歌様式において、〈詩〉とは、何であろうか。

連歌は、五音・七音のリズムをもつ詩でありながら、和歌やいわゆる詩とはかなり異なった性格をもっている。[1]全体としてのテーマの不在、前句の表象との関係性を前提とした創作行為、そして連鎖する付句の虚構性。個人の一句の表象世界の意味は、他者による予期せぬ付句の表出とその関係性のなかで変容してゆく。さらに打越を離れることから、その付句と新たな関係性をつくる、次なる付句の表出によって、先の句は、表象世界から、意味の場から消失するのである。そこに、〈詩〉はあるのか。あるとすれば、どこにあるといえようか。

心敬は、詩精神についてもっとも深く透察した連歌師であった。心敬の連歌論は、歌道仏道一如の理論体系をもつ。[2]そこには、「本より歌道は吾が国の陀羅尼なり」[3]といった端的な言説もあるが、「和歌は隠遁の源、菩提をすゝむる直路也。真如実相の理、三十一字におさまれり」[4]（経信）、「歌道はひとへに禅定修行の道」[5]（西行）など、心敬みずからがその著で引用するように、歌道即身直路の修行という思想は、平安後期以降、ことに中世における仏教の隆盛と、その社会・文化への浸透の影響下にあるもので、時代のなかで醸成されたものであったといえる。しかしながら、心敬における歌道（連歌道）と仏道の一如観には、たんなる時代の一現象にとどまらない、また彼自身が仏者であったということのみには収まりきれない、ある精鋭さと独自性があるように思われる。

宗教は人類の詩である、という言葉もあるが、心敬にとって、宗教とは何であり、詩とは何であったのか。仏道と連歌道とは、どのような位相で交差しているのか。その連歌論を読むとき、歌道、なかでも連歌道が、仏教思想のパラダイムで説き語られていることは、きわめて示唆的であると思われる。連歌は、他者の存在、他者の詠句を所与の条件として、つねにそれらと関わりながら創作する文芸であるが、他者の句に自らが付け、自らの句に他者が付ける、その付合における〈詩〉にきわめて自覚的であった心敬が、詠作主体の心のあり方を深く探究する方向に向かったのは、必然的なことであったといえよう。

以下の節で、連歌における〈詩〉の生成の問題を、心敬の連歌論をもとに考察することにしたい。(6)

二 〈詩〉と形而上

詩的な認識や感興を言語によって表現するためには、通常の言語システムを変形し、新たに編成しなおすことを余儀なくされる。なぜなら、詩的な意識は、日常的な意識やその文脈の枠や次元を超えていくものであり、日常的な言語システムを変形・変換することによって、通常とは異なる新たな意識を表現することが可能となるからである。ただし、変形や変換が、あくまでも既存の言語システムを前提としての行為であることは、言うまでもない。

「詩」は、意識が、世界の大いなる表現ともいうべき、森羅万象のさまざまなことやものに触れるなかから生まれる。連歌において、眼前に見る森羅万象とは、前句の表象世界であり、詩を作る、すなわち句を付けるにあたり、まず必要とされるのは、眼前の景、眼前の表象世界をよく認識し、感得することである。

・前句に心の通はざれば、ただむなしき人の、いつくしく装束きて、並びゐたるなるべし。前句の取り寄りにこそ、いかばかりあさはかなる言葉も、あらぬらうたき物には成り侍るものなれ。（『ささめごと』）

・我が句を面白く作るよりも、聞くは遥かに至りがたしといへり。さては、句を作らむよりも、人の才智を明らめむ事を修行し侍らむ道なるべし。（同右）

・灯庵主の句、前句の心をば忘れ、ただわが句のみおもしろくかざりたて、前句の眼をば失しなへり。（略）此道は、前の句にわが句の玉しゐはあるべく哉。（『所々返答』第三状）

・連歌は前句を聞かでは、いかばかりの玄妙の句も所詮なく哉。前の句・打越の輪廻などの扱ひによりて、地連歌・定句も感情あるべくや。かやうのかろがろしきことより、ひとへに心も言葉も前句に寄らず、眼失せ侍りて、ただ並べ置きたる句のみになり行き侍る歟。（『ひとりごと』）

さて、付句は、前句表現を承けつつ、次の新たな世界を創出するのであるが、そのとき前句の表象世界に、かならずある変化を及ぼすことになる。「ただ並べ置きたる句」でない限り、付句は、前句の表現機能（前々句との付合も含む）を、語彙・統辞法・意味内容・コンテクスト・表象機能の面にわたり（すべてではなく部分的であるにせよ）、変形するという機能をもつからである。

付句が変形するのは、言語によって構築された表象世界であるが、前句に句を付けるその心の働きは、「詩」における既存の世界から詩的世界を創造する心の働き、すなわち既存の世界の形象から離脱し、高翔する心の働きと、同様のものと考えることができる。〈詩〉は、ある形象から抜け出ていこうとする意識の働きであり、それは文字通り、形而上の世界を目指す。

連歌において、こうした心の働きがもっともよくあらわれるのは、疎句的付合の場合であり、心敬が歌境の深さを説くのも疎句体である。

・大かた、疎句とて上下あらぬさまに継ぎたる歌に、秀逸はおほく侍るとなり。親句とて上下親しく云ひはてたるには、秀歌稀なるよし、定家卿くはしく注し給へり。（『老のくりごと』）

疎句的付合の場合、前句からの離脱は、前句の既存の姿・言葉などを認識・感得しつつ、それらを捨離することである。また、その深い境地においては、連歌における付合の常套的手段であり、連想回路の定型化した「寄合」による発想からも離脱してゆくことであった。

・古人の句は、言葉姿をばかたはらになして、心を深く付くると見え侍り。前句の取捨の心かしこく侍り。（略）此等句ども、前句捨所かしこきゆゑに、最上秀逸なり。（『ささめごと』）

・（疎句体は）前句の姿・言葉を捨てて、ただひとへに心にて付けたるなり。（同右）

・まことに心深く寄り侍る句は、縁語をば離れてひとへに寄せ侍るべく哉。（『所々返答』第三状）

・手を放ち縁語をぬけて、不可説玄妙の事どもか。

（同右）

疎句的付合では、前句の表象世界と同じ句境で「上下親しく云ひはてたる」ような表現ではなく、前句の表象世界と意味・文脈などにおいて相関のないような表象がたち現れる。

親句は教　疎句は禅。

（『ささめごと』）

「上下あらぬさまに継ぎたる歌」の場合と同様に、疎句的付合の句と句との間には、形象を超えた連関があるのであり、そうした〈見えない関係〉は、創作する場合も享受する場合も、言葉によって表現する「教」のごとき意識ではなく、「禅」におけるがごとく、直覚によって悟り知るような意識の働きを必要とする。

三　言葉は心の使

前句の表象世界から離脱した心は、新たな心象世界を形象化すべく、付句の創作を新たに試みることになる。しかし、意識と言語（記号）は、異なる次元にあり、意識は言語を超えたものであるため、意識が高次であればあるほど、その言語化は至難のわざとなる。解説的な言説の場合とは異なり、詩的意識における心と言葉の問題は大きい。

・又、心・言葉の二の用心最大事なる歟。さればにや、「心は詞を殺し、言葉は心を殺す」などいへりと也。

（『芝草句内岩橋跋文』）

・心は言葉を殺し、言葉は心を殺すと云。古人の言也。もつともと思ふなり。言葉をかざりいたはるほどに、心はなくいつものことのみなり。又、心を本とたくむほどに、言葉の拙なくふしくれだちたるを知らず。能々心得べし。ただ、言葉は美しくやさしく、心はあたらしからむに、しくはあるまじき也。（『心敬法印庭訓』）

「言葉は美しくやさしく、心はあたらしからむ」句こそ最良の表現であり、そのいずれが欠けても「詩」としては不充分であると説く。

言葉は心の使と侍れば、むねのうち寒く清からでは、作艶なるべからず。口上手にて侍らずは、千万の才智も塵芥たるべく哉。（『私用抄』）

言葉は心の使いであり、清冷たる清浄な心から生まれる言葉でなければ艶なる句にはなりがたく、また、深遠なる意識を形象化し言葉で表現するためには、充分に洗練された、優れた言語的な感性や技法・技芸等を必要とするのである。

さて、連歌の句は、一句としても独立した意味内容や表象機能をもつが、和歌一首や詩一篇におけるがごとく、付句一句のみを独立させて鑑賞することは本来ありえない。付句はつねに前句との関係を前提とし、前句に応じて創作されるからである。したがって付句の創造性は、前句との関係においてこそ存立するのである。

・歌の上下の続ざまの、心の転じ侍るを心得侍らでは、他人の疎句などの、手を放ちたる所などにたどり侍るべく哉。　　　　　　　　　　　　　　　　　　　　　（『ひとりごと』）

・此道は、前句の取り寄りにて、いかなる定句も玄妙の物になり、いかばかりの秀逸も無下のことになるといへり。前句と我句との間に、句の奇特、作者の粉骨はあらはれ侍るべしと也。　　（『老のくりごと』）

「前句と我句との間に、句の奇特、作者の粉骨」が表出されるという言説は、一般の「表現」の意味を考えるうえにおいても特に留意される。まず、連歌の場合、前句と付句との「間」にあるのは、前句の表現世界を承けつつそこから離脱し、新たな句を創造する心の働きであるといえよう。付句の「表現」は、それを一つの形象として表したものである。したがって、付句の表象や意味内容そのものに創造性があるのではなく、前句の表象世界から付句の表象世界へと跳躍する、その心の働きにこそ創造の働きがあるのである。それゆえ、「間」とはなにもない空間ではなく、表現なき表現が存在する場であり、享受者においては言語による「表現」を超え、みずからの心の働きによって作者の創造性を直覚的に感得する場であるといえよう。

ところで、このことは連歌の場合に限らず、表現形式が異なる和歌や詩などにおいても、同様に考えられるのではなかろうか。つまり、表現そのものは、詩的創造性を感得するための一つの跳躍台のようなもの、あるいは、不可視のものを見るための一つの窓枠のようなものであるといえる。言語を用いて〈あらわそうとしたもの〉それ自身は、言語というツールによっては表現しがたいものであり、直接的には伝達不可能なものであろう。それは、表現の彼方にある深遠ななにかであり、表現はそのありかを指し示しているといえる。そうであるならば、和歌や詩においても、一首・一篇の作品を通して読みとるのは、表現しようとした心的世界と表現世界との「間」にある、作者の心の働き、創造性であるといえよう。

ついで、前句の表現世界から離脱した心は、付句を試みるべく新たな形象化に向かう。この形象化に向かう意識は、究極において慈悲の心につながるという。

仏法も、智門はたかく悲門は下れる妙なるごとく、歌道も悲門の好士あるべし。(略)智門は天台・禅法なるべし。悲門の下れるも、真実のところの変はるべきにはあらず。(『ささめごと』)

智門は、解脱によって心を空に至らせる智慧(出世間智)であり、悲門は、そこから有なる「世間」に顕現し、衆生の救済を志す慈悲の働きをいう。前者の往相は、「自利」であり、後者の還相は「利他」である。また、次のようにも記す。

仏心者大慈悲心是也。六波羅蜜行にも檀波羅蜜最一也。(『ささめごと』)

真実に「目覚めた者」(Buddha)は、大慈悲心をもつ。そして、六波羅蜜行、すなわち菩薩に課せられた六種の実践修行のなかでも、檀波羅蜜、すなわち他者への完全な恵みである施者・布施・受者の実体が空であることを悟った施者の無我の恵みの行為を、第一のものとするという。連歌の創作においては、それゆえ次のような付句の態度がまことの先達の句の姿として称される。

まことの先達の句には、かならず云ひ捨てたるもの多かるべし。当座の粉骨を宗として、輪廻・前句の難句などには、身を捨てて人の句をたすけ侍る句おほかるべし。(『ひとりごと』)

ところで、連歌において、自らの付句は、前句から離脱し新たな創造によって形象化した表現でありながら、次の瞬間には他者による付句によって変換・変容を蒙るという様式上の特性があるが、このことは、連歌文芸における「表現」の意味、「詩」の意味を考えるうえにおいてきわめて重要な点であるといえよう。すなわち、連歌は、一つ一つの句がメタフィジカルであると同時に、それ自身、相関関係のなかに置かれた、中間的な「詩」であるということだ。この、関係性のなかに置かれた「詩」の問題については、次節を経て、終節であらためて考察することにしたい。

四　空と水・青

二節・三節で見た、形象からの離脱と新たな形象へと回帰するその過程で、心の赴く世界とは、どのような世界であろうか。「他人の才智一塵もむねに」(『私用抄』)残さず、「天に橋さざずして登るばかりの心をめぐらし」(『ささめごと』)赴く道とは、どのような道であろうか。

此の身は土灰となれるに、彼の息の一筋、いづちにか行き侍らん。我のみならず、万象の上の来たりしかた去れる所こそ、尋ねきはめたく侍れ。(『ささめごと』)

「来たりしかた去れる所」、それは心が、身体という形象から離脱して赴くところであろうか。心敬は、意識を高度に高める心の修行によって、心の本性へ至ろうとしたといえよう。

我覚本不生　出過語言道　（諸過得解脱）　遠離於因縁　知空等虚空
（『ささめごと』）

これは『大日経』巻二の、世尊が執金剛菩薩に説いた偈の一節から引用されたものであるが、『大毘盧遮那経指帰』に「離生滅因縁、如浄虚空不変、以自性浄無分別故、同於大空之実相」[7]ともあるように、心の本性は、生滅を超えた無自性性・空性であって、それは本来清浄（心性清浄）であるとされる。また、虚空とは、いっさいの囚われや礙げのない、自由に存在・運動・変化・機能することのできる空間をいう。心の本性は、本質的に対象化・相対化することができず、表現を超えている。またそれは、真如・法性に相当し、ものやことの現象的なあり方が、現勢的であるゆえに、生滅する刹那滅であることの悟りに導く。

心敬は、仏陀の三身になぞらえ、句の姿に応身・報身・法身の三つのレヴェルがあるという。表現主体の心のありようを最要とする心敬において、その階梯は、表現主体の意識のレヴェルにそのまま相当するといえる。『ささめごと』によれば、まず応身、すなわちさまざまな衆生を救うため、それらに応じた姿で出現する仏に相応するのは、「うちむきて理聞こえ侍らん」句。報身、すなわち修行の成就により、その報いとして得た完全な功徳を備えた仏身に相応するのは、「心をめぐらし巧みなる句」。永遠不変の絶対的真理としての仏である、法身に相応するのは、「理すくなく幽遠にけだかき句」[8]であり、もっとも高い境地の句をさす。

・（幽玄体の句は）心言葉すくなく、寒くやせたる句のうちに、秀逸はあるべしといへり。（『ささめごと』）

・特に此の道は、感情・面影・余情をむねとして、いかにも言ひ残し理なき所に幽玄・哀れはあるべしとなり。歌にも不明体とて、面影ばかりをのみ詠む、いみじき至極の体也。（略）潯陽江にものの音やみ、月入りて後、此の時声なき声あるにすぐれたり、といへる感情なほざりならず。

（同右）

・（句は）寒く痩せたるは最一なる哉。（略）わが句のことわりをはなれて、よそにのき侍りて遠水をながめ、秋の露を見侍らんごとくの工夫、大切なるべく哉。

（『所々返答』第三状）

・大方、工夫執行と申すは、連歌発句以下、いか計も心詞少く、理り玄々姿すべやかに、云ひ残したる処の冷えやせたるに、心理りをば打捨てず、姿面影にゆづりて、よそにのきて水を見、露を見る如くの所に、深く心をしめ給ふべくや。幽玄体は心にも云ひ顕はし難く、秋の夕の彿の色もなく声も無きが如し。

（『心敬有伯への返事』）

「心言葉すくなく」「いかにも言ひ残し」などにおける表現内容や言語表現の抑制、「理なき所」「わが句のことわりをはなれて」における句の理への執心の抑制、「面影ばかりをのみ詠む」「姿面影にゆづりて」における具象的な描写の抑制など、いずれも「有相」から、限りなく「無相」へと移行しようとしているようだ。[9]「寒くやせたる句」の風情も、同様に捉えることができよう。また、「秋の夕の彿の色もなく声も無きが如し」の一文についても、

若以色見我　以音声求我　是人行邪道　不能見如来

（『ささめごと』）

とある、右の『金剛般若経』からの引用の句を対照させると、形色や音声などの現象性を超えた、永遠の真理そ

のもの、すなわち法身に相応する深遠な境地の句体として、幽玄体を説いたものと考えられる。ところで、この「無相」への移行は、みずからの「非情」化を目指すものではない。「感情」「余情」の尊重や、「声なき声あるにすぐれたり、といへる感情なほざりならず」「よそにのきて水を見、露を見る如くの所に、深く心をしめ給ふべくや」などの言詞に明らかなように、それは「有情」、すなわち生きとし生けるものの感情、生存するものの心の働きそのものを尊重する方へ向かうのである。

「よそにのき侍りて」、現象界の実体性や存在性を希薄化し、それらのものやことのあらわれを空性の心の本性から遠望する眼は、遥遠で宇宙的な、いわば無限遠点からのまなざしのようなものではなかろうか。そこからながめる水やその結晶、それらは、清浄なるもの、心敬のいう「艶」なるもののメタファーであろう。

げにも、水程感情ふかく清涼なる物なし。春の水といへば心ものびらかに俤もうかびて、なにとなく不便也。夏は清水の本、泉の辺、又冷えさむし。秋の水と聞けば、心も冷々清々たり。

又、氷ばかり艶なるはなし。苅田の原などの朝うすごほり、古りたる檜皮の軒などのつらら、枯野の草木など露霜のとぢたる風情、おもしろくも艶にも侍らずや。

(『ひとりごと』)

仏教では「水」は、「水波」[10]「智水」などの用語におけるように、寂静の悟りの境地である心の本性の喩えとして、また万物の煩悩をのぞき、清浄にする徳性をもつものとして用いられる。心敬が、自然の「水」に深い感興を示したことはきわめて興味深いが、連歌作品では「水」の素材とともに「青」の色彩への指向の強いことも[11]、「青蓮」に喩えられるように清浄なる悟りの境地にある仏陀の眼が「青」で形容される点で示唆的である。

心敬のいう「まことの歌人の心」は、意識の無明を破り、真実にめざめた者、すなわち法身に至った仏陀の心に相応するものであるが、しかしながらそれは表現において幽玄体や疎句体のみを指向するわけではない。

・有相の歌道は、無相法身の歌道の応用也。(略)まことの歌人の心は、有にも無にも親句にも疎句にもとどこほるべからず、仏の心地のごとくなるべしとなり。(『ささめごと』)

・(まことの歌人の心は)天地の森羅万象を現じ、法身の仏の無量無辺の形に変じ給ふごとくの胸のうちなるべし。(略)たゞ一つ所にとどこほらぬ作者のみ正見なるべしとなり。(同右)

「有相の歌道は、無相法身の歌道の応用也」と述べている点は重要であろう。法身の境地に至ってはじめて、有相・無相、親句・疎句のいずれにも滞らず、「虚空」におけるがごとく自在に心を働かせた創作が可能になるのであり、いかなる句の姿、付合のうちにも心の本性からの光を宿すことができるのである。

五　表象と相関

連歌は、一句一句、生成と変容と消滅を繰り返す、表象の連鎖であり連動である。一句は、一つの表象として存在しつつ、そこから多様な付句が新たに創作される可能性をも孕んでいる。前句に対し次の付句が定まると、前句はその付句との付合において表象世界を変容させ、さらにその付句を前句として新たに次の付句が創作されることで、先の前句は意味の場から切り離され、消滅してゆく。

連歌における「等類」(表現の要点となる字句・趣向などが他の既存の作と相似すること)や、「輪廻」(百韻一巻のうちに、同意・同想の言葉や意味が反復・循環すること)の禁制は、句の表象が、同一・同類の境地を繰り返すことを回避するためであり、心の運動をつねに新たにするためである。連歌の座は、連衆たちが〈詩〉の創造の場を共有することにより、相互交流する創造的コミュニケーションの場であり、そこでは相互に連関・連鎖しつつ、表象が次なる表象を生み出してゆく。

ところで創造性という点においては、連歌に限らず他の表現形式による文学や芸術の作品においても、連歌の「座」を広く世界に置き換えれば、同様の相関性があるのではないであろうか。あらゆる表象としての作品は、形而上的なものであれ、表象としての作品である限り、時空を超えた相関関係のなかにあり、人々はみずからを取り巻く多様な表象、多様な作品に接しつつ、みずからの表象、みずからの作品を創造してゆく。さらには、世界そのものが大いなる表象であり、文学や芸術における創造性に限らず、現世のあらゆるものやことの表象が、人類による多彩で多様な表象を刻々と新たに創造してゆくのである。

万物諸道の上に心をつけて、わが歌道の悟りの力とすべしと也。

(『芝草句内岩橋跋文』)

連歌は、本質的に他の文学や芸術にも共通する、表象としての作品と創造性、表象としての作品と作品の相関性のあり方を、文芸様式の一つの構造としていわば縮図的に内在させているといえよう。心敬の連歌論は、仏教思想を簡易に借用した牽強付会の理論ではなく、連歌文芸の本質について意識的であったがゆえに、その深い考察をとおし〈詩〉と表象の問題を明察する詩論になりえているのである。

注

（1）連歌百韻においては、発句一句のみが、現実時空に立脚して作句される。

（2）心敬の連歌論と仏教との関連については、荒木良雄「宗教に相渉る歌論」（『心敬』第六章四、創元社、一九四八年）、鈴木久「ささめごと密勘」・同Ⅱ・Ⅲ・Ⅴ・Ⅵ・Ⅶ（『福島大学学芸学部論集』一九六一年三月・六三年三月・六四年三月・六五年一〇月・六六年一〇月・六七年一一月）、清水由美子「心敬論――その歌道仏道一如観をめぐって――（『語文論叢』、一九八四年九月）、濱千代清「連歌と仏道」（『連歌――研究と資料』桜楓社、一九八八年）、石原清志「さゝめごと試論――その仏教的要素――」・同（二）（『神戸女子大学紀要　文学部篇』一九八九年三月・九〇年三月）、木藤才蔵『さゝめごとの研究』研究篇第二部・第三部（一九五二年初刊の増補改訂版、臨川書店、一九九〇年）、菅基久子『心敬　宗教と芸術』（創文社、二〇〇〇年）などがある。

（3）『ささめごと』。

（4）注（3）に同じ。『三五記』からの引用と解される。

（5）注（4）に同じ。

（6）連歌形式についての総合的論究としては、田中裕『中世文学論研究』（第四～六章、塙書房、一九六九年）に詳論があるほか、形式の主要特質である付合については、同書第五章第三節「付合の本質」をはじめ、土橋寛「連歌形態論」（『国語国文』一九三五年一一月）、尾田卓次「連歌の形態」（『連歌文藝論』高桐書院、一九四七年）、村松友次「疎句論（心敬）の醸成とその意義――俳文芸の本質を求めて――」（『東洋大学大学院紀要』一九六五年九月）、井関保「心敬、疎句体の意味するもの――中世文芸意識の研究――」（その一・二）（『相模女子大学紀要』一九六六年八月・六七年六月）、E・ラミレズ＝クリステンセン「連歌ジャンルにおける「意味」の位相――心敬の付合論をめぐって――」（金子金治郎編『連歌研究の展開』所収、勉誠社、一九八五年）などがある。

（7）『大日本仏教全書』第二四巻。

（8）廣木一人「「ようをん」考――『さゝめごと』に関して――」（『青山語文』一九七九年三月）に、「ようをん」の用字と意義についての論がある。現資料の段階では、氏が提示されるように、「幽遠」ではなく、「遥遠」とするのが妥当かと思われる。

（9）心敬の連歌作品の一つの特性である、表象を打消す否定表現とも関連していよう。

（10）『芝草句内岩橋 下』（『心敬集 論集』（吉昌社、一九四八年）に、「わか心水と浪とのへたてをおもひ捨すはなをやにこらん（釈教水）、仏と衆生との間は、水と波と丶いへる心なり。此観心にもと丶まらされと也」の和歌・自注がある。

（11）心敬の連歌作品における「水」に関しては、余語敏男「心敬連歌における「水」について」（『中世文芸』一九六四年五月）、湯浅清「冷え」（『心敬の研究』第一篇　第二章第一節、風間書房、一九七七年）、金子金治郎「水のいろ・風のゆくえ」（『心敬の生活と作品』後編第一章Ⅰ、桜楓社、一九八二年）などがある。また「青」については、岡見正雄「心敬覚書――青と景曲と見ぬ俤――」（『国語国文』一九四七年一〇月）があるほか、荒木良雄の、『心敬』（注2同書）に「青は深い叡智と永遠を象徴する色であり、幽玄であると共に、またその奥にひそむものの萌え兆す生命力を啓示する」（第五章四「青い感覚」）とある。

＊本文の引用は、『ささめごと』（草案本系）は『連歌論集　俳論集』（日本古典文学大系）、それ以外の連歌論の作品は、いずれも『連歌論集三　中世の文学』所収本文に拠った。なお、表記は適宜改めた所もある。

第三章　専順『前句付並発句』
――翻刻と考証――

はじめに

京都六角堂頂法寺の僧であった専順は、『竹林抄』『新撰菟玖波集』ともに心敬・宗砌に次ぐ入集句数があり、連歌七賢の一人として、また連歌の師として、宗祇が高く評価していたことがうかがえる。まさしく室町中期を代表する連歌師として活躍したのであるが、その専順の句集としては、『専順五百句』と『法眼専順連歌』の二集が知られている。(1)

『専順五百句』は応仁元年（一四六七）、専順五十七歳の折の成立、また『法眼専順連歌』は寛正五年（一四六四）から文明二年（一四七〇）、五十四歳から六十歳の間の成立で、いずれも五十代後半にかけての円熟期に成った自撰句集である。

早稲田大学図書館伊地知鐵男文庫蔵『前句付並発句』(2)は、前半が専順、後半が行助の付句ならびに発句集で、いずれも宗砌の合点・判・跋文のある一書である。前半部の専順の句集は、前の二集とは異なるもので、管見の限りでは他に所伝を聞かず、また書名に作者名が付されていないことからも専順の句集として知られることがなく、専順を扱った従来の研究書・研究論文・辞典類などにおいても取り上げられることなく現在に至っている。

本句集の成立は、宝徳四年（一四五二）二月十三日から十五日に興行された『宝徳千句』の句を収めることから、上限は宝徳四年二月以降、下限は判者である宗砌の跋文に拠り享徳二年（一四五三）九月以前と推定され、前の二集に先立つ専順四十代初めの、隆盛期にさしかかる頃の句集として注目される。前の二集はすでに翻刻があるが、本句集も専順の連歌活動を知るうえで貴重な資料であることから、はじめに前半部の専順の句集を翻刻し、さらに内容に関する考証を試みることにしたい。

[3] [4] [5]

一　翻刻『前句付並発句』

〔凡例〕

一　本文は、早稲田大学図書館伊地知鐵男文庫蔵本（文庫二〇―六九）を底本とした。

二　底本の翻刻にあたり、次のような方針で統一した。

（1）仮名はすべて通行の平仮名に統一し、旧漢字・異体漢字は現行の通用字体に改めた。

（2）漢字の当て方や仮名遣い、送り仮名は底本のままとし、濁点は筆者の考えにより付した。

（3）底本に存する「本」などの傍記や、長短の合点も、そのまま翻刻した。

（4）底本の誤記を見せ消で訂正してある箇所は、訂正された表記に従って翻刻した。

三　前句を除き付句ならびに発句の頭に、句番号を通して付した。

〔付記〕底本の翻刻を許可された早稲田大学図書館に厚く謝意を表する。

前句付

山もはなだに霞む朝明　　専順

一　来る春は東の空をはじめにて

其家の庭のをしへはあるなれや

二　木かげはなれて梅が香ぞする

みどりをそふる春の杉のは

三　遠き野にあまたの数の菜を摘て

ながれにつるゝ水のうき雲

四　かすむ夜の月の氷やとけぬらん

草の葉さむき露ぞこぼるゝ

五　岩たかき峯のさわらびもえかねて

行すへかけて露も忘れじ

六　初草の落葉は下に結ぼゝれ

見るからにあたりの里はいやしきに

七　野中のさくらたれかうへけん

ひがしの門に日こそさしいれ

八　春くれば田面のみづやぬるむらん

神無月かけてや雲の時雨らん

九　春日もしらずさえくらすころ

霞をわけて帰る野ゝ末

一〇　春さむき麓の雲の夕あらし

木陰すゞしく立ぞ休らふ

一一　花の春馴にし宿を又とひて

春のあるじの神におそれよ

一二　\霞さへふたがる空のかたたがへ

ちかき都の空ぞみらるゝ

一三　さきうづむ軒端は花の雲井にて

鶴の林もかれて目にみず

一四　かた山の霜夜のあした打かすみ

こなたかなたの岸の河風

一五　\かた糸の乱ぞあへる柳陰

玉章のかよふ程をや憑らん

一六　雁がね帰るみよし野の里

おもひの山（本）おくをたづねよ

一七　\鳥のふすかげなき焼野かり捨て

たなれの駒ぞ雪になづめる

一八　\岩ねふむ山路の花に遠くきて

海ぎはの舟よりあがる月のよに

一九　雲雀鳴なり明るあはづ野
　　末にぞかすむしら河の山

二〇　匂へ猶落ても滝つ浪の花
　　この比音ははやみなの川

二一　せきとめよ春行浪の花の渕
　　山はげしくも風おろす也

二二　おぼつかなあすもと思ふ花ざかり
　　思ひはなれぬこのきしはうし

二三　おりわぶる花の藤がえもろからで
　　ちらさでおくれ一えだの花

二四　わづかなる日数ぞ残るすゑのはる
　　よどのわたりに舟とむる人

二五　郭公鳴つるさとを出やらで
　　聞しばかりにいひよるぞうき

二六　時鳥人伝の音をはじめにて
　　見えしもしらぬ今朝の灯

二七　夏山のしげみに鹿の木がくれて
　　つれてもうたふ心ならばや

二八　ひとりある賎がしのび田うへわびぬ

いもせのやまず待やくらさむ

二九　五月雨のふるてふ里に舎りして

あはやいるかにおもふ日の影

三〇　ともしする野を狩人の梓弓

おもひ子をそだて置たる親心

三一　ふかしや竹のさみだれの露

おもかげうかぶ人のかたしろ

三二　御禊する水にあさぢのたゞよひて

夢のつげこそさやかにはしれ

三三　このねぬる夜を初秋と吹かぜに

三の車も引とこそきけ

三四　七夕のあふ夜もうしの時過て

なをすゑとをくかすむみわたり

三五　又やみむ二見の浦の夕月夜

末かけて思へばはやく来る秋に

三六　年もなかばの荻のうはかぜ

かりにもあはぬ中のかなしさ

三七　やどれ星かたのゝ秋の天河

夜のほどや心をのべの月の宿

三八　今朝霧くらき山もとの秋
　　ひもとくほども中の衣〴〵

三九　しのゝめの花の朝皃うつろひて
　　かすみがくれになかぬ雁がね

四〇　夜半の月山より北は影なくて
　　秋の日を夕〳〵におしみきて

四一　命を露と虫やなくらん
　　寒き日の永き影とや成ぬらん

四二　夕しぐれし月の夜のあき
　　野原の月のさやかなるかげ

四三　秋の風沢の水さびを吹分て
　　又いつの夕をかけて契るらん

四四　月いりがたのあかつきの雲
　　宿かりがねや又わたるらん

四五　梯は霧に絶たる峯の庵
　　村すゝき草の扉にいとはへて

四六　むしもはたをる賤がやの庵
　　待遠に思し月を袖にみて

四七　こよひぞはるゝ秋のなが雨

いとふもしらず秋風ぞ吹

四八　一重なる麻のさ衣打わびて
聞ば吹来る風も冷じ

四九　我為にうたばやよるのから衣
まさ木ちりくる嶺の秋風

五〇　男鹿なく外山の奥や時雨らん
かくれ所のあさき此やま

五一　染かぬる木間の秋の夕日かげ
いそのまくらぞ明方になる

五二　琴の音をたえぐ\月に起臥て
いなびかりこそ人はおどろけ

五三　小男鹿や秋の田面に馴ぬらん
かれぐ\になる夢のかたらひ

五四　蝶のとぶ草の花園秋くれて
いまこん夜半の秋ぞ更行

五五　手枕も冬を隣の霜をきて
遅き日の出る色さへ影ろひて

五六　初雪いそげしぐれふる空
雪やまことの花と咲らん

五七　神無月来といふ日の空さえて
　　木ずゑそれともわかぬ白雪
五八　冬がれの柳に鷺のむらがりて
　　つたふる道のたえぬ末〴〵
五九　里ごとに今朝は雪かく跡みえて
　　氷のうへに寒さをぞしる
六〇　くらき夜の網代の床に火を焼て
　　さえかへりたる暁の月
六一　あたゝかしむかふ埋火又おきて
　　思ひしよりはあさき山陰
六二　さゆる夜の柴の戸口の今朝の雪
　　虫と我とぞ鳴音あらそふ
六三　水鳥の床はふる江のもに住て
　　横雲の跡より山はあらわれて
六四　よるふりそめし雪の曙
　　起出て俤をくるしのゝめに
六五　まつ夜は夢の衣〴〵の空
　　夜さへながとのつくしぢの空
六六　別ては命もあすをしらぬ日に

かすみを見るも袖の面かげ

六七 忘れじな引わかれつるこの朝
人のよをうさの社はふりはてゝ

六八 逢ずはさのみ何いのるらん
春とも見えぬ野べの色かな

六九 下葉のみもゆる思ひのつれもなし
よその夕のむら雨の空

七〇 我宿をとふかとまてば人はこで
おもひのたけや空にをよばん

七一 わかれうき夜半の月げの駒とめて
たゞ住人も見えぬよの床

七二 面影をつれてや夢の帰らん
月をさへくもれと思ふ別路に

七三 後のくれ待契りわするな
学びの友ぞ我にすくなき

七四 思ふどちありとや心かはるらむ
待夜なが（らイ）しと誰かいはまし

七五 うき中の心くらべにたえかねて
鳥をうらやむ契もぞある

七六　待あかす夜半には誰をとひつらん
　袖はやどれる月にこそかせ

七七　人待と人やとがめんいかにせん
　すてんばかりや身にはたのまん

七八　やる文をとらばうき名の立ぬべし
　しひつゝ帰る人はうらめし

七九　猶しばしねても行べく深き夜に
　心のたねを誰かまきけん

八〇　かれねたゞ我をば人の忘草
　なきことをいとふも恋の名は立て

八一　あふとやいはむ夢のかよひぢ
　暮てたく海士のもしほ火幽にて

八二　くゆともいまはたれにしられん
　中空うかぶ水うみの色

八三　＼なく涙一しほならぬ袖を見よ
　まだよひの影成けりな秋の月

八四　＼人待そでのあかつきの露
　忘れめや夜半の昔の物語

八五　ともにたもとをしぼる帰るさ

冬の柳はめぞこもるらん

八六 河風はあるれど鷺のねぶりゐて
ならびてわたるかさゝぎの橋

八七 宇治河やすさきの小舟かずくに
さしそめん其目をはらふ腰刀

八八 真木をいかだと作る杣人
我をしりては人をうらみず

八九 是や此うてども馴る家の犬
袖せばく片敷わびるかり枕

九〇 あるじばかりの独ある庵
水海や岩ほの苔に浪かけて

九一 よごのうらはのあまの羽衣
かる人もなきこそ賤が庵なれ

九二 身ひとつかくす麻のさ衣
所分る最林いついらん

九三 玉のこと葉をえらぶ歌人
山にわびしき猿の一こゑ

九四 かづらきや岩のかけ橋明わたり
横川の嶺にいくかおくらむ

九五　長雨の八重立雲も晴やらで
　　かよひ行伏見の里は野をかけて

九六　車をとするよどの明ぼの
　　いくよりならむ鷹のふるまひ

九七　おりもゐずみさご飛かふ磯の浪
　　あづまにむかふこれやみの山

九八　石高きいなばの峯の名もしるし
　　はやしの竹のみどりなる色

九九　＼かげうつすかた山ぎしの水すみて
　　岩間ぞすれる舟人の袖

一〇〇　墨つきもまなぶはかたし筆の海
　　科人のなくてや池はあせぬらん

一〇一　うつすはいつの塩がまのうら
　　たえ〴〵文のこゑぞさびたる

一〇二　行水やさほの石まに埋るらん
　　貝をふくにぞ時はしらるゝ

一〇三　＼又すてる塩干のかたに風あれて
　　わかれし人に又ぞあひぬる

一〇四　＼川嶋や此方かなたのくだり舟

思ふ親子の中のことのは

一〇五　あひそふる心わするな旅の道

都もいまや初雪の空

一〇六　うつり行ひなの長路を思ひやれ

舟ばたにあたる岸竹根はうきて

一〇七　のる駒はやしむちを打かげ

舟長の袖も露けき縄手なは

一〇八　ひくやむまやの遠き行末

ここにきてはてゝはいかにすまのうら

一〇九　くるゝ浪間のを舟おほ舟

するゑもつゞかぬ古郷の道

一一〇　草枕夢の半に目はさめて

あすの市にと思ふ夕暮

一一一　一夜ねん舎りもかるや山輪が崎

浪あらくなるにほの海づら

一一二　舟人やおりてかち野にかくるらん

此子をとへば風に成けり

一一三　山こえてかまくら近し竹の下

文みねば夢の契も一むすび

二四　かげをかりねの岩代のまつ
　　夕立のやめば舎りを又出て

二五　舟待人のつたふはや川
　　いそぐに山やちかく成らん

二六　早舟の沖よりみゆる磯づたひ
　　秋きぬと今朝はたつらき世中に

二七　しらぬ我身の露の夕暮
　　鳴虫の哀に憑む軒の陰

二八　いのち待まの身をやかくさむ
　　人の心のかはる世中

二九　いそがばやたゞあらましにはてやせん
　　それとばかりに鶴の鳴声

三〇　いにしへの雲井の都かはりきて
　　ひとり行〳〵涙さま〴〵

三一　思ひやれ我後の世の旅の道
　　わが色うすき霜の下草

三二　つくも髪もとのみどりは埋もれて
　　なびく程には見えぬ若草

三三　老にける身は我にだにいとはれて

隙もなきみのいとなみの明暮に

一二四　わすれやすきは後の世中
民のかまどのけぶり村〳〵

一二五　さかへたる時さへ身をばたてわびぬ
小弓にそふる矢ぞみじかゝる

一二六　遠く入まことの道はしらざりき
我いたらんといそぐ彼岸

一二七　一こゑのうちに仏も来ますらん
身のおはり思ふ涙の折ふしに

一二八　雲のむかへは心みだれじ
心のうちにとひつこたへつ

一二九　彼国に住やさとりの都鳥
のこすや庭のおしへ成らん

一三〇　鷲の山法の筵の遠き世に

百三十句内乱墨五十三句
随佳句之浅深而僻点之長短畢
但如虚空之丈尺似暗天之飛礫。可歎
恥々々

享徳第二暮秋中五

宗砌 判 印判

発句

一三一　開出むこれぞ木の目の春の花

一三二　＼花に紐いそげ雪とくはるの雨

一三三　＼雨に今朝花の香ならぬ水もなし

一三四　＼さす花やかめのうへなる山桜

一三五　＼小倉山花のほかなる夕かな

一三六　＼花も名もなのるや卯月郭公

一三七　紅葉ゞは五月ぞさかり木ゞの雨

一三八　春秋のなかばの草木花もなし

一三九　開出る千種の中の夏の花

一四〇　＼庭涼し夜のまの露の朝じめり

一四一　青葉よりうす紅葉ちる柳かな

一四二　＼色そめぬ雨ぞまことの風の松

一四三　錦をもをれぬや杉の下紅葉

一四四　＼夕月夜までや木の間の朝嵐

一四五　有明に今朝見る菊や星月夜

一四六　二十日あまり三日月ほそく秋の暮

一四七　松風はちらぬ木のはの時雨かな

一四八　露こほり川音さむき茅原哉

一四九　ふかからぬ夕は雪のひかりかな

一五〇　梅かほるまがきは年の内外かな

此二十句後日披見也　愚点九句

宗砌 印判

二　考証

(1)句集の構成

付句・発句とも部立名の記載はないが、付句は春二十四句、夏八句、秋二十三句、冬九句、恋二十一句、雑四十五句、総数百三十句であり、四季の句はいずれも季節の流れに沿い、恋の句は恋の初めから終わりまでの流れにほぼ沿う形で配列されている。発句は、春五句、夏五句、秋六句、冬四句、総数二十句で、いずれも詞書がないが、日付が明記された日次の発句集『年中日発句』(6)および『宗砌日発句』(7)に収載された専順の句と照合して、日付が判明した句は左記の通りである。句末に句番号、典拠として該当する句集名を『年中日発句』は(年)、『宗砌日発句』は(宗)の略号でそれぞれ記す。

「花に紐いそげ雪とくはるの雨」(一三二)……二月四日(年)、「花も名もなのるや卯月郭公」(一三六)……

四月二十一日（年）、「紅葉〻は五月ぞさかり木〻の雨」（一三七）……五月十七日（年）（宗）、「青葉よりうす紅葉ちる柳かな」（一四一）……七月三日（年）（宗）、「色そめぬ雨ぞまことの風の松」（一四二）……八月七日（年）、「夕月夜までや木の間の朝嵐」（一四四）……八月八日（宗）、「二十日あまり三日月ほそく秋の暮」（一四六）……九月二十三日（宗）、「松風はちらぬ木のはの時雨かな」（一四七）……十月十三日（年）、「梅かほるまがきは年の内外かな」（一五〇）……十二月二十五日（宗）

以上九句のほか、『宝徳千句』を出典とする「さす花やかめのうへなる山桜」（一三四）が二月十四日の作であることから、日付の明確な十句については暦の順に従って配列されていることがわかるが、その他の句も歌材から見て概ね季節の流れに沿って配列されている。付句・発句とも暦に従った配列構成であるほか、部類上の句数のバランスや、付句百三十句・発句二十句併せて総数百五十句という切りの良い数であることなどから、明確な編纂意識のもとに精選・編集された句集であり、さらに宗砌に点を仰いでいることから、専順の自撰句集と考えて問題はないであろう。

(2) 現存百韻・千句・連歌撰集との関連

専順『前句付並発句』の成立時期の下限である享徳二年九月より以前で、専順の出座している百韻・千句は、嘉吉三年（一四四三）十月二十三日興行の「何木」百韻より、享徳二年八月十一日から十三日まで興行の『享徳千句』（小鴨千句）に至るまで、十四種が現存している。これらの百韻・千句と当句集との共通句を調べると、[8]『宝徳千句』第四百韻の付句一句、同千句第五百韻の発句一句に共通句が見出せるのみである。因みに後の成立である『法眼専順連歌』もこの期間の共通句は付句二句、発句二句を数えるのみであり、この頃の百韻・千句で現存している作品がいかに僅少であるかがうかがわれるが、それゆえにこそまた句集に価値があるともいえよう。

本句集と『竹林抄』『新撰菟玖波集』との共通句は、『竹林抄』が付句六句、発句八句、[9]『新撰菟玖波集』が付句五句、発句二句で、『新撰菟玖波集』の句はすべて『竹林抄』に含まれている。因みに『法眼専順連歌』は、付句百句中『竹林抄』との共通句は四十一句、発句は七十三句中八句となっており、付句の入集率はきわめて高いが、発句に関しては『前句付並発句』が二十句中八句で入集率の高さが注目され、『竹林抄』の撰集資料として活用された可能性が高いといえよう。[10]『法眼専順連歌』の『新撰菟玖波集』との共通句は、付句が十三句、発句が一句である。『専順五百句』は付句のみの句集で、『竹林抄』との共通句は五百二十五句中九十句、『新撰菟玖波集』との共通句は三十四句である。

本句集と『法眼専順連歌』『専順五百句』との共通句については、『法眼専順連歌』とは発句のみ七句（春一句、夏五句、冬一句）が共通し、『専順五百句』とは共通の句を有しない。

なお、『宝徳千句』を出典とする付句一句（一一九）は、第四百韻六十一番目の「いそがばやたゞ有増になりやせむ」（城崎温泉寺本。句集では結句「はてやせん」）の句で、前句は吉理の「人のこゝろのかはる世の中」の句であるが、専順は遥か後の応仁二年（一四六八）五月下旬、この吉理の短句一句を前句として、「後学の用心」のために春・夏・秋・冬・恋・雑にわたり長句百句の百句付を試みている（『専順百句付』）。これに倣い、宗祇も文明六年（一四七四）以前に、同じ前句で同様の百句付を制作（『宗祇前句付百句』）。寛文十二年（一六七二）二月四日には、さらに西順がこれらの専順・宗祇の両百句に注を施し、自らもまた同じ前句で百句付を試みそれに自注を付す書（『専順宗祇百句付西順注』）が成立するなど、後に幾篇もの作品を生み出して行く契機となった付合として注目される。

（3）秘蔵の句

専順の句風について、宗祇は「おもてにやすらかなるやうにて、甚深のことはりおほきなり」（『老のすさみ』）、あるいは「平生やはらかに、うつくしき句をのみしたる」（『実隆公記』文明十八年九月十六日条、宗祇が実隆邸を訪問した折の言談）と評しているが、『前句付並発句』のなかで『竹林抄』古注や宗祇の連歌論書で殊に高く評価されている句に「まき木ちりくる嶺の秋風／男鹿なく外山の奥や時雨らん」（五〇）がある。

『竹林抄』の古注『雪の煙』は、「と山なるまさ木の縁にひかれて出来る也。まさきはみねのまさ木なるべし。嶺とと山とは、おくとはしとなり。句の心は文かくれなし。たゞ是秀逸の躰なるべし。秀逸とは、もとめ奔走したる事にあらざるべし。宗砌も此句連歌の本意至極と申しけるなるべし。幾度詠じても、さむる事なく、いよ〳〵哀ふかき句也」と記す。宗祇が「歌の言葉を以て連歌を付くる事、専順などの句におほく候ふ」（『長六文』）と述べるように、この句も「深山には霰降るらし外山なるまさきの葛色づきにけり」（古今集・大歌所御歌）の歌を介して「まさき」に「外山」と付け、また「下紅葉かつ散る山の夕時雨濡れてやひとり鹿の鳴くらん」（新古今集・秋歌下・藤原家隆）の歌の趣向とも類似した付合である。先の古注からは専順が兄事した宗砌が「連歌の本意至極」と絶賛した句であることが知られるが、宗祇も「此句、不審なる所は侍らず。但し、宗砌法師、連歌の秀逸のよし深く申し侍りし。げに、いく度詠じても、折々に感ある句なり」（『浅茅』）と宗砌の言を引きつつ称賛し、平明でありながら奥深い余情を湛えた句として高く評価している。さらに『竹林抄』古注『竹聞』には、「順、秘蔵の句なり。なり也。うつくしき句也」とあり、本句が連歌用語でいう「なりの句」、すなわち前句の叙景の世界に込められた余情を、さらに客観的な景に仕立てて表現した付句であり、専順自身が殊に大切にしていた「秘蔵の句」であることが知られる。『前句付並発句』に収められていることで、こうした秀逸の句が比較的早い時期に創作されていることに注目され、専順の句風の形成と展開を考えるうえでも参考となろう。

（4）花の句と池坊の立花

先に触れたように、「さす花やかめのうへなる山桜」は『宝徳千句』第五「唐何」百韻の発句で、『竹林抄』にも入集しているが、『宝徳千句』は「十花千句」とも称され、各百韻の発句にすべて「花」が詠み込まれている。文明八年（一四七六）の『表佐千句』、永正十三年（一五一六）の『月村斎千句』なども同様の形式をもち、同じく「十花千句」と称されるが、『宝徳千句』はこれら「十花千句」形式の現存する最も早い作品と見られる。

ところで、瓶に花を挿すことが、宗教的な供花や趣味的な瓶花のレベルを超え、芸術的な花道への明確な自覚をともなうようになるのは、室町中期、足利義政の時代以降とされる。しかしそれ以前の南北朝期の終わり頃からそうした気運はすでに醸成されており、たとえば康暦二年（一三八〇）には、二条良基や、室町に新邸「花御所」を造営したことで知られる足利義満らがそれぞれ自邸で「花会」を主催しているほか[11]、応永期には七夕行事と結びついて七月七日に立花で座敷飾りを行う「花合」が、義満の北山第や、後崇光院の仙洞御所などで毎年催されている[12]。そうした花会や花合では、しかしながら立花の芸術性よりも器である花瓶への関心の方が高く、時代の唐物趣味の風潮と相俟って、中国から舶来した唐物の花瓶を観賞することに重点があったようだが、ともあれ花に執心した貴顕を中心に、花の風流が広く文化のなかに浸透して行ったのである。

二条良基は、『菟玖波集』の編纂をはじめ、連歌の創作や連歌論書の著作など連歌関係において多大な功績を残したが、足利義満は良基に連歌を師事し、良基より『連歌十様』の連歌論書を与えられるほか、明徳二年（一三九一）には北野社万句連歌、応永期には北野社千句をたびたび張行している。また、後崇光院は『看聞御記』の筆者として著名であるが、その紙背には応永十五年（一四〇八）より永享九年（一四三七）の間に後崇光院を中心にして制作された連歌百韻（あるいは五十韻）五十八巻が書き残されるなど、花の風流の時代は、また連歌が隆盛した時代でもあり、立花と連歌はともに時代の文化的教養として享受されたのであった。それは双方がともに「座」

の文化であることとも関連していよう。文安二年（一四四五）の富阿弥より七人を経て天文五年（一五三六）に相伝されたとされる池坊専応の花伝書『仙伝抄』には、「連歌の花は、発句を聞たらば、其躰にたがはざるていに立べし。若きかずは、松をしんに立、下草に当季のものを用ゆ。すがた異曲なるよろしからず」とある。連歌の発句は、二条良基が『連理秘抄』で「当座の景気もげにと覚ゆるやうにすべし」と述べるように、季語を詠み入れ当座の季節感を表現することを前提とするが、連歌の会席に飾る花は発句の心を承けて、それに応じた季節の花を立てることが肝要とされた。立花の名手は、連歌の心得をも必要とし、連歌の座はまた花をもともに鑑賞する場でもあったのである。文明十八年（一四八六）の「花蔵院」を最初の相伝者とする奥書を持ち、日本最古の花の秘伝書とされる『花王以来の花伝書』にも、「連歌花」や「七賢花」など連歌と関わりのある花形絵と秘伝文が残されており、後には『御湯殿上日記』に「花の連歌」や「花たての連歌」[13]と記されるような、立花の観賞を主とした連歌も張行されるようになるのである。

専順は、『大乗院寺社雑寺記』には「六角堂柳本坊専順法眼」[14]と見え、また『新撰菟玖波集』の作者部類には「六角堂春楊坊」[15]と見え、六角堂に住し、柳本坊あるいは春楊坊と号したことが知られる。柳本坊あるいは春楊坊が専順の住坊の名称であったか否かは明らかでないが、六角堂の本坊は池坊と号し、立花の名手を輩出し、やがて池坊流立花の拠点として発展、その活動は現代に至るまで継承されている。

『看聞御記』永享八・九年（一四三六・三七）七月七日の条には、七夕法楽花合の折に、良賢（称名寺）や良照などが立花の技を披露しているさまが記されており、立花に優れた僧侶の活躍が知られるが、六角堂頂法寺の僧の立花に関する最初の記録は『碧山日録』に見える次の記事である。寛正三年（一四六二）二月二十五日の条に「春公招専慶、挿花草於金瓶者数十枚、洛中好事者来競観之」とあり、また同年十月二日の条には「春公為王大父霄岸、設施食会、与諸僧相会、専慶来、折菊挿於瓶、皆嘆其妙也」とあり、同じく『碧山日録』に「長法寺(ママ)之専慶」

（寛正二年四月十六日条）と記される頂法寺の専慶が武将の京極持清に招かれ、金瓶に草花を数十枝挿し、洛中の好事家たちが競って観覧した旨や、持清が祖父の命日に行った施食会の席で専慶が菊を瓶に挿し、衆僧が皆嘆賞した旨が記されている。慶長五年（一六〇〇）、池坊専好の花展のために記された、東福寺の僧月渓聖澄による序文『百瓶華序』では「名曰池坊。累代以立華於瓶裡、為家業。其元祖、曰専慶」とあり、この専慶を池坊流立花の祖とする。専慶は生没年は未詳で、「池坊」の坊名との関係も不明であるが、先の記録から寛正期頃を中心に活躍したと見られ、専順と同時代の人で同じ時期に六角堂の住侶であったと推測される。

専順と立花との関わりについては、近世の『山城名勝志』（巻四）「池ノ坊」の項に「六角堂執行也。代々立花為業。就中専順法師連歌達人也」とあり、専順が池坊の住僧で立花にも携わっていたようにも見えるが、確証はなく、専順の立花での活躍を伝える、史実として確たる証となり得る文献は未だ管見に入らない。

一方、専順相伝と伝えられる花伝書に『専順花伝書』[16]があり、中国船来のいわゆる唐物の花器や香炉などの絵図、および「三具足花」をはじめ立花に関する秘伝文十四箇条が記されている。巻尾に「右一巻者当坊二十六世専順之筆也」の一文を含む四十二世専正の添え書きがある由であるが、巻末が欠けており、相伝者や相伝の年記は不明とされる[17]。内容の点では絵図は唐物の花器に和名を付し、その花論も唐物を尊重しつつ和物との調和をはかるなど、天文以前の趣向をもつ古伝を伝えるものとされる一書で[18]、時代的に重なる可能性を残している。ただ、本書についてはさらに考察の余地があり、専順と立花との関係は明確ではないが、池坊を執行とする六角堂に住していたという環境から、専慶のような名手ではなかったにせよ専順が立花に通じていたことは充分に推測されよう。

さて、本節の最初に掲げた「さす花やかめのうへなる山桜」の発句の考察に至るまでに、立花の史的背景と専順の立花との関わりについて長く見てきたが、次にそれらを踏まえながら句の解釈を試みたいと思う。

本句については、『竹聞』が「亀のうへの山も尋ねしとあるは、蓬莱の事也。花さすかめにとりなす也」と注するように、「瓶」に「亀」を掛け、巨大な霊亀に背負われているという亀の上の山、すなわち仙山である蓬莱山のイメージを重ね合わせた句で、瓶に挿した桜の花、それはまさに仙山である亀の上の山、蓬莱山に咲く山桜ともいえようか、という句意である。『雨夜の記』では、「余情の句」の例として掲げている。各百韻の発句すべてに「花」を詠み入れ「十花千句」とも称される『宝徳千句』において、明確な形で花瓶の花を詠んでいるのは、専順の発句一句のみである。立花の句は、『宝徳千句』における十名の発句作者、宗砌や賢盛（宗伊）・忍誓らの連歌師、宗松・原春・超心らの連衆たちのなかにあって、立花の名手であった専慶とともに六角堂頂法寺に住し、立花に通じていた専順の本領がうかがえる句であり、立花の創成期における瓶花の景として、時代の気運をも形象化した句であったのではなかろうか。[19]

注（1）ほかに『専順百句付』があるが、本作品はいわゆる百句付形式のもので、百韻・千句をもとに撰集・編纂した句集とは異なる。その他、後人の手になる専順の句を含めた集合本の発句集の類などがある。

（2）早稲田大学蔵資料影印叢書国書篇36『連歌集（二）』（伊地知鐵男編、早稲田大学出版部、一九九三年）所収。

（3）三月十二日から十四日とする本文もある（天満宮本・静嘉堂本など）が、第一百韻の発句および脇句の歌材から二月の興行とするのが妥当であろう。

（4）貴重古典籍叢刊11『七賢時代連歌句集』（金子金治郎・太田武夫編、角川書店、一九七五年）、石村雍子『池坊専順連歌集』（私家版、一九六七年）、木藤才蔵「専順五百句注」（『日本女子大学紀要 文学部』一九七二年三月）など。

（5）『前句付並発句』の書誌等の解説については、注（2）同書所収の「解題」（岸田）を参照されたい。

（6）『連歌貴重文献集成』第五集（金子本、勉誠社、一九七九年）所収。

（7）『連歌貴重文献集成』第三集（大東急記念文庫本、勉誠社、一九八一年）所収。

（8）文安五年五月十二日以前に興行の「山河」百韻（発句「花の色を待つや霞の春の袖」、木藤本）のみ未見。
（9）注（5）の「解題」では、句数を付句四句、発句七句と誤る。ここで訂正しておく。
（10）両角倉一氏は、「『竹林抄』の編集資料――行助の句を中心に――」（『宗祇連歌の研究』第四章第二節、勉誠社、一九八五年）で、行助および専順の作品を対象に、『竹林抄』の編集資料としてそれぞれの句集が活用されたことを指摘されている。
（11）『永和日次之記』（迎陽記）康暦二年六月九日・同十七日・同十九日条。
（12）『永和日次之記』『教言卿記』『看聞御記』などに多く見える。なお、中世における立花成立の史的展開については、大井ミノブ「中世における立花成立の基盤――とくに七夕花合について――」（『日本女子大学紀要 文学部』一九六二年三月、『いけばな史論考――池坊を中心に――』（東京堂出版、一九九七年）に収録）に詳論があり、負う所が大きい。
（13）明応九年正月二十三日、同年二月三日、同月九日条など。
（14）文明八年四月二日条。
（15）大永本・青山本など。
（16）池坊専永編『池坊歴代家元花伝』（講談社、一九七六年）所収。
（17）注（16）同書、『専順花伝書』解説・図版解説、参照。
（18）注（16）同書、『専順花伝書』解説、参照。
（19）小林善帆氏は、『「花」の成立と展開』第一部第二章「瓶に挿す花――専慶・専順の存在」（和泉書院、二〇〇七年、初出は二〇〇四年）において、現存資料で見る限り専順と花との関わりについては確証が得られず、『百瓶華序』で池坊の祖とする専慶についても、『碧山日録』の専慶とは別の人物である可能性も示唆されている。『専順花伝書』についても、連歌師の専順とは別人の手になる伝書、もしくは仮託された可能性なども残されており、花伝書研究の今後の進展を俟つこととしたい。

＊本文の引用は次のテキストに拠った。なお、表記は適宜改めたところもある。
勅撰集所収和歌『新編国歌大観』、『宝徳千句』（古典文庫）、『連理秘抄』（日本古典文学大系『連歌論集 俳論集』）、『長六文』『老のすさみ』『浅茅』（『連歌論集 二』（三弥井書店））、『竹聞』『雪の煙』（貴重古典籍叢刊『竹林抄古注』（角川書店））、『仙伝抄』（『仙傳抄 上』（日本華道社）、『百瓶華序』（『花道古書集成』第一巻、思文閣）、『碧山日録』（大日本古記録）、

『実隆公記』（続群書類従完成会）、『山城名勝志』（新修京都叢書第十三巻）。

第四章　『宗長秘歌抄』諸本考

はじめに

南北朝期以降、室町期にかけて活躍した連歌師たちが、和歌をはじめ伊勢物語や源氏物語などの古典研究の面でも一翼を担っていたことは、連歌研究、あるいは古典注釈研究の各視点からの諸氏による論考に明らかである。いま連歌師による注釈書を和歌に限ってみると、宗祇には『古今和歌集両度聞書』『詠歌大概註』『百人一首抄』『自讃歌註』および後撰集より続古今集までの歌を扱った『十代集抄書』等があり、兼載と目されるものに『新古今抜書抄』があるほか、肖柏抄出、注釈者不明とされる後撰集より続後撰集までの歌を扱った『九代抄』等がある。

『宗長秘歌抄』もまた、古典和歌百四十数首を収載した連歌師による注釈書である。この書が連歌師の手になることは、注釈本文に宗砌・宗祇の句の引用が一箇所宛あるほか、「とよのあかり連歌に冬の季也」「此の哥連歌の作に尤用ふへしとそ」といった、連歌詠作における配慮を示す記述の見られることから明らかであるが、注釈者が宗長自身であるか否かについてはなお問題がある。所収歌の三分の二近くが新古今集との共通歌であることから、この書の概要については、小島吉雄氏がはやく「連歌師と新古今集」(1)で紹介されたが、新古今集讃美の傾向の生じてくる室町期以降という時期が、連歌師が社会的地位を獲得してくる時期とほぼ一致し、新古今集尊重の副産物として連歌師の手による新古今歌の注釈が数多く残されることになったという、きわめて興味深い指摘をされている。『宗長秘歌抄』は、外に勅撰集では古今集より新後撰集までの十三代、さらに万葉集や六家集、『内裏名所百首恋』との共通歌をも含む、いわば新古今共通歌を中心とした古歌の選集注であるが、こうした連歌師による和歌注釈書は総じて、中世における一つの文化所産としての意義のほか、連歌師と和歌との関わりにおいて、その享受態度をうかがい知る上でも注目すべきものといえよう。

『宗長秘歌抄』の注釈の性格、享受態度の問題については第五章で考察することとし、本章では諸本の奥書を通しての、注釈者あるいは伝授者等の成立に関わる問題、ならびに享受者層の問題を考察し、ついで諸本の本文系統とその可否の状態を検討してみたい。

一　諸本と奥書

『宗長秘歌抄』は、すでにいくつかの翻刻があり、『古今集・新古今集』（『国語国文学研究史大成』第七巻）には、神宮文庫蔵『宗長秘歌抄』を底本とし、宮内庁書陵部蔵『遠州宗長詠歌』、同『難詠密解』、谷山茂氏蔵『歌学秘伝抄（宗長秘歌抄）』の三本を以て校合を行ったものが、『碧冲洞叢書』第二九輯には、簗瀬一雄氏蔵『新古今抜書』を底本とし、後藤重郎氏蔵『宗長秘歌抄』、名古屋大学図書館蔵本（表題なし）、宮内庁書陵部蔵『秘歌百四十首注』（『先代御便覧』第二一冊所収）の三本で校合を行ったものが、また『歌学文庫』巻七には内閣文庫蔵『吉備集』が収載されている。これら九本のほか、このたび調査に及んだ諸本として、早稲田大学図書館伊地知鐵男文庫蔵『和歌の友（宗長歌注）』、川越市立図書館蔵本（題箋剥落）、神宮文庫蔵『新古今抜書抄 全』、天理図書館蔵『和歌秘伝抄』、京都大学附属図書館蔵『歌秘抄 全』、大阪府立図書館蔵『宗祇秘注』、および島原図書館松平文庫蔵本（表題なし）の七本がある。なお、『図書総目録』の「宗長秘歌抄」の項に掲出の刈谷市立図書館蔵『宗長秘書』は『連歌寄合』と同内容の別本であるほか、輪王寺蔵本は所蔵本未整理につき現在閲覧不可能の由である。

はじめに、本稿で対象とする以上十六本の諸本を奥書分類とともに列記し、若干の略注を添えておく。なお、翻刻されている九本についてはそれらを利用させていただいた。

〈A型〉

①早稲田大学図書館伊地知鐵男文庫蔵本『和歌の友宗長歌注』（以下伊地知本と称する。略号「伊」）。江戸初期写本。

奥書、

此一巻之抄宗長秘蔵候ヲ遠州吉備大坊懇望候而書写畢。

②島原図書館松平文庫蔵本。表題なし（松平本と称する、略号「松」）。江戸初期写本。本文の後に、「人とはハミつとやいはん玉つ嶋かすむなミ間の春のけしきを」（続後撰集・春歌上41・藤原為氏）の歌一首を付載する。

奥書、

宗長秘書吉備大坊懇望之由被書写候を調仕候而写也。

③宮内庁書陵部蔵日野本『秘歌百四十首注』（書陵部A本と称する。略号「書A」）、江戸初期写本。奥書、

此一巻之抄宗長秘蔵候。遠州吉借（ママ）之大坊依懇望之置書写也。聊爾不可有他見者也。可秘〻〻。

④宮内庁書陵部蔵鷹司本『遠州宗長詠歌』（書陵部B本と称する。略号「書B」）。奥書、

此一巻之抄宗長秘蔵候を遠州吉備之大坊依愁（懇）望書写取所也。聊示他見有問舗者也。究（ママ）秘〻〻。

従光政卿拝借令加も胡子写之

癸丑弥生日　（花押）

光政卿は烏丸光政。嘉永六年（癸丑）、鷹司政通の娘胡子筆写本。

⑤宮内庁書陵部蔵鷹司本『難詠密解』（書陵部C本と称する。略号「書C」）。江戸後期写本。奥書、

此一巻之抄宗長書被申候。遠江吉備大坊懇望候間書写被遣申也。事書雖返々不及筆染云々。

⑥簗瀬一雄氏蔵本『新古今抜書』（簗瀬本と称する。略号「簗」）。室町末の写かとされる。奥書、『秘歌百四十首注』

に同じ。

（a）

⑦内閣文庫蔵本『吉備集』（内閣本と称する。略号「内」）。江戸初期写本。上巻（前半八十三首）のみの残闕本。奥書、

右之歌材秘伝有之候得共御所望故借申候也。他見有間敷候。下くわんをいたし可進之候。以上。

延宝五極月廿二日　　　　某

（A'）

⑧名古屋大学図書館旧皇学館大学蔵本。表題なし（名古屋本と称する。略号「名」）。江戸初期写本。奥書、

此一巻之抄遠州吉備大坊依懇望宗長以給覧。

この後に、「世中にあらぬ所もえてしかなとしふりにたるかたちかくさん」（拾遺集・雑上506・よみ人しらず）、「なに事にとまる心のありけれはさらにしも又よのひ(い)とハしき」（新古今集・雑歌下1831・西行）、「数ならてよにすミよしの身をつくしいつを待ともなき身也けり」（新古今集・雑歌下1792・源俊頼）の歌三首を付載する。

（A"）

⑨神宮文庫蔵本『新古今抜書抄 全』（神宮A本と称する。略号「神A」）。室町時代の写。奥書、

此抄宗長秘蔵候ヲ御児さまかたく懇望によりて書置物也。能々可秘ゝゝ。努々他見有ましく候。

この後に、「八十嶋やゐそかちしまの千束弓心つまさハ君にまさらし」（清輔集242）、「おくのうミのゐそかちしまのうきねにも夢路ハかへる都ならすや」（出典不詳）の歌二首を付載する。永正十四年右大臣御判の書写奥書をもつ香道に関する記事と合綴。

〈A＋B型〉

⑩京都大学附属図書館蔵本『歌秘抄 全』（京大本と称する。略号「京」）。江戸初期写本。

此一巻之抄宗長秘蔵候を遠州吉備大坊懇望候而書写而被取候を尾州智多郡英比矢郷大坊写畢候。是を聞及候而同智多郡成岩之郷常楽寺之内遍照院書写畢。努々聊爾他見有間敷候。可有秘伝事也。

天文十四年乙巳七月十日　書写之功終　宣蔵坊英酒

⑪天理図書館蔵本『和歌秘伝抄』上・中冊（天理本と称する。略号「天」）。田辺頼真氏旧蔵。江戸後期写本。下冊は「和歌極秘伝 百人一首五歌伝」「伊勢物語七ヶ之秘事」「つれ〴〵草三ヶの伝受」等の雑々口伝。奥書、

此一巻之抄宗長秘蔵也。然所遠州吉備大切懇望写取也。又尾州智多郡英比矢郷大防写之秘蔵。又同国同坊敷本ノ郡（マヽ）成岩郷之常楽寺内遍照院書写者也。努々他見不可有。最以秘事也。

⑫谷山茂氏蔵本『歌学秘伝抄宗長秘歌抄』（谷山本と称する。略号「谷」）。江戸初期写本。奥書、

享保十三戊申稔孟春廿八日　有悦

此一巻抄宗長秘蔵而遠州吉備大房懇望ニ（マヽ）而書写被願候ヲ尾州知多郡莫打矢（マヽ）足房写被申候ヲ同郡成岩常楽寺同遍照院色ヽ申候而写申之。他見有間布候。可秘ゝゝ。

永禄三年申拾月廿二日書之写訖。今亦寛文元年丑八月吉日写之畢。

授者　羽田知□

〈A＋B＋C型〉

⑬神宮文庫蔵本『宗長秘歌抄』（神宮B本と称する。略号「神B」）。江戸初期写本。奥書、

此一巻之抄宗長秘蔵ヲ遠州吉備大坊懇望之而書写ヲ尾州智多郡莫比矢（マヽ）口大坊被写、是ヲ聞及同智多郡成

岩之郷常楽寺之内遍照院書写畢。努々聊爾ニ不可有他見。可秘ゝゝ。

此秘哥抄先年所持之本、雲石之間徘徊之節被借失於當国。多年雖尋之不一見之處ニ或人此中之名哥一二首語。若此古哥有之者、年ゝ望之由度々令雑談處ニ、連歌執心之仁故、此方彼方年経所相尋見出之間、抛萬事不顧悪筆対終曰令書写畢。

寛永四暦七月四日　　　　　　　正圓

右此一冊東光寺光尊御坊所相求写之□而於数紙之餘□以令書写畢。

寛永十有八南呂十又三　　　　　長周

⑭後藤重郎氏蔵本『宗長秘歌抄 完』（後藤本と称する。略号「後」）。二条家旧蔵。江戸初期写本。奥書、右『宗長秘歌抄』に同じ。但し「右此一冊東光寺」以下なし。

〈D型〉

⑮川越市立図書館蔵本。題箋剥落（川越本と称する。略号「川」）。三角家旧蔵。室町時代の写本。奥書の前に、「あさなけに見つき君としたのまねハおもひ尋ぬる草枕哉／佐抛明神法楽　朝なけにさしそふ春のひかりかな」と、古今集の離別歌（376・寵）一首ならびに宗祇の発句（文明八年四月十五日何路独吟百韻）一句を記載する。奥書、

為初心人抜諸集之内宗長老人注之。努ゝ他見不可有之者也。

天文十二季夏晦日写了之

〈E型〉

⑯大阪府立図書館蔵本『宗祇秘注』（大阪府本と称する。略号「大」）。江戸後期写本。本文の最後に「永正十年三月日　宗長在判」とある。奥書、

此一巻従宗祇伝受之鈔物也。高弟宗長秘蔵候しを、遠州吉備大坊依懇望書写之処、亦予無和州遂所望令書写畢。在世之内三人可伝之由堅約之上、不離身秘蔵之物也。努ゝ他見ヲ免間敷也。

宗祇門弟遠州中泉之住人　斬（マ、軒カ）滴判

右一巻残燈下書写畢。于時享保十二丁未歳臘月初九日

風竹亭藤実紀（花押）

（次に明和七臘月三日野瀬兵蔵奥書）（次に安永四六月二十四日某の識語）

実紀は姉小路実紀。

二　成立と伝来

まず前節で記した奥書内容を検討し、『宗長秘歌抄』の成立と伝来、享受層等の考察に及びたい。

〈A型〉諸本は、「宗長秘蔵」と「吉備大坊懇望」の由を記した、素朴な奥書形態をもつ流布本である。（a）は書名のみに「吉備」とあり、奥書に宗長の名は見えない。（A'）の「宗長以給覧」は「給」が「賜」であれば宗長より贈られたこととなり、これによれば「吉備大坊懇望」は宗長在世中のこととなろう。「遠州吉備大坊」の具体的人物については不明である。（A''）は「御児さまかたく懇望」とあり、公家ないし武家の子息あたりへ書き送ったものであろうか。

〈A＋B型〉諸本は、〈A型〉奥書に「尾州智多郡英比矢郷大坊」以下が付加された形態のもので、その後の伝来の過程を示している。京大本にある「宣蔵坊英酒」、天理本の「有悦」、谷山本の「羽田知□」については不詳。

〈A+B+C型〉諸本は、〈A+B型〉の奥書にさらに「此秘哥抄先年所持之本」以下を追記したもので、以上から伝来として〈A型〉→〈A+B型〉→〈A+B+C型〉の流れが一応辿られよう。但し、〈A+B+C型〉のCにあたる部分は校合本の奥書である可能性もある。

さて、これらの奥書はいずれも『宗長秘歌抄』が宗長所持の本であることを示しこそすれ、その注釈が誰によってなされたかの成立に関わることは明らかでないが、〈D型〉の川越本には「宗長老人注之」と注釈者としての宗長の名が見える。この一本は、書写奥書通り天文十二年(一五四三)の写と目される古写本である。一方〈E型〉の大阪府本には、本文末尾に「永正十年三月日　宗長在判」、奥書に「此一巻従宗祇伝受之鈔物也」とあり、伝授者としての宗祇、筆記者としての宗長の名が明記されている。大嶋俊子氏の「宗長年譜」[2]によると永正九年(一五一二)「四月下旬以降、駿河帰国か」とあり、これより永正十一年五月の『浅間千句』独吟に至るまでの宗長の動向は全く不明である。奥田勲氏の「連歌作品年表稿」[3]や、木藤才蔵氏の「連歌史年表」[4]、鶴崎裕雄氏の「宗長年譜考」[5]等においてもこの間に手がかりとなる連歌資料等がなく、確実な裏付けは得がたいが、「永正十年三月日」前後、宗長が駿河に在国していた可能性は高いようである。さて、「従宗祇伝受」に関し、この一本には、他本にない「〜とそ祇は申され侍る」といった注記が三箇所にみられるが、これがわずか三箇所であること、また良経の歌「ふるさとのもとあらの小萩」の解釈が宗祇の『詠歌大概註』および『十代集抄書』と異なることなどから、注釈全体が宗祇の講釈による聞書であるとも断定しがたい。しかし『宗長秘歌抄』諸本の注釈文には、「〜とそ」と聞書を想定させる所が数箇所あり、また後にふれるごとく本文異同がきわめて多く本文自体が安定性を欠くことから、相伝による聞書が少くともある部分を占めていることもまた確かである。したがってこれらの点からこの書の成立を考えるに、宗祇からの聞書に自説および第三者の説を取り込みながら宗長が注釈を施したと想定し、川越本と大阪府本の奥書はこの両側面を各々が伝えていると解釈しうるのではなかろうか。

さらに〈A＋B型〉の京大本が、〈D型〉川越本と近い年代である天文十四年の書写奥書をもつことから、最初から多少異ったものが原本として二、三本あったことも推測される。〈A〉〈A＋B〉〈A＋B＋C〉〈E〉型諸本が遠州および尾州周辺に伝わったものであるのに対し、〈D型〉川越本は、宗長にかなり近い所の手許の本であった可能性も高く、転写本ではあるが、「宗長老人注之」は原本形態に近い本の奥書として注目されるものである。

さて、『宗長秘歌抄』の享受層についてはどうであろうか。〈A＋B型〉〈A＋B＋C型〉の奥書に見られる常楽寺は浄土宗西山派の寺院であるが、『半田市誌』によれば、文明十六年（一四八四）空観栄覚が応仁の乱の戦没者供養のため建立した寺院とされる。さらに留意されるのは、天文十二年、小（緒）川の水野氏の軍が成岩城を攻略した際、その犠牲者となった死者を弔うため常楽寺の第七世天徳慶伝が寺僧を通し、村人に四遍念仏を教えさせたという口伝であり、隣接地の現阿久比町（英比谷）にも同様の四遍念仏和讃が残っているという。[6] 京大本は、天文十四年の書写奥書を有しており、こうしたことから英比谷（矢）郷・成岩之郷周辺にこの頃浸透していた念仏宗の寺僧あるいは宗徒たちの間でこの書が流伝していった可能性が考えられる。その享受者たちもやはり、神宮B本や後藤本にあるごとくの連歌執心の人々であろうが、そうした人々の連歌詠作のための和歌の手引書として、『宗長秘歌抄』が活用されたのではないだろうか。さらにここで川越本の写本伝来について考えてみると、文亀二年（一五〇二）、『宗祇終焉記』に、「文月の初めには武蔵国入間川のわたり、上戸と云処は今山内の陣所なり。こゝに廿日余りがほど休らふ事ありて、数寄の人多く、千句の連歌なども侍し。三芳野の里、河越に移りて十日余りありて、同じき国江戸といふ館にして、すでに今はのやうにもありしも（略）」[7]とあり、江戸・河越城主上杉朝良方での宗祇・宗長ら一行の滞在が知られる。上戸には引用本文「三芳野の里、河越」とあるごとく、三芳野道場とも称された時宗で有名な常楽寺があり、道興の『廻国雑記』にも見える。また、文明二年一月には河越城主太田道真による、心敬・宗祇等同座の『川越千句』も興行されており、川越本の一本も河越城・

常楽寺周辺の連歌数寄者の間で流伝された可能性も考えられる。

『宗長秘歌抄』は、神宮A本の奥書からは公家あるいは武家の子息による享受もあったことが推察されるが、他の諸本における所望者や書写者から、遠州および尾州の街道筋の連歌数寄の寺僧を中心とした念仏宗関係の人々が主たる享受者層として想定されるのではなかろうか。

三　本文の系統と善本

前節において、奥書の分類検討により、川越本を原本形態に近い位置にある一本としてとらえたのであるが、奥書と同時に諸本の本文の系統およびその可否についてもあわせて吟味する必要があろう。

まず表Ⅰは本文の異同箇所における可否を、記号化・数量化して掲げたものである。異同箇所が多いためすべての列挙には及びがたいが、具体的に例を数箇所示しつつ説明を加えることとしたい。また、数値の上できわだつものの内訳を、若干下の備考欄に示した。各々の項における印は表の後に示す例のごとく、「○」が「おもかけを」の有無におけるように、他本の欠如に対し明らかに良い本文であると考えられるもの、「×」は「一こゑうちに」や「なき事なき事」「春様」のように明らかな欠脱や重複ミス・誤読・誤写など、「△」は「時・時分」「住・居」「日の」の有無など、可・不可の決定対象とならない何れとも通用するものである。なお、漢字と仮名の同音異字および仮名遣いの相違、注釈文の助詞の相違は、対象から除外してある。また表Ⅰは全体を整理した結果に基づいて作成し直したものであるため、一節における奥書掲載順位と一部差替があることをお断りしておく。

表Ⅰ　本文の異同対照

		一本のみの異なり						共通の異同						総計			備考
		文			語句			文			語句						
		○	×	△	○	×	△	増	欠 ×	欠 △	○	×	△	○	×	△	
D	1. 川	0	2	4	5	12	36	7	0	2	116	4	325	121	18	374	64注～68注の冒頭までナシ
A	2. 伊	0	2	2	0	32	24	2	0	0	101	19	326	101	53	365	128注後半～131注までナシ
A	3. 松	0	2	4	0	28	33	6	2	7	99	21	330	99	53	380	43全ナシ
A	4. 書A	0	8	20	0	34	51	5	4	5	94	25	320	94	71	401	43全ナシ
A	5. 書B	0	1	6	0	64	67	1	0	4	82	40	331	82	105	409	
A	6. 書C	0	0	7	0	192	41	0	0	1	76	44	333	76	236	382	
A	7. 簗	0	3	5	0	47	21	1	0	4	66	53	329	66	103	360	67歌～70注の冒頭までナシ
A′	8. 名	0	3	4	0	139	44	1	2	3	68	47	333	68	192	380	99全ナシ
A″	9. 神A	0	2	7	0	47	55	2	0	4	94	27	332	94	76	400	
a	10. 内	0	3	3	0	69	22	0	1	2	63	29	221	63	102	248	84以降ナシ
A+B	11. 京	0	0	0	0	11	2	1	1	2	86	35	332	86	47	337	101注～102歌までナシ
A+B	12. 天	0	0	8	0	40	19	2	1	4	88	34	332	88	75	365	
A+B	13. 谷	0	6	5	0	107	98	1	0	1	82	39	332	82	146	437	
A+B+C	14. 神B	0	0	0	0	4	4	9	0	5	85	37	332	85	41	350	
A+B+C	15. 後	0	0	2	0	6	5	9	0	5	82	40	332	82	46	353	119注後半ナシ
E	16. 大	1	0	32	0	26	115	1	0	3	97	25	334	98	51	349	76・90・140に大幅な付加注釈アリ。111全ナシ
備考		○「書A」欠21（×8、△13） ○「大」増28（△28）			○「書B」欠67（×14、△53） ○「書C」欠84（×58、△26） ○「名」欠59（×40、△19） ○「谷」欠72（×29、△43） ○「大」増73（×2、△71）			13箇所、すべて△	25箇所、○ナシ		全456箇所（○×─122箇所、△─334箇所）						

（例）○……。此庭のさまみな昔にかはれとも橘はかりむかしの人のおもかけをのこす事也。

×……。夏の夜は郭公の一こゑ∧うちにはやあくるみしか夜也。（鳴く）

。されは色〻にいふもかひなき事なき事也。

。里は浅茅かはらと荒はてヽ昔に似たる春様もなし。（事聊）

△……。春のきてなにとなく面白時（時分）　。御身の住（居）給ふ所より

。くもる日は∧（日の）はやくくるヽやうなれは

まず、文の単位での一本のみの独自の異なりにおいては、書陵部A本と大阪府本にその数が多く、下欄の備考に記したように、書陵部A本は他本に対する欠落箇所がそのうち二十一、大阪府本は増加箇所がそのうち二十八見られる。なお、ここでの増加・欠落は他本に対する状態であり、当該本の増加か他本の省略か等の考慮には及ばないものである。次に、「うちわたす」の歌一首における書陵部A本の注釈を川越本と対校して示す。

うちわたす浜名の橋の夕なみにたなゝし小舟誰をこふらん
川（本哥あしへこくたなゝしを舟こきかへり）おなし人にやこひわたるへきと云哥［川（ナシ）］をとれり。川（本哥の心はたなゝしを舟とはちいさき舟也。朝夕あしへこきかへることくわか人をくり）返しくりかへし恋わたる事のはかなきなり。哥の心は［川（ナシ）］はまなの橋を夕暮にわたりてみれはを舟のなみにゆられてしんらうするは誰をこふらんと本哥を思ひ出て云へり。川（心はたゝはまなのはしの）眺望の［川（ナシ）］歌也。
（傍線部、筆者）

右にみるように書陵部A本は全体として本歌を一部あるいは全部省略することが多く、また本歌の心に関する注釈文の省略も多い。欠脱は注釈文を簡潔化しようとする意向とも解しうるが、「朝夕あしへこきかへることくわか人をくり」のように、省略としては不備のあるものや、本歌がなく本歌の注釈からはじまるような例も見られる。大阪府本は、

むつかしきうた也と祇申され侍る。
此文字なとそ上手の手際とはいふへし。
人生皆かくのことし。人の数になる哥也。

のような評語を注釈末尾に付加した例が多い。なお、大阪府本のみにある○の一例は、注釈文中の引用歌（掲出歌とする本もあり）が、他本では歌の説明文より後にあり文脈の不整合があるのに対し、この一本においては説明文の前にあるという、位置の正しさにおけるものである。

次に同様に、語句単位での増加・欠落の多いものを拾ってみると、表Ⅰの下欄に示したごとく、欠落箇所は書陵部C本に八十四、谷山本に七十二、書陵部B本に六十七、名大本に五十九と多く、特に書陵部C本と名大本は、

わか古郷の〈他本（面影を）〉さそひことよと也。
螢玉に〈他本（似たる）〉物也。（書陵部C本）

枕の氷とは涙の〈他本（氷）〉たる事也。
我〈他本（人）〉しれすなく事の（名大本）

のごとく、誤りによるものがその大部分を占めている。大阪府本は増加による相違が他本より際立って多いが、

本哥は恋のうた也。〔傍線部：他本（ナシ）〕
はつおとは尾の事也。いかにも長き物也。されは秋の夜のなかきをはつ尾に〔傍線部：他本（ナシ）〕たとへていへり。（傍線部、筆者）

に見るごとく、増加により本文の意味に差異をきたすものは殆どなく、やや冗漫のきらいのあるのは口伝の形により近いのであろうか。また川越本のみに見られる「〇」の五例は、

- 跡まてと云詞〔他本(ナシ)〕奇特也。
- 逢事ハかたき事也。されハ涙はしけく落る也。しのはしけきこと也。篠ハ露〔他本(ナシ)〕しけき物なれハ也。
- 深草の露草〔他本(ナシ)〕のふかき事に取なしたる也。
- すミれは暮春の物也。されハはるのかたミにと云へり。又かたミとハかこの事也〔他本(ナシ)〕。籠につミ入てかへらんと云心なり。

（傍線部、筆者）

右の四例に加え、表Ⅰ後置の例示の一例である。なお、以上の一本のみの独自の異なりに関し、際立って高い数値を示す諸本は、本文系統において各々ある末端に位置することとなろう。

ついで二本以上にわたる共通異同に関しては、まず文は増加か欠落かに限られており、その基準は九本以上か否かで分類してあるが、増加十三箇所（すべて△）、欠落二十五箇所（〇がなく×か△）における諸本の相関関係を表Ⅱで示した。注記したごとく、表の対角左半分は各本が他本とどう一致するかを示すものであり、数値の高い所は互いに近い関係にあるという、大方の傾向を知る目安となろう。対角右半分はその数値の内訳である。大きな異同である。この文に関する相関関係をめぐって本文系統を考えてみたい。

表 Ⅱ　文の共通異同箇所における相関

総計＼内訳		D	A						A′	A″	a	A＋B			A＋B＋C		E	他本との一致数
		1. 川	2. 伊	3. 松	4. 書A	5. 書B	6. 書C	7. 簗	8. 名	9. 神A	10. 内	11. 京	12. 天	13. 谷	14. 神B	15. 後	16. 大	
D	1. 川	川	2	6	5	1		1	1	1		1		3	4	4	1	43
				2	2	1		1	2			1		1	1	1	1	
A	2. 伊	2	伊	2	1					1				2	1	1		8
A	3. 松	8		松	5	1		1	1	1		1		3	4	4		47
					2													
					3	1		1	3	1		1	1	1	1	1		
A	4. 書A	7	1	10	書A	1		1	1			1		2	4	4	1	46
									2									
						2	1	1	2	1		1		1	1	1		
A	5. 書B	2		2	3	書B		1	1			1		1				19
								4	1			1		1			1	
A	6. 書C				1		書C											1
A	7. 簗	2		4	2	5		簗	1			1		1				19
									1	1		1		1			1	
A′	8. 名	3		4	5	2		2	名			1		1				23
										1		1		1	1	1		
A″	9. 神A	1	1	2	1			1	1	神A				1	2	2		12
a	10. 内										内							4
												1	1					
												1	1					
A＋B	11. 京	2		2	2	2		2	2		2	京	1	1				20
													1					
													2	1				
A＋B	12. 天			1							2	4	天					7
A＋B	13. 谷	4	1	5	5	2		2	2	1		2		谷	1	1		24
A＋B＋C	14. 神B	5	1	5	5				1	2				1	神B	9		33
																4		
A＋B＋C	15. 後	5	1	5	5				1	2				1	13	後		33
E	16. 大	2			1	1		1									大	5

（注）対角左半分は、各本が他本とどう一致するかを示す。ある箇所において、川―伊―松が同じ異文をもつ場合、川―伊、川―松、伊―松の関係を各々１として算入。右半分はその内訳であり、増（上段）、欠×（中段）、欠△（下段）のいずれで一致するかを示す。

これによると奥書の分類とほぼ相応しているが、まず〈A型〉諸本のうち松平本と書陵部A本とは〈D型〉川越本と高い一致関係にあり（松平本・書陵部A本は、表I右備考欄に示したごとく共に43の歌と注釈を欠く）、先の表Iの結果から川越本―松平本―書陵部A本の流れが辿られよう。伊地知本は川越本と若干一致するが、総じて他本との一致数は低い。神宮A本はこれら四本および簗瀬本・名大本と近い。簗瀬本と書陵部B本の一致度は高く、書陵部B本が表Iにおいて一本のみの独自本文を多く有することから簗瀬本―書陵部B本の流れが考えられる。書陵部C本および歌数がほぼ半数の内閣本は、他本との一致数が低いが、書陵部C本は表Iにおいて誤りによる欠脱箇所数の高かったこととも関わってこよう。以上、〈A・a・A'・A″・D〉型諸本は同系統と考えてよいであろう。

ついで〈A+B型〉諸本については、京大本は〈A・a・A'・D〉型諸本と関連があり、この京大本と天理本とは近い関係にあるが、表Iの独自本文の可否状態から京大本―天理本の位置づけができよう。谷山本は同型の奥書をもつが、〈A・A'・A″・D〉型諸本と近く、表Iでの独自本文の箇所数が高いことからも先の二本と若干区別される。

〈A+B+C型〉諸本に関しては、神宮B本、後藤本は同一系列本であり、〈A・A'・A″・D〉型諸本および〈A+B〉型諸本のうち谷山本と若干共通するが、先に見たごとく谷山本の性格から、これら二本は〈A+B〉型諸本のいずれとも区別すべきであろう。

以上、十五本の諸本は一応同系統ととらえうるが、〈A・a・A'・A″・D〉型諸本の系列に対し、その流れをひくものとして〈A+B型〉の京大本・天理本、同型の谷山本、〈A+B+C型〉の神宮B本、後藤本の三分枝が考えられる。〈E型〉の大阪府本は〈A型〉および〈D型〉諸本とわずかに一致するが、表Iの独自本文の状態および表I右備考欄に示したごとく、三首に他本にない大幅な付加注釈があること（一首は常縁の『新古今和

表Ⅲ　所収歌の歌序対照

	D	A						A′	A″	a	A＋B			A＋B＋C		E
	1. 川	2. 伊	3. 松	4. 書A	5. 書B	6. 書C	7. 簗	8. 名	9. 神A	10. 内	11. 京	12. 天	13. 谷	14. 神B	15. 後	16. 大
1～20	○	○	○	○	○	○	○	○	○	○	○	○	○	○	○	○
20の注の歌を掲出歌			○		○		○					○		○	○	
21～23	○	○	○	○	○	○	○	○		○	○	○	○	○	○	○
24	○	△	△	△	△	×	△	△		○	△	○	○	○	○	○
25	○	○	○	○	○	○	○	○		○	○	○	○	○	○	○
26～33	○	○	○	○	○	○	○	○	○	○	○	○	○	○	○	○
34	○	○	○	○	○	○	○	○		○	○	○	○	○	○	○
35～36	○	○	○	○	○	○	○	○	○	○	○	○	○	○	○	○
37	○	○	○	○	○	○	○	○	○	○	○	○	○			○
38～42	○	○	○	○	○	○	○	○	○	○	○	○	○	○	○	○
43	○	○	×	×	○	○	○	○	○	○	○	○	○	○	○	○
44～64	○	○	○	○	○	○	○	○	○	○	○	○	○	○	○	○
65～66	×	○	○	○	○	○	○	○	○	○	○	○	○	○	○	○
67	×	○	○	○	○	○	×	○	○	○	○	○	○	○	○	○
68～69	○	○	○	○	○	○	×	○	○	○	○	○	○	○	○	○
70～79	○	○	○	○	○	○	○	○	○	○	○	○	○	○	○	○
80	○	○	○逆	○逆	○逆	○逆	○逆	○逆	○	○逆	○逆	○逆	○逆	○	○ 不安定	○逆
81～89	○	○	○	○	○	○	○	○	○	83マデ	○	○	○	○	○	○
90～94	○	○	○	○	○	○		○	○		○	○	○	○	○	○
138～140							○									
95～98	○	○	○	○	○	○	○	○	○		○	○	○	○	○	○
99	○	○	○	○	○	○	○	×	○		○	○	○	○	○	○
101～110	○	○	○	○	○	○	○	○	○		○	○	○	○	○	○
111	○	○	○	○	○	○	○	○	○		○	○	○	○	○	×
112～116	○	○	○	○	○	○	○	○	○		○	○	○	○	○	○
117	○	○	○	△	△	○	△	△	○		△	○	△	×	×	△
118の注の歌を掲出歌		○	○	○					○			○		○	×	
119～128	○	○	○	○	○	○	○	○	○		○	○	○	○	○	○
129～131	○	×	○	○	○	○	○	○	○		○	○	○	○	○	○
132	○	○	○	○	○	○	○	○	○		○	○	○	○	○	○
133	○	○	○	○	○	○	○	○			○	○	○	○	○	○
134～137	○	○	○	○	○	○	○	○	○		○	○	○	○	○	○
138～140	○	○	○	○	○	○		○	○		○	○	○	○	○	○
90～94							○									
141～142	○	○	○	○	○	○	○	○	○		○	○	○	○	○	○
21～25									○ 24は23の注に							
34									○							
37														○	○	
133									○							

（注）川越本の歌序を基準とし，その欠脱部を伊地知本で補足。

○……掲出歌としてアリ　△……前歌注釈文に引用歌としてアリ　×……ナシ
逆……掲出歌と本歌の位置が逆

歌集聞書』の注釈と同文のものを含む。他二首は、「夏の夜はうら嶋かこの」の歌に対し浦嶋か子の説話、「秋の月河音すみて」の歌に対し本説王子猷の故事を解説したもの）等を鑑み、以上十五本の諸本とは別系統の一本と解すべきであろう。

ここで再び表Ⅰに戻り、語句の共通異同をみると川越本本文の誤りのきわめて少ないことが注目されるが、以上の本文の個々の異同に対し、全体の構成の異同はどうであろうか。表Ⅲにより、所収歌の歌序の異同をみておこう。

80は多くの本において掲出歌と本歌の位置を逆に置くが、川越本・伊地知本・神宮A本・神宮B本の四本においては正しい位置に置かれている。また20・24・117・118において、掲出歌とするか注釈内の引用歌とするかの異同があるほか、簗瀬本、神宮A本、および神宮B本・後藤本に、各々異った歌序がみられるが、全体として歌の順序はほぼ一致しているといえよう。

四　今後の課題

以上、前節の検討により川越本は本文としても最も問題の少ない一本であることが明らかとなった。二節における奥書に関する検討結果および書写年代の古さとあわせ、最善本と認められるものであろう。さらに本文状態の良さは、宗長注という奥書内容の信憑性を高めることともなろうが、宗長注の問題に関しては、なお注釈内容を検討し注の性格を探ることが必要である。『宗長秘歌抄』における注釈者の注釈態度の考察こそ中世注釈史研究の要求するところであり、本章における諸本の整理検討はその前段階としての作業である。

（補記）

本章で対象とした十六本の諸本に加え、龍門文庫蔵『新古今和歌集抄』および関西大学図書館蔵『二百九十三首秘伝』の二本について閲覧の機会を得、精査には及んでいないが、「永禄九年卯月日　金阿書之廿四歳」の写識語を有する龍門文庫蔵本は〈A型〉奥書をもち、〈A型〉の伊地知本・内閣本・神宮A本、〈A＋B型〉の京大本・天理本、〈E型〉大阪府本との一致度が高く、京大・天理本とのみ一致する場合、大阪府本とのみ一致する場合が数例見られる。関西大学図書館蔵本には奥書がなく、部立別に配列された一五六首の和歌の注釈と合綴されている。本文は〈A型〉の松平本・書陵部A本、〈D型〉川越本との一致度が高く、松平本・書陵部A本と同様43の歌・注釈を欠く。また、『宗長秘歌抄　曼珠院蔵 京都大学蔵』（京都大学国語国文資料叢書四十二、臨川書店、一九八三年）に、京都・曼珠院蔵『和歌類題抜書』所収の「聞書歌」と記載された『宗長秘歌抄』の前半部に相当する七十五首の影印・翻刻が収められている。詳細は、今西祐一郎氏による本書の「解説」を参照されたい。

注

（1）小島吉雄『新古今和歌集の研究』（星野書店、一九四四年）。

（2）『女子大国文』一九六二年二月。

（3）『東京大学教養学部人文科学紀要』一九六四年四月。

（4）『連歌史論考　下』（増補改訂版、明治書院、一九九三年）。

（5）『帝塚山学院短期大学研究年報』一九九六年一二月。

（6）『半田市誌』本文篇第四篇第一章第六節（一九七一年）。

（7）『中世日記紀行集』（新日本古典文学大系）所収『宗祇終焉記』に拠る。

第五章　『宗長秘歌抄』の注釈態度
――連歌師の古典和歌享受の方法――

はじめに

『宗長秘歌抄』は、新古今歌を中心に古歌百四十二首を収載した連歌師による注釈書である。諸伝本のうち「天文十二季夏晦日写了之」と書写奥書のある一本（川越市立図書館蔵本）があり、また諸本が多く「宗長秘蔵」を伝え、あるいは「従宗祇伝受之鈔物」を付加する一本（大阪府立図書館蔵本）や「為初心人抜諸集之内宗長老人注之」とする一本（川越本）もあるなど、連歌師宗長との関わりを記す諸本も少なくないが、本書が宗長注か否かの問題はさしおき、宗祇・宗長の頃にほぼ成立・流布した注釈書であったことが推される。[1] 本書の注釈内容自体の検討は、注釈書としての性格を見ることになろうし、また同時代の他の注釈書との注釈の比較分析は、和歌注釈史における『秘歌抄』の系譜・位置を探ることにもなり、また注釈者の問題とも関わって著者像をより明確化する一助ともなろう。本章では、注釈内容および他注との関係の双方から注の性格を検討し、さらに連歌師の注釈書としてきわめて興味深い現象を示す、配列形態における一特質についてもあわせ述べ、連歌師の和歌享受の態度についてえてみたいと思う。

なお、『宗長秘歌抄』本文の底本は、第Ⅱ部第四章において最善本と位置づけた川越市立図書館蔵本に拠り、[2]

誤記・欠脱等の本文の不備は、次ぐ善本と解する早稲田大学図書館伊地知鐵男文庫蔵本で補うこととする。

一 注釈内容

『宗長秘歌抄』の注釈は、題・本歌本説・語意・修辞技巧・歌意・鑑賞批評等を構成要素とする。

まず題に関しては、これを示すものが十二首ある。そのうち題の本意を述べ、詠法等の心得の説明にまで及ぶものは二首、他は表示のみにとどまる。また、一首の理解のために必要な作歌事情を記した詞書を示すものが四首ある。題は多く恋歌に付され、景物と恋との結題や四字題の表示は一首の解釈を助けようが、題の有無が一首の理解にさして関わりをもたない場合もあり、題の付し方に恣意的な面が見られる。また、さほど難題でもない「尋恋」や「逢恋」が詳しい説明をもつのに対し、四字題の本意や詠法は示されておらず、難題を含め題の詠法は必ずしも重視されていないといえる。

次に本歌・本詩[3]・本説等に関しては、本歌を示すものが二十六首、本詩一首、本説が七首あるほか、類歌二首、例歌一首、贈歌二首、返歌一首、掲出歌を本歌とする歌一首、証歌とする発句二句となっている。本歌は、詞取りとしてその典拠を示すものが八首、「心をとりて」としたものが三首あり、他の多くは掲出のみにとどまる。本歌との有機的な連関の説明に至るものは概して少ないのであるが、

52　わか恋はあふをかきりのたのみたに行衛もしらぬ空のうき雲　（新古今集・恋歌二・一一三五・通具）

我恋は行えもしらすはてもなしあふをかきりと思ふはかりそ。本哥にはわか恋はいつをはてともしらす、たゝ逢事をかきりとはすへしとあれとも、我恋は本哥のことくにはなし。いかむとなれは、はや恋よはりていのちもたのみなけれは、あふをかきりと思ふ心さへはやつきはてゝ、露のいのちの消る事をまつ

心、哀ふかし。（略）

のごとく、本歌との表現上の関わり方にまで及ぶものが五首見られる。本詩は、「秋とたにわすれんと思ふ月影にさもあやにくにうつ衣哉」（106）に対し、『和漢朗詠集』にも所収の『白氏文集』巻一九「聞夜砧」と題する詩の第三・四句を引く。本説は、『源氏物語』を引くもの二首のほか、故事に関し中国故事の二首は、常縁『新古今和歌集聞書』や宗祇『十代集抄書』、あるいは『九代抄』や『連歌寄合』の注にも同様に引かれる有名なものであり、その他の故事三首中一首のものは『八雲御抄』に見え、一首は『九代抄』『連歌寄合』の注にも引かれるなど、多く当時の常識的範疇に属する解説といえよう。

語意については、これを記すものが八十首あり、「今はの心とはかきりの事也」（1）、「つけのまくらはつけにて作まくら也。つけのをくし同前」（11）、「なかきねふりとは生死のねふりなり」（12）、「なるとはなるゝ事也」（18）、「その神山とは賀茂の事也」（25）など、簡潔・具体的に説くものが多く、比較的平易な語にもまま施されている注は、初心の享受者への配慮といえようか。また、一首の歌の構成や情趣との関わりのなかでのことばの表現効果を問題とするものは少なく、一般的な語意説明に終わる例が大半である。しかし、「明ぬるか衣てさむしすかはらや伏見の里の秋のはつかせ」（26）に対し、「この哥五文字さらに心得かたし。たとへはふしみの里は秋のおもしろき事、春の吉野なとのやう也。さてはこゝの朝の眺望のさま言語道断にして、忘却したる所を明ぬるかといへり」の注は、一首の情趣・構成に関連させて説明されており、こうした例は六首ばかりに見られる。

次に修辞技巧に関しては、これを記すものが三十九首あり、そのうち縁語が最も多く十八首、次いで掛詞が十三首、序詞九首、比喩三首、枕詞二首となっている。『秘歌抄』中で抄出の多い新古今歌自体、縁語・掛詞を多用する傾向にあり、それら修辞技巧の注釈が多いのも尤もであるが、金子金治郎氏の説かれるごとく[4]、ある言葉と縁のある言葉を一首に詠み込む和歌の「よせ」の技巧は、連歌の寄合の形成に深く関わっており、そうした縁語や、あるいはある語の同音性に基いて意味の転換をはかる掛詞の技法は、連歌を習練する者が和歌を学ぶ上で重要な要素であったであろう。

歌意については、大半において記されており、不記の十五首においても語意の説明で理解しうる場合が多い。しかし深く解釈にまで及ぶものは少なく、多くは通釈的レベルにとどまるが、「我恋は松を時雨の染かねてま葛か原に風さはく也」(46)や「山里の春の夕暮きてみれは入会の鐘に花そちりける」(76)等六首においては、難歌・秀歌として一首の通釈的「うへ」の意と、解釈鑑賞的「そこ」の意とが併記され、うち三首は注釈も詳細である。

鑑賞・評語に関しては、まず鑑賞態度の見られるものが十六首ある。「此夕立ふりては曲あるましきなり。くもりたる所すゝしくおもしろき様也」(27)、「この紅葉ちらしては曲有ましき也」(29)など、一首の「曲」の在り所や、「さひしき事言語道断なり」(118)、「まことに愁人の哀ふかし」(124)など、一首の餘情を述べるものが多いが、いずれも総じて端的であり、高度な鑑賞批評を目ざすものではない。評語は三十二首にある。「尤此哥大事也」(6)や「この哥心得むつかしき也」(74)など、歌の心得の大事や難解さについてのもの(十二首)のほか、「詞つかひ」「つゝけやう」「すかた」「餘情」などに対し、「面白し」(十一首)、「奇特・珍し」(六首)、「たくひなし」(三首)、「優る」(一首)という評語が見られる。

『宗長秘歌抄』は、その抄出歌の約三分の二が新古今歌であるが、注釈に鑑賞・評語のみられる歌は全体の約四分の一にあたり、抄出歌の比率と等しくそのうちの約三分の二が新古今歌となっている。これら難解歌や秀歌とされた歌を除いては、比較的会得しやすい歌が抄出されており、注の性格としては先にみたように、語意を述べ、修辞上の解説等を適度に取り入れ、畢竟一首の歌意を釈するという、最も初歩的立場に立つものである。そうした初心者への手ほどきの役割を担いつつ、同時に難解歌や秀歌の心得をも織り込み、やや高度な方向への展開にも対処しうる配慮が見られる。
なお、注釈字数は、最短が三十五字、最長二百字程度、平均百〜百二十字前後であり、詳細をきわめるものではないが、和歌の基本習得には適した分量のものといえよう。

二 他注との関係

本節で比較の対象とする注釈書は、新古今集の最古の注釈とされる常縁の『新古今和歌集聞書』、宗祇の『詠歌大概註』『百人一首抄(宗祇抄)』『自讃歌註』『十代集抄書』、兼載著とされる『新古今抜書抄』、および肖柏抄出、注釈者不明の『九代抄』である。(5)

常縁の『新古今和歌集聞書』は、新古今歌二百首に注釈を施したもので、語意、本歌本説等や修辞技巧の解説、歌意、鑑賞批評を適宜取り込んでおり、一首平均の注釈分量百四十〜百八十字前後、『秘歌抄』との共通歌は十九首である。宗祇の『詠歌大概註』は、定家の歌論書『詠歌大概』に付された「秀歌体大略」百三首に注したもので、注釈文の要素と取り込み方、注釈分量いずれも常縁の『聞書』と同程度であり、共通歌は四首ある。『百人一首抄』とは一首共通するが、『詠歌大概註』共通歌四首中の一首と等しく、注釈も同文であるため『大概註』に含めて扱うこととする。『自讃歌註』は、新古今当代歌人十七人の秀歌を各人十首ずつ選出した『自讃歌』に宗祇が注釈を付したもので、共通歌は一首、これも『大概註』四首中の一首と共通するが、詠歌事情の解説に相違があり、『自讃歌註』の方が訂正注と考えられるため、此方に拠る。次いで『十代集抄書』は、後撰集より続古今集に至る勅撰集十代から三百九十余首を勅撰集順・部立順に抄出、注釈したものであるが、注釈分量は十余字ないし四十字程度という簡単なもので、多くは語釈のみにとどまる。共通歌は九首。『新古今抜書抄』は、新古今歌百十六首に先の『聞書』と同体裁の注釈要素をもつもので、注釈分量は百〜百二十字前後、共通歌は七首を数える。『九代抄』は、後撰集より続後撰集に至る勅撰集九代から部立順・勅撰集順に千五百首の和歌を抄出、その注釈分量は時に百字前後のものがある一方、注釈なしの場合もあり、多くは平均三十〜五十字前後の簡略なもので、概して語意やごく表面的な大意を述べるに終始する。共通歌数は四十首である。

以上『宗長秘歌抄』における、比較対象とした他注釈書との共通歌は五十七首を数えるが、そのうち複数の注釈書と共通する歌の番号を列挙すると、1—『聞書』『抜書抄』、6・137・142—『聞書』『抜書抄』『九代抄』、7—『聞書』『大概註』『九代抄』、8・45・82・104・106—『聞書』『九代抄』、19—『抜書抄』『九代抄』、20—『大概註』『自讃歌註』『九代抄』、43—『聞書』『十代集抄書』、100—『十代集抄書』『九代抄』、141—『聞書』『大概註』『抜書抄』『九代抄』である。

次に具体例により各注の比較検討を行う。

6　さても猶とはれぬ秋の夕は山雲吹風もみねにみゆらん　（新古今集・恋歌四・一三一六・家隆）

における関連各注は、次のごとくである。

聞書　秋の夕暮の山を詠ゐたるに、嶺にたな引たる雲を風の吹なひくるを見ていへる哥也。(イ)雲はなにゝかゝる所もなく大空を心の儘にひろこる物なれとも、又風には随ひ侍り。心なき雲さへかくのことし。此嶺の雲を風の吹事は、人の目にも見えるへし。さはあれとも、打なひきとふ事はなきと歎たるよし也。五文字切なるこゝろ也。

抜書抄　物をおもふあまりに、(イ)深山幽谷に住居したる也。秋かせの身に寒けれはつれもなき人をそたのむ暮る夜ことに、と本哥侍れは、いかにつれなき人なりとも我住山のみねなるくもをふくかせは、そなたへこそみゆらめ、さやうに有ても猶とはれぬ事よといへり。(ロ)夕は山は名所にあらす、たゝ夕の山まて成とそ申せし。ふかき哥也。能々心を付てみるへし。

九代抄　日暮碧雲合　佳人殊未来。(イ)夕の山の峯に、雲に風吹秋の夕のかなしき一つ、又風に雲のなひく躰一つ、二さまの哀を見ても猶問ぬかと也。深山の住者に成かはりて思ふへし。雲のなひく、恋になひくる也。

秘歌抄　深山恋と云題也。尤此哥大事也。心は、(イ)深山はさらてもさひしき所也。まして秋の夕一段かなしき也。さてかゝるかなしきおりにも、人はなとてとはぬなり、此深山のすさましくさひしき事をは、雲吹風かそなたへみせたるらんと、それにも猶つれなくとはぬ事也。さてもなをとは、さてもく〳〵と人をうらむる事也。(ロ)夕は山とは、只夕の山まて也。夕はかはらも同事也。此さひしさ言語道断なれは、更我ことはにはのへかたし。雲吹風か我ことのは也。

私に付した傍線（イ）部は歌意を述べた箇所であるが、『聞書』が「とはれぬ」の主体を〈我〉とし、「心なき雲さへかくのことし」にみられるごとく「秋の夕は山」に「雲吹風」の〈景〉を寓喩と捉え、寄物陳思型の歌として解するのに対し、『秘歌抄』では、「とはれぬ」の主体は〈深山の我〉であり、〈景〉は『聞書』のごとく客観的に眺める対象ではなく〈我〉と不可分の関係にあるもので、注釈末尾「此さひしさ」以下「雲吹風か我ことのは也」に明らかなように自然形象を心の象徴として捉えている。『抜書抄』は、〈景〉と〈我〉との関係に相即性を欠くものの、「とはれぬ」主体を〈深山の我〉とする点で『秘歌抄』と等しく、また（イ）（ロ）部における表現上の類似性にも留意される。『九代抄』は、『抜書抄』とほぼ同意の解釈を示しており、『秘歌抄』と大きな相違はない。

次いで、

137　柴の戸ににほはむ花はさもあらはあれなかめてけりなうらめしのみや

（新古今集・雑歌上・一四七〇・慈円）

の場合は、

聞書　(イ)①世に有し時、花の色香にめてしをさへ今おもへはうしとや。一方に身を捨果ぬれは花とも香とも分侍らす、常住不滅十二因縁皆心裏空と詠はかりと云心也。花と云に世間の心籠れり。さもあらはあれとは、物を思捨たる詞也。季通朝臣哥に、春はたゝ花の匂ひもさもあらはあれ、定家、さもあらはあれ名のみなからの橋柱くちすは今の人もしのはし、なとよめり。皆同心也。(イ)②柴の戸にておもへは有ふる世さへうらめしきに、まして今は何にしに花ともおもはんといへり。(ロ)誠に無極の道心者の哥也。惟喬親王、夢かとも何かおもはむ浮世をはそむかさり劔程そ悔しき、とあそはしたるおもへるにや。

抜書抄　柴門は月花にめつる事、本意にはあらす。縦魔家のおきてをかすとも、こなたの心はいろはすはくるしかるまし。不思善悪の時、何物か在へきなれは、(イ)たとへ柴の戸に花咲匂ふとも岩木のことくにおもひて、さもあらはあれとよそに詠へきを、(ロ)なかむる心のよはきをうらめしきとかこちたる也。心月心花の外にみることは本意にあらす也といへり。

九代抄　(イ)世を捨ての上にては、花の匂はんともまゝ、みすとも有へきに、(ロ)花を見て昔に立かへる心うらめしきと也。

秘歌抄　心は、世をすてゝ山ふかき住家に花のさきたるをなかめゐて、こしかたの春おもひ出られてなを取かへし世のうきおも影すれは、この花をなかむるゆへなり。なかめてけりならめしやといへり。おほえす花にうつる心をおとろきたる也。

『聞書』は、仏典を引き例歌・類想歌を掲げるなど、歌周辺の事柄にもふれるが、一首の解釈においては、助動詞「けり」に過去時制の働きを見、在俗時の花の色香への耽美に対する悔恨の念と解し（（イ）部①②）、畢竟一首の趣意を「無極の道心者の哥」ときわめて道義的に捉えている（（ロ）部）。それに対し、『秘歌抄』の方は、「けり」を詠嘆の意に解し、そこに仏門帰依の僧侶の花に惑乱する心を読み取り（（イ）部）、その揺れ動く心を不意に自覚した驚き（（ロ）部）を歌の趣意として、『聞書』とは相当に異なる見解を示している。『抜書抄』『九代抄』は、（イ）部においてはともに『秘歌抄』の解釈と等しく、（ロ）部もその延長線上に捉えられたもので、趣意としては同じ立場に立つものといえよう。

『聞書』注と『秘歌抄』注との解釈が明確に異なる場合を、もう一例挙げる。

76　山里の春の夕暮きてみれは入会の鐘に花そちりける　（新古今集・春歌下・一一六・能因）

聞書　此哥、風の花をさそふことく、入相の鐘に花散たる様に聞え侍れと、さにては侍らす、花の時分はおもはぬ野山をも打むれて問侍るに、春も暮花も散てのあとをは尋ぬる人なし。能因かやうの所を心に懸て、暮春の比人も一向問捨し山里を来て見るに、入相の鐘も物哀成おりしも、花さへ散果て名残もなき物哉、扨いかにせんと云心籠りて、哀深き哥也。

後拾遺哥ニ

タヽクトテ宿ノ妻戸ヲ明ケタレハ人モ木スエノ水鶏ナリケリ。此哥ヲ本哥ニトレル心ヲモシロシ。

秘歌抄　此哥大に心得かたし。先、(イ)山家の花の鐘楼のうちに花のえたのさし入たるか、かねのひゝきにちるなり。これ先面也。さて心は、(ロ)山里の春の夕暮と云詞のうち、更にいきもつかれぬほとの面白さなれは、さらに何共詞にのへかたきさま也。いかむとなれは、山里の春の夕暮さま〴〵つきさる風景也。これを別にいはゝ、一向下句かけあふましきゆへにあさ〳〵とそ。この端的を入会の鐘に花そちりけると云へり。みれは(の—底本)といふはの字にて、末をまうけたるうた也。たとへは、田子のうらにうち出てみれはの哥も同心也。此哥別にてを入ては、曲なかるへしとそ。

ここでは、引用する双方の歌のちがいや、上句と下句との掛合に特に注目する『秘歌抄』の鑑賞のあり方にも留意されるが、解釈上では三つの相違点が挙げられよう。一つは、四句目「入会の鐘に」の格助詞「に」の解釈であり、『聞書』は(イ)①部で原因・理由の意を退け、(イ)②部で添加を示す意に解するのに対し、『秘歌抄』では具体的な景の解説を添えて、これを原因・理由の意として捉える(〈イ〉部)。次は、結句「花そちりける」の助動詞「ける」の解釈で、『聞書』は、(イ)②部「花さへ散果て名残もなき物哉」にみられるごとく過去時制として捉え、『秘歌抄』は、(イ)部から察するに花散る景を現在時として詠嘆的意味に解するものであろう。第三の点は、(ロ)部にみられる上二句の景の形象の相違であり、『聞書』が色褪せた暮春の蕭寥たる山里の景を愁嘆する解を示すのに対し、『秘歌抄』は山里の春の夕暮の景自体、深い興趣を喚起するものとして捉えている。

以上のように、『秘歌抄』が『聞書』と明確に解釈を違える歌は、共通歌十九首中十首にわたる。

さて、最初の二例において『秘歌抄』は『抜書抄』と近い解釈をもっていたが、共通歌七首にわたってみても141の歌一首を除き、他に両者間における明確な相違は見られない。当歌は、

141　古郷のもとあらの小萩さきしよりよな〳〵庭の月そうつろふ　（新古今集・秋歌上・三九三・良経）

であり、結句「うつろふ」の解釈に従来諸説がある。『聞書』は「移の字はあなたへ、映の字はこなたへ也。此哥は映の字也」とし、『大概註』は、「月も有明かたに成て」「よなよな庭の月そうつろふと云にて、萩のうつろふ心をふくませり」と、月にみる時間的推移に萩の移ろうさまを重ねて解する。一方、『抜書抄』は「庭の月影あなたへうつり行をうつろふといへり」、『秘歌抄』は「よそになることをうつろふと云へり」とし、両者とも空間的移動の「移」の意として捉える点は共通するが、『抜書抄』がその具体的状況を月の運行による移動と捉えるのに対し、『秘歌抄』は萩にさえぎられて月が次第に見えなくなり、よそに隔てられた状態と解しており、この点に差異が認められる。

宗祇の注釈書に関しては、『大概註』『自讃歌註』の計四首において明確に異なる例は、先の「古郷の」の歌一首であり、『十代集抄書』九首においては二首みられるが、先述の通りこの書の語釈を中心とした注釈という性質上、「みをさかのほるとは水のさかまく所を云」（『十代集抄書』）に対し、「みをさかのほるとは水上へさかさまにのほる事也」（『秘歌抄』）といった、語意の差異を指摘するにとどまる。

『九代抄』は、先の二首の例においては『秘歌抄』とほぼ同意の解釈を示していたが、明確に解釈を違える歌は、共通歌四十首中六首ある。これらは例えば、「春くれは柳はむかしにかへる、我はかへらぬとなり」（『九代抄』）に対し、「我身を朽木にたとへてむかしの春をしのふ心あはれなり」（『秘歌抄』）や、「落河の柴舟の霞のうちにふらりふらり流れて行」（『九代抄』）に対し、「宇治河をみれはうへは霞なから下はいかにもはや瀬也。されは柴舟

も矢をいるかことくにはやくゆく也。おつるとははやき事を云」（『秘歌抄』）のように、歌意の解釈に相違が認められる。

以上の検討は、各注釈書との共通歌数の僅少さに加え、『九代抄』のごとく比較的多い場合においても注釈分量の相当な差という対象材料の限界を担っており、それゆえ以上の結果をもとに明確な結論を下すことは控えたいが、その点をふまえた上で概括すると、宗祇の和歌の師である常縁の『新古今和歌集聞書』とは著しく異なる見解を示す場合が多いこと、宗祇の注釈書類および注釈者不明の『九代抄』とも若干の相違点がみられること、常縁―宗祇系列に対し、兼載著と目される『新古今抜書抄』とは近似した解釈、時に類似の表現をもつ傾向にあることなどを指摘し得る。

注釈書の著者に関し、山崎敏夫氏は常縁の『聞書』について、聞書である以上その内容が「個人の創見ばかりでなく、それ以前から伝授され蓄積された古注の総量」[6]である点を考慮すべきことを説かれ、同様に金子金治郎氏は『抜書抄』について、「先人の説の祖述継承という事情を踏まえている」という前提のもとに兼載作と推定された。[7]『宗長秘歌抄』の注釈文にも「～とそ」という聞書の文体が数箇所みえ、その著者に関しては前章で、宗祇からの聞書に自説および第三者の説を取り込みながら宗長が注釈を施したものとの推定を提示した。常縁注・宗祇注・兼載注などは、各々それ自身に伝受という未生以前の問題を孕んでおり、そうした複雑さが注釈の系譜を短絡的に解釈することを回避させるのであるが、『宗長秘歌抄』においても問題は同じところ、あるいは伝受者もしくは著者さえ明言しえないという点でそれ以前にあり、本節はそうした不分明な状況を前提としつつ、『秘歌抄』と他注との関係性の度合いを検証したものである。

表Ⅰ　勅撰集所収歌歌数

勅撰集	歌数
古今集	1
後撰集	8
拾遺集	10
後拾遺集	6
金葉集	3
詞花集	1
千載集	6
新古今集	88
新勅撰集	2
続後撰集	2
続古今集	1
続拾遺集	1
新後撰集	1

(注)残る12首は、『万葉集』1、『秋篠月清集』3、『拾遺愚草』5、『玉吟集』2、『内裏名所百首』1。

表Ⅱ　勅撰集所収歌の部類

部類	歌数
春	21
夏	14
秋	16
冬	8
恋	50
雑	18
哀傷	1
羇旅	5
賀	2
神祇	1
誹諧	1

(注)雑春(2)、雑秋(1)、雑恋(1)、雑賀(1)は、各四季・恋・賀の部に算入。

表Ⅲ　作者と歌数

歌数	作者
13首	良経
12首	定家
8首	俊成　家隆
7首	慈円
4首	西行　式子
3首	人丸　伊勢　元輔　讃岐
2首	貫之　躬恒　実方　和泉　小弁　永縁　宮内卿
1首	道真　貞文　斎宮女御　元真　義孝　輔親　赤染衛門　公任　忠見　兼盛　中務　恵慶　景明　重之　好忠　惟規　能因　相模　孝標女　長家　静円　成助　俊頼　実行　親隆　康資王母　顕国　俊恵　公能　崇徳天皇　隆頼　正季　成方　家通　忠良　家房　小侍従　重政　雅経　通具　俊成女　八条院高倉　後鳥羽天皇　土御門天皇　月花門院
12首	経題読人不知

三　配列形態

折々触れたように、『宗長秘歌抄』は新古今歌が圧倒的多数を占めるが、歌各々について抄出和歌の依拠する典拠が明らかでないため、便宜上それらを勅撰集所収歌の形で扱うこととする。ここで改めて『秘歌抄』における勅撰集所収歌の歌数を示すと、表Ⅰのごとくである。

新古今集を除く他の勅撰集所収歌数は、各々僅少で分散状態にあり、全体として何らかの歌集としての均衡のはかられた形跡はないようである。配列においても、最初七十首前後は新古今集所収歌が連なることが多く、以後は諸集所収歌が混在するという形をとり、集別意識は見られない。

次いで、勅撰集所収歌における部類は、表Ⅱのごとくである。

恋歌が多く雑歌が少ない点に注目されるが、四季内部や、四季・恋・雑の部としての勅撰集的配分や定数による配分の意識は見られず、配列も例えば冒頭部は、春二首・秋一首・恋四首・秋一首と続き、部類意識は皆無である。

抄出和歌の作者と歌数は、表Ⅲのごとくである。

六家集作者の歌数が全歌数の三分の一以上を占めるが、作者数は読人不知を除き総数六十四人の多岐にわたる。配列は同じく冒頭部を掲げると、良経・宮内卿・式子・重之と続き、分類意識は見られない。

以上により、『秘歌抄』は集・部類・作者のいずれの分類法もとらない雑纂形態の注釈書といえるわけであるが、ここで注目されるのは、歌の配列において歌一首の情趣や言葉の上で相互に連鎖関係をもつ箇所が、部分部分に見出せるということである。注釈者の歌の享受のあり方は言うまでもなく注釈に具現されるわけであり、主としてその注釈に依拠しつつ一首一首の歌の移り行きを検討すると、六〜七首の連鎖が六箇所、四〜五首が四箇所、二〜三首が二十箇所に見られ、全体の七割強に何らかの連鎖が認められる。

まず、比較的長い連鎖箇所を二例挙げる。

〔A〕

78　さきにけりまやの軒はの桜花あまりほとふるなかめせしまに　（続拾遺集・雑春歌・四八八・月花門院）

本哥、人妻はあなわつらはしあつまやのまやのあまりになれしとふ思ふ。本哥は恋也。人のつまになれてはわつらはしかるへき事なれは、あまりにはなれしと也。あつまやのまやは軒はのひろくあまる物なれは、あまりいはんため也。此哥の詞をとりて、まやの軒はの春雨のつれ〴〵とふるをなかむるうちに、はやさくらのさきたる事也。ほとふるなかめとは、詠を長雨にかよはしたる也。春雨のさひしきかん也。

79
身のうさを月やあらぬと詠れはむかしなからのかけそもりくる　（新古今集・雑歌上・一五四二・讃岐）

月やあらぬ春や昔の春ならぬわか身ひとつはもとの身にしての哥をとれり。心は、我みも老かゝまり物ことに世のかはり行事をおもひ侘て月になかめすれは、月さへ身にしみて昔のことくもあらすかなしけれは、此月は昔の月にてはあらぬかとおもへは、月は昔の月なれともわか世のかはり行まゝに月さへかなしくなりけるよ、とおもひかへしたる哥也。本哥の心まてとる也。

80
春雨のわかみ世にふる詠よりあさちかすゑに花もうつりぬ　（秋篠月清集・一七一六）

本哥、花の色はうつりにけりな徒に我身世にふるなかめせしまにの哥をとれり。心は、春雨のふるとわかみの世にふる事を引合ていへる事面白也。あさちかすゑとは古郷也。あれたる里につれ〳〵と花になかめをすれは、此雨に花はちりはてゝ猶亡屋のさまさひしき事也。この哥しつかにうち吟して無類哥也とそ。うつりぬとは花のうつろふ事也。わか身世にふるとは光陰をなけく心哀ふかし。

81
深草の露のよすかをたのみにて里をはかれす秋はきにけり　（新古今集・秋歌上・二九三・良経）

心は、いとゝふか草野とやならましなとゝよみたれは、ふか草は荒たる所也。しかるに秋はあれたる所へ先くる物也。深草の露、草のふかき事に取なしたる也。草ふかき所には秋ならねと露をくことなれは、それをたよりにて秋のはやく来たる事なり。秋はと云はの字にて、人のとはぬ事をふくむなり。よすかとはたよりの事也。

82
秋をへてあはれも露もふか草の里とふものはうつら成けり　（新古今集・秋歌下・五一二・慈円）

心は、本哥に野とならはうつらとなりてとあるなり。その心を取て、此ふか草の里秋をへて荒はてたるに、人はとはすしてうつらはかりことゝふ也。此哥、昔の誰か亡魂かうつらと成て此里をとふらむと思ふ心、まことにあはれもふかき事也。人のとはぬ所なれは、露もふかくさといへる也。此哥餘情更に無類面白哥とそ。

78～82の歌には、「ながめ」(78・79・80)「身」(79・80)「深草・露・秋」(81・82)といった共通語が見出せるが、五首の連鎖を考える上では連歌の寄合を証左としたい。なお寄合書は『連珠合璧集』[8]に拠る。78～79は「花」の寄合に「身」とあり、79～80は「昔」の寄合に「古郷」とあって80歌に「古郷」の語はないが、注釈に「あさちかすゑとは古郷也」と字義的意味からは離れた注釈者の解説がみえる。80～81は「世」「ふる」の寄合に「露」とあり、81～82は「深草」の寄合で「鶉」となる。さらにこれら五首は、言葉の上ばかりでなく情趣の上でも連繋しているとみられる。78～80と三首続く「ながめ」の歌は、78が「春雨のつれ〳〵とふるをなかむるうちにはやさくらのさきたる事」に春の時の推移を感じ、79が「我みも老かゝまり物ことに世のかはり行事をおもひ侘て」月をながめつつ世の変遷を歎き、80が春雨に「花のうつろふ」うちに「わかみの世にふる」「光陰をなけく」歌であって、春雨に花が咲きやがて散りはててゆくなかに、月に寄せる述懐歌を配し、その余情を受けて花も我身も移ろう、という展開になっている。80の歌の背景は浅茅生の「あれたる里」であるが、「ふか草は荒たる所也」という次の81歌の荒涼とした里の景とつながっており、81の秋の到来については「秋はあれたる所へ先くる」と解説する。82歌は81歌と場を同じくし、時は初秋から晩秋へ移る。81の景は、「秋はと云はの字にて人のとはぬ事をふく」んでいるのであるが、82歌の「里とふものは」のは文字においても同じで、「秋をへて荒はてたるに人はとはすしてうつらはかりことゝふ也」と注している。

〔B〕

132 吉野河よしや人こそつらからめはやくいひてし事は忘れし　（古今集・恋歌五・七九四・躬恒）
よしの川よしやとかさねたるなり。人は心かはりをするとも我は昔の契約をたかへしとなり。はやくとは昔の事を云なり。又河のえむ也。

133 嶋風にしはたつなみの立かへりうらみてもなをたのまるゝ哉　（金葉集二度本・恋部上・三九五・惟規）
しはたつ浪とは、しけくたつなみ也。浪のいくかへりともなく立ことく、人をうらみてもなをおもひきりかたくたのまるゝ事也。

134 杣川のあさからすこそ契しかなとこのくれを引たかふらん　（千載集・恋歌二・七七八・盛方）
浅からすは河のえむ也。くれとは、木のくれを夕の暮にかよはしていへり。あさからぬ契のあともなくなりたる事也。臨期違約恋也。

135 数ならぬ身を宇治河の網代木におほくの日をも過しつる哉　（拾遺集・恋三・八四三・よみ人しらず）
女のもとにつかはしたる也。網代とは、うほを取しつらひなり。やなのやうにする也。それへうほのよるを取也。ひほとはうほの事也。氷魚と云也。其を日かすの事によそへて、ひをもすくすといへり。人にあはて多く日かすの過る事をなけくなり。身をうきとうけたる也。

136 花ならてたゝ柴の戸をさしておもふ心のおくもみよしのゝ山　（新古今集・雑歌中・一六一八・慈円）
よしのゝおくは、花ゆへにみなわけいるところなり。さて我は花みむためにはあらす、世をのかれてすみたくおもふなり。されは花ならてたゝと云へり。さしておもふとは心さす事也。柴の戸のえむ也。こゝろのおくなと、おもしろき詞つかひなりとそ。

137 柴の戸ににほはむ花はさもあらはあれなかめてけりなうらめしのみや　（新古今集・雑歌上・一四七〇・慈円）
心は、世をすてゝ山ふかき住家に花のさきたるをなかめゐて、こしかたの春おもひ出られて、なを取かへし世のうきおも影すれは、この花をなかむるゆへなり。なかめてけりならめしやといへり。おほえす花にうつる心をおとろきたる也。

132〜137は、恋歌四首（132〜135）、雑歌二首（136・137）であるが、最初の恋四首は「吉野川」（132）、「嶋・波」（133）、「杣川」（134）、「宇治川」（135）といずれも「水辺」の詞を詠み込んでおり、さらにそうした形象で枕詞ないし序詞を仕立て、注釈にあるごとく、「吉野川―はやく」（132）、「なみの立ちかへり」（133）、「杣川のあさからす、杣―くれ」（134）、「身を宇治川、網代木―日を」（135）と、縁語・掛詞を用いて恋の情調を表現している。136・137は双方とも慈円の雑歌で、「花」「柴の戸」の共通歌語も見られるが、136は『老若五十首歌合』、137は『御裳濯百首』のもので、詠作年時は異なる。ここで132〜137の一連の歌の情趣を辿ってみると、132は「人は心かはりをするとも我は昔の契約をたかへし」のごとく、恋人の心変わりを仮定しつつわが恋心の不変を誓い、133は「人をうらみてもなをおもひきりかたくたのまる」とあり、恋の消滅がほぼ確実となってさえ断念しきれない恋情を歌う。次いで134の「臨期違約恋」は、「あさからぬ契のあともなくなりたる」状態であり、135は数ならぬ「身をうき」と感じ、「人にあはて多く日かすの過る事をなけく」歌であって、132〜135には恋が次第に消滅してゆくなかで、わが心の不変を誓い、恨みつつ恋にすがり、やがて疎遠になってゆくことを嘆く、恋の破局の一連の展開が見られる。次いで、135の「数ならぬ」「身を憂」といった述懐色の濃い言葉や、「女のもとにつかはしたる」という作歌事情から知られる男の恋の傷心は、136の山への隠遁を志す雑歌に円滑につながってゆく。さらに136が「花みむためにはあらす、世をのかれてすみたくおもふ」者の心中を詠んだ歌であるのに対し、137は隠遁者の「おほえす花にうつる」悟了しえぬ心への驚き、自責の念を詠んでおり、136の歌の「花ならて」の志と対照をなしつつ連関している。こうした配列は、一首単一の鑑賞とはまた異なる、連想作用の喚起による新たな詩想の玩味を可能にしているといえよう。

以上の二例は、言葉の上でも情趣の上でも連鎖の認められる場合であったが、情趣的連関が稀薄で言葉のつながりを主とするものも多く、それらの連鎖は概して二～三首程度で短い。言葉による連繫で恣意なく明確に指摘しうるのは、先の例と同じく同語と寄合による場合であり、各々の例を注釈部を略して新たに二、三挙げておく。

〈同語による場合〉

〔C〕38　ふる郷のけふのおもかけさそひこよ月にそちきるさよの中山（新古今集・羈旅歌・九四〇・雅経）

39　天津空とよのあかりにみし人のそのおも影のしるてこひしき（新古今集・恋歌一・一〇〇四・公任）

40　あかねさす朝日の里の日影草とよのあかりのかさしなるへし（新古今集・賀歌・七四八・輔親）

〔D〕103　いもか家のはひいりにたてる青柳に今や鳴らん鶯のこゑ（後撰集・春上・四一・躬恒）

104　みちのへの朽木の柳春くれはあはれむかしとしのはれそする（新古今集・雑歌上・一四四九・道真）

〔E〕119　夏虫の身をたき捨て玉しあれは我とまねはん人めもるみそ（後撰集・夏・二一三・よみ人しらず）

120　哀にもみさほにもゆるほたる哉こゑたてつへき此世と思ふに（千載集・夏歌・二〇二・俊頼）

121　この世には山のは出る月をのみ待ことにしてやみぬへき哉（金葉集二度本・雑部上・五三五・正季）

〈寄合による場合〉

〔F〕66　面影はをしへし宿に先立てこたへぬ風の松に吹音（新後撰集・恋歌三・一〇四三・定家）

67　笛の音の春おもしろくきこゆるは花ちりたりとふけは成けり（後拾遺集・雑六・一一九八・よみ人しらず）

〔G〕125　みかりするかたの丶みの丶なら柴のなれはまさらて恋そまされる（新古今集・恋歌一・一〇五〇・人麿）

126　はし鷹のとかへる山の椎柴のはかへはすとも君はかへせし（拾遺集・雑恋・一二三〇・よみ人しらず）

〔H〕128　いそのかみふるの丶をさ丶霜をへて一夜はかりにのこる年哉（新古今集・冬歌・六九八・良経）

129　今はとて爪木こるへき宿の松千代をは君と猶いのる哉（新古今集・雑歌中・一六三七・俊成）

〔F〕の例は、66・67双方に「吹く」という語があるが、一方『連珠合璧集』には「風トアラバ　ふく笛などに」ともある。〔G〕は逆順になるが、「鷹トアラバ」の項に「なら柴」「恋」の語が見え、〔H〕は「一夜トアラバ」の項に「松」とある。

以上、『宗長秘歌抄』に部分的に見出される連鎖の一端を〔A〕～〔H〕の例によって見たのであるが、連鎖が過半数に及ぶとはいえ全体にわたらず断片・部分にとどまることや、所収歌が百四十二首という和歌・連歌関係のいわゆる定数とも関連がないことから、抄出・注釈者に全体の構成への企画や連歌百韻一巻の趣をねらうという意図はなかったと解される。従って右の連鎖の現象は、雑纂形態として何の基準も枠組も設けず歌を拾収してゆく作業のなかで、ある歌から次の歌を引出す過程において、同語という単純な連想の外に、連歌的発想が諸所に働いた結果ではないかと思われる。すなわち、連歌師として平素より熟通した寄合の知識や句移り・句の行様の心得などが、殆ど無意識的に、いわば職業的性向ともいえる形で作用したのではないかと考えるのである。

連鎖自体は雑纂ゆえにはからずも生じた現象であろうが、和歌から表現・情趣を学びつつ、それらを連歌に取り込んでゆくという、連歌師の和歌への関わり方が、連歌を表芸として和歌をその内へ吸引してゆくことにもなり、一首の和歌の完結した表現世界にも自ずと情趣の展開を求めることになったと見られる。『宗長秘歌抄』の配列は、専門歌人の古典和歌に対する態度とはもはや異なった、中世後期連歌師の和歌享受のあり方を示すものとして、示唆に富む形態を呈しているといえよう。

注(1) 諸本形態ならびに注釈者に関しては、第Ⅱ部第四章参照。
(2) 引用歌には、歌順番号、所収歌集名、作者名を付し、注釈文には句読点を施した。
(3) 詩を典拠とする場合を、物語・故事を典拠とする場合と便宜上区別するため、前者を本詩、後者を本説として取扱う。
(4) 金子金治郎「寄合の発達」(『菟玖波集の研究』第一篇第五章の四、風間書房、一九六五年)。
(5) 本文における引用は、以下のテキストに拠る。『新古今和歌集聞書』は『説林』Ⅲ・Ⅳ(一九五九年二月・同年六月)所収、山崎敏夫翻刻・解説で愛知女子大学本を底本とするもの。『詠歌大概註』は『詠歌之大概』(土田将雄解説、笠間書院、一九六七年)に翻刻し付されたもの(宮内庁書陵部蔵本)。『百人一首抄(宗祇抄)』は、『百人一首抄〈宗祇抄〉』(吉田幸一編、笠間書院、一九六九年、日本大学図書館蔵近世古活字本の影印本)。『自讃歌註』は早稲田大学図書館蔵、近世古活字本。『十代集抄書』は早稲田大学図書館伊地知鐵男文庫蔵、近世写本。『新古今抜書抄』(『新古今注』中世文芸叢書5所収、稲田利徳翻刻、底本は島原松平文庫蔵本。広島中世文芸研究会、一九六六年)。『九代抄』は内閣文庫蔵本・近世写本に拠る。
(6) 注(5)山崎敏夫同論文解説。
(7) 注(5)『新古今注』解説。
(8) 『連珠合璧集』(『連歌論集一』木藤才蔵・重松裕巳校注、三弥井書店)。

第Ⅲ部

連歌師と道の記

第一章　宗祇と旅

――越後への道

一　宗祇と越後

連歌師宗祇の四十歳頃までの前半生については、その多くが不明であるが、後半生は対照的に旺盛な活動の軌跡が残されている。四十代後半から五十代前半にかけての関東を中心とした東国での生活の後、宗祇は京都に種玉庵を構え、草庵を本拠とした京住みの生活を始めるのであるが、一方五十代の終わりから八十二歳の没年に至るまでの晩年期、筑紫や越後、山口など遠方への旅にたびたび出立している。

文明十二年（一四八〇）六十歳の折に、周防山口を経て筑紫に赴いたほか、延徳元年（一四八九）六十九歳の折にも山口に下向しているが、その他は大半が越後への旅であり、文明十年五十八歳の折の下向を初めとして、同十五年六十三歳、長享二年（一四八八）六十八歳、延徳三年七十一歳、明応二年（一四九三）七十三歳、同六年七十七歳、同九年八十歳と、七度にわたる旅を重ねている。[1]それらの旅は、短期の場合が三度でほぼ半年、長期の場合は他の地域の歴訪も含めてほぼ一年半に及ぶ。宗祇は東国在住時代、筑波・日光・白河を巡遊した折に『白河紀行』を著し、また大内政弘の招きで筑紫に赴いた折にも『筑紫道記』を著しているが、頻度が高く滞在も長期にわたる越後の旅に関しては、旅の記を書き残していない。紀行ばかりでなく、宗祇の句集や歌集においても、詞書などから越後での詠であることが明確な句や歌は滞在の長さに比して決して多くはないのである。

越後への旅の多くが所用を目的とし、白河や筑紫におけるような歌枕探訪の旅ではなかったからであろうか。宗祇の連歌論書『浅茅』の名所歌を列挙した箇所に「越後国」の記載がないように、越後が歌枕に乏しい国であったからであろうか。越後は、六度の往訪の旅を経て最後は自らの終焉の地として赴いた国であり、宗祇にとってもっとも縁の深い国といっても過言ではなかろう。しかし、宗祇は越後の旅に関してはきわめて寡黙であり、多くを語ることがない。五度目の明応二年の旅などは、目的や行動も不明で謎に包まれている。宗祇の北国越後への旅は、総じて陰影を帯びているといえようか。

越後での句数や歌数は少ないが、山や海の自然の景はどのように詠まれているか、数例を挙げておこう。

越後国関の山にある坊の、庭に滝落としなどして、心あるさまなれば、その所の会に、秋の頃

水にすむ心や深山秋の庭　(吉川本『老葉』二〇八九)

「関の山にある坊」は、関山三社権現の別当寺の宝蔵院で、庭の池には滝水が流れ落ち、修験の行場の霊山妙高山を仰ぎみる清浄な聖域での秋の庭の趣深いさまが詠まれている。

長尾肥前守のもとにて、花を

花にきてなほ雲居路の深山かな　(吉川本『老葉』一九九〇)

上杉家の重臣長尾肥前守の支配する上田荘は、三国山脈に隣接する山岳地帯にあったが、ここは府中の宿所で

の詠であろうか。春の遅い北国の深山にも春が訪れ、花を求めて白雲のかかる山々を奥へ奥へと訪ね入るさまであろう。

海の景については『宗祇集』に、探題和歌と思しき歌が二首見える。

越後にて歌詠み侍りしなかに、海辺千鳥を

立ち浮かれ夕潮満てば汀さへ沖つ河原に千鳥鳴くなり　（『宗祇集』・冬部・一六二）

越後にて詠み侍りし歌のなかに、磯雪

浦風は潮干に冴えて磯の松梢の雪に波ぞ砕くる　（『宗祇集』・冬部・一七五）

いずれも冬の日本海の海辺の景であるが、夏の海の景を詠んだ句に、

宇佐美加賀守家にて

江の声も匂ふや蓮玉簾　（『宇良葉』二一四）

越路に侍りしとき

禊して今日ぞ越路のわたつ海　（『宇良葉』二三五）

などがある。室町時代に越後を訪れた文人たちの旅は、守護上杉家の庇護の及ぶ府中を中心とする圏内であった

が、宗祇のこれらの詠も多くは府中滞在中に催された歌会や連歌会でのものと想定され、詞書に国府のある頸城郡以外の地が記された例は見当たらない。

二　越後と都を結ぶ道

越後守護の上杉氏は代々京都高倉の上杉邸に居住し、守護代の長尾氏に越後支配を託していたが、宝徳年間（一四四九～一四五二）から半世紀近くにわたり守護を務め、「北国の太守」とも称された上杉房定は、越後府中に在住して自ら政務を執り、安定した守護領国の形成・維持に尽力した。房定はまた、関白近衛政家をはじめ朝廷や幕府に働きかけ、文明十八年三月、従四位下相模守の官位を得、一国の守護としては格別の昇進を遂げることになる。政家への働きかけについては、「依為上杉藤氏末流（自勧修寺家相分云々）就藤家嫡々令崇敬此家門之儀」[2]（『後法興院記』文明十八年九月三日条）とあるように、房定は藤原氏の末流として、[3]嫡流である近衛家を崇敬する旨を以前より政家に伝え、政家も京都吉田神社の造営費の奉加を房定に依頼するなど相互の交渉があったようである。

そうした政治的な交渉の一方で、房定はまた藤原氏の流れを汲む一族として、都の文化の摂取にも努め、越後の文化発展のために力を注いだのである。

弥生の頃、上杉戸部亭の月次会に
咲く藤に匂ふや北の家の風　（吉川本『老葉』二〇〇八）

上杉戸部、すなわち上杉民部大夫房定邸の月次連歌会に招かれての宗祇の詠である。宗祇自身「上杉は北家藤氏也。是をほめて、しかも北国にての発句なれば、かやうに申し侍り」（『愚句老葉』）と注するように、房定の藤原氏としての誇りを汲みつつ、遠く都を離れた北国の地での上杉氏の繁栄に讃辞を呈したのである。こうした文化的活動の成果として、越後は『新撰菟玖波集』に畿内を除く地方の国としては最多の十人を数える作者が入集するのである。越後は尭恵・万里集九・飛鳥井雅康などの文人の来訪のほか、近衛政家の兄で、修験道本山派の総本山聖護院門跡道興の、御供衆二百人程を引き連れての来訪などが続く一方、越後府中の禅僧たちも上京し、やがて京都五山の禅僧たちが来越するなど、房定を中心として越後と京との文化的交流が盛んになっていった。

宗祇は、連歌会の指導などの文化的役割のほか、房定と京都の貴顕とを結ぶ種々の所用の仲介役を担うことも少なくなかった。越後の特産品の青苧の買付け・販売を独占的に行っていた青苧座の本所であった三条西家もまた房定との関わりが深く、その子息の上杉定昌が自害した折、実隆の和歌も含め八人の作による一品経和歌を宗祇が携えて越後の墓所に詣でている。

越後と都とを結ぶ道は、商業の発展にともない物資流通の道もますます開かれ、越後布や青苧などの特産品は府中の直江津などの港から京都に向けて海上輸送された。

越後府にて人の万句し侍りしに
散り添はばひと葉や秋のみなと舟　（『宇良葉』二三九）

上杉房定は明応三年十月に他界し、三男の房能が新守護を後継する。当句はその代替りの祝賀のため、越後に下向した折の句であろう。金子金治郎氏は、新大守の時代を迎え、直江津に集う回船業者が景気回復を願って興行した万句連歌と想定されている。(4)

三　越路の空

明応九年七月、宗祇は彼の地で末期を迎えるべく七度目の越後下向の旅に出立する。一年半あまり越後府中に滞在するが、越後も内乱を機に戦国の世の色を強め、文亀二年（一五〇二）三月、美濃国の知人を頼ってやむなく越後を離れることになる。生涯最後の定住をも許されない、一所不住の宿命ともいうべきであろうか、都の草庵を手放し、自ら定めた終焉の地をも放下せざるをえず、宗祇にとっての越後は終生旅の空で、終の住処にはならなかった。

文亀元年秋に、越後滞在中の宗祇を訪ねた門弟の宗長が『宗祇終焉記』に、

かたのやまの旅宿を定め、春をのみ待事にして明かし暮らすに、大雪降りて、日ごろ積りぬ。此国の人だに、「かかる雪には会はず」と侘びあへるに（略）

かくて、師走の十日、巳刻ばかりに、地震大にして、まことに地にふり返すにやと覚ゆる事、日に幾度といふ数を知らず。五日六日うち続きぬ。人民多く失せ、家々転び倒れにしかば、旅宿だにさだかならぬに、又思はぬ宿りを求めて、年も暮れぬ。(5)

と記すように、宗祇が最後に体験した越後は、近年にない大雪・大地震に見舞われ、もともと有数の豪雪・地震多発地域ではあったが、まさしく越後特有の厳しい自然・風土を痛感させられるものであった。

初めに述べたように、宗祇は越後の旅については多くを語らないが、その滞在中には連歌会や歌会のほか、『名所百韻注』『詠歌大概注』の著作や書写、『伊勢物語』『古今集』の講釈なども行っており、それらもまた旅路に

おける貴重な文学活動といえよう。文芸の有力な後継者であった房定の時代が終わり、いまだ若年の新大守房能は宗祇が越後を離れて五年後の永正四年（一五〇七）に守護代長尾為景に攻められて自害、越後上杉氏の政権も終焉を迎えつつあった。

上杉戸部亭にて千句に、夕花を
夕暮を見るや見る人花の陰
（吉川本『老葉』一九八六）

この句について宗祇は、「人は帰り果てて寂しき時節、心を尽くせるさま、まことの見る人なりといふ義なり」と自注を記している（『愚句老葉』）。多くを語らず、陰影に包まれた宗祇晩年の越後の旅は、都の市中の草庵での輝かしくも繁忙な日々に対し、日も翳りはじめた夕暮時、木陰に一人佇んで花を眺めるような内省的・内観的な時を過ごす時間であったのであろうか。多くを語らず、隠遁の趣の漂う寡黙な旅にこそ、宗祇の文学の深みが語られているのではなかろうか。

注（1）宗祇の越後の旅については、伊地知鐵男「越後下向と上杉氏」（『伊地知鐵男著作集Ⅰ〈宗祇〉』（汲古書院、一九九六年。初出は一九四三年））、両角倉一「宗祇年譜稿」（『山梨県立女子短期大学紀要』一九八二年三月）、金子金治郎「宗祇越路の旅を考える」（『文学・語学』一九九七年三月）、奥田勲『宗祇』第一「七　最後の旅」（吉川弘文館、一九九八年）など参照。
（2）『後法興院記』（続史料大成）に拠る。以下同。
（3）『後法興院記』文明十七年二月十一日、同十八年九月三日の条など。

（4）注（1）金子論文、参照。

（5）『宗祇終焉記』（新日本古典文学大系『中世日記紀行集』所収）に拠る。なお表記は、適宜改めた所もある。

＊宗祇の句集の本文は、金子金治郎・伊地知鐵男編『宗祇句集』（角川書店、一九七七年）、歌集の本文は『新編国歌大観』第八巻（角川書店、一九九〇年）、『愚句老葉』の本文は金子金治郎編『連歌古注釈集』（角川書店、一九七九年）に拠った。なお表記は、適宜改めた所もある。

第二章　宗祇の影
――宗長の二つの〈終焉記〉をめぐって

一　宗祇と宗長

室町期を代表する連歌師宗祇は、応永二十八年（一四二一）ある地方に生まれ、[1]若くして上洛、相国寺に入り禅僧として修行ののち、三十歳の頃に晩年の宗砌に師事し、連歌の道を志したという。その後、専順にも師事、四十歳前後から専順と同座の百韻や千句が見え、連歌の活動が軌道に乗り、連歌師としての才を発揮してゆくさまがうかがえるが、後半生のまさに偉業というべきめざましい活躍に対し、四十歳頃までの宗祇の前半生の姿を知る手がかりはほとんどなく、その多くが謎に包まれている。

この大きく二分された人生の転換点となり、生涯における最大の転機となるのが、応仁の乱の勃発する前年、文正元年（一四六六）の関東下向であり、四十代後半から五十代前半にかけて前後八年にわたる関東を中心とした東国生活において、宗祇は連歌界の第一人者となる後半生の実り多き人生のベースとなるさまざまな体験を得、また新たな活動を開始することになる。東国生活の前半は、最初の連歌論書である『長六文』『吾妻問答』を著すほか、同じく東国に下向して来た心敬に親しく学ぶ機会を得て連歌会にもたびたび同座、また応仁二年（一四六八）には筑波・日光・白河の関を巡り、最初の紀行『白河紀行』を著している。後半は、歌人の東常縁に

『古今集』『伊勢物語』などの講釈を受け、『古今和歌集両度聞書』の編集を行い、「古今伝授」完了の最終奥書を常縁から受けるなど、古典学を集中的に学び修め、後に歌学・古典学の権威として大成するその知識や理論を修得したのであるが、それはまた指導者としての資格を自認するものでもあったであろう。

文明五年(一四七三)五十三歳の秋頃、宗祇は上洛し、応仁の乱もようやく収束を迎えつつあった文明八年に、洛中の知恩寺の近くに草庵「種玉庵」を構えた。そこを起居の場に定めて後は、百韻・千句などの連歌会はもとより、自撰句集の編纂、連歌論書・学書の著作、北野連歌会所奉行ならびに宗匠の任務、『新撰菟玖波集』の編纂、『古今集』『伊勢物語』『源氏物語』などの古典の講釈や、古典の研究・注釈書の著作など、名実ともに連歌界の第一人者、古典学の権威として、卓越した業績を残すことになる。さらにその間、近隣諸国はもとより、越後へもたびたび下向し、あるいは『筑紫道記』に書き留められているように筑紫にも赴くなど、旅を常とする日々でもあった。

宗祇が、後半生をともにすることになる宗長と出会うのは、都から東国に下る、生涯最大の転機となるその旅の途次であった。文正元年八月、駿河を訪れた宗祇は、今川義忠に近侍していた当年十九歳の青年僧であった宗長に名所の清見が関を案内されたのである。折しも秋の時節、この日は終夜名所の月を眺め明かし、暁方に連歌一折を張行したようである。宗祇にとっても忘れがたい一夜であったのであろう、句集『萱草』にこの折の発句「月ぞ行く袖に関もれ清見潟」を収めている(『老葉』にも所収)。宗長もまた晩年、宗祇の年忌にこの師との出会いの発句を思い起こし追懐している(『宗長手記』大永四年七月二十九日の条)。

宗祇との出会いを得た宗長は、文明八年二月の今川義忠の戦死が契機となったのであろうか、その後宗祇が種玉庵を構えた頃に上洛、宗祇に師事し連歌修業に励むことになる。宗祇との駿河での出会いは、青年の宗長にとってもやがて連歌師としての道を歩むことになる生涯最大の転機であったといえよう。

宗祇に師事して以降、宗長は三十歳前後から五十五歳で師を失うまで、四半世紀にわたり連歌会での同座をはじめ、古典の講釈の聴講、『新撰菟玖波集』の編纂作業の補助、あるいは近隣諸国をはじめ度重なる越後への下向や、筑紫への旅の折の同行など、宗祇から連歌や古典学を学び、その行動の多くを共にした。「宗歓」から「宗長」に名を改めたその二年後の長享二年（一四八八）正月には、連歌の代表作とされる宗祇・肖柏・宗長による『水無瀬三吟』が巻かれており、宗長はその頃には円熟した連歌師としてすでにその地歩を固めていたといえよう。しかし、宗祇との師弟の関係は、連歌師として自立した後も途切れることなく続いたのである。宗長が後に、宗祇との縁を「前世の契りいかなりけむ」（『宇津山記』）と回顧しているように、連歌師の数ある師弟関係のなかでも、宗祇と宗長との師弟関係はきわめて宿命的であり、深い絆で結ばれていたように思われる。『宗祇終焉記』は、その師弟の最後の姿が綴られた書として注目されるのであるが、次節ではまずこの作品の意義について考察することにしたい。

二 『宗祇終焉記』と宗祇像

『宗祇終焉記』は、文亀二年（一五〇二）七月、箱根湯本で客死した宗祇終焉の前後のさまを、その最後の旅に付き添い同行した宗長が書き記したものである。内閣文庫本『宗祇終焉記』の末尾に収載された三条西実隆の宗長宛て書状[2]や、実隆の家集『再昌草』などから、八月の宗祇の月忌以降、九月から十月頃の間にまとめられたものと推測される。

宗祇は、明応九年（一五〇〇）七月十七日、齢八十にして最後の旅となる越後への旅に出立する。門人の宗碩は後から同行するが、最初からの同行者は門人の宗坡や従者の水本与五郎など数人であろうか[3]、越後までのルートは不明であるが、一行が越後に到着したのは九月頃であった。京都を出立して十日程経た七月二十八日には、主なき宗祇の自宅の種玉庵が京都の大火により焼失する。なお、種玉庵は文明十年（一四七八）宗祇が五十八歳で最初に越後に下向した旅の折にも、京都の大火により同じく焼失する憂き目に遭っている。翌年の文亀元年は越後で年を越すが、この年は例年にない大雪に見舞われるうえ、十二月十日には大地震も起こり、北国でのことさら厳しい冬を体験することになる。

宗長が越後の宗祇を訪ねるべく駿河を出立するのは文亀元年六月末で、越後には九月一日頃到着するのであるが、『終焉記』は宗祇の越後滞在の知らせを聞いた宗長が、郷国の駿河を出立する所から書き起こされている。宗長は宗祇を訪問した後、京都に赴く予定であったが、越後到着後病気になる。回復と再発をくり返しつつ小康を得るものの、この度は上洛を断念し草津で湯治をして駿河に帰国する旨、宗祇に語ったところ、越後を終の住処と定めていたがいまだ末期を迎えるには至らず、このままいつまでも越後の人々の情けに甘んじるわけにもいかない、折しも美濃国の知人から余生の隠棲地にと頻りに誘ってくれる便りがあるので、美濃に行こうと思うが、その旅に同行してもらいたい、また富士をも一見したいと、宗祇から懇願される。療養を目的として早々に一人故郷に帰る心づもりであったが、老師の願いは断ちがたく、宗長はまずは富士一見の願いを叶えるべく、駿河への道中に連れ添うことになる。自らの療養を目的として帰る旅路で、高齢とはいえ老師の病死に遭遇するとは、宗長もまったく予期していなかったであろう。上野国で宗長は草津に、宗祇一行は伊香保にと二手に分かれた所で宗祇が発病する。その後再び合流し、武蔵国の上戸では宗祇は千句連歌会に一座するほどに回復し、その後江戸で一旦重態になるもののまた小康を得て連歌会に参加、相模国の鎌倉では再び千句連歌会にも臨み、秀れた付様を披露するというありさまであった。七月二十九日、いよいよ駿河の国へと出立した日、道中で寸白（条虫などによる腹痛）に苦しみ、国府津に一宿。翌三十日は駿河からの迎えの馬や輿などの力を得て、箱根湯本に着き、やや気分を回復するが、夜半過ぎ再び病苦に見舞われ、八十二歳の生涯を閉じるのである。『終焉記』はその後、箱根を越えて八月三日に駿河桃園の定輪寺に埋葬のこと、八月十五夜に今川氏親邸で追悼連歌会張行のこと、八月晦日に月忌はじめとして宗長の草庵で連歌会張行のことなどを記し、最後に宗祇他界の知らせを聞いた兼載が、白河の関近くの草庵から湯本を訪ね来て亡き跡を弔い、その折に宗長に書き送った宗祇追悼の長歌を掲げて、稿を閉じている。

『宗祇終焉記』の概要をやや長く見てきたが、これら一連の旅路において、宗祇自身はどのような意識であったのか、また宗長はどのような意識で師の最後の姿を『終焉記』に書き留めようとしたのか、作品を踏まえつつ考察してみることにしたい。(4)

『終焉記』の冒頭は、次のように書き出されている。

宗祇老人、年頃の草庵も物憂きにや、都の外のあらましせし年の春の初めの発句、

身や今年都をよその春霞

その秋の暮、越路の空に赴き、このたびは帰る山の名をだに思はずして、越後の国に知る便りを求め、二年ばかり送られぬと聞きて（略）

「身や今年」の発句は、明応八年（一四九九）宗祇七十九歳の正月四日、種玉庵での連歌会の詠句であり、すでにこの年都を離れる意思のあったことがうかがえる。この会は、宗祇と最後の旅をともにする宗長・宗碩・宗坡をはじめ、宗祇一門総勢十五名が一座しての興行で、門人たちにその意思を伝え置く意図もあったのであろうか。『終焉記』には「その秋の暮」とあるが、宗祇が実際に離京し越後に出立したのはその一年半後のことである。「このたびは帰る山の名をだに思はずして」と帰京の予定のないさまが記されているが、越後で宗長が辞別を告げた

折にも宗祇は「我も此国にして限りを待ちはべれば」と述べており、自らの「限り」を待ち、越後を末期の地とする覚悟のあったことが知られる。

「身や今年」の句を詠んだその年の春には、「限りさへ似たる花なき桜かな」の句をも詠み、これを発句としてその後約四ヵ月という異例の日数をかけて『宗祇独吟何人百韻』を完成させる。宗祇最後の独吟百韻であり、宗祇百韻を代表する秀作の一つでもあるのだが、「門弟達の遺誡の為」[5]に制作されたという古注からもうかがえるように、明応八年の「身や今年」の発句から京都を出立するまでの間、続いての越後滞在中、さらには越後から最後の旅に出立し末期を迎えるまでの宗祇の最晩年の行動には、自らの「限り」を覚悟し、「限り」を迎えるための準備や整理と目される点が多く見られるのである。明応九年六月には門人の宗碩に『河海抄抄出』『花鳥余情抄出』を譲渡し、離京の前には最後の連歌学書『浅茅』を著作している。明応九年に、近江・摂津・丹波など近隣の知人を訪問しているのも、別離の挨拶を兼ねていたものと推測される。[6]越後滞在中の文亀元年四月には、門人の宗坡に愛蔵の『新古今集』を譲渡し、六月から九月にかけて門人の宗碩に『古今集』の講釈を行い、九月には都の三条西実隆に門人の玄清を経て「古今集聞書、切紙以下相伝之儀」を納めた箱を届け、実隆に対し最後の古今伝授の相伝を果たしている。また九月には宗長の第一句集となる草稿を添削指導し、「壁草」の句集名を与えている。[7]文亀二年、七月三十日の末期の日には、三十年前に東常縁から伝授された古今集聞書ならびに切紙、口伝を、駿河から馳せ参じたその子息の素純に伝授し終え、その生涯を閉じるのである。

宗長が『終焉記』に書き留めようとした宗祇像は、どのようなものであろうか。

まず連歌については、「元日には宗祇、夢想の発句にて連歌あり。年や今朝あけの忌垣の一夜松」とあり、文亀二年の最後の元日は、連歌の守護神である北野天神による夢想の発句を得て、連歌会を張行したことを記している。それは、かつて北野連歌会所奉行ならびに宗匠を務めた、宗祇最後の元日を荘厳するにふさわしい霊妙な出来事であったといえよう。ついで越後から駿河に向かう道中での連歌会は、宗祇最後の百韻となる四月二十五日興行の『伊香保三吟百韻』については触れず、発病して以降の、病軀を押して千句連歌会などにたびたび臨む姿が描写されている。

同じき国江戸といふ館にして、すでに今はのやうにありしも、又とり延べて、連歌にもあひ、気力も出でくるやうにて、鎌倉近き所にして、二十四日より千句の連歌あり。二十六日に果てぬ。一座に十句、十一二句など句数も此ごろよりはあり。面白き句もあまたぞ侍りし。

江戸では危篤状態になりながらも、やや回復すると連歌会に一座することで気力も湧き、三日続きの千句連歌会に列して意欲的に句を付け、秀れた付合を見せるその姿は、まさに連歌界の巨匠にふさわしい気迫に満ちている。その最後の千句での宗祇の付句を二句挙げ、「今際のとぢめの句」ではなかったかと、宗長は『終焉記』執筆時での感懐を記している。末期の床での宗祇の最後のさまは、

又此たびの千句の中にありし前句にや、「ながむる月にたちぞうかるる」といふ句を沈吟して、「我は付けがたし。皆々付け侍れ」などたはぶれに言ひつつ、灯火の消ゆるやうにして息も絶えぬ。

とあり、病床に集まった門人たちに「ながむる月にたちぞうかるる」の句の付句を託しつつ、息絶えたとある。「たはぶれに言ひつつ」とあるが、宗祇自身には門人たちに後世を託し、期待する真摯な思いがあったのではなかろうか。

雲風も見はてぬ夢と覚むる夜に
わが影なれや更くる灯

これは先に見た、宗祇最後の独吟百韻である『宗祇独吟何人百韻』の九十九句目と挙句の最後の付合である。金子金治郎氏は本付合について、「「見はてぬ夢」から「わが影なれや更くる灯」に収束する揚句は、わが生涯の回顧であり、深い諦観であった」(8)と解説されている。宗祇にとって「見はてぬ夢」とは何であったのか、求めても尽きぬ風雅の道であろうか。まさにこの付合の境地に符合するかのように、宗祇の末期のさまを「灯火の消ゆるやうにして息も絶えぬ」と『終焉記』は記している。

師宗祇との交流は、しかしまだ終わったわけではなかった。八月十五夜の今川氏親邸での追悼連歌は、越後を出立する前から、名月の頃に駿河の国に着いた折の発句として宗祇が生前用意していた「曇るなよたが名は立たじ秋の月」を発句としての張行であった。また、八月の最初の月忌は、宗長の草庵で追悼連歌を張行したのであるが、その折の発句の用意として「虫の音に夕露落つる草葉かな」という句を宗長が案じていたところ、暁の夢に宗祇が現れたので、以前に詠んだ「朝露」の発句に続いて「夕露」の発句を詠んでも良いものかと尋ねると、「露」は何度詠んでも構わないという返事を得たことを感慨深く記している。宗祇と宗長との師弟の絆を象徴するような一節であり、没してなおその面影は深く門弟の心に生き続けていたのである。

『終焉記』の最後に、宗祇の後継の連歌会所奉行（宗匠）であり、また宗祇の大事業であった准勅撰の『新撰菟玖波集』撰集に協力した兼載の追悼の長歌を掲げたのは、兼載を通して宗祇の公的な業績を偲び、また頌する思いを込めたとも解せよう。

次に、和歌に関し注目すべき点は、宗祇が臨終の床の夢で定家卿に逢い、また宗祇自身の思いをそこに重ねたのか、式子内親王の「玉の緒よ絶えなば絶えね」の歌を吟じたという場面であり、この謎めいた一節は霊妙な雰囲気をも漂わせているが、死の床にあってなお風雅を求めてやまない師の気迫を伝えているようでもある。その気迫は、古典学にまつわる一節にも共通しており、「東野州に古今集伝受聞書并切紙等残る所なく、此度今はの折に、素純口伝附属ありし事なるべし」とあって、まさに臨終を迎えようとする病の床で、常縁から継承した古典学を「残る所なく」その子息に伝授し終えたのである。驚くべき気力であり、また天の計らいともいうべき絶妙な時宜で伝授が成就したことが知られよう。

旅のさまについては、末期の地と定めていた越後にさえ安住できず、年老いた身でさらなる余生の地を求めて流離せざるを得ない宗祇の姿に、旅に生きる連歌師の宿命を見ることもできようが、宗長は旅に生き旅に死んだ師の人生を、

かく草の枕の露の名残も、ただ旅を好める故ならし。唐の遊子とやらんも旅にして一生を暮らし果てつとかや。これを道祖神となん。

と述べ、「唐の遊子」とあるように、つねに旅を好み、やがて旅路で死を迎えようとする時、もし自分のように旅を好む者がいれば、必ず守護神となってその身を擁護しようと誓い、道祖神となって旅行く人を守ったという、中国古代の伝説上の人物である遊子になぞらえている。端的に言い切ったその文体には、感傷的な悲愴感はなく、むしろ師の強靭な生き方に対する崇敬の念が感じられよう。また、宗祇が美濃への同行を宗長に求め、さらに「富士をもいま一度見侍らん」と述べている点にも注目される。宗祇が富士を殊に好んだことはよく知られており、[9]

いかにも宗祇にふさわしい最後の願望といえようが、その行程が美濃に赴くには遠回りのコースであり、またそれが宗長との出会いの地である駿河を指して行く、宗長を同行しての最後の旅となったことを思い合わせると、師の予感の働きとでもいうべきであろうか。旅は奇しくも師弟の出会いの地に回帰しつつ終焉を迎えたのである。

以上粗々見てきたが、『終焉記』に書き留められ描かれた宗祇の最後の姿は、連歌・和歌・古今伝授・旅といったまさに宗祇の人生の縮図であり、さらには風雅の世界に心魂を傾け、今際のきわまで「道」を求めてやまない気迫に満ちた、偉大な師の姿であったといえよう。その「道」を求め「道」を尊ぶ心は、『竹林抄』や『新撰菟玖波集』の編纂、連歌論書の著述、古今伝授や古典学の研究など、その生涯の業績にも共通して見られるものであり、『筑紫道記』における正道への祈りにもまたつながるものであろう。門人たちに見守られて末期を迎えるその姿は、宗祇の理想とする師弟の道をもまた表しているかのようである。師弟の絆こそが道を継承する寄る辺であり、多くの門弟を抱え、日頃からその育成に熱心であった宗祇は、風雅の道の継承を門人たちに期待し託す所が大きかったのであろう。遊子のように道祖神となり、風雅の道を行く門弟たちを見守る師の姿を、宗長はそこに重ねて見ていたのであろうか。

『宗祇終焉記』の伝本は多く、写本が二十余本、版本も三種あり、広く流布したことが知られる。島津忠夫氏は、桃青時代の芭蕉と関わりのあったとされる幽山の編著『俳枕』（延宝八年刊）の宗祇に関わる箇所について、宗祇の画像が当時の俳諧師の間で知られ、また『宗祇終焉記』の名が見えていることなどに注目され、『終焉記』の芭蕉への影響の可能性にも触れて考察されている。[10] 同書に「かの終焉記」とあることからも『終焉記』の広範な広がりがうかがわれるが、近世の俳諧師への影響という点でも、宗長が『終焉記』という宗祇像の〈碑文〉を書き残した意義は大きいといえよう。

三　宗長晩年の記

『宗祇終焉記』は、宗長の最初の文学的な記文であったが、その後宗長は『東路のつと』『宇津山記』『宗長日記』(『宗長手記』上巻・下巻、ならびに『宗長日記』の汎称とする)の三種の日記・紀行を著している。『東路のつと』は、永正六年(一五〇九)六十二歳の七月、宗祇の『白河紀行』と同じく白河の関の探訪を目的として出立、合戦のため白河の関は断念せざるを得なかったが、日光など宗祇が歴訪した地にも立ち寄りつつ関東を巡遊した折の紀行である。『宇津山記』は、永正十四年七十歳の折の著作であり、鶴崎裕雄氏は「七十歳の宗長が著した自伝『宇津山記』にこそ宗長自身のすべてを記そうとしたのではないか」[11]と述べられているが、『宇津山記』は七十歳を人生の一つの区切りとして宗長が自らの生涯を回顧した、まさに「自伝」というべき内容になっている。また、永正十二年から十四年までの句集『那智籠』の各年の冒頭の句が後年になるにつれ「老い」を主題とする傾向にあることや、『宇津山記』に「老い」を主題とした一連の自作の句を収めていることなどから、岩下紀之氏はこの頃宗長は自らの老年を歌うことに切実な関心があったのではないかと指摘されている。[12]さらに田中隆裕氏は、宗長自選の三種の句集『壁草』『那智籠』『老耳』に見える「老い」の句数を調査した結果、七十歳頃成立の『那智籠』が最も多く、六十歳前後に儲けた二人の子供の存在が自身の「老い」の意識と関わっていたのではないかと考察されている。[13]二人の子供のうち、男子は僧門に入り、女子も永正十四年の暮に許嫁が決まった旨、『宇津山記』に記されており、宗長は「七旬の心安さ今はの時にも思ひ置くことつゆ侍らじ」と感懐を述べている。

『宗長日記』は、三種の個別の作品が伝存する。すなわち、A．大永二年(一五二二)五月から大永六年三月まで、B．大永六年正月から大永七年歳暮まで、C．享禄三年(一五三〇)正月から享禄四年九月まで、の三種である。Aは『宗長手記』上巻、Bは『宗長手記』下巻、Cは『宗長日記』と一般に称されるが、もとより書名が定められていたわけではなく、また上巻末尾と下巻冒頭に記事の重複が見られることなどから、それぞれ個別の作品であると推定し得る。[14] 大永二年は宗長七十五歳、享禄四年は八十四歳であり、享禄元年・二年の二年間の空白はあるもののこれら三篇には、享禄五年三月に八十五歳で亡くなるその半年前までの足掛け十年にわたる、文字通り最晩年の老境の日々が綴られている。『宇津山記』で七旬の齢を生きた自らの生涯を総括した宗長は、これら晩年の記をどのような意識で書き置いたのか、次に検討してみることにしたい。

(1)『宗長手記』上巻・下巻

大永二年、宗長の駿河出立の目的は三つあった。一つは、越前を訪問し大徳寺山門再興の勧進を依頼することであり、一つは細川高国の戦勝報賽の千句連歌を伊勢で張行・奉納することであった。これら二つは、旅の途次における用件であったが、最後の一つは旅の終着点となる薪の酬恩庵に赴くことであった。その年歳暮の記事に「酬恩庵にして末期の願ひ、さりとも今年歳暮にやと、心の祝にばかりに、願はくは今年の暮の薪切る峰の雪より先に消えなん」とあり、西行が生前願った歌の通り終焉を迎えたことにならい、生涯崇敬した一休宗純入寂の地、酬恩庵で自らも末期を迎えたいという宗長の願いが記されている。

大永四年、今川氏親の病気により駿河からの要請で、宗長は一旦帰郷せざるを得なくなる。その年の暮秋から初冬の頃であろうか、都から下向していた医師や、酬恩庵の僧らの一行が帰京するにあたり、宗長は言伝に「哀れなるわが言伝や山城の薪こるべき七十のはて」と詠み、「酬恩庵にして終焉の事を、申し送り侍る心なるべし」と記して、やがて自らも上京し酬恩庵で終焉を迎える意を伝えている。『宗長手記』上巻は、大永六年二月再度酬恩庵を目指して駿河を出立、遠江見付までの送別のさまを記して稿を閉じている。

下巻は大永六年正月から新たに起筆。駿河から都までの旅路や、薪到着後の、都やその近隣に在住する旧知の人々との交流のさまなどが記されるが、この度は七月に今川氏親訃報の知らせを受けても宗長は酬恩庵に留まり帰国することはなかった。その理由を、宗長は後に述懐し「御弔ひまかり下りぬべきに、宗長すでに七十九、命期当年とて、その御暇乞ひ申して、紫野薪の末期覚悟の上は」と述べている。酬恩庵で末期を迎える覚悟についてはすでに見てきたが、さらに「命期当年」とあり、大永六年の記事に「七十九の易命期」「易の勘文七十九の年」ともあるように、大永六年七十九歳の年は易の勘文で寿命の限りの年に当たり、宗長自身その覚悟をもって備えていたことが知られる。

大永二年の駿河出立の旅、一時帰国を経て大永六年の再度の駿河出立の旅は、いずれも薪酬恩庵に向かう旅であり、自らの末期の地に向かう旅であった。宗長は大永二年の丁度二十年前、師宗祇の末期を看取り、『宗祇終焉記』を記したのであるが、『宗長手記』はいわば自らの〈終焉記〉を自らの手で綴るという意図で書き起こされたのではなかろうか。『宗祇終焉記』の出立の冒頭は、宗祇が都から越後へ向かう姿を描き、『宗長手記』上巻大永二年の出立の冒頭は、宗長が駿河から越前に向かう姿を描くのであるが、

その秋の暮、越路の空に赴き、このたびは帰る山の名をだに思はずして、越後の国に知る便りを求め、

（『宗祇終焉記』）

大永二年五月、北地の旅行、越前の国の知る人につきて、帰る山をば知らねども、

（『宗長手記』上巻）

と記された本文の類似は、たんなる偶然によるものではないであろう。『終焉記』には「帰る山の名をだに思はず」

とあり、また前節でも見たように宗祇自身も「我が此国にして限りを待ちはべれば」と述べ、宗祇が越後を末期の地と定めていたことが記されているが、宗長もまた「帰る山をば知らねども」とあり、また大永六年再度上京の折の浜名の地でも「この度の旅行までと、何となく心細くもの悲しくて」と記し、生涯最後の旅となる覚悟であったことがうかがえる。

また『終焉記』には、宗祇を埋葬した定輪寺の墓のさまを、

水流れて清し、杉あり、梅桜あり、ここにとり納めて、松を印になど、常にありしを思ひ出でて、一本を植ゑ、卵塔を立て、荒垣をして（略）

と記している。『実隆公記』延徳二年三月二十三日の条に、宗祇が庵室に松を植え「住み馴れし宿をば松に譲り置きて苔の下にや千世の陰みん」と詠んだ話が見えるが、宗祇が松を死後の慰めにと考えていたことを想起し、墓にも松を植えたのであるが、『宗長手記』下巻の冒頭では、宇津山の草庵柴屋軒を後にする折に、

石をたて、水をまかせ、梅を植ゑなど、普請のつゐで、かたはらに又杉あり、松あり、竹の中に石をたたみ、垣にして、松の木三尺ばかり、一方けづりて
（ママ）
柴屋の苔のしき道つくるなり今日をわが世の吉日にして

と記している。周囲の景も宗祇の墓の景と類似した趣向であるが、宗祇の庵室の松、墓の松と同じく、柴屋軒の傍らにも松があり、その松に辞世の歌を書きつけたのである。なお、『再昌草』にも宗長からの贈歌としてこの

歌が収められており、[15] その詞書の一端にも「宗長法師、柴屋に無常の所のあらましなど」とあり、宗長が末期の用意を整えていたことが知られる。

しかし、大永七年戦乱のために京都近郊での居住が困難になり、末期の用意や覚悟も空しく、宗長は結局駿河に帰国せざるを得なくなる。さらに、氏親逝去の折に帰国しなかった宗長は、駿河の同郷の人々の冷たい非難にも耐えねばならなかった。酬恩庵での末期の願いも果たせず、易命期を越えての余命、老残の身を宗長は嘆き、「八十歳宗長願ひ事の祝言に、願はくは今日元日の年の暮今来む春は苔の下にて」と自嘲的な歌を詠んでいる。

(2)『宗長日記』

享禄元年・二年の二年の空白を経て、享禄三年正月、宗長は再び日記を書き始める。その折の心境は、「八十三年来、朝夕末期の希ひ、殊にこのごろは狂気にをよぶまで、願はくは瘋癲漢のわが身にて死なばや物に狂ひ狂ひも(略)末期の祈り、油断なく侍る事なるべし」とあり、八十三歳での末期の祈りは今や悲願となり凄絶な気配すら漂っている。『宗長日記』は『宗長手記』上巻・下巻に比べ全体的に記事も短く、宗長の最晩年の三度目の〈終焉記〉といえようが、そのなかで注目されるのは、宗祇から最後に古今伝授を受け、宗祇終焉の折以来交流のあった東素純他界の記事であり、また享禄三年・四年の両年に見える八月十五夜、九月十三夜の風雅に興じる記事である。八月十五夜、九月十三夜の月に関する記事は、『宗長手記』では大永六年にわずかに見えるのみであるが、『宗長日記』では享禄四年八月・九月の名月の興趣を最後に印象的に綴り、稿を閉じている。

次に、『宗長日記』最後の年、享禄四年の記事を検討することにしたい。

享禄四年は、宗長の独吟千句第一百韻の前半五十句を記す所から始まる。当百韻の発句は「秋冬を常盤木の松盛りかな」で、五十句の最後には「照る月の光静かに冴え冴えて霜置く鶴が岡の辺の松」の歌が記されており、宗長は鎌倉の辺りで当千句を詠んだのではなかろうか。『宗祇終焉記』で宗祇が「鎌倉近き所」で最後の千句連歌に臨んだことを想起すると、その師の姿になぞらえたのではないかと思われる。なお、当千句第一百韻の興行は同年十月八日であり、本来ならば九月十三夜の記事の後に配すべきである。たんなる配列の不整合とも解せるが、八月十五夜・九月十三夜は小田原近くの旅宿で過ごしており、宗祇が末期を迎えた湯本近くに滞在していることが知られる。薪酬恩庵での末期の願いを果たせなかった宗長は、『終焉記』の宗祇になぞらえて千句を詠み、師の末期の地に自らの末期の地を重ねて、自らの〈終焉記〉の稿を終えようとしたのではなかろうか。

宗祇は「眺むる月にたちぞ浮かるる」と吟じてこの世を去ったが、第一節で述べたように、清見が関で初めて出会った折の宗祇の句は「月ぞ行く袖に関もれ清見潟」で、今生での出会いと別れの句がいずれも「月」の句であることに注目される。『宗祇終焉記』で宗長は師亡きあと、「もろともに今夜清見が磯ならばと思ふに月も袖濡らすらん」と詠み、師との出会いを追懐してもいる。この「月ぞ行く」の句は宗祇にとっても忘れがたい句であったようで、『宗祇発句判詞』では当句と「あひにあひぬ姥捨山に秋の月」の月の句を二句並べて掲げている。「あひにあひぬ」の句は文明十年（一四七八）宗祇最初の越後下向の折の句であるが、『愚句老葉』でもこれら両句を並べ収め、宗祇は「宗長などあひ伴ひ侍りて見侍りし、忘れがたき月なりし」と自注を付している。宗長とともに賞翫したこれら名所の名月の句は、宗祇の同種の詠作のなかでも殊に思い出深く、また代表的な句であったことが知られよう。宗長が最晩年の『宗長日記』の末尾に八月十五夜・九月十三夜の名月を賞翫する記事を配し、巻末に「やがて老を慰む心かきくらして、隈もなき空もみるみるかきくらし姥捨山の照る月にして、九月十三日」と、姥捨山の月の歌を記したのは、五十余年前、宗祇に師事して最初に同行した越後下向の旅を想起し、宗祇を追懐する思いがあったのであろうか。師の享年をも越えて生きる老残の身を述懐しつつ、宗長は自らの〈終焉記〉の稿を閉じている。

四　連歌師の風雅と旅

『伊勢物語』の東下りの章段は、貴人である都びとの主人公が都の社会から外れ、アウトサイダーとして鄙の東に流離する姿を描いている。宗祇や宗長の都での在住期間は長期にわたり、宗祇の草庵は晩年まで洛内にあったが、地方出身者でもとよりの都びとではなく、連歌師で貴人ではなかった宗祇や宗長の下向の旅は、〈都の文化〉を身につけ、〈都の文化〉を地方に伝搬するところにその価値や意義があったといえよう。連歌の指導や、古典学の講釈、あるいは公家の書写した古典籍などの文物の伝搬などは、いずれも〈都の文化〉の威光に支えられた振舞であった。しかし都そのものは、応仁の乱に象徴されるように乱世にあって雅びを失い、悪行がしばしば横行する街衢に変容していた。そうした現実の都の凋落にもかかわらず、なかば聖典と化した古典を軸とし、長い歴史をかけて生成された精神的所産としての文学空間は、世俗を超えた次元にあり、風雅・文雅を尊ぶ人々に支えられて、乱世においても威光をもって存続し得ていたのである。宗祇は東常縁より古今伝授を受けた折の長歌で、自らを「かかるあやしの身にしあれば」（『宗祇集』・二六七）と詠み、また宗長は公武の晴の会席に一座する身を、「我等やうのあやしの者まで晴の御会席にもさし出侍し」（『宇津山記』）と回顧しているが、公家でも武家でもなく連歌師という社会のアウトサイダーであった宗祇や宗長は、連歌の指導や古典の講釈、伝授などによって貴人や武人の師たる存在ともなり得たのである。宗祇や宗長の連歌師としての処世は、そうした風雅・文雅の世界がもつ特殊な力に負う所が大きかったといえよう。

二節で述べたように、宗祇は風雅の世界において「道」を求めたが、個人の詩心や研究心の向上、その充足に留まることなく、個人を超え「道」のためという大望を掲げて献身した所にその偉大さがあったといえよう。一方、宗長は「我は連歌師にてこそあれ、道を伝へて何すべき事にもあらず」（『耳底記』巻三）と述べたとされ、また大永五年には今川氏輝の元服祝いに「古今集聞書五冊、口伝切紙八枚」を譲渡し、古今伝授は結縁ばかりで執心のなかったことを記している（『宗長手記』）。『宗長日記』には、古典の和歌や漢詩、物語などを踏まえた箇所も散見されるが、それらのなかにはパロディーやもじりなど滑稽な笑いの要素を含んだものも少なくなく、また狂歌や俳諧も多い。あるいはまたその生活においては、尺八を愛好し、茶数寄や庭数寄などに興じる面も散見される。(16) 宗長が一休宗純との出会いも含め、禅宗文化の影響を色濃く受けていることは明らかであり、そうした「数寄」を求めた所に、師の宗祇とは異なる個性があるといえよう。『宗長日記』には、宗長の連歌師としての生活やその個性が、他の日記紀行に比べ最もよく表出されている。『宗祇終焉記』で連歌師としての宗祇像を描出した宗長は、『宗長日記』で連歌師としての自画像を書き残したのである。

注（1）宗祇の生地については、宗祇自身による資料は伝存せず、近江国と想定される一方、中世末以降は紀伊国とする説が散見される。生地を含め宗祇の生涯全般については、伊地知鐵男『宗祇』（青梧堂、一九四三年（『伊地知鐵男著作集Ⅰ』（汲古書院、一九九六年）所収））、木藤才蔵『連歌史論考　上』（明治書院、一九七一年、増補改定版一九九三年）、両角倉一「宗祇年譜考」（『山梨県立女子短期大学紀要』一九八二年三月）、金子金治郎『宗祇の生活と作品』（桜楓社、一九八三年）、同『連歌師宗祇の実像』（角川書店、一九九九年）、藤原正義『宗祇序説』（風間書房、一九八四年）、島津忠夫『連歌師宗祇』（岩波書店、一九九一年）、奥田勲『宗祇』（吉川弘文館、一九九九年）など参照。

（2）鶴崎裕雄「『宗祇終焉記』に関する二、三の問題」（『国語と国文学』一九八八年五月）に、実隆の当書状に関する考察がある。

（3）島津忠夫氏は、宗坡の越後下向は文亀二年の宗祇が越後を出立する直前かと推測されている。「宗祇と門弟たち」（『連歌師宗祇』第十章（岩波書店、一九九一年））参照。

（4）『宗祇終焉記』については、鶴崎裕雄、注（2）同論文、金子金治郎『宗祇と箱根』（神奈川新聞社、一九九三年）、崔忠熙「『宗祇終焉記』小考」（『筑波大学平家部会論集』一九九四年七月）、奥田勲「宗祇—連歌師宿命の旅」（『国文学　解釈と鑑

賞』二〇〇二年二月）などにそれぞれ詳細な考察がある。

（5）宗碩門人の周桂による注（大阪天満宮文庫滋岡本）。

（6）奥田勲氏は、明応九年の発句には別離の挨拶を示唆するものが多いことを指摘されている。注（4）同論文、参照。

（7）『壁草』（古典文庫）跋文、参照。

（8）金子金治郎注解『宗祇独吟何人百韻』（日本古典文学全集『連歌俳諧集』所収）。

（9）たとえば『実隆公記』の明応五年九月二十八日の条では、実隆邸で宗長も同席の折、宗祇は富士山を十一ヵ国から眺めたことを語り、寸評を加えている。

（10）島津忠夫「宗祇と芭蕉」（注（1）同書第十四章、初出は一九九〇年）。

（11）鶴崎裕雄「連歌師宗長自伝『宇津山記』を読む（上）」（『帝塚山学院大学人間文化学部研究年報』二〇〇〇年一二月）。

（12）岩下紀之「『那智籠』に関する覚書」（『連歌史の諸相』汲古書院、一九九七年。初出は一九七六年）。

（13）田中隆裕「宗長の晩年の生活と句風」（『連歌俳諧研究』一九九三年三月）。

（14）島津忠夫校注『宗長日記』（岩波文庫、一九七五年）解説、参照。また個々の作品を誰に書き与えたかという問題も興味深いが（『宗長手記』については、岩下紀之「『宗長手記』の著作意図について」（注（12）同書。初出は一九七八年）に考察がある）、本稿では差し置くこととする。

（15）『再昌草』では、大永元年九月十五日ごろの贈答歌として所収。

（16）鶴崎裕雄「あら〳〵無下の庭数寄候哉——連歌師宗長の晩年」（『帝塚山学院短期大学研究年報』一九七八年一二月）、本書第Ⅲ部第四章、第五章など参照。

＊作品の本文は、『宗祇終焉記』は『中世日記紀行集』（新日本古典文学大系）所収本文、『宗長手記』『宗長日記』は島津忠夫校注『宗長日記』（岩波文庫）に拠る。その他の本文の引用は、次のテキストに拠った。『萱草』（貴重古典籍叢刊『宗祇句集』）、『愚句老葉』（『連歌古注釈集』）、『宗祇独吟何人百韻』（日本古典文学全集『連歌集　俳諧集』）、『宗祇集』（新編国歌大観）、『再昌草』（私家集大成・第七巻）、『宇津山記』（古典文庫『宗長作品集〈日記・紀行〉』）、『耳底記』（日本歌学大系・第六巻）、『実隆公記』（続群書類従完成会）。なお表記は適宜改めた所もある。

第三章　『宗長日記』の構成
――悲話と笑話の断章――

はじめに

連歌師宗長が晩年に著した作品に、『宗長日記』[1]がある。大永二年から七年および享禄三年から四年にかけて、自己とその周辺の人々の日々の軌跡を綴ったこの作品は、室町後期の社会状況を如実にあらわしているがゆえに、歴史の考証資料として注目を多く集めてきた。近年は、作品自体にもさまざまな視点があてられているが、本章ではそれら先行の作品研究を踏まえつつ、『宗長日記』の構成の問題を通して、悲話と笑話の断章について考えてみたい。

一　作品の構成

はじめに『宗長日記』全体の作品構成を見ておこう。

まず前後するが、享禄三・四年の記事をもつ最後の日記、いわゆる『宗長日記』については、島津忠夫氏の解説[2]によると、伝本は二本しか現存しない。さらにこの記の執筆意図について、三年の記事がほぼ日次に記されているのに対し、続く四年の記事が「折々の書留の断片が順序不同に集められた形[3]」をもち、「「九月十三日」の日付でぷっつり切れている」[4]ことから、誰に書き与える意図もなく綴られた、最晩年の老残の日記とされるのは、きわめて妥当な見解であろう。

さて、いわゆる『宗長手記』については、大永二年五月から六年三月三日までの記事を上巻とし、大永六年正月から七年歳暮にかけての記事を下巻として合収した諸本が多い一方、上巻にあたる部分、下巻にあたる部分が、各々単独でも伝わっており、上巻、下巻がそれぞれ別個の作品であった可能性が考えられる。ここで各年の行動経路を大まかに辿ると、上巻・大永二年（宇津山→薪（洛外））、三年（薪⇅越前）、四年（京→駿河）、五年（駿河滞在）、六年（宇津山→掛川）、下巻・大永六年（宇津山→薪→近江）、七年（近江→駿河）となっており、上巻・下巻での京駿二度の往復が知られる。『宗長手記　上』の本文末尾、大永六年正月から三月三日までの記事は、『宗長手記　下』の本文冒頭部の記事と重複するのであるが、下巻の重複部分は上巻の本文を推稿・改作した形跡がみられる。『宗長手記　上』大永五年暮から大永六年元日への移りは次のようである。

すでに除夜にいたりて
　あけんとしのけふの今夜やあら玉のくるといふ人のまことしるべき
除夜のあした、試筆に
　くるといふ今夜も明ぬたまのをの絶なばけさの春の粟ゆき

『宗長手記 下』大永六年冒頭部は、

大永六年、駿州にして、正月廿八日、

天の原ふじやかすみのよもの春

とあり、この記事は上巻では「正月廿八日、五郎殿御興行に、不尽やこれかすみの四方の州の春、すみの山をたち入て申待り。本所様・御方入御。歴々御会席にや」と記されている。先の上巻の記述は、大永六年の年始の記事が前年五年の歳暮の記事に書き継がれたこと、すなわち作品として一続きであることを示しているが、「大永六年」と明記された下巻冒頭部の記事には新たな書き出しの意識がみられ、上巻の同じ二十八日の記事との比較においても改作の跡がうかがわれる。さらに下巻では、上巻のこれに続く氏親の母北川殿に上洛の挨拶に参上した折、強く下向を要請される条りは省略され、宇津山の柴屋軒を出立する歌、

柴屋のこけのしき(ママ)道つくるなりけふをわが世の吉日にして

が新たに書き込まれている。これらから重複部における下巻の記事は上巻の記事の単なる推稿でないことは明らかであり、駿河出立という新たな意識のもとに書き改められていることが分かる。ついで下巻大永七年の冒頭部は、

巳大永六年暮て、七年正月元日、

あづさ弓八十の春をちからにて人の界を引はなちてよ

とあり、大永六年に引き継いで書かれたことが知られる一方、やはり冒頭部にみえる「此一両年、まめごとにも

あだごとにも、毎日のなぐさめに日記しをき侍る」の「此一両年」も、大永六年―七年の記事を一まとまりとする宗長の意識を示唆するものと解されよう。

さてこうした上巻・下巻別個の作品と考えられる『宗長手記』の著作意図について、岩下紀之氏は、上巻における地の文の自称が「長阿」、下巻が「宗長」と統一されていることから、前者を私的に親しい人へ、後者をやや公的な相手に書き贈られたものと推定された。[5] さらに、上巻はそこにおいて大きな地位を占める掛川の朝比奈氏なかでも泰能へ、掛川の記事まで書きついだまま手渡したものかと想定され、下巻については、今川氏親の死後ただちに帰国しなかったことで讒言をあびる宗長が、自己の立場を弁明した長文の述懐記事が挿入されていることから、今川家中の人々への弁明もしくは抗議の書とされた。ここで下巻について今少し検討を加えてみたい。

大永六年（下巻）の京をさしての駿河出立は、宗長にとって最後の旅を覚悟したものであり、また死出の旅の用意をも意味するものであったと思われる。生涯敬慕した師一休入滅の酬恩庵をみずからの末期の地と定めていたことは、「酬恩庵にして末期のねがひ」（大永二年）、「酬恩庵にして終焉の事を、申をくり侍る心なるべし」（大永四年）などから知られ、この年の駿河より京への旅路は、ほぼ最短コースをとって進められる。大永六年、「浜名の橋」の、

此度の旅行までと、何となく心細く物がなしくて、
たび〳〵のはまなのはしもあはれなりけふこそわたりはてとおもへば

の条にも最後の旅の意識がうかがわれるが、死を迎えるべく酬恩庵をさしての旅立は、この年がまさに宗長七十九の易命期であったからにほかならない。大永六年の記事に散見する執拗なまでの「七十九」の意識が、大

永六年の旅の記録の意味を語っている。

・ある人狂歌とやらんいひて、
　七十九年古来まれなり
上の句は失念。

・七十九述老懐歌十首。

・七十九の易命期、極月一日、残夜今卅日にかぎれることを
　えしなずは生かはれるか我なれや今年をかぎる命なりけり

・立春のあした、廿六日。易の勘文七十九の年已暮て、
　今朝はかつ八十に息を延てけりかふがへ文の年もくれにき

・宗長七十九、おほくの故人茶湯焼香・灯をかゝげて、
　われぞ此道しるべしてくべきよひまたゝきむかふとぼし火の影

さらに翌大永七年の記事に、

・去年七十九をかぎりと門出せしに

・宗長已七十九、命期当年とて、その御暇乞申て、紫野薪の末期覚悟の上は（略）

とある。大永六年の記録意図に対し、翌七年は、

抑八旬存命言語道断。此一両年、まめごとにもあだごとにも、毎日のなぐさめに日記しをき侍る。いつしかおどろきてもかへらぬ老のなみに筆なげすて、今日までのことなるべし。（略）如レ此のあだごと元日までと て、筆をなげすてつれど、逍遙院殿年始御書御詠。是又打をきがたく存ずることにて（略）

といった具合に記事が綴られ、次いで駿河帰国の途次が記されていく。

長いきの老の因果、いかなるはての死にせむと、恥おもふより外はなし。

薪酬恩庵での末期の覚悟。同時に遭遇する氏親の訃報。易命期を外しての存命の運命は、領主氏親の死に馳せ参じなかったことへの讒言を生み出し、宗長から死を迎える意味すらも奪うことになる。齢八十を生きる宗長には、生きること、死ぬことがもはや明確な意味をもたなくなる。

・生死に暗々として
　いかにしてなこそとはゞこゝろより外にはすへぬ関にぞ有ける
・七夕に、老のいのちながさを歎て、
　音羽山きゝてもいかであふさかや関のこなたに八十へぬらむ
・宇蘭盆過て、十六日に、
　願きぬねがふにたえぬ八十なりけふぞ我世はあひはての星

此たびのかへるさにだに捨られて又けふあすの老をしぞおもふ

・八旬も年暮ぬべし。神無月下旬のほど、又ながらへてもなど、つれなさをなげきて、
はかなさは露夢淡のまぼろしの外をたづねばわが身なりけり

・十二月一日暁、八十歳宗長願ひ事の祝言に、
ねがはくはけふ元日の年の暮いまこむ春は苔の下にて

さて大永七年の初冬、「興津宗鉄館」と「興津左衛門の館」の記事の中間に挿入された長文の述懐記事についてであるが、これが候文であることや、「北河殿様」の表現に見られる対称と読み手への意識、あるいは、義忠の寵愛を受けその息氏親からも援助を受ける一方、宗長自身も終始献身してきたことや、さらにその息氏輝への用立の数々を回顧する条などから、義忠—氏親—氏輝と今川家三代にわたって戦国武士と連歌師という、戦国時代特有の微妙な絡み合いの関係にあった宗長が、今川領主の新たな後継者氏輝に宛てて書いた、陳状的な文書かと推察される。「ゆへしりがほの申事ながら、任ㇾ筆候」も、そうした三代の経緯をふまえての言辞であろう。この文書の記事が、「興津宗鉄館にて、庭の眺望を」と「興津左衛門の館、しほ風呂興行」との記事の中間に位置するのは、興津滞在中のこの期間に書き送られたためではなかろうか。それは、今川被官の興津氏を介してであったかもしれないが、これ以後、宗長は「年あけてふと関東可ㇾ思立ㇾ」こともあって宇津山の柴屋軒には戻らず、年内は興津周辺に留まっていたようである。日記は大永七年歳暮で終わり、次の現存日記は享禄三年正月から書き始められるが、大永八年（享禄元年）は、七年の「年あけてふと関東可ㇾ思立ㇾ」により、熱海・関東周辺に滞在していたものと思われ、翌享禄二年については秋頃鎌倉建長寺滞在が『実隆公記』（八月二十二日・十月七日の条）により知られる。大永六年・七年の日記は、翌大永八年に駿河を離れてまとめられたものかと思われる。

上巻と下巻の自称の相違は、確かに下巻がやや公的性格をになっていることによるのであろうが、それについては贈る対象への意識による場合のほか、自己の内的動機による場合も考えられる。先の氏輝宛と推される文書は、直接下巻の著作意図にかかわるものであるのか、あるいは本作品における他の書簡の記録と同じく備忘録的に記録されたものであるのか。このことはすなわち、下巻を今川家中の人々に示した書とするか否かの問題とかかわってくるのであるが、先に引用したごとく大永七年冒頭部に「如レ此のあだごと元日までとて、筆をなげすてつれど」と、記述意欲の喪失が見られるのは、易命期を迎えての大永六年の日記に辞世の記録とする意図があったからではなかろうか。

以上、『宗長日記』の構成をあらかた踏まえたうえで、さらにそれを構成する断章のいくつかを通し、作品に内在する一性格を辿ってみたい。

二　記事の集積

大永二年から四年および大永六年から七年にかけて宗長は駿河―京を二度往還するのであるが、この期間の記録がおおむね紀行文的性格をになうのは、もっともなことである。しかし『宗長日記』には、そうした旅路の風景描写のほか、諸所での連歌会の様子や日常の生活実景、人物譚や閑談の内容、手紙の文面、戯歌の長歌、俳諧百韻、あるいは朝比奈氏合戦や明徳以降の京都戦乱の軍記的記録などが、和漢・雅俗混淆文で綴られており、そこにこの記録作品の独自の性格がある。こうした雑多な内容の事柄を旺盛に包み込んだ多様性は、作品としての統一を求める立場からは負の要因として捉えられやすい。しかし『宗長日記』に記された各場面を各々一個の記事単位と見て、作品全体を多様な記事がコラージュのように集められた集積体と捉えることも可能なのではなかろうか。そうした場合、ある視点のもとに関連のある記事を抄出し、記事の集合群をとおして一つの読みを試みることもできようかと思われる。

『宗長日記』には小話的な断章がいくつかある。多く説話的要素を含み、自己完結性の濃い章段であるが、それらは悲哀を基調としたものと、笑いを基調としたものとの二つに分類される。今、これを悲話・笑話とし、それぞれの性格を検討することにより、『宗長日記』の一つの相貌を明らかにしてゆこうと思う。

三　悲話の断章

大永二年から享禄四年までの記事のうち、悲話として取り上げうるものは十話近くある。1．尺八の名手、紹崇の入水自害、2．豊原統秋の病死、3．長田親重の首縊自害、4．奈須助太郎の若衆の死による出家、5．三浦弥太郎の病死、6．水鳥の殺生、7．若槻次郎の討死、8．隣家の幼児の病死、9．吉川頼茂の討死、の以上で、いずれも死に纏る話であるが、尺八吹の僧や楽人、あるいは侍、あるいは幼児の死の話を記録することには、多分に鎮魂や供養の意味が込められていたであろう。悲話として綴られている人々のうち、名の知れた者は豊原統秋ほどで、斎藤安元（今川氏重臣で宗長の有力なパトロン）の子とわずかに記された長田親重、名誉の討死として記されている細川被官若槻次郎の三名を除けば、あとはいずれも伝不詳の無名の人々である。

・下野国奈須助太郎とて、出家して、草庵の庭一見とて、たちより、高野参詣などかたりて、瓦礫一首懇望。そのゆへは、逢着せしわかきものを討死させて、愁傷にたへずして、跡をだにとぶらはんとてなど、同行の僧かたりし。あはれにおぼえて、

暁をいかに契りてたづぬらん高野のおくに在明の月

やがて、此一首、卒都婆に書付べきなどぞありし。（大永五年）

・此十月三浦弥太郎とて、行跡いとしかるべきあり。痢病をわづらひて、日数ありて死去す。逢着のわかき斎藤四郎、其歎きをなして、おりふし菊の枝につけてつかはし待りし。

よそにだに菊の上の露いかばかりかゝらん君が袖をしぞおもふ

（大永五年）

これらは悲話であるとともに、武士と若衆という戦国時代の衆道の風俗相もうかがわれ、若衆の討死に遭遇しての念者の出家や、念者の病死に接しての若衆の悲嘆などは、時代の世俗における常事であったであろう。常事であればこそ書き留めねば消滅するような、そうした世俗に泡立つ悲哀が、簡潔、リアルに描写され記録されている。あるいは、吉川頼茂の話では、

吉川次郎左衛門頼茂、淡路小守護の息、継母のにくみにて、宗長につきて罷下。牢人とも被官ともなくて、当国より甲州手楯の合力の人数にて討死。今年十一月廿三日七年。息藤五郎がたへ申つかはし侍り。

あはぢ嶋あはとはるかにしほの山さしいでの磯をてらす月影

七とせの冬ぞかなしきうすゆきの葉ばかりのこともあはで消けむ

露ばかりの給恩にもあらず、人なみ〳〵の討死不便。命は葉のうすきがごとしといふことを思出て侍物なれし。

（大永七年）

とあり、「継母のにくみ」「牢人とも被官ともなくて（略）討死」「露ばかりの給恩にもあらず」と記すように、家庭でも社会でも不遇のまま討死した頼茂の短き運を、「命は葉のうすきがごとし」と哀感を込めて綴っている。

次に二篇の悲話を対象として、その文学性を考えてみたい。

長田四郎太郎親重、此年月病して、剰、心たがひのみありて、奉公にも及ず。しかあれば、給恩にもはなれて後、本心にたちかへり、そのはづかしさおもひ出るにしたがひ、さしいづる事もせず。されば又、たれとり申かたもなくて、月日をふるほどに、窮困いふばかりなく、一振一腰身にかくるものまで沽脚し、あるはまつりはらへのいのりのものにつかはし、あるは今日明日のまかなひにして、飢寒の二字、此宿のものともいふべし。はてく\は、妻子をも縁々にはなちやり、この比はひとり住にて、あかしくらす。旧借の返弁にもをよばねば、催促のせめつかひしきりにして、いかんともせず。おもひわびての事にや。此月の十七日の夜、近き所の観音にまいり、下向して水をのみ、縄の一尺なければにや、自在といふかぎのなはに頭を入て、桁にしめあがりて、すべりくだりて死すと也。明る朝たの巳の刻、下女見つけて、あたりに告けるとなり。如レ此のおもひ、いかばかり(の)ことにや。五日さきより、いさゝかの朝暮をたちて、しつかひおもひとりけんこと、哀浅からず。すべて人は当座の口論してさしもちがへ、戦場にして討死する事、さぶらひの常の事なり。虎は死て皮をとゞめ、人は死てなをとゞむといふ事あり。希代の事なるべし。彼とぶらひのため、六字の名号を句のかみに置、結句には六字をさながらすへをきて、心ざしをいふ所しかなり。

名残なく露のいのちのかけどころわかるゝはては南無阿弥陀仏
むべもこそおもひ入けめともかくもかなはぬはての南無阿弥陀仏
朝顔の露のいのちの秋を経て風をもまたず南無阿みだ仏
みつ瀬河わたるみさほにかけゆかんみなれごろもゝなむ阿みだ仏
たらちねの心やまたもたちかへりあはれかくべきなむあみだ仏

ふればかくうきことをしもみつきゝついのちながさの南無阿弥陀仏

（大永五年）

全体として、前半部で長田親重が困窮に至った状況を説明し、「おもひわびての事にや」の文を転換点として、後半部で親重の自死の描写と宗長自身の所感、供養の和歌を記すという、きわめて整った構成となっており、部分的にはさらに、「あるはまつりはらへのいのりのものにつかはし――あるは今日明日のまかなひにして」の構文、「虎は死て皮をとゞめ――人は死てなをとゞむ」の対句仕立ての言い回しなどが見られる。また、「給恩」「窮困」「沽脚」「旧借」「返弁」「朝暮」といった漢語の使用は、そのまま簡潔で圧縮した表現となっており、こうした韻律的で簡潔な文体は、「一振一腰」「飢寒の二字」「縄の一尺」「六字の名号」といった数詞を効果的に使用した言い回しとも関連するものであろう。事物を数詞でとらえてゆく描法によって、事物に具象性が与えられている。

長田親重が、身体的病いにさらに精神的病いが重なって奉公から退く身となり、その後回復するもかつての精神的病いを恥じて出仕せずにいるうちに貧窮を極め、果てには妻子との縁も切り、旧借の督促に追われるなかで、五日前から僅かな食事をも断ち覚悟を決めて自死するに至るさまを、簡潔な筆致ながらも「如レ此のおもひ、いかばかり（の）ことにや」「哀浅からず」と、心中を思いやりつつ哀感をもって綴り、最後は南無阿弥陀仏の名号和歌で供養の志を書き留めている。

現実の諸相を実写するなかで、現実の場面場面に漂う哀れを書き綴ってゆくところに宗長の悲話の文学的な意味があったのであろうが、島津忠夫氏はこの一節を「まさに社会の実相の機微に触れた稀有な小品」[6]と評されている。

次は小話というより、むしろ随筆的な性格のものである。

此旅宿は、しな・木の浜・山田・矢嶋の海づら、鳥とり網をく舟ども、棹をよこたへ数しらず。伊吹おろし、ひらのねおろし、蓑笠なみにゆられ、浮沈する躰、殺生のにくさ、又かれらことわざ不便さ、おもへばおなじやうにや。暁夜、雁のをりわづらゐかなしむこゑぐ〳〵、水どりどもの羽をと、いづれかいづれならむ。やう〳〵におりぬやときけば、はへをく網にや、すなはちころされさわぐこゑ、あさましともいふにたえず。たゞ耳をふさぐ。枕うくばかりにぞ。

あはれなる雁のこゑかなめ（も）はるに網をきわたす波の明ぼの
波のうへたちゐまかするあし鴨の網の綱手にかゝりぬるかな

此下句等類ありや。（大永六年）

大永六年、琵琶湖の湖岸に旅宿した宗長は、暁に聞く「雁のをりわづらゐかなしむこゑぐ〳〵」や、降り立った雁が「ころされさわぐこゑ」、網にかかってもがく「水どりどもの羽をと」の哀れさに心を痛め、聞くに堪えられず耳をふさぐ。一方、「鳥とり網をく」舟の漁師たちについては、「殺生のにくさ、又かれらことわざ不便さ、おもへばおなじやうにや」と述べ、伊吹おろし、比良の嶺おろしの寒風が吹きすさぶなか、激しい波に浮沈しながら殺生を生業とせざるを得ない、その哀れな宿命を透徹した眼で描写している。「しな・木の浜・山田・矢嶋の海づら、鳥とり網をく舟ども」「伊吹おろし、ひらのねおろし、蓑笠なみにゆられ、浮沈する躰」と、点描を連鎖させた省略の多い文体は、連歌的趣向を想起させるものであり、そうした視覚的描写と、「雁のをりわづらゐかなしむこゑぐ、水どりどもの羽をと」といった聴覚的描写がバランスをもって配されており、短いながらも完結した、文学性の高い一つの世界を形成している断章である。

四　笑話の断章

『宗長日記』の笑話については、狂歌を中心としたごく短いものも含めば、十五話ほど数えられる。

・樋口油小路護国寺力重とて、久朋友あり。閑居をとぶらひ来て、十夜にあまり枕をならべしに、いかにもいぎたなき人にて、時衆の時をもわかざりしに

かぞふれば七つもむつもいつとてか時しらぬ時衆やまはふじのね　（大永三年）

・表布衣師三郎五郎といふ、綾の小路・室町とのあいだ、北のつらにあり。誂のものたび〳〵のたよりにくださず。帰りてはてまの残りあるにより、無沙汰のよし申くだしつ。則、残りのぼせつかはすとて、

あつらへのかぎりのぼせつくだされん三郎五郎てまのせきもり　（大永五年）

・ある人に、双紙綴細工をあつらへ侍る。はしをおくにとぢられて、一丁・二丁づゝに成侍り。そのはしをのりにてつけられて、めをつくさるゝをみて、

おりめをばとぢめになしてとぢめをばきりつぎ双紙手まや入そろ　（享禄三年）

最初の話は、『伊勢物語』第九段の「時しらぬ山は富士のねいつとてかかのこまだらに雪の降るらむ」の歌、次の話は『和歌色葉』（中巻）の「八雲立つ出雲の国のてまの関いかなるてまに人さはるらむ」の歌を踏まえた狂歌で、それぞれ落ちがつけられている。最初の話を挙げて島津忠夫氏は、「一つの狂歌物語を形成してそれが

集められれば、そのまま『遠近草』のやうな狂歌物語の集につながるものであり、やがて『狂歌咄』（曾呂利狂歌咄）のやうな近世的な狂歌咄へと展開してゆく」[7]と指摘されている。後の二つの話も、たとえば『浮世物語』巻三の「紙表具の狂歌の事」の、

今は昔、御出入を申す表具屋のありしが、浮世坊に申けるは、「何にても表具の物あらば、弟子共にさせて参らすべし。糊加減は某見申て、指引を致さん。代物をば取り申すまじ」と言へば、さらばとて達磨の絵を取出し遣はすとて、かくぞ詠みける。

御無心を申す薩摩のかみ表具たゞのり加減頼みこそすれ[8]

などと共通の市井の職人世界の狂歌話を描いており、近世初期の仮名草子において描かれる町人的世界の笑いの要素を、ここに溯ってうかがうことができるのである。

また、地の文に諧謔性の見られるものには、

夜に入て、園の竹に陣どる蚊ども、大なるちいさきも、多打いで、家中にみち〳〵、蚊の大将軍勢時のこゑたゞ雷のごとし。蚊火を立、いかにふすぶれども、おもてもふらずこみ入、古紙帳の城はらふかたなく、夜もすがら団扇の粉骨もかひなし。暁がたにおもへば、これもうき世中にやと観じて、

くれ竹のしげきふしみの蚊のこゑやはらふにかたきちりの世中

夏のみじかき比も、あけぬ夜のこゝちぞせし。（大永六年）

のごとき戯文がある。蚊の大群に襲撃され、攻防戦を繰り広げるさまが合戦記風の筆致で滑稽味豊かに巧みに描かれており、室町期の『精進魚類物語』や『鴉鷺合戦物語』などの異類の合戦記と同様の趣向をもつほか、古典文学のパロディとしては、後のたとえば『伊勢物語』に対する『仁勢物語』などの趣向にも通じる戯文として注目される。

おわりに

戦国時代、大名の傍らに侍して話相手をつとめる御伽衆・御咄衆は、多くは咄の巧みな老臣が務めたほか、折々の相手としては僧侶や儒者、茶の湯の者や連歌師などもその役を務めたとされる。『宗長日記』に見られる悲話・笑話は、そうした伽の小咄とも一面通じるものがあろう。また、悲話・笑話に登場する人物は多く無名の人々であるが、有名・無名を問わず悲話・笑話で語られる人物は宗長の知友や知人、あるいはその子息など、みな宗長と縁のある身近な人々であって、いずれもみずからの体験に基づいた話として綴られている。多く市井の人々を対象としたこれらの小咄は、やがて近世の笑話集や仮名草子に展開してゆく要素を胚胎している。

宗長は、俗を肯定して現実を描ききるだけの強勒な精神力を内に保持することによって、記述に実体性を与えている。その悲話や笑話は、現実諸行の呈する市井の人々の哀れや笑いの諸相をリアルに写し取ってゆくことにあり、その実録としての性格は、現実の出来事に材をとって虚構の世界を再構成する近世小説の地盤形成に深く関わっているといえよう。

注（1）本章では、いわゆる『宗長手記』上・下、および『宗長日記』を含めた岩波文庫本の汎称を用いる。

（2）注（1）同書。
（3）注（1）同書、解説。
（4）注（1）同書、解説。
（5）岩下紀之「『宗長手記』の著作意図について」（『連歌史の諸相』汲古書院、一九九七年、所収。初出は一九七八年）。
（6）島津忠夫「連歌師の文章」（『連歌の研究』第五章二、角川書店、一九七三年、所収。初出は一九七〇年）。
（7）注（6）同書同論文。
（8）『假名草子集』（日本古典文学大系）所収本文に拠る。

＊『宗長日記』本文引用のテキストは、岩波文庫『宗長日記』に拠った。

第四章　『宗長日記』と茶の湯
——下京・薪・宇治白川——

連歌と茶は、ともに座につどう寄合の文芸・芸能であるが、奈良絵本『猿の草子』に連歌会のかたわらで茶の湯が用意されているさまが描かれているように、連歌会と茶の湯・茶会とは風雅・遊興のもてなしの一つづきとして同じ折に行われることも多く、両者はそのような点からもきわめて密接な関係にあった[1]。

本章では、『宗長日記』における茶の湯に関する記事をもとに、宗長における茶の文化について探り、宗長とその文学を考えるうえでの一つの布石としたい。

一　下京茶の湯

『宗長日記』においてまず注目されるのは、大永六年（一五二六）八月の次の記事である。

下京茶湯とて、此比数寄などいひて、四畳半敷・六畳敷をの〳〵興行。宗珠さし入、門に大なる松有、杉あり。垣のうち清く、蔦落葉五葉六葉いろこきを見て、

今朝や夜の嵐をひろふはつ紅葉

此発句かならず興行などあらましせし也。

この記事は、茶湯座敷の形態や風情、茶人宗珠の活躍など、創成期の茶の湯の姿を伝える稀少な史料の一つとして、茶道史の方でもしばしば引用されるものである。

宗珠は、侘び茶の開祖村田珠光の継嗣とされ、天文期前後に盛名を馳せた茶人である。[(2)] その名を記す最初の史料は、永正七年（一五一〇）の『宗純一休三十三回忌出銭帳』[(3)]で、大徳寺真珠庵での法要に奉加し、「伍百文下京宗殊」と記されている。師で父の珠光が生前一休に参禅し深く帰依した縁であろう。このころすでに出家し、宗珠の名で茶数寄に専念していたものと思われる。相国寺の仁如集堯は、永禄七年（一五六四）八月二十五日宗珠の茶会に参会した折のことを、「永禄甲子八月廿五日曾於四条奈良屋村田三郎右衛門之菴、午松菴者茶湯数奇之宗朱之所居也、村田者宗朱姪也」[(4)]（『鏤氷集』）と記しており、宗珠が甥の奈良屋（村田三郎右衛門）の屋敷に住み、その庵を午松庵と称していたことがうかがえる。またここに奈良屋という屋号が見えるが、珠光・宗珠ともに、紹鷗や利休が堺の富商であったように、京で商人として財をなした上で数寄に専念したかと想定する見方もある。[(5)] 史料の面からその確証は得られないものの、町衆のあいだに流行・浸透した下京茶の湯が、かなりの財力を必要とするものであることは確かであった。イエズス会宣教師ジョアン・ロドリゲスが、『日本教会史』に、

> 彼らは心の内で、数寄 suky というものは、きわめて贅沢な貧弱さであり、また、きわめて貧弱な贅沢さであると考える。というのは、そこで用いられる物は、見た目にはきわめて貧弱なものであるが、価格の上ではきわめて豪華であって、二万、三万、四万テールを超える器物があるからである。[(6)]（略）家についていえば、見かけは貧弱な家のようであっても、真実はそれ自身贅沢で金をかけたものである。

と記すように、侘びた佇まいの草庵や茶道具、それらはいずれも贅を尽くした風流であったのである。

宗珠の茶人としての名声については、『二水記』に

・午時参青蓮院、万里小路・阿野少将・高倉少納言等同道、於池中嶋有御茶、種〻儀尤有興、当時数奇宗珠祗候、下京地下入道也、数奇之上手也[7]　（大永六年八月二十三日条）

・池坊花御覧之帰路、又宗珠宿所御覧也、当時数奇之上手、天下一之者也、誠以驚目了　（享禄四年三月十二日条）

とあり、「数奇之上手」「天下一之者」と絶賛されている。前の記事は、茶数寄であった尊鎮法親王が青蓮院で催した、庭内の中島での茶会に、宗珠が祗候していた折のものである。

さてここで、初めに引用した『宗長日記』の記事にもどると、宗長が宗珠の午松庵に招かれたのも、この青蓮院門跡主催の茶会と同じ時期のことである。四畳半あるいは六畳ほどの草庵風の小さな座敷。門には大きな松や杉が生え、庭には紅葉した蔦の葉が、前夜の嵐に吹き落とされて数枚散り、彩りを添えている。その数葉の色こき落ち葉が、嵐の跡も見えぬほど美しく掃き清められた露地のさまをかえってひきたたせ、また秋の一層の深まりをも表している。「今朝」の「はつ紅葉」には、清新な季節感が漂い、宗珠の新しい茶の湯の世界を象徴しているようでもある。宗長のこの一節は、きわめて簡潔な描写ながら、庵主宗珠の数寄の心をみごとに写し得ているといえよう。

こうした宗珠の茶屋のさまを、『二水記』では、

午時詣因幡堂薬師、青門・竹門密と御参詣也、御帰路之次宗珠茶屋御見物、山居之体尤有感、誠可謂市中隠、当時数奇之張本也

（享禄五年九月六日条）

と記し、「山居之体」「市中隠」と表現している。このころ、茶人にかぎらず文人たちが草庵を構えることが流行しており、たとえば宗長と交流の深かった三条西実隆が「角屋」という書院風の六畳敷の小座敷を構えていたことや、同じく宗長の朋友であった楽人の豊原統秋が自邸の庭の松の近くに「山里庵」を設えていたことなどはよく知られている。草庵茶の湯において「山居之体」「市中隠」は、まさに露地の理想であった。

ロドリゲスは、都市の茶の湯を次のように述べている。

この都市にあるこれら狭い小家では、たがいに茶 chá に招待し合い、そうすることによって、この都市がその周辺に欠いていた爽やかな隠退の場所の補いをしていた。むしろ、ある点では、彼らはこの様式が純粋な隠退よりもまさると考えていた。というのは、都市そのものの中に隠退所を見出して、楽しんでいたからであって、そのことを彼らの言葉で、市中の山居 xichû no sankio といっていた。それは街辻（プラッサ）の中に見出された隠退の閑居という意味である。(8)

宗珠の庵は、町屋の賑わう四条にあったが、下京の中心に構えられた山里風情の閑寂な草庵は、まさに市中の山居・市中の隠であり、都市空間のなかに演出された創造的な〈自然〉であった。

ところで『実隆公記』には、先の『宗長日記』の一節と同じ時期にあたる大永六年八月に、次のような記事が見える。

・周桂為宗長使来、古今集表紙出来、金襴結構也、銘事申之、（予有所思密〻申出宸筆、則被遊下、所畏申也、）建盞（灰カツキ）、宗長贈之、不慮事也、先預リ置之由報之[9]（八月二十三日条）

・宗長来、勧一盞、古今本遣之、外題勅筆事歓喜者也、天目（灰カツキ）、事謝也（八月二十六日条）

宗長は、実隆より宸筆の外題を付した古今集を贈られて大層喜び、そのお礼に「灰カツキ」の建盞を献上している。この建盞は二十六日の条では「天目」とあることから、建盞の一種とみる説もあるといういわゆる「灰被天目」のことであろう。「灰被天目」は、室町末期から桃山時代にかけて、侘び茶を代表する中国産天目の一種とされるものである。『君台観左右帳記』では「上には御用なき物」として下位にあったが、『山上宗二記』では書院茶で上位にあった曜変や油滴などよりはるかに珍重されており、侘び茶の歴史のなかで評価の高まっていった経緯が知られる。[10]茶数寄であった実隆に進上された「灰被天目」は、侘びの美意識に通じていた宗長の一面を語るものといえようか。

二　薪酬恩庵と大徳寺

『宗長日記』によると、宗長は大永二年より六年にいたるまで、薪の酬恩庵にしばしば投宿している。その間、大永三年には所用で越前に赴き、大永四年から五年にかけては今川氏親の病気見舞いなどのため駿河へ一時帰国しているが、大永二年に七十五歳で上京した折に、宗長はすでに薪酬恩庵でみずからの末期を迎えることを切望し覚悟していた。だが結局は、京の騒乱により大永七年に帰郷、その後は上京することもなく駿河で享禄五年八十五歳にして終焉を迎えるわけであるが、宗長にとって大永二年の上京の本来の目的は、酬恩庵での末期にこそあったと思われる。すなわち、大永二年歳暮に、

酬恩庵にして末期のねがひ、さりともことし歳暮にやと、心の祝にばかりに、
ねがはくはことしの暮のたきゞきるみねのゆきよりさきにきえなん

と記し、また大永四年駿河へ下向の折に同行した酬恩庵の僧らを駿府で見送って、

京よりの人々、おなじく薪酬恩庵の僧達、帰のぼられ侍る言伝に、
哀なる我ことづてや山しろの薪こるべき七十のはて
酬恩庵にして終焉の事を、申をくり侍る心なるべし。

と述べている。また大永六年再び上京の折には、

薪へまかり下とて、
我庵は都のたつみしかもすめ世をうぢにしも何かくるしむ
薪酬恩庵尊像拝したてまつり、焼香申て、
駿河より急がぬ日なく山しろの薪を老の荷をぞかろむる

と記しており、酬恩庵への帰庵を真に待ち望んでいたことが知られる。

酬恩庵は、一休宗純が大応国師の創建した妙勝寺の荒廃を嘆いて康正二年（一四五六）に再興した大徳寺派の寺であるが、その傍らに「酬恩庵」と称する草庵を造ったことに由来している。宗長は、文明九年（一四七七）前後に上京し酬恩庵の一休に参禅、以後文明十三年に一休が没するまでの短い期間ではあったが、一休との出会いは宗長の生涯に多大な影響を与えた。深く敬愛する一休が開祖し終焉を迎えた、そして自身が青年期に参禅した酬恩庵で末期を迎えたいという宗長の願いは、きわめて自然なものであったといえよう。大徳寺の真珠庵は、一休宗純の塔所として一休没後十年を経て創建されたが、真珠庵・酬恩庵はともに一休宗純を開祖とし、以後代々同一の院主によって継がれており、大永二年当時は第五世の桐岳紹鳳が両庵の院主であった。

ところでその酬恩庵での記事に、次のような条がある。

・廿九日、宗祇年忌。いづくにても、毎年一折あるは千句などの吊、人数もなし、酬恩庵茶湯次、地下殿原までの事にて興行と、院主尊意にて、門外の心伝庵にして、
あさがほや夢露花の一さかり
（大永六年七月二十九日条）

・先御中陰の儀式、薪にして一七日、其内なる粥飯ばかりの茶湯。
（大永七年前年の述懐の条）

「茶湯」については酬恩庵以外では、大永五年閏十一月十七日に宣胤追悼の折の「茶湯焼香」、大永六年十二月晦日の過去の様々な故人に対する「茶湯焼香」の二例が見える。これら宗祇の年忌や今川氏親他界による中陰の儀式の折の「茶湯」、あるいは宣胤や旧知の故人追悼の「茶湯焼香」は、無論一節で見た草庵茶湯ではなく、禅

院での奠茶奠湯の儀礼にならったもので、禅院茶礼を踏まえた所作がうかがえる。

このころ茶の湯は、大徳寺派の禅と密接に関わりつつ隆盛し、やがて茶道としての意識や精神的な深まりとともに、いわゆる茶禅一味の思想が確立されてくる。茶の作法は元来、禅院茶礼を母体とするが、茶の湯は禅院茶礼そのものとは異なり、風流や芸術的な方向をめざすようになる。しかしそれは究極的には利休におけるように、芸術性の極致で再び禅の思想に立ち返るといった流れをたどる。茶人の村田珠光も一休に参禅し帰依した一人であり、[11]その嗣子宗珠も妙心寺の大休宗休との交流が深かった。珠光や宗珠らの茶人たちが禅僧と交流する一方、大徳寺などの禅院には禅院茶礼とはまた別の文化として新生の茶の湯が入り、茶室や茶庭あるいは茶道具などが調えられていったのである。

宗長は、真珠庵創建の折に百文を寄進しているが、そのほか明応二年「宗純休一十三年忌出銭帳」には「参貫文」、永正七年「宗純休一三十三回忌出銭帳」には「七貫百五十文」の寄付が記されている。[12]応仁・文明の乱で罹災した大徳寺山門復興のためにも、たびたび私財を投じており、[13]大永五年には奉加のため秘蔵の『源氏物語』を売却する旨が『宗長日記』に記されている。また、宗長は真珠庵に、「瀬戸天目茶碗」五十碗を寄進したとされ、そのうちかなりの数が現在も同庵に残存しているという。[14]寄進の時期や高台糸底の字の筆者などについては諸説があるようだが、その伝来は大徳寺と宗長、そして茶の世界のつながりを考えるうえにおいてきわめて興味深い。

ところで、宗長は山門復興につきみずから多大な援助を惜しまなかったのであるが、また一方地方の大名に出資を依頼するため奔走したりもしている。

真珠庵旅宿へ入来有て、寺の衆議如レ此し。越前罷下、奉加の事再興すべきよし有。教景にも、此修造うちをかるゝ事くだしつればいかゞといなびつれど、猶衆議のさりがたきにより罷下、教景五万疋、其外法眷中二万疋余申調つれど、いまに京着せずとなん。真珠庵用捨、いまはげにもとこそ覚え侍れ。長阿奉加、何ならぬ物沽却。当年まで凡三万疋におよび侍り。

（大永三年四月条）

これは真珠庵主の依頼により、朝倉教景に資金援助のため越前に下向する折の記事であるが、それ以前にも宗長は宗祇に同行した文明十年の回をはじめ、永正十二年・十三年・十六年にも越前に下向しており（『宇津山記』など）、朝倉氏との関係の深かったことが知られる。[15] また『宗長日記』大永四年には教景のために『養鷹記』を建仁寺の月舟寿桂に依頼した記事も見える。大徳寺関係の用件で下向することも多かったようだが、真珠庵・酬恩庵の第三世の院主で一休の弟子であった祖心紹越が朝倉経景の子で教景とは従兄弟の関係にあたることからも、朝倉氏と大徳寺とは強く結びついていたのである。その朝倉氏の文化の特色の一つとして、茶の湯が盛んであったことが、昭和四十二年以降の一乗谷朝倉氏遺跡の発掘調査によって明らかにされている。[16] 報告書によれば、茶会用と考えられる建物のほか、茶釜、抹茶碗、煎茶碗、水指、急須、茶入など茶に関係する出土品が多数あり、また茶碗では天目茶碗が多く、それらはすべて削り出しの高台で瀬戸製のものとされる。

朝倉氏と茶の湯の関係でもう一つ注目しておきたいのは、瀟湘八景図である。瀟湘八景図は室町時代に中国から舶載された唐絵であるが、その多くは散逸し現在は牧谿・玉磵筆と伝える断簡がわずかに残存し珍蔵されている。玉磵の瀟湘八景図は、もとは巻子であったものが景ごとに分割されて伝来しており、茶掛として用いられることも多かった。『松屋名物集』の「越州朝倉」の項には、「帰帆玉磵」、「晩鐘「画」」、「月大、牧渓」[17]などと記され、朝倉氏が瀟湘八景図のうち、玉磵筆の「遠浦帰帆」、某筆の「煙寺晩鐘」、牧谿筆の「洞庭秋月」などを所持していたことが知られる。一方『山上宗二記』[18]によれば、「玉磵八幅墨絵也、紙ニ書候」「遠浦帆帰　北条殿在　其古ハ連歌師宗長所持、其後今川義元所持」とあり、宗長も同じく玉磵筆の「遠浦帰帆」を所持していたことが知られる。[19]

さて宗長が尽力した大徳寺山門の再建は、大永三年に着工、『宗長日記』大永六年五月二十八日の記事には、

むらさき野竜宝山大徳寺山門、去年正月廿六日立柱、拝見。

とあり、宗長は再度上京した折、真っ先に寺に赴き造営の様子を参観している。この時に修築された山門が現在のような重層ではなくなお単層のままであったことは、昭和四十二年より四十六年にかけて行われた解体修理の調査報告によりほぼ明らかにされている。[20]山門は、それから半世紀あまりを経た天正十七年（一五八九）、侘び茶の大成者千利休の寄進によりようやく複層の楼門として完成されることになるのである。

三　宇治白川

宗長の薪酬恩庵への投宿については前節で述べたが、その前後に宗長が必ず訪れる地に宇治白川がある。宇治は、王朝時代藤原氏を中心とする貴族たちの別業が営まれ、また交通の要衝にあたり、景勝の地でもあったことから、平安京に対する政治・文化のもう一つの拠点として発展した。王朝時代は『源氏物語』宇治十帖の舞台として、また平安末期から鎌倉にかけては、『宇治大納言物語』『宇治拾遺物語』の説話集に関わる地として、あるいは『平家物語』など軍記物語の合戦の舞台としてよく知られている。さらに芸能の方では「宇治白川座」による白川田楽が活況を呈し、それはやがて宇治猿楽へと発展してゆくことになる。

さて宇治別業は道長の没後しばらく経て、頼通により寺院に改められ平等院と名付けられるが、頼通の女四条皇太后寛子は宇治川の西岸、平等院の南方にあたる白川の里に金色院を建立したと伝えられる。金色院は長禄四

年（一四六〇）に焼失し、寺史を知りえる史料としては、寛正四年（一四六三）復興の折に作成された「白川別所金色院勧進状」があるのみである。金色院はここで「白川別所」と称されているが、別所は聖の集団生活の場でもあったことから、この頃白川の地には金色院を中心に塔頭が建ちならび、僧侶たちが在住寄住していたであろうことが想定される。

宗長が宇治白川に赴く折、必ず往訪し時に止宿するのがこの白川別所であった。

・三月、薪より出京のついでに、宇治白川の別所辻坊にして、

はるやはなつねをわすれぬはつざくら

さはらびの巻のよせにや。むかひの寺などこの巻に有。（大永三年三月条）

・其夜は、白川別所辻坊一宿。暁水鶏のうちたゝくを、

たにふかみくゐなのめぐるとやま哉

俳諧にぞ侍る。当国守護所東雲軒。薪の送りなどいひ付らるゝ間に酒有。一折の望ありしかど急により発句、

時鳥月やあり明の朝日山

残多ぞ侍りし。（大永四年四月条）

宇治は薪から比較的近く、薪と京都とを往還する折の通過点に位置するが、八幡を経由する西のルートについての記事が少ないことを考えると、宇治の経由はたんに地理的な理由にのみ拠るものではなかったといえよう。

大永三年正月の条には「宇治白河別所辻坊より、年始の音信とて、柳一荷、梅つけ桶二、青梅つけ桶などにそへ

て」とあり、辻坊より年始の挨拶の品々とともに歌が贈られ、宗長が扇を添えて返歌していることや、先にあげた同年三月の発句に「つねをわすれぬ」とあり、本歌とした『源氏物語』宇治十帖早蕨の巻の「君にとてあまたの春をつみしかば常も忘れぬ初わらびなり」の歌の心を思うと、宗長は白川別所辻坊の僧侶たちとかなり懇意な間柄であったことが知られる。

また大永六年八月の条には、

十一日に出京。宇治白川別所辻坊一宿。十二日、東雲軒。兼日よりあらまし連歌。

霧の朝け河音くらき晴まかな

宇治橋の遠かたの朝夕眺望なるべし。其夜半まで、酒あり、風呂あり。十三日のあさ、あかし過て、伏見よりむかへの舟、はしにさしよせ、又舟あり。東雲軒送りにとて、種々とりつませ、茶の湯などの用意、とり〴〵おもしろくぞありし。槇の嶋の水のよどみにさしよせ、終日河逍遙。

とあり、宇治川に終日舟を浮かべ、舟中で茶の湯を楽しむ風流のさまが描かれている。東雲軒は宇治橋の右岸付近に住む山城国守護代であり、宗長との交流は深かった。十二日は夜半まで「酒あり、風呂あり」とあるが、この風呂はあるいは淋汗茶湯であったかもしれない。淋汗茶湯は室町中期より盛んになり、茶会に招いた客に風呂や酒宴を提供してもてなすのが一つの趣向になっていた。淋汗茶湯はともあれ、十三日の記事に見られるような遊興の茶の湯が、専門の茶人ではない人々の間で楽しまれていたことは興味深い。

ところで宇治はまた茶の産地としても有名である。南北朝期の成立とされる『異制庭訓往来』には「我朝茶之窟宅者、以栂尾為本也」「我朝名山者以栂尾為第一也」[21]とあり、栂尾茶が良質の「本茶」とされたが、南北朝末期永徳三年（一三八三）成立の二条良基の連歌論書『十問最秘抄』には「たとへば本の茶のごとし。花香は己が持ちたれども、調じ様によりて晴れには出づなり。いかに栂尾・宇治茶などにてありとも、仕立わろくては、己が花香もいたづら事也」[22]とあって宇治茶が栂尾茶に並ぶものとして併記されている。一条兼良の著と伝える室町中期の『尺素往来』には「宇治者当代近来之御賞翫、栂尾者此間雖衰微之体候」[23]とあり、宇治茶が栂尾茶を凌ぎ最高の名茶として賞翫されたことが知られる。

品質・生産量ともに第一となる宇治茶を製するには、技術力とともに権勢や資財の力も不可欠であり、中世後期の一流の茶業家というのはそれらを兼備した宇治の土豪たちであった。そうした茶師には主に四つの系統があるとされ、宇治離宮八幡宮の神官、栗隈山神明社の祠官、平等院の侯人たちとともに、金色院の白川別所十六坊の僧侶たちも茶師として茶づくりに携わっていたという[24]。

白川別所十六坊のうち、茶との関連が記録に見えるのは、辻坊・尾崎坊・蔵坊・東坊などで、中世の末には寺院を離れ宇治の他所へ移り住んで製茶を正業とする坊も現れるようになる。さらに近世に入ると尾崎坊家は尾崎坊有庵が、辻坊家は辻善徳が、宇治茶師として最も上格の御物御茶師を務めることになった。

『宗長日記』には辻坊の茶業について触れた記事は特に見えないが、薪酬恩庵から白川別所を経て出京する折、宗長が実隆のもとへ宇治茶を進上していることが『実隆公記』によって知られる。

・宗長来、（略）宗長宇治茶二器恵之　（大永三年閏三月七日条）
・宗長来、（略）宇治□上二袋・ソ、リ五袋持来　（大永六年八月十六日条）

茶を進物として贈答する例は古くからあるが、前節で触れた「灰被天目」や「瀬戸天目」などとあわせ、宗長と茶の文化や、茶の文化を通しての人々との交流を考えるうえで注目される。

『宗長日記』には右に掲げた記事のほか、「比叡辻の法泉寺栄能の聴月軒、（略）此軒の作様、心をつくされ、茶の湯等まで、数寄さへ又たぐひもなし」（大永六年冬の条）とある聴月軒での茶の湯のことや、たびたび宗長を招聘し連歌会を催している尾州織田氏家臣坂井村盛より茶筅を、また連歌師宗梅法師より茶を贈られたことなどが記されている。また、『紹巴富士見道記』には、今川氏親の孫氏真が宗長の松木盆を所持していたことが見える。

室町中期から後期において茶の世界では、洗練された茶の湯とともに、一服一銭に象徴されるような庶民的な茶もまた盛んになっていった。本章の一節から三節で見てきた茶の文化は、主として前者に相当するものであった。一方、本日記には、大永三年歳暮の俳諧の「神の代よりのすぎのずんぎり／千早振三輪山もとのちや屋坊主」のような句もあり、[25]これは前句の筒切りの意の「ずんぎり」を、頭の平らな茶器の「頭切」に取りなして付けたものであるが、武家に仕えて茶事一般を掌った「茶屋坊主」の語が見える点で興味深い。また大永五年宇津山柴屋軒での徒然なる日々を綴った戯歌では「つれ〴〵は　御茶をだにと　いふばかり」と日常の茶の接待のさまが歌われているほか、同四年六月には「十六日、府中。境ふし夕立して宇津の山に雨やどり。此茶屋むかしよりの名物十だんごといふ、一杓子に十づゝ、かならずめらうなどにすくはせ興じて、夜に入て着府」とあり、街道の名物茶屋のさまが描かれている。この茶屋はさらに昔からあったようだが、『東海道名所記』『東海道五十三次』などにも見え、茶店として近世ますます繁盛したことが知られる。

『宗長日記』にはこのように、茶の文化という一つの切口においても、晴の茶と褻の茶、雅の茶と俗の茶といった対照的なものが双方ともに描かれているのを知るのであるが、それはこの作品において、和歌と狂歌、連歌と俳諧、雅文と戯文とが共在していることとも関連していよう。そうした共在こそが、宗長の文学の一つの特性であり、精神の表れでもあったと考えられるのである。

注

(1) 連歌と茶の世界の関連について論じたものに、島津忠夫「連歌会と茶寄合」(『茶道聚錦』2、小学館、一九八四年)がある。

(2) 宗珠については、芳賀幸四郎「宗珠の片影」(『わび茶の研究』、淡交社、一九七八年)、永島福太郎「宗珠と珠光茶秘書」(『茶道文化論集』下巻、淡交社、一九八二年)、田中博美「市中の隠宗珠」(『淡交』一九八五年三月)などに詳しい。

(3) 「大徳寺文書別集　真珠庵文書之二」(『大日本古文書』家わけ第十七)。

(4) 『鏤氷集』地、一一六丁ウ(東京大学史料編纂所謄写本)。なお、文中の「姪」の字義には、甥の意があり、この場合は甥に相当する。

(5) 永島福太郎、注(2)同論文参照。

(6) ジョアン・ロドリゲス『日本教会史』上・第三三章(『大航海時代叢書』Ⅸ所収、浜口乃二雄訳、岩波書店、一九六七年)。

(7) 『二水記』(大日本古記録)に拠る。以下同。

(8) 注(6)同書同章。

(9) 『実隆公記』(続群書類従完成会)に拠る。以下同。

(10) 『角川茶道大事典』(林屋辰三郎他編、角川書店、一九九〇年)「灰被天目」の項、赤沼多佳「『山上宗二記』にみる道具評価とその特質」(『山上宗二記研究　二』、三徳庵、一九九四年)など参照。

(11) 珠光が一休より禅の印可証明として、圜悟克勤の墨蹟を与えられたことはよく知られている。またこれを茶掛にしたという話も伝来するが、真偽のほどは明らかでない。

(12) 注(3)同書。

(13) 真珠庵蔵の「三門宗長奉加分請取状」(『重要文化財　大徳寺山門(三門)修理工事報告書』所収文献史料、一九七一年、参照)によれば、宗長は大永三年から六年の間に十一回にわたり造営料を寄進しており、その総額は「百九十八貫五百文、金五拾両三朱」に至っている。

(14) 宗長寄進の「瀬戸天目茶碗」については、『秘宝』第十一巻「大徳寺」(講談社、一九六八年)所収の図版解説(林屋晴三)、『茶道聚錦』2（注（1）同書）所収の図版解説（村井康彦）、『大徳寺茶道名宝集成』（講談社、一九八五年）所収の図版解説（丸岡宗男）など参照。林屋氏は真珠庵の記録により寄進の時期を大永二年とし、高台糸底にある「真」の字の墨書の筆者は済岳紹派と伝える旨紹介されている。村井氏は寄進を大永三年大徳寺山門建造の際とし、糸底の字の筆者を没倫紹等とされるが、紹等の没年を明応年間とする説に従えば、やや疑問が残る。丸岡氏は、「真」の字の墨書のあるものは、宗長寄進のものとは別品として扱われており、寄進の時期は真珠庵創建時（延徳二年）とされている。

(15) 朝倉氏と宗長との関係については、鶴崎裕雄「宗長と越前朝倉氏――戦国文化に関する一考察――」（『ておりあ』一九六九年一一月）、米原正義「越前朝倉氏の文芸」（『戦国武士と文芸の研究』第二章、桜楓社、一九七六年）などに詳しい。後者には、朝倉氏と茶湯に関する考察もある。

(16) 『一乗谷朝倉氏遺跡Ⅰ　昭和四十三年度発掘調査整備事業概報』（一九六九年）、『一乗谷朝倉氏遺跡Ⅱ　昭和四十四・四十五年度発掘調査整備事業概報』（一九七一年）参照。

(17) 『茶道古典全集』第十二巻所収本文に拠る。

(18) 『山上宗二記』（岩波文庫）に拠る。

(19) 瀟湘八景図については、鈴木敬「瀟湘八景図と牧谿・玉澗」（『古美術』一九六三年六月）、鈴木廣之「瀟湘八景の受容と再生産――十五世紀を中心とした絵画の場――」（『美術研究』一九九三年一二月）、瀟湘八景図と宗長との関連については、鶴崎裕雄「連歌師の絵ごころ――連歌と水墨山水画、特に瀟湘八景図について――」（『芸能史研究』一九七三年一〇月）、および米原正義注（15）同書第二章などの論がある。

(20) 注（13）同報告書、参照。

(21) 『群書類従』第九輯。

(22) 日本古典文学大系『連歌論集　俳論集』所収本文に拠る。

(23) 注（21）同書。

(24) 熊倉功夫・上林種太郎「茶業の発展と茶師」（『宇治市史』2第四章第三節、一九七四年）参照。白川別所十六坊と茶師との関連については、以上のほか若原英弌・吉村亨「茶師仲ヶ間と茶壷道中」（『宇治市史』3第一章第五節、一九七六年）に負う所が大きい。

(25) 潁原本『誹諧連歌抄』では、宗長の句と記す。『潁原退蔵著作集』第二巻（中央公論社、一九七九年）参照。

＊『宗長日記』の本文は、岩波文庫『宗長日記』に拠った。また本章での「宗長日記」の名称は、『宗長手記』『宗長日記』を含めた総称として用いた。

第五章　宗長と数寄
――〈竹〉のある景をめぐって――

はじめに

戦国の動乱の世を生きた連歌師宗長は、日々旅にして旅を栖としたが、永正はじめのころ郷国駿河の宇津の山の麓に柴屋軒と称する草庵をむすび、旅の合間の閑日や晩年の余生を過ごす宿りとした。その旅と草庵の生活は、『宇津山記』『宗長手記』『宗長日記』などの日記・紀行に綴られている。

中世には、西行の『山家集』、頓阿の『草庵集』、鴨長明の『方丈記』など、出家・遁世した作者の草庵生活を投影した作品名が散見されるが、平安末期以降の遁世の流行と草庵への憧憬が[1]、中世における草庵文学を形成する大きな要因となったのである。宗長の日記・紀行もまた、そうした草庵文学の系譜に連なるものであるが、本章では宗長の草庵生活における数寄の精神について、〈竹〉の景という視点から考察することにしたい。

一　宗長の草庵

宗長の草庵、柴屋軒の環境は、『宇津山記』の冒頭部にもっともよく表わされている。

駿河国宇津の山は、斎藤加賀守安元しる所、山より十七・八町川につきてくだる。さながら鈴鹿の関こえし心地ぞする。丸子といふ里、家五・六十軒、京鎌倉の旅宿なるべし。市あり。北にやゝいりて泉谷といふ。安元先祖よりの宿所、奥ふかき禅室観勝院。滝あり。門前にながれ、たゝめるいはほなめらかにして、松・杉さし入より心すむべくみゆ。左の岨に観音の霊像、行基菩薩の御作とかいひつたへぬ。此上にも滝の音して堂の前にみなぎりおつ。大なる嶽よこたはりて、谷のふところひろく、鳥の声幽に、猿梢にさけぶ。暁閑居の寝覚絶がたし。予、はやうはたちばかりの程より爰に心をしめしにや。（略）永正はじめのころ、此山家すまゝほしくて安元にかたらふ。（いとや）[2]すき事などありし。其春三月始に安元興行に、

山桜思ふ色そふ霞かな

山家のねがひかつ心行やうにおぼえて、みねの霞、山のたゝずまゐもいともよほされ侍心なるべし。卯月ばかりに所を見たてゝかたのやうに草庵をむすびし也。上に喜見庵といふ。此所ひさしき庵なるべし。その夏の五月に、

いく若葉はやしはじめの園の竹

竹をうへかきこもることぶき、杣かたのはやしはじめのよせもありや。[3]

結庵の地、泉谷は、京鎌倉を結ぶ東海道の宿駅丸子の北、宇津の山の麓に位置する。松や杉の木立の奥には禅室観勝院があり、門前には滝水が流れ、左方の切り立った崖には御堂があり、懸崖の滝が堂の前に激しく漲り落ち、暁がたには、鳥や猿の声が山間谷間にひびく、と描かれるように、草庵はまさに深山幽谷の絶景の地にあった。宗長は早く二十歳の頃よりこの地に心を染めていたが、永正のはじめ、齢六十の頃にしてようやく山居の願

いをかなえたのである。泉谷の清浄で閑寂な地は、隠栖の閑居にきわめて理想的な場所であったが、その景観の描写は漢詩文や宋・元画の山水水墨画の風趣を思わせる。表現の面でも、たとえば「谷のふところひろく、鳥の声幽に、猿梢にさけぶ」の箇所は、大江朝綱の「送僧帰山」と題する詩「谷静纔聞山鳥語　梯危斜踏峡猿声」(『和漢朗詠集』巻下「猿」所収)の詩句との類似が認められる。また、かねてから心に留めていた景勝地に結庵した点に関しては、白居易の「與微之書」の「僕去年秋、始遊廬山、到東西二林間・香爐峰下、見雲木泉石、勝絶第一、愛不能捨、因置草堂」(『白氏文集』巻二十八所収)に記す経緯と通う所がある。漢詩文や山水水墨画の景観の風趣が、隠者の理想郷の一つの典型となっていたといえよう。

いく若葉はやしはじめの園の竹

永正はじめの夏、宗長は新しい草庵の庭にまず竹を植栽したのであった。

二　草庵生活と〈竹〉

柴屋軒の草庵の構えや庭の作りに、〈竹〉はどのように見えているのであろうか。

『宇津山記』には、永正十三年歳暮の記事に「竹の戸ぼそ柴の垣ゆひなをさせ」とあるほか、『宗長手記』大永五年六月には、

みな月の　あつさをあらふ　けふの雨　庭の池水　はちす葉の　露はしら玉　かずくの　うつしうへをく
木も草も　まがきの竹も　わかえつゝ　(略)　こゝにしめをく　我いほは　するがのこうの　かたはらに　竹

あみかくる　まどごしの　不尽のけぶりは　蚊やり火の（略）[4]

同年十二月に、

かの山居、萱垣といふもの、あるは蔣箔・竹のすがき、かきあらためなどして、ふとすまい侍りしに（略）

とあり、また大永六年二月には、

同二月九日、こゝをたちて、宇津の山泉谷、年比しめをき行かよふ柴屋、石をたて、水をまかせ、梅をうへなど、普請のつゐで、かたはらに又杉あり、松あり、竹の中に石をたゝみ、垣にして、松の木三尺ばかり、一方けづりて、

柴屋のこけのしき道つくるなりけふをわが世の吉日にして

とあるほか、大永五年暮の「雪十首」の中にも

山ざとの三の友とや今朝のゆきかきねのしとゞまどのくれ竹
もろともに心ぼそくもきゆるなりかけひの竹の雪の暁

と詠まれており、竹の透垣や籬、竹の戸や竹編みの窓、竹の筧など、草庵やその周辺の用材に竹が多用されてい

ることに留意される。永正はじめに植えた竹もみごとに茂り、松や杉とともに庭園に数寄の風情を添えている。宗長が、草庵生活において〈竹〉を賞翫していたことは、草庵文学の系譜の上からもきわめて興味深く思われる。

三　草庵文学と〈竹〉

中世の草庵文学としてまず想起されるものに『方丈記』があるが、鴨長明が晩年六十の頃に日野にかまえた方丈の庵もまた竹を尽くしたものであった。

いま、日野山の奥に跡をかくしてのち、東に三尺余の庇をさして、柴折りくぶるよすがとす。南、竹の簀子を敷き、その西に閼伽棚をつくり、北によせて障子をへだてて阿弥陀の絵像を安置し、そばに普賢をかき、まへに法花経をおけり。東のきはに蕨のほどろを敷きて、夜の床とす。西南に竹の吊棚を構へて、黒き皮籠三合をおけり。(略)その所のさまをいはば、南に懸樋あり。岩を立てて、水を溜めたり。(5)

長明は、出家後たびたび草庵を住み替えているが、晩年の方丈の庵は長明にとって理想の住まいであり、「竹の簀子」や「竹の吊棚」「懸樋」などは長明の数寄の趣向を示すものと考えられよう。

宗長は大永六年醍醐に赴いた折、長明のこの方丈の庵の跡に立ち寄り、

日野七仏薬師門前より、杖にて、まことにさびしくあはれに、あらしにまよふ落葉、仏前のふかき戸帳に吹まよひ、車のわれこゝかしこにちりかかひ、むかしおぼゆる心地して、鴨長明閑居の旧跡、彼重衡卿笠やどりの跡、涙こぼれ侍し。

と、懐旧の念に感涙したさまを『宗長手記』に記している。

長明と宗長はまた、ともに数寄の隠者の先人である西行を崇敬し、伊勢にその草庵の跡をそれぞれ訪ねている。長明のその折の紀行が『伊勢記』で、原文は現存せず逸文が集成され残されているが、旧跡そのものの記述は見えない。一方、『宗長手記』大永二年の記事には、西行谷にあったとされる草庵の旧跡のさまがかなり詳細に記されている。

内宮の建国寺にまかりて、西行谷とて、彼上人の旧跡、各誘引ありて、五十鈴・みもすそのすゑをわたり、山田のあぜの細道、萩・薄の霜がれをわけ、さし入より、まことに心ぼそげなり。山水をかけひにて、その世ながらの松の柱、竹あめる牆の、くち坊に尼十余人計、紙の衾・麻のつゞり、しきびのかほり、むかしをもみるやうにおぼへて、ふとこゝろにうかぶことを

きゝしよりみるはあはれに世をいとふむかしおぼゆるすまひかなしも

西行の草庵の旧跡には十余人ほどの尼たちの住む朽ちた坊舎があり、その造りは「松の柱、竹あめる牆」と記されている。『源氏物語』須磨の巻で、光源氏が退去・隠棲した須磨の住まいも「すまひたまへるさま、いはむ方なく唐めきたり。所のさま、絵に書きたらむやうなるに、竹編める垣しわたして、石の階、松の柱、おろそかなるものから、珍らかにをかし」と描かれるが、これらはいずれも『白氏文集』巻十六の「香爐峯下、新卜山居、草堂初成。偶題東壁」と題する詩の「五架三間新草堂　石階桂柱竹編墻」[6]の詩句を典拠としている。須磨の巻で源氏の住まいのさまが「唐めきたり」と記されるように、白居易の草堂を模した唐風の造りが、隠者の草庵のイ

メージの一つの典型であったことが知られるのである。

ところで、『方丈記』に大きな影響を与えた作品として従来注目されてきたのは、平安中期の漢学者慶滋保胤の著した『池亭記』であった。本書は、荒廃する東西両京を避け、郊外の地に庭園を作り小堂や書庫をかまえて閑雅自適の晩年を送るさまを著した書であるが、その中に「夏有北戸之竹、清風颯然」とあり、庭園に竹を植栽していたことがうかがえる。この保胤の『池亭記』は、白居易の「池上篇并序」（『白楽天詩後集』巻十八）や「草堂記」（『白氏文集』巻二十六）から多くの影響を受けており、たとえば『池亭記』の「凡屋舎十之四、池水九之三、菜園八之二、芹田七之一」は「池上篇并序」の「屋室三之一、水五之一、竹九之一」を模したものである。しかし、白居易の「池上篇并序」で九分の一を占める「竹」は、『池亭記』では「菜園」や「芹田」に置きかえられている。白居易は、同詩でさらに「十畝之宅、五畝之園、有水一池、有竹千竿」とも記しており、また「草堂記」にも「傍睨竹樹雲石（中略）環池多山竹野卉」とある。『白氏文集』には、「新栽竹」（巻九）「竹窓」（巻十一）「宿竹閣」（巻二十）など、竹を詠んだ詩が多く散見する。「池上竹下作」（巻五十三）では、「竹解心虚即我師」とも記しており、白居易がことのほか竹を賞翫していたことは明らかであるといえよう。保胤の『池亭記』よりはるかに徹底して「草堂記」を模したのが、平安後期から鎌倉初期にかけて活躍した歌人源通親の『擬香山模草堂記』[7]であり、書中にも「試披草堂記、忽模竹墻様」「草堂模跡竹三間」とあるなど、文体・内容とともに白居易の竹への嗜好をも忠実に継承していることが知られる。『方丈記』成立の二十八年前に長明と同年代の通親によって書かれた本書は、『方丈記』への影響においても、また方丈の竹の住まいとの連関の上でも注目される一書である。

四　中世と〈竹〉の草庵

竹は、『万葉集』の「烏梅乃波奈　知良麻久怨之美　和我曾乃々　多気乃波也之尓　于具比須奈久母」（巻五・

八二八・小監阿氏奥島）などをはじめ、古今集以後の歌にも継続して詠まれており、その数は多くはないものの歌材として稀有なものではなかった。また庭園などに植栽された竹のほか用材としての竹も、同じく『万葉集』に「璞之　寸戸我竹垣　編目従毛　妹志所見者　吾恋目八方」（巻十一・二五三五・読人不知）と見えるように、中国をはじめ東南アジアに広く自生することから、日本でも生活に関わる用材として古くから親しく利用されてきたのである。

しかし、中世において竹の草庵は一種の流行となる。禅僧で作庭をも手がけた夢窓疎石による臨川寺方丈西軒における竹の植栽、[8]五山の禅僧希世霊彦が東山の岩栖院に営んだ「竹間亭」、[9]足利義政が東山殿内に造営した「寒玉亭」「漱蘚亭」の竹亭、[10]武家歌人東益之が永享年間に構えた「一撃亭」の竹亭などのほか、[11]『法然上人絵伝』に見られる庵室の竹の簀子や筧、竹垣や竹門、[12]『慕帰絵詞』における本願寺三世覚如が大原に構えた簀子・柱・閑伽棚・垣根など竹づくしの「竹杖庵」、[13]あるいは『宗長日記』享禄三年の記事に見える「此山岸の客寮は、西も東も北南、八竹九竹の中にして、竹園とつけて」とある、四面竹で囲った「竹園」と称する庵など、中世における竹の草庵は時代の趣向や風趣を明確に示すものといえよう。

鎌倉時代、日宋貿易による中国との交流の盛んななかで禅宗が移入され、また禅宗文化と関連の深い漢詩文や水墨画、庭園芸術なども導入され、大陸的色彩の濃い文化が形成されていった。その後南北朝をへて室町時代にかけての日元・日明貿易を通し、大陸文化の摂取と本国における展開はさらに隆盛となり、北山文化・東山文化を現出させることになる。五山文学の僧をはじめ禅宗文化の影響を強く受けた文人や数寄人が、そうした文化的環境を背景に、新たな趣向で竹の草庵を盛んに造営したことは興味深い。〈竹〉は、当時憧憬され流行した大陸文化のイメージを通して、再び新しく捉え直され取り込まれたのである。

〈竹〉は竹林七賢の故事の例などからも、世俗を離れ隠逸閑居する人の安住する環境を象徴するものであった。

白居易の「新栽竹」(『白氏文集』巻九)にも、「種竹百餘茎　見此渓上色　憶得山中情」とあり、竹を植えた庭は「山中情」を覚えるという。中世における隠者への憧憬と禅宗文化への憧憬、それらが相俟って東山文化に象徴される閑寂枯淡な趣向や風趣が流行するなかで、一種の草庵文化とでも称すべき隠者流の様式(スタイル)が建築・調度品・日々の生活などにおいて展開されたのである。それは茶の湯の世界においては、草庵茶の湯の茶室形成を促すことになり、茶室はまさに「市中の山居」と称される山里風情の様式が典型となった。茶の世界において、「竹」は建材とともに茶道具や花器の用材としても重用された。侘の茶をきわめた千利休は、竹の茶筅・茶杓はもとより、竹の蓋置や花入なども製作したが、竹の蓋置は利休がはじめて茶席に用い京衆を驚かせたという。また竹筒や竹籠の花入は、晩年ことに多く用いたとされ、最晩年の制作とされる「園城寺」「よなが」「尺八」の銘の花入もいずれも竹筒である。[14] 晩年の千利休が、侘数寄の探求のはてに竹に傾倒していったことは興味深いことといえよう。

五　〈竹〉と尺八

宗長は晩年の草庵生活の閑居の慰めに、一節切の竹の尺八を愛好した。『宇津山記』の永正十四年暮の記事に、

老人と名付て吹いづる事はなけれど、うそ笛にはしかじの尺八、硯のあたりをさけず。老人といふ二字は、行成の筆の朗詠の題のなかをなむりやうにすきうつし、をしてのあなのしたにえりいれて侍し。此一管は、山名の霜台たづさへ給ひけん。二管頓阿作、応仁のみだれに津国池田の陣にして池田民部丞申給し。民部後息三郎五郎所持す。あるとき酒の中にたはぶれに懇望せし也。酔さめて後悔せしとや。おとゞしの春、匠作にまいらせをきてまかりのぼりぬ。執心は吹もきらず。老人といふ名は暁をかたらふ友、又一は、ふけば人いとふなるべし。いづれにてもありなん。

とあって、「老人」と名付けた尺八を二管所持していたことが知られる。いずれも他から譲り受けたものであるが、一管は行成筆の『和漢朗詠集』巻下の「老人」の題字を銘として銀文字で彫り入れたもの、他の一管は頓阿作の名管で今川氏親（匠作）のもとにしばらく預け置いたようである。頓阿については、応仁二年に著された心敬の連歌論書『ひとりごと』に、「尺八などとて万人吹き侍る中にも、近き世に増阿とて、奇特の者侍て吹き出したる音ども、今に一天下此風流を受け侍り。無双の上手最一となり。此十年前に身まかり侍り。是も二十年ばかりに失せて侍り。彼が門弟に頓阿とて、増阿が跡をつぎ、世一のものなりし。此十年前に身まかり侍り」とあるほか、同じく『ささめごと』にも「此の比、世一の尺八吹く頓阿といふ者」とあり、また『兼載雑談』に「心敬語云、増阿が子に頓阿といふ者、尺八親より上手にて名人なり」とあって、増阿の弟子で十五世紀中葉に活躍した尺八の名人であったことが知られる。

また、『宗長手記』大永四年六月の記事には

神部右京進盛長、物語の次に、此尺八聞阿みにやとて、みせられし。うつくしきよし申つれば、さらばたぶべきよし、いなびにをよばず。文してよろこび侍るとて、

暁のともをぞえたるいそのかみふりにし老の甲斐はなけれど

とあり、宗長は関盛長より聞阿切の尺八を譲渡されている。聞阿については、宗長と親交の深かった豊原統秋の雅楽書『體源鈔』に、「田楽増阿ト云シモノハ量秋弟子ナリ。（略）其後又頓阿弥吹之。実ニハ聞阿ト云シ者調子ニキトクナル者ナリ」とあるほか、『禅鳳雑談』にも「聞阿弥尺八事」として、「頓阿弥は生つきたる太息にて、

太尺八を吹き候。我は息が足り候はぬ程に、細きにて吹き候。心は胴に巌石を持ち候やうに強く候て、息を柔かに吹き候」と聞阿の芸談が見え、頓阿の跡を継ぐ尺八の名人として名声が高かった。『體源鈔』には、「黄鐘調切図」の下に「是者増阿図ノ後、頓阿弥少穴ノ内ヲトル。又聞阿近代少直之。當時天下一同ニ用之歟。仍図之」とあり、増阿をはじめ頓阿・聞阿はみな尺八の製作の名人でもあった。

宗長が頓阿作・聞阿作の二管の名管を手に入れたのも、一節切に対する愛着の深さからであろうが、『宗長手記』『宗長日記』には他にも尺八にまつわる話が散見される。宗長と交流の深かった紹崇という尺八の名手が入水した話、一色新九郎の扇と宗長所持の尺八を交換した話、三井寺勝蔵坊の僧や京都の医師堅等らと終夜尺八を楽しんだ話などのほか、三井寺の北院東円坊の老僧のことは、ことに多く記されている。

此寺の老僧、八十の杖ちかづく東円坊、尺八。（大永四年四月）

寺の東円坊、八十の老宿、連歌の内、夜ふくる物語のついでに、尺八おもしろくもあわれにも身にしみてぞ侍し。（大永六年四月）

東円坊の僧は、尺八吹きの名手であったが、その製作にも優れていたようで、竹を切って調音した自製の尺八一管を宗長に贈っている。

三井寺東円坊、八十まで尺八の名をえたるとや。尺八をきりしらべらるゝ、事上手にもや。きりておくらる。歌有。

すさめをけ五のしらべすむ竹の齢八十の身になすを見て
ま事に八十作、不思議の事にぞ。返し、
きみがなす五のしらべすむ竹の千代には八十をとりそへてける　（大永六年十月）

宗長は、楽器としての尺八を賞美するとともに、その用材としての竹の美しさにもいたく感動したようで、東円坊への返歌のほかに、

祝着をかさねて、殊此竹なり。うつくしく手にふれがたければ、
竹の世のうつくしさ手にふれがたみきみがしらべをきかぬかぎりは

と、みずから和歌を詠み添えている。

尺八[15]は、奈良時代に雅楽の楽器として唐より伝来し、十世紀中頃までは雅楽で常用されていた。しかし、その古代尺八は次第に消滅し、その後は六孔・三節の古代尺八に代わって五孔・一節の一節切尺八が伝わり、十六、七世紀に盛行するようになったという。一節切の起源・伝来については、室町時代中期にロアン（朗庵・盧安）なる外国人僧侶によって日本に伝えられたとする諸説があるが、史実は不明のようである。またロアンは一休禅師と交流があり、一節切を吹いて各地を托鉢巡行したとも伝え[16]、その真偽は明らかでないが、一休禅師が尺八を愛好したことは『狂雲詩集』の「題頓阿弥吹尺八像」と題する詩や「月夜長睡　聴睦室尺八有感」と題する詩、『狂雲集』『狂雲詩集』所収の「尺八」と題する頌偈・詩などから明らかであろう。一節切尺八は、大陸文化への憧憬の強い風潮のなかで、中国から伝来した古代尺八に代わる新たな外来楽器として受容されていったので

あろうか。尺八や小歌の愛好から『閑吟集』の編者を宗長に擬する説もあるがその是非はともかく、真名序・仮名序からうかがえる編者像が五山詩文の教養のある尺八を嗜む「桑門」の人であることは興味深い。禅宗系の行脚僧である薦僧や、後世の禅宗の一派普化宗の虚無僧、あるいは狂言「楽阿弥」の尺八を吹き死にした遁世者の例や、先に見た『宗長手記』『宗長日記』における尺八吹きの紹崇・三井寺勝蔵坊の僧・東円坊の老僧など、尺八と遁世者との連関に留意される。

　宗長が若くして一休禅師に参禅し、終生変わらず深い敬愛の念を抱き続けたことは、一休が開祖し終焉を迎えた酬恩庵での末期の願いや、大徳寺の山門復興に資金面をはじめ尽力を惜しまなかったことなど、『宗長手記』『宗長日記』の随所に記された記事から明らかである。宗長の尺八への関心が何に由来するかは定かでないが、一休禅師の影響が関わっていた可能性も想定されよう。宗長の〈竹〉に対する愛好は先に見た通りであるが、一休禅師の〈竹〉への執心もまた強いものがあった。『狂雲集』の「松窓斎名」と題する頌偈「茅蘆竹閣興難窮　臨済栽来功不空　枕上自慚有閑夢　夜来驚起屋頭風」における茅蘆竹閣の賞賛や、「看々我養鳳凰心　燕雀鳩鴉山野禽　臨済栽松一休竹　三門境致後人吟」（奥村重兵衛氏蔵本）における臨済が植えた松に対し自身の竹の賞揚、『狂雲詩集』の「畫竹」と題する詩「瀟洒一叢脩竹林　聚頭世外七賢心　杜陵送客江村暮　照看柴門新月吟」の脩竹の林の賞美などのほか、一休の直弟子によるとされる伝記『東海一休和尚年譜』文明九年の記には、「師八十四歳、春夏無恙、床菜庵南畔、脩竹成林、宜乎納涼、師毎夏苦熱甚、竹間構小亭、刈蘆為葺、編竹為床」とあり、納涼のために庵の傍らの竹林に蘆葺き・竹編みの床の東屋を構えたという。

　竹の草庵や尺八における宗長と一休禅師との連関は、個人的な影響とともに禅宗文化の色濃い時代の文化的環境もまた大きく作用していたと思われる。

おわりに

水をひき石を立て竹を植えて賞翫していた柴屋軒の庭園も、野分による損壊のため、大永七年にはその過半を畑にし、菜を栽培するばかりの菜園とした。

宇津山柴屋庭、もとの水石所々ほりおこしなどして、過半畑になして、まびきなの種まかするとて、

まびき菜はさゞれ石まの山畑のかたしや老の後まきの種

あらく、無下の庭数寄候哉。おなじ畑に庵をむすび、床に蓑、竹のこがさかけ、わらうだをしきて、

おもひやれ我山ばたの柴の庵鹿のなく音を老のあかつき

西行上人、「雲かゝる遠山畑の秋さればおもひやるだに」を贈答し侍るなるべし。（大永七年七月）

庭園を菜園に作り替えたことを、宗長は「無下の庭数寄」と自嘲をこめて記しているが、秋の山畑の風景は宗長に西行の「雲かゝる」の歌（新古今集・雑歌上・一五六二）を想起させ、西行の思い描いた遠山畑の景に草庵の景をかさねることによって、山畑はいわゆる庭数寄とはまた別の、侘びさびた閑寂な趣を呈してもくるのである。

又、我園に、大豆・あづきをうへ、いほりをむすび、鳴子をかけて、朝夕の自愛に、

まめくしくもなれる老かな（大永七年秋）

ここでは、大豆や小豆を植え、畑仕事に明け暮れる山家のつましい生活のさまが描かれている。享禄三年、宗

長は長年の草庵を解体し、より簡素な庵を結んだ。

丸子草庵、卅年にをよび住あらし侍る。宇蘭盆過、十六日よりとりこぼち、誠に竹を柱、垣・壁には松の葉をつけ、庭のかたはらに山畑を作らせ、大豆・小豆・鴨瓜など心ちよげ也。田を掘うへ、やう〳〵ほのめきわたる。すこし山かたちをして、芝をつけ、朝皃をはゝせ、萩さかりなるに、
おもしろくかりしめかこひいづくへもいにたうもなし住たうもなし
（享禄三年七月）

「竹を柱、垣・壁には松の葉をつけ」は、いわゆる数寄の美学の意匠ではなく質素な侘び住居のさまを象徴するものであろう。山畑の大豆・小豆・鴨瓜は世話の甲斐あってよく生育し、庭には芝・朝顔・萩などが彩りを添えている。宗長の最晩年の生活は、枯寂枯淡なものであったが、自然の自得自適の生活には俗気の抜けた洒脱な趣すら感じられる。

草庵は、世俗から離れる者の住まいである。世俗を捨てた隠遁者、世俗的社会から身をひいた老人、俗気を去り風流を好む数寄人の住まいである。竹の草庵は、中世における隠遁者の流行とともに大陸から新たに伝来した禅宗文化の影響や、「冷え」「寂び」「枯れ」「侘び」を理想とする美的情趣の流行が大きく関わっていたと考えられる。また遁世者と尺八との密接な関係も注目されるが、『宇津山記』で宗長は「老人」という尺八の名称について「老人といふ名は暁をかたらふ友、又一は、ふけば人いとふなるべし」と記している。『體源鈔』が、尺八はもと西国の山にすむ猿の玄妙な声を模して作られたもので、その声は聞く者に道心の志を抱かせ、無常の理を催させたという話[17]（巻五「尺八ノ事」）を載せているのも興味深い。

竹の草庵も尺八もともに、外来の文化としてすでに日本に伝わり、日本文化のなかに取り込まれていたのであ

るが、中世におけるそれらの隆盛は、大陸文化を範とした新たな復興・再生であり、時代の新しい感性に支えられていたといいえよう。

注（1）平安期における数寄の遁世者の系譜については、目崎徳衛「数奇と遁世」（『西行の思想史的研究』第四章、吉川弘文館、一九七八年）に詳しい。
（2）（　）内は、松平文庫本（古典文庫『宗長作品集〈日記・紀行〉』）で補う。
（3）祐徳稲荷神社蔵中川文庫本（古典文庫『宗長作品集〈日記・紀行〉』）による。同書の引用は以下同じ。
（4）岩波文庫『宗長日記』による。『宗長手記』『宗長日記』ともに、同書の引用は以下同じ。
（5）日本古典文学大系『方丈記　徒然草』による。なお、異本『方丈記』（長享本・延徳本、古典文庫『方丈記五種』所収）には、大系本にない「竹の柱」「竹のあみ戸」の記述が見える。
（6）第二句の「桂柱」について、玉上琢弥氏は『源氏物語評釈』三（角川書店、一九六五年）で、「平安時代書写の『白氏文集』（酒井宇吉氏蔵）には、「松柱」とある」と注されている。
（7）『擬香山模草堂記』については、川口久雄「方丈記の先蹤文学の一資料―成簣堂本作文大体所収源通親久我草堂記―」（『金沢大学法文学部論集　文学篇』一九六〇年二月）に翻刻・解説がある。本文引用は、本翻刻による。
（8）『了幻集』（『五山文学全集』（思文閣、一九七三年、複製本）所収）「移竹詩序」に、「予居東山之明年夏五、植竹於方丈西軒」とある。
（9）『東海璚華集』三（『五山文学新集』二（東京大学出版会、一九六八年）所収）「竹間亭記」に、「希世手除数百竿、創架一亭、名曰竹間」と記す。
（10）『蔭凉軒日録』長享元年十二月十九日条に「寒玉、漱鮮、是ハ竹亭額可乎」とある。
（11）日向進「草庵の系譜」（『茶道聚錦』二、小学館、一九八四年）に紹介のある、東益之の息男の正宗龍統の著した『先人故宅花石記』に、「有亭。聚大竹、刳去内節、用代陶瓦。柱梁戸壁、机架欄堦、亦竹而已。兄江西、名之一擊」（『五山文学新集　四』「禿尾長柄帚　上」所収）とある。なお、中世の竹の草庵に関しては、外山英策『室町時代庭園史』（岩波書店、一九三四年）のほか、日向進前掲論文、高橋康夫「京都町衆の生活空間　数寄空間の形成」（『茶道聚錦』七、小学館、一九八四年）などに、主として庭園芸術や建築美学の側面からの詳論がある。

(12) 竹の簀子や筧は『法然上人絵伝』巻二十（中央公論社、一九九〇年）、竹垣や竹門は同書巻二十九、参照。

(13) 『慕帰絵詞』巻八（中央公論社、一九九〇年）、参照。詞書に「同じ歳臘月中旬の候、墎内に於いて一室を構へ竹杖菴と名付けて、辺畔の塵外に擬して方丈の檐端を捧げつゝ常には間居せり。その庵の障子に書き貼し侍る詠哥云く、ながらへて世の憂き節に耐へもせじ竹の庵をなに結ぶらむ」とある。

(14) 林屋晴三「利休の茶具」（『茶道聚錦』三、小学館、一九八三年）、参照。

(15) 尺八の歴史については、栗原廣太『尺八史考』（竹友社、一九一八年）に諸説の紹介と詳細な考察がある。その他、上野堅實『尺八の歴史』（キョウワ出版社、一九八三年）など、参照。

(16) 一休の尺八については、伊東久之「一休宗純と尺八の頓阿」（『風俗』一九七六年一二月）に詳論がある。

(17) 早くに、『教訓抄』巻八にも「或書云、尺八者、昔シ西国ニ有ケル猿ノ鳴音、日出カリケル、臂ノ骨一尺八寸ヲ取テ造テ、始テ吹タリケル也。仍名尺八也」（日本思想大系『古代中世芸術論』所収）という記述が見える。なお、尺八と猿の声について論じたものに、植木朝子「中世の音　尺八と猿と茅屋と」（『月刊百科』一九九五年一〇月）がある。

＊本文の引用は注に記したもののほか、以下のテキストに拠った。なお、表記は適宜改めた所がある。
『万葉集』『源氏物語』『和漢朗詠集』『ささめごと』（日本古典文学大系）、『池亭記』（新日本古典文学大系『本朝文粋』所収）、『白氏文集』（新釈漢文大系）、『白楽天詩後集』（続国訳漢文大成『白楽天全詩集』）、『ひとりごと』（日本思想大系『古代中世芸術論』所収）、『兼載雑談』（日本歌学大系・第五巻）、『狂雲集』（酬恩庵本）『狂雲詩集』（新撰日本古典文庫『狂雲集　狂雲詩集　自戒集』）、『狂雲集』（奥村重兵衛氏蔵本）（一休和尚全集『狂雲集』上）、『東海一休和尚年譜』（一休和尚全集『自戒集・一休年譜』）、『體源鈔』（日本古典全集）。

第六章　宗長の旅
――境界と縁

はじめに

『宗長手記』は、大永二年（一五二二）より同七年にわたる、連歌師宗長の旅日記である。宗長は、文安五年（一四四八）に駿河に生まれ、享禄五年（一五三二）に駿河で没するが、その生涯は今川義忠に仕えた青少年期の駿河時代、三十代頃より四十代頃までの連歌師として修学し自立する京都中心の時代、五十代頃より七十代に至るまでの駿河・京都の頻繁な往還を中心とし旅に明け暮れる時代、最晩年の駿河での隠棲時代、というように活動の場により四期に大別される。『宗長手記』は第三期にあたる七十代の日記・紀行で、『手記』には駿河・京都間の二度の往還が記されている。

室町後期は、守護大名が任国を領国として国内を一円支配する守護領国制がさらに強化された、戦国大名による大名領国制の時代であり、領内の土地・人民が完全に支配下に置かれた小国家に近い性格をもっていた。駿河と都を往還する旅の道行は、領国や領地間の境界を幾つも越えねばならぬ旅であり、旅の安全は旅のルートにあたる国々の領主や豪族などとの交流の有無に多くかかっていた。旅の先々での領主や豪族らによって興行される連歌会で、宗長は発句を献じて応えた。そのような交流を通して、旅路の保護や経済的な支援を受けることもまた少なくなかったのである。

本章では〈境界〉をキーワードとして、『宗長手記』を対象に戦国時代における境界の旅の諸相、および境界と連歌会の諸相について主に考察するが、作品の上巻と下巻の境界や、文脈の境界など、作品に内在するその他の境界の問題についても些か言及することにしたい。また、〈境界〉は分立する二つのものの「間」にあって、分断する働きがある一方、連繫する働きをもち、両義性を有することから、後者の働きについても自ずと考察することになろう。そうした連関させ媒介する働きを、本章では〈縁〉という語で表した。「縁」には縁や周縁という意味もあるが、二つのものを連繫する働きである〈縁〉が、つねに〈中心〉ではなく〈周縁〉において働き、〈周縁〉こそが二つのものを繫ぐ結節点であるという意味合いをも兼ねている。本章の題目が上記のような考えに基づいてのものであることを、最初にお断りしておきたい。

一　『宗長手記』と駿河・今川氏

まず、『宗長手記』の上巻・下巻の構成の問題についてであるが、上巻は大永二年五月から同六年三月まで、下巻は大永六年正月から同七年歳暮までの記事が記されている。大永六年正月から三月までの記事が、上巻・下巻で多少表現を変えながらも重複するのであるが、上巻・下巻を合収した諸本が多い一方、上巻にあたる部分、下巻にあたる部分がそれぞれ単独でも伝わっていることから、上巻・下巻が本来それぞれ独立した作品であった可能性が高いと考えられる(1)。

上巻は、齢七十を過ぎた宗長がみずからの死を意識し、彼岸への道行ともいうべく、生涯崇敬した一休宗純のゆかりの地、山城の国薪の酬恩庵で末期を迎えたいという願いをもって上京する所から始まる。薪に到着し、酬恩庵を拠点に各地へも旅するが、大永四年五月伊勢の国亀山滞在中に今川氏親が病気のため帰国の要請があり、同年六月より六年二月まで駿河に滞在。大永六年二月、再び薪の酬恩庵に戻るべく駿河を出立、遠江の国掛川を経て同年三月三日見付で、今川了俊の孫堀越六郎邸で連歌会を興行する所で記事を終える。その折の発句は「花さきてなるてふ三の千とせ哉　今日、桃花のよせまでなるべし」とあり、祝言性の強い結びとなっている。

薪酬恩庵での末期を願い、かの地で生涯を終える覚悟でいた宗長にとって、大永六年の二度目の出立は再び帰国することはあるまいという故郷との別れを意識したものであったと思われる。故郷との別れはまた、今川氏との別れをも意味する。二月九日には氏親の母北川殿に面会し暇乞いの挨拶をしている。また小川での千句の折も「当国、此会までの心ぼそさ一しほおもしろかりしなり」とあり、餞別の会席のさまが記されるなど、全体的に惜別の情の濃い記述や場面構成となっている。下巻ではしかし、これらの部分がすべて削除され、かなり趣を異にしている。

上巻は見付まで、すなわち天竜川を境とし、その東手前までの記事で筆を擱いている。下巻は大永六年正月よりこの見付までの記事が上巻と大略において重複し、それ以降が下巻で新たに綴られる記事となるが、下巻の見付の記事に続く浜松の記事に「天竜河の西、浜松庄」とあることからも、天竜川を境とし東西に分けて捉える意識が明確に存したことがうかがえる。天竜川以西が今川氏の領国遠江国と緊張関係にある三河・尾張国に接近する地域であり、つねに戦闘が繰り返されていたことを想起すると[2]、上巻は安泰の保たれた今川氏の領地内での記事で締め括られているのであり、上巻の末尾には郷国の駿河およびその大名である今川氏と別れ、そこに一つの区切りをつけようとする意識がうかがわれる。末尾が祝言性の強い結びとなっているのも、締め括りの意識に拠るものであろう。

一方下巻は、「大永六年、駿州にして、正月廿八日、天の原ふじやかすみのよもの春」の記事で始まり、上巻にはない「大永六年、駿州にして」という年号と場所が改めて記され、新たな意識での起筆のさまがうかがわれる。上巻では、大永五年の「除夜のあした」に続き、「おなじ二日のあした」「正月廿八日」と記事が並び、逆に「大永五年」からの続きとして捉える意識が強い。また下巻での、宗長の草庵柴屋軒のさまを記した、

同二月九日、こゝをたちて、宇津の山泉谷、年比しめをき行かよふ柴屋、石をたて、水をまかせ、梅をうへなど、普請のつゐで、かたはらに又杉あり、松あり、竹の中に石をたゝみ、垣にして、松の木三尺ばかり、一方けづりて、

柴屋のこけのしき道つくるなりけふをわが世の吉日にして

の記事は、上巻では「同十日、宇津の山の麓、丸子閑居、一宿して、作事など申つけ」とのみ記されるばかりで、「柴屋の」の歌もない。この歌は三条西実隆の『再昌草』の大永元年九月十五日ごろの条に、

宗長法師、柴屋に無常の所のあらましなど、過し三月、□まへ侍て

柴屋の苔のした道作るなりけふを我世の吉日にして

と、松木をけづりて書付たるよし、申をくりし返事に

たがうへも柴のやどりの露の世にけふ思ふべき苔の下道

とあり、実際は大永元年に実隆に宛てた贈歌であったことが分かる。しかし下巻の冒頭、駿河から山城の薪に向かう出立の場面に配すると、みずからの門出を祝し自庵に別れを告げ、松の木を削って今し方歌を書きつけているかのように読めるのであり、故郷を去り再び末期の地と定めた薪に向かうという、旅の新たな始まりの意識が

うかがえる。柴屋軒に墓所の用意をすませるというのも、『手記』の文脈においては再び生きて帰ることはないという思いを暗示していよう。実際その旅は、今川氏の領国の最西端である浜名の海に至り、いよいよ三河との国境を越えようとする折の感懐を、

こゝをたちて浜名の橋。一とせのたかしほよりあら海おそろしきわたりすとて、此度の旅行までと、何となく心細く物がなしくて、

たびく〵のはまなのはしもあはれなりけふこそわたりはてとおもへば

と綴るように、生涯最後の旅であることを覚悟するものであった。

以上のように、上巻・下巻の重複記事を比較すると、執筆意識の相違が明確になる。大永二年の折の薪酬恩庵での末期の願いを抱いての上京は、帰郷の要請によってやむなく中断されたが、大永六年再び上京する機会を得、今度こそ真に最後の旅立ちとして念願を果たそうとする決意が生まれたのであろう。大永二年の駿河出立以降二度目の駿河出立までの日々を一区切りとして締め括ることによって、大永六年の駿河出立が決意を新たにした最後の旅立ちとしての意味をもち得るのであり、出立の記事を筆頭に下巻を新たに起筆する意味もそこに認められる。上巻末尾と下巻冒頭の重複記事は、上巻と下巻のいわば境界であり、その境界はそのまま今川氏の領地の境界とも合致するのであるが、記事は重複しながらも文脈に流れる意識は異なるものであることが確認されよう。

さて、次節以下で『宗長手記』における境界と縁の問題について考察する前に、宗長の郷国である駿河とその領主今川氏について、境界性と縁の視点から注目すべき点について些か触れておきたいと思う。

まず今川氏の領国駿河は、地理的には京都と鎌倉を結ぶ東海道の中間にあり、関東との境界領域に位置してい

る。宗長は出家後も今川義忠をはじめ氏親・氏輝の三代に仕えるが、竜王丸、すなわち後の氏親は、文明十一年に義忠の所領などを安堵する御判御教書を室町幕府前将軍足利義政より与えられ、これより氏親以降四代にわたる戦国大名今川氏の領国支配が始まることになる。東海の広大な領域を支配した今川氏は、系図の上では氏親が中御門宣胤の女と結婚、氏親の姉が正親町三条実望と結婚、氏親の女が中御門宣綱と結婚するなど、京都の公家社会と強く結びついており、都の公家や文人たちも多く駿河に下向・滞在している。今川氏はこのように、地方の武家でありながら、京都の公家との結びつきを強め、また京都の公家とともに京都の武家（幕府）との結びつきも強め、武家社会と公家社会の双方と関わりつつ、武家と公家、地方と中央の縁をとりもち政治的にも文化的にも大きな役割を果たしたのである。公家・武家をはじめ多彩な人々と交遊関係の多かった宗長の連歌師としての生き方には、こうした環境が有形無形の影響を与えていることは否めないであろう。

二　戦乱の旅・境界の旅

『宗長手記』に見える、宗長の旅路はどのようなものであったのか。

此国、折ふし俄に牟楯する事有て、矢作八橋をばえ渡らず。舟にて、同国水野和泉守館、苅屋一宿。
（大永二年・刈谷）

あのごとく、江州きのふより道ふたがるとなり。（略）又、こゝにも牟楯。軍の用意ひまもなし。江州蒲生の城、守護より退治、日数になりて、爰かしこ牢人あつまり、後詰の合戦たび〳〵ときこゆ。
（大永二年・亀山）

おなじ国、亀山関民部大輔、今は何似斎、見参あらまほしき事ありて、路次申合、既罷出る折ふし、俄の合戦注進。おもふにかなわぬ世中、引返し、八峰たうげになりぬ。

（大永六年・桑名）

群雄が諸国に割拠して相争う戦国時代の旅は、右の記事に見られるように、俄に勃発する戦乱のために通行ができず、予定していた経路の変更を余儀なくされることも多々あったことがうかがえる。

旧冬已来、京都右往左往。うつゝの事にもあらず。大永七、二月十二日・十三日、七条わたりの合戦。武田伊豆守代々粉骨の勝利をうしなはれ、さらば敵といふべきも誰ならず。丹波山家樵夫やうの者にや。

（大永七年・京都）

道中で戦乱の影響を蒙ることも多かったが、大永七年には前年より続く柳本の乱のため京都近辺に居住することが難しくなり、遂には末期の地と定めた一休宗純のゆかりの地を離れ、駿河へ帰郷せざるを得なくなる。大永四年、氏親病気の知らせを受けての前回の帰郷は、

京よりの人々、おなじく薪酬恩庵の僧達、帰のぼられ侍る言伝に、
哀なる我ことづてや山しろの薪こるべき七十のはて
酬恩庵にして終焉の事を、申をくり侍る心なるべし。

（大永四年・駿河）

宇津山の傍、年比閑居をしめをきて、五とせ六とせ京にありて、臘月廿六日に又帰り住侍らむとて
としの暮の薪こるべき門でのみうつゝの山のやどもとむなり
此門出は、山城薪まかりのぼらんの事なるべし。

（大永五年・駿河）

とあるように、再度上洛する意思が度々記されており、一時的な帰郷として捉えていたことが知られる。しかし大永七年の帰郷は、京都の戦乱の情勢から見ても、年齢的な問題から見ても、再度の上洛は望み得ず、一休宗純ゆかりの地での末期の願いは諦めざるを得ないのであった。大永六年の「京都不慮のさはぎ何事とはきこゑず。右往左往の躰耳にもめにもたゞあさましとぞきこえし」という言辞や、先の大永七年の記事の騒乱の首謀者である柳本賢治に対する「丹波山家樵夫やうの者」という蔑視は、細川高国に恩義のある宗長が柳本に抗する高国側に立って述べていることもあろうが、騒乱のために京都で末期を迎える悲願が叶えられず、帰郷を余儀なくされることへの無念さや憤りも込められていよう。

さて、戦乱のなかでの旅に加え、戦国大名の一円支配による領国は、それぞれ独立した小国家に近い形で分国統治されていたが、そうした領国と領国の境界を渡り歩く旅はどのようなものであったのか。

鈴鹿山の坂の下まで乗物。已下同行の衆、馬。其程ゐのはな・土山・内の白河・外の白河、かねてや伝へをかれけん、酒・さかな山中の興わすれがたし。所々送りの人出て、関々とがむるもなし。坂の下に着ぬ。亀山より又乗物たぶ。

（大永四年・鈴鹿）

おなじ国津嶋へたち侍る。（略）はしの本より、舟十余艘かざりて、若衆法師誘引。此河づらの里〳〵数を

しらず。桑名までは河水三里計、舞うたひ、笛・つゞみ・大こ、舟ばたをたゝき、さゝずしてながれわたりし也。桑名よりむかへの舟、うたひのゝしり、さしあわせ、こぎちがへ、送迎の舟ひとつになりて、心もとなくぞをり侍し。

（大永六年・津島・桑名）

近江から伊勢への国境にある鈴鹿峠、そして津島から桑名へと尾張・伊勢の国境を越える海の渡り、これらはいずれも境界であるが、送迎の手筈も整い、送り迎えの人々が時には入り乱れて融合しつつ歓送歓迎するなかで無事国境を通過するさまがうかがえる。これらは、隣接する国々が互いに敵対関係にない場合の例である。

こゝをたちて浜名の橋。（略）此わたりまで、善六郎為清打をくり、（略）三河国今橋牧野田三、彼父、おほぢより知人にて、国のさかひわづらはしきに、人おほく物の具などして、むかへにとて、こと〴〵敷ぞおぼえし。

（大永六年・浜名）

遠江の浜名から三河の今橋へのルートは、「国のさかひわづらはしき」とあるように隣接する両国が敵対関係にある境界地帯であり、迎えの者が大勢武装して出迎えるなど物々しく緊張した気配がうかがえる。

雲津川、阿野の津のあなた、当国牟楯のさかひにて、里のかよひもたえたるやうなり。（略）此津、十余年以来荒野となりて、四・五千間の家・堂塔あとのみ。浅茅・よもぎが杣、まことに鶏犬はみえず、鳴鴉だに稀なり。（略）送りの人は皆かへり、むかへの人はきたりあはずして、途をうしなひ、方をたがへたゝずみ侍る程に（略）

（大永二年・安濃津）

安濃津（阿野の津）の付近は、南伊勢の北畠氏と北伊勢の関氏・神戸氏の南北の両勢力が対立する「牟楯のさかひ」であった。国と国の境、あるいは同じ国内でも勢力が対立している地域を連歌師が旅する場合、両勢力の者が送り迎えの時と場を決めて前哨の地に赴き、そこで連歌師の引き渡しを行ったとされるが[3]、ここは見送りの北畠氏の被官は早くに帰り、関氏からの迎えの者は現れず、道に迷い荒野で立ち往生するさまが記されている。安濃津は、かつては港町として繁栄を誇ったが、明応七年の大地震で壊滅状態になり、大永二年当時も荒廃したままであったようである。廃墟と化した一帯は、両勢力の間にあっていわば緩衝地帯のような境界になっていたのであろう。しかし境を越えて旅する者にとっては、そうした対立する境界の荒廃した空虚な地帯は危険を伴うものであった。

三　境界と連歌

『宗長手記』には、旅の折々での連歌会のさまが記されている。前節では国の境や対立する勢力により分断された地域の境を越えるさまを見たが、本節では今川氏の領国、駿河・遠江と対立・緊張関係にあった三河・尾張の国での連歌会に注目し、大永六・七年の記事を中心にその諸相を辿ることにしたい。

風雨に又一日ありて、国のさかひの城、鵜津山にいたりぬ。此鵜津山の館といふは、尾張・三河・信濃のさかい、やゝもすれば競望する族ありて、番衆日夜無油断城也。東・南・北、浜名の海めぐりて、山のあひ〳〵せき入、堀入たる水のごとく、城の岸をめぐる。大小舟岸につながせ、東むかひは堀江の城、北は浜名城、刑部の城、いなさ山、細江、舟の往来自由也。西一方山つゞきにて、敵の思かゝるべき所もなし。（略）

三ヶ国の敵のさかひ、昼夜の大鼓夜番の声、無寸暇きこゆ。
（大永七年・宇津山）

「鵜津山（宇津山）」は、宗長が草庵を構えていた歌枕の「宇津山」ではなく、浜名湖の西に位置する地である。「鵜津山の館」は永正年間に今川氏親が築いた支城で、「国のさかひの城」「三ヶ国の敵のさかひ」とあるように、遠江と境を接し対立・緊張関係にあった隣国三河をはじめ尾張・信濃の三国に備え、遠江の領土支配の重要な拠点となっていた。「番衆日夜無油断城也」「昼夜の大鼓夜番の声、無寸暇きこゆ」とあるように、敵に備え警戒を怠らない物々しい国境の城のありさまが簡潔ではあるが写実的に描写されており、敵対・緊張関係の強さの程がうかがえる。

この遠江の鵜津山城から三河の今橋に行く辺りは、前節で見た通り「国のさかひわづらはしき」ため、今橋城主牧野信成方の人々が大勢武装して出迎えた所であった。大永七年には、

今橋、田三宿所、一日。興行。こゝは古白已来年々歳々芳恩の所也。興行あわれにもむかしをおぼえて、老屈をわすれぬるなるべし。
けふさらにさ月まつ花のやどりかな

とあり、連歌会を興行している。今橋城は牧野信成（田三）の祖父成時（古白）が永正二年に築き、その後三河における今川氏の最大の軍事拠点として位置づけられるが、翌永正三年離反のためか牧野氏は戸田氏と所領を争い、戸田氏支援のため三河に侵攻した今川軍に攻められ成時は討死、今橋城は落城するのである[4]。信成の父の代に今川家に属し再び今橋城に住んだようであるが[5]、牧野氏と今川氏は離合を経てやや複雑な関係にあったのに対

し、宗長は「古白已来年々歳々芳恩の所」とあるように、牧野氏とは三代にわたり連歌会を通して交流が続いたのである。(6)

廿七日、尾張国守山松平与一館、千句。清須より、織田の筑前守・伊賀守・同名衆、小守護代坂井摂津守、皆はじめて人衆、興ありしなり。

あづさ弓花にとりそへ春のかな

新地の知行、彼是祝言にや。 (大永六年・守山)

尾張国守山は、東の今川氏・松平氏の勢力と、西の織田氏の勢力の接点であり、三氏の勢力の境をなす地であった。守山城は、大永初め今川氏親が尾張国清洲の斯波氏を監視するため名古屋台地の北端に築かせた那古野城に対抗して、大永元年頃に築城されたとされ、大永六年には松平信定(与一)が城主であった。その館で大永六年三月二十七日、「新地の知行」の祝いに千句連歌会が張行されたのである。この千句連歌の作品は伝存しないが、同じ折の発句が宗長の自撰句集『老耳』に「尾州守山の城千句に」の詞書で「花にけふ風を関守山路哉」と見え、「守山」の地名とともに「関守」が詠み込まれていることからも、対立する勢力に備えた前衛の地であったことが知られる。

信定の父長親は三河国安城城主であるが、永正初め西三河に侵攻した今川軍に反撃・抗戦を続け(井田野合戦)、辛うじて退却させている。(7)大永七年、宗長が長親の安城の館に一泊した折、信定も守山より来て同宿しており、父子ともに交流があったことが知られる。大永六年の信定の館での千句連歌一座は、永正十五年に長親が妙源寺で宗長らを招いて連歌会を張行した(8)その縁によるものかと思われる。

尾張では、守護斯波氏が遠江での今川氏との合戦に永正年間の後半二度にわたり敗戦し衰退しつつあったが、代わって守護代織田氏の勢力が次第に強化されつつあった。(9) 守山での信定主催の千句連歌会には、清洲三奉行を含む織田氏一族も参会していることが知られるが、勢力の対立した松平氏と織田氏が連歌会で座を同じくしていることや、宗長が反今川勢力である松平氏や織田氏とも連歌会を通して交流している点に注目されよう。これらは、世俗的には中立的立場にある連歌師ゆえに、また連歌会の場が世俗の場を超えたある結界性をもつゆえに可能なことであったかと思われる。古代の旅人は、旅の安全を祈って峠や坂などの境で神に手向けをしたが、戦国時代、一円支配の強い領国の国境を越えて旅する宗長の領主の館での連歌会の発句は、いわば領主への手向けであり、領主や領土を言祝ぐことによって戦乱の世の旅の安全を祈ったのである。

守山での逗留の後、宗長は熱田を経て清洲に赴き、千句連歌会で同座した筑前守（良頼）・伊賀守（九郎広延か）などの織田氏一族をはじめ、小守護代で織田氏家臣であった摂津守（坂井村盛）などの邸での連歌会に招かれ一座している。さらに続く津島では、正覚院に旅宿の折「領主織田霜台、息の三郎、礼とて来臨」とあり、同院の宿坊でもまた連歌会が興行されている。この織田霜台（信定）の子息三郎（信秀）は、六年後の享禄五年に先の那古野城を奪取し、それより二年後の天文三年には誕生したばかりの織田信長を城主にしている。また先に見た安城城主松平長親の玄孫が徳川家康であって、織豊・江戸の両時代が開かれる萌芽ともいうべき気運がこの地に醸成されつつあったことがうかがえる。

織田信秀が那古野城を奪取した経緯については、『名古屋合戦記』に次のような記事が見える。那古野城城主の今川氏豊は連歌を愛好し、勝幡城城主の織田信秀を昵懇の連歌仲間としていた。最初は互いに使者を立てて句を付け合っていたが、付合に時間がかかるうえ、使者が連歌懐紙を送達する折に懐紙を入れた箱を川に流してしまう事故もあり、やがて信秀を折々城内に滞留させて連歌を行うようになった。ところが、信秀は享禄五年に城内で騒動を起こし、奇襲作戦に敗れた氏豊は那古野城を明け渡し、京都へ逃奔したという。[10]敵の城を虎視眈々と狙う油断のならぬ戦国時代の権力闘争のさまがうかがえるが、この合戦記もまた、権力により分断された世俗的な境界を越えた所で連歌会が成立し、対立関係にある城主が一時的にせよ連歌の〈縁〉で結ばれるという、戦国時代の連歌会の一つのありさまを伝える記録として留意される。

四　境界と通行・境界と縁

前節までにおいて、戦国時代における諸国や諸勢力の境界のさまや、境界地帯を越えつつ旅する連歌師の旅路、連歌会のさまなどを見てきたが、本節ではそれらの背景にある戦国時代の社会構造との関係について概観しておきたい。

まず、社会の縦の構造では、地位や身分などの差異により支配・被支配などの関係によって階級制社会が形成されていたが、その上下関係の縦の秩序を覆すものとして、中世に頻発した下剋上や一揆があった。下剋上や一揆は、いわば階級制により縦型に分断されたその境界を侵犯、あるいは縦断する行為であったといえよう。次に横の構造では、国においては、それぞれの領国が一円支配によって領内の土地・人民を完全に支配下に置いた小国家に近い性格をもっており、そうした分国によって日本列島は横に分断されていたのである。また農村においては、村落を郷・村・組などの単位に組織する郷村制が成立し、それぞれの単位ごとに自治を基本とした独立性をもって分立していた。商工業においては、座を単位とした同業組合が発達し、座ごとに個別に独占的な特権をもって営業を行っていた。こうした領国や郷村や座などそれぞれの単位で分立した横の社会区分の境界を横断するのが、たとえば隣国や他国の領土への侵攻・侵略や村落同士の境相論、また産業商業の発達や交通の発達に伴う商品の流通や人々の行旅・通行などであった。

さて、領国や郷村や座などの単位で分立したこれらの共同体は、たとえば大永六年今川氏の領国で他の戦国大名に先駆けて制定された「今川仮名目録」に代表されるような分国法や、村法・座法・町式目など、それぞれの単位内での固有の秩序や法によって運営された。そうした固有の法によって独自に運営される共同体のあり方は、連歌の座のあり方とも類似しているのであり、連歌も連歌独自の「式目」によって会席が運営されたのである。さらに、先に見た縦の境界と横の境界の問題に立ち返ると、宗祇が『淀渡』で「老いたるは若きに交はりたるも苦しからず。高きは賤しきを避けぬもただこの道なり」と述べるように、連歌の座においては身分・階級などの世俗的な縦の境界を越えるというよりはむしろ無化し、一座する連衆が老若・貴賤などの別なく一つの円のうちに平等になる場であった。また百韻においては、『連通抄』に「一時に四季にうつり、月花を見、春夏秋冬一時に移行く事は連歌の徳也。其身は未だ捨てざれども隠家山深き居所閑居を求むる也。其身は未だ若き者なれども昔古を忍び、老衰へ年闌けて、更に身の便なき由を観ず」とあるように、現世的次元の時空の境界を無化し、連想によりあらゆる時空に移ることができるのであった[11]。百韻の各句は、それぞれ独立した一つの表現として横に連なるが、付合の世界は、前句と付句との間、すなわち前句表現と付句表現との境界に立ち現れるのである。前句の世界から付句の世界へと移る、その移り行きこそが連歌の生命でもあった。

僧体で世俗的にはどの階級にも属さず中立的な立場であった連歌師は、それ自身がいわば境界的な職能といえよう。宗長の場合は、たとえば武田信虎との和睦の交渉（永正十四年）などの講和の使者としての働きや、京都の公家と今川氏をはじめ地方の武家との古典籍の授受などの仲立ちなど、政治面や文化面において文字通り〈媒介〉や〈仲介〉の役割を担い、異なる二つの世界の〈縁〉を結ぶいわばネットワーカーとして機能していたのである。『宗長手記』における旅にもまた、〈縁〉を結ぶ〈媒介〉としての働きが認められよう。二つのものの間で橋渡しをする〈媒介〉の働きは、媒介者が二つのものの双方と関わりつつ、そのいずれにも帰属しないという境界性を有するがゆえに成立する働きである。社会が小単位で分立する中世、特に戦国時代において、連歌師が連歌会を通して果たした役割とその意義はきわめて大きいといえよう。

五　文脈の境界——分断と連続——

『宗長手記』はジャンルとしては日記・紀行に分類されるが、作品には合戦記・説話風の小話・談論・笑話・消息文など種々の散文や、和歌・連歌・狂歌・俳諧・和漢聯句など種々の韻文が混在しており、また散文はそれぞれの内容に合わせ雅文・俗文・和文体・漢文体など種々の文体が混淆している。[12] 作品はほぼ日次で綴られているが、随所に合戦記や小話・談論など日記・紀行とは異なる記事が挿入されているため、全体の構成としてはやや未整理で雑然とした印象を与える。

たとえば大永二年の始めでは、駿河出立から掛川までが紀行文で綴られ、掛川逗留の記事から合戦記となり、その後再び紀行文に戻るという順序になっている。記録文に近い漢文調の合戦記が殆どなまの形で紀行文の途中に置かれているため、前後の紀行文が合戦記の挿入によって分断された形になっているのである。なぜ、紀行文の文脈を中断して合戦記を配置しなければならなかったのか。掛川から合戦記を挟んで浜松・浜名・豊橋に至るまでの記事内容を、あらためて詳細に検討することにしよう。

まず掛川では、掛川城主朝比奈泰能亭に逗留する。掛川城の新城は、折しも普請の最中であった。その様子を眺めつつ、宗長は泰能の父、初代の城主泰熈の築城の苦労を偲び、次いでそれに触発されてであろうか、今川義忠・氏親二代、および今川氏家臣であった泰熈を中心とする朝比奈氏一族がともに結束して戦い、勝利を得るに至った苦難と武勲の歴史を回顧し、回想の形で合戦記を綴るのである。

合戦記は、まず文明八年から永正十四年に至る、斯波氏被官大河内貞綱の一連の反乱に対する鎮圧のさま、次いで文明六年から明応八年に至る、遠江国奪回の奮戦のさま、そして永正十五年の三河国境に築いた船形山の砦奪回のさま、最後に掛川城が朝比奈泰以の補佐を経て泰能に引き継がれたことを記して終わる。これより回想から現在に戻り、最後の掛川城の泰能への引き継ぎの記事が、先の紀行文の掛川城の記事につながるのであるが、それとともに合戦記全体は、掛川城が一連の苦難と苦闘の歴史を経た上で遠江国経営の拠点として今日存在するのだという意味付けをもって、前の掛川の記事につながって行くのである。また船形山の砦奪回の折の、浜名湖を渡り豊橋に至るルートは、宗長がこの先行く旅のルートでもあって次の紀行文と関連する一方、この一帯が戦闘に勝利した今川氏の統治に守られての旅であることをうかがわせる。一見すると分断されているかに思われる記事の配列であるが、意識の流れの上では連続しているのであり、大河内の反乱と遠江の奪回の二つの記事が年代順の配列でないことも、意識の流れの方に重点を置いたためではないかと考えられる。

もう一例、大永二年の旅の終わりの記事を見てみよう。

長谷寺・多武峰・興福寺・東大寺などを巡り、ようやく薪の酬恩庵に到着するまでを紀行文で綴り、その後は歳暮まで主として酬恩庵滞在の日々を記すのであるが、「薪酬恩庵にはふくつきぬ」とある文に続き、まず知友であった尺八の名人紹崇が伊勢の二見の浦で入水した一件を記している。「南都にてつたへ聞し事なるべし」とあることから、奈良ですでに伝え聞いてはいたが、先の合戦記の場合と異なり一連の紀行文の途中には差し挟まず、目的地薪酬恩庵に到着した所であらためて書き留めているのである。紹崇については「紫野大仙院四・五年もありて」とあり、大徳寺の塔頭大仙院に一時いたことがあるという。大仙院の東隣にある真珠庵は、一休宗純を開祖とする塔頭である。また、一休が尺八を殊に愛好したことは『狂雲集』『狂雲詩集』などでよく知られる。この紹崇の記事は、意識の流れから見れば、奈良で聞いた話という点で先の奈良の紀行とつながり、大徳寺・尺八という縁で、一休ゆかりの寺酬恩庵滞在の日々を記す後の記事とつながっていると考えられよう。

一見すると雑多な記事が無造作に配置され、多様な記事が混在して文脈が分断されているかのように見えるが、意識の流れの上では連続している例を僅かながら見てきた。一つ一つの記事が個々に分立し、文脈上の境界があるかに見えながら、それぞれの境界が意識のレベルで連関しているさまは、連歌における付合に通うものがあり留意される。

〈境界〉と〈縁〉をキーワードとして、『宗長手記』を対象にさまざまな考察を試みてきた。さらに精細な検討を要する問題も残されているが、今後の課題とすることにしたい。

注（1）『宗長手記』（岩波文庫）解説（島津忠夫）でも、上・下巻はそれぞれ単独に流布したものと想定されている。なお、『宗長手記』の著作意図を自称の考察から論じた論考に、岩下紀之「『宗長手記』の著作意図について」（『連歌史の諸相』（汲古書院、一九九七年）所収。初出は、一九七八年）がある。

（2）『宗長手記』に回想記として記される文亀元年の堀江城の戦いや、永正十年の引馬城の戦い、深嶽（三岳）城の戦いなどを経た後、『宇津山記』（祐徳神社蔵本、古典文庫）の記事に「同四・五月のほどより天竜川をへだてゝ、武衛（于時治部大輔義達）、参河国ざかひ浜松庄引間といふ地に、国の牢人以下七・八千楯籠る。去年の冬より此夏まで矢軍まで也。此川五月雨の洪水にして、六月中旬舟橋をわたし、うちこさるべきのための千句。発句、水無月やかち人ならぬせゞもなし。八月十九日に終に敵城せめおとされ、生捕かれこれ千余人とも聞し」とあるように、今川氏親は永正十四年、五月雨で洪水となった天竜川に舟橋をわたして引馬城に出陣し、遠江国を奪回するのである。しかし奪回後も、特に国境付近の地域においては三河国とつねに緊張関係にあったことは、翌永正十五年の舟形城の戦いのさまを記した『宗長手記』の「氏親入国、静謐とはいへども、隣国の凶徒等たゆる事なし。参河の国堺ふなかたといふ山に、味方あり。田原弾正忠・諏訪信濃守已下牢人衆催し、舟方の城うち落す。（略）泰以時をうつさず浜名の海渡海して、則うちおとし、数輩討捕」などの記事からうかがえる。

（3）鶴崎裕雄「「町」を往く連歌師—地方史研究における紀行文の有用—」（地方史研究協議会編『日本の都市と町—その

歴史と現状―』、雄山閣、一九八二年）、「東海地方国人一揆の諸様相」（有光友学編『戦国期権力と地域社会』、吉川弘文館、一九八六年）など参照。両論文とも、鶴崎裕雄『戦国の権力と寄合の文芸』（和泉書院、一九八八年）所収。

（4）久保田昌希「氏親の遠江平定と近隣の国々」（『静岡県史』通史編2　中世、第三編第一章第二節、一九九七年）、新行紀一「岡崎と安城の松平家」（『新編　岡崎市史』中世2、第三章第一節、一九八九年）参照。

（5）『寛政重修諸家譜』巻第六五二。

（6）宗長と牧野氏との関係については、鈴木光保「三河における宗長覚え書き」（『松村博司教授退官記念国語国文学論集』、名古屋大学国語国文学会、一九七三年）に考察がある。

（7）注（4）新行紀一、同書同節。

（8）永正十五年四月二十三日興行、「山何百韻」。なおこの折の百韻には、信定の名は見えない。

（9）初期の織田氏については、奥野高廣「初期の織田氏」（『国学院雑誌』一九六一年九月、『織田信長文書の研究』上巻（吉川弘文館、一九六九年、増訂版一九八八年）に一部改稿、所収）、大嶋俊子「宗長の周辺（中・その二）」（『女子大国文』一九六四年五月）、新井喜久夫「織田系譜に関する覚書」（『清洲町史』第三、一九六九年）など参照。なお、宗長の尾張における連歌会については、鶴崎裕雄「尾張熱田宮における連歌師宗長―神宮文庫蔵本「何人　大永七年卯月二日於宮滝坊」紹介―」（『帝塚山学院短期大学研究年報』一九七三年一二月）に考察がある。

（10）『明良洪範』巻之十にも、同じ話が見える。

（11）連歌の時空と構造の問題については、本書第Ⅰ部第三章参照。

（12）宗長の文章については、島津忠夫「連歌師の文章」（『連歌の研究』第五章二、角川書店、一九七三年）、本書第Ⅲ部第三章など参照。

＊『宗長手記』の本文引用は、岩波文庫『宗長日記』に拠る。その他の本文の引用は、次のテキストに拠った。なお、表記は適宜改めたところがある。
『連通抄』（『連歌史の研究』所収翻刻資料）、『淀渡』（『連歌論集　二』（三弥井書店））、『老耳』（古典文庫）、『再昌草』（私家集大成・第七巻）。

第七章　紹巴の旅
――『紹巴富士見道記』をめぐって――

はじめに

中世、連歌師の多くが旅に出た。宗祇やその門弟の宗長などは、まさに旅を栖とする生涯であった。旅の動機や目的などはさまざまであったが、宗祇、宗碩、宗長、宗牧など、旅に出た連歌師の多くが、旅の足跡を綴り、紀行を書き残している。

中世の旅人たちが初めて旅立つ折、未知の世界を前にしてどのような地図を頼りとしていたのか、国々の地形や日本の全体像をどのように把握していたのか、興味深いところであるが、中世を通じて見られる日本全図として(1)は、山城を中心に長円形の国々が並び連ねられた、いわゆる「行基図」と総称される絵図が伝存する。「行基図」は国名と五畿七道の道線が記された、地図というより絵図と称するのがふさわしい形態の図であり、そのなかには太平洋側の南を上、北を下の向きに描いた絵図も見え、当然ながら現代の地理感覚とは大きな隔たりがある。一方、初期の南蛮屏風日本図のなかには実際の地形に近い地図も見られ、中世末期から近世初期にかけて「行基図」よりさらに精度の高い地図がすでに制作されていたことがうかがわれる。ともあれ、都の連歌師は、宗祇や宗長などの紀行でも明らかなように、旅の先々で歓待を受け、道中の案内にも不自由することが少なく、必ずしも詳細な地図が旅の必需品ではなかったとも考えられる。あるいはまた、伝聞した情報などをもとに脳裡にイメージとして形成された地図がしるべとなることもあったであろう。ところで、歌枕として有名な「白河の関」は、平安中期の能因の歌に惹かれ西行・宗祇・芭蕉らの名だたる風雅の士が探訪をかさねた地であるが、歴史地理上では古代に建置した関所の意味が次第に失われ、また中世における交通路や中心集落の遷移にともなって関の位置も変移し、室町時代にはすでに関址も定かではなくなっていたようで、やがて「行基図」の類の地図から姿を消してしまうことが指摘されている。[2] 歴史的地理としての〈地〉の位相と、古典文学的な知識やイメージをもとに醸成された心象風景としての〈地〉の位相との相違を端的に象徴する例といえよう。

室町時代末期から安土桃山時代にかけて活躍した紹巴は、まさに中世の掉尾に位置する連歌師であり、また里村北家の祖として、高弟の昌叱を祖とする里村南家とともに近世俳諧の興隆期を開いた、新時代の先端に位置する連歌師でもあった。中世から近世への過渡期を生きた紹巴は、旅そのものの状況も大きく変容してゆく歴史の変遷のなかで、どのような意図をもって旅に出たのであろうか。またその旅にはどのような意味があったのであろうか。道行く旅の先々の〈地〉に、どのようなイメージや思いを抱いていたのであろうか。紹巴個人の歴史、紀行文学の歴史、時代の歴史などをかさね辿りつつ、『紹巴富士見道記』の作品の世界を読み解いてゆくことにしたい。[3]

一　紹巴と旅

『紹巴富士見道記』（以下、『道記』と記す）は、永禄十年（一五六七）、紹巴四十三歳の年（大永四年または五年の出生とされるが、以下私見により大永五年を一歳として算することとする）[4]、念願の富士一見のため、弟子の心前を伴い、京都と駿河を往還した紀行で、一月に出立を決意したところから起筆し、二月十日に都を立ち、近江・伊勢・尾張・三河・遠江を経て、五月に駿河に到着、しばらく滞在の後、六月に駿河を立ち、往路と多少経路を変えつつ八月二十七日に帰京するまでのほぼ半年の旅路を綴っている。往路・復路とも、地方の大名やその家臣、あるいは富裕な有力町民などの歓待を受け、宿泊・滞在する先々で連歌会や酒宴が開かれ、あるいは名所見物や観光に折々誘われるといった、多分に享楽的な日々の記事が多いが、その一方で織田信長の天下統一戦前夜の緊迫した世情をうかがわせる騒乱の場面の記事などもあり、戦国末期の時代を投影した紀行として注目される。

「紹巴富士見道記」という書名は、『群書類従』にその名称で収められたことで定着しているが、諸本には「紹巴富士紀行」（書陵部黒川本内題〔外題は「紹巴富士記」〕・多和文庫本ほか）、「富士紀行」（大阪天満宮文庫本ほか）、「紹巴紀行」（内閣文庫本）などさまざま見え、もともと定まった書名はなかったものと思われる。著者自身の名が冠せられた作品名は後人の命名によることが多く、「紹巴」とあるのも、飛鳥井雅世の『富士紀行』、堯孝の『覧富士記』、著者不明の『富士御覧日記』、飛鳥井雅康の『富士歴覧記』など一連の富士紀行と区別するためであろう。永禄十二年に著した『天橋立紀行』の冒頭で、紹巴自身は二年前の当紀行のことを「富士一見の道の記」と記しており、題名としては熟さないやや散文的な言い回しであることからも、自身の命名による題名は元来なかったものと推測される。

『道記』の成立は、奥書に「永禄十年八月二十八日終記之」とあり、この記述に従えば帰京の翌日に完成したことになる。ほぼ半年かけての京駿の往還というゆとりある日程での旅であり、旅中で整理・推敲しつつ書き継いでゆくことも不可能ではなかったであろう。しかし、次のような条にもまた留意される。正親町三条実福に駿河滞在時に面会した折、紹巴は都の伝統的文化の担い手である貴顕が地方下りをしているさまを惜しみ嘆き、

三条殿の名高さは限りある後いかがはせん。比叡の山を二十ばかり重ね上げたらん程にても慰みなまし。今

都にて誰にかは譬へんと思ひ侘びたる草の枕の独り言を記し付くるも、寂しさのあまりなり。(5)

と記している。実福はこの後、理由は定かではないが、当年十二月十日勅勘を受け、翌永禄十一年一月二十五日に享年三十三歳で亡くなっており、文中の「限りある後」や「寂しさのあまりなり」の記述は、実福の突然の若い死を悼む思いを込めた表現のようにも読み取れる。作品では永禄十年六月の時点での感懐であるが、『道記』がたんに備忘録的に綴られた紀行ではなく、全体の構成も整い、『伊勢物語』や『源氏物語』、古歌や漢詩、中国故事などを折々の場面で想起したり、あるいはそれらを踏まえた言い回しや表現を多く用い、作品として相応に彫琢されていることを考え合わせると、奥書の日付は八月二十七日の帰京に合わせた粗々の成稿の月日であり、その後補筆推敲などを行い、実際の完成は永禄十一年一月の実福の死を知った後であった可能性も想定し得るのではなかろうか。

紹巴は、天文二十二年(一五五三)春、三条西公条の『吉野詣記』の旅に案内をかねて随伴し、また翌年七月にも同じく公条の比叡山を巡る『三塔巡礼記』の旅に同行している。しかし、それら貴顕の随伴者としてではなく、自らの意図で自らを主人公として赴いた旅は、生涯に少なくとも三度あった。『道記』の冒頭に、

今年永禄の春も十返りの初め、久しきあらましの富士見るべき事をしきりに思ひ立つ日より、(略)ひと昔あなたより思ひ渡れる橋立・玉津島、いづれか先にと定めかねながら、まづ遠き所よりと心の内なるころ(略)

とあるように、富士・天橋立・玉津島の三所の歌枕探訪はかねてからの念願であったが、「まづ遠き所より」ということで富士が先行となり、『道記』を著すこととなる。さらに翌年には玉津島、翌々年には天橋立を巡り、

生涯の半ばに連続して遠出の旅を集中的に果たしている。玉津島の紀行は書かれなかったようであるが、続く『天橋立紀行』の末尾には、『道記』の冒頭部と呼応させるかのように、

三年に三所の一見成就、満足珍重々々。[6]

と、三所探訪の念願を三年で達成し得た喜びを記している。その後、畿内周辺での小旅行や巡遊などはたびたびあったにせよ、長期にわたり遠方に旅立つことはなかったようで、新たに紀行を書き残した跡もない。戦国の文化的、時には政治的コミュニケーションの担い手として、多くは所用を兼ねつつ、生涯をかけて頻繁に旅をした宗祇や宗長とは異なり、領国の地域国家から中央集権的な統一・統合へと進みつつある時代にあって、紹巴はまた所用で遠方に赴く必要性もなかったようである。そうしたなかで、生涯の半ばにして紹巴はなぜ旅立ちを思い立ったのであろうか。その旅の意味や背景について、二節・三節で詳しく考察することにしたい。

二 『道記』の背景

『道記』の背景について考察するにあたり、最初に『道記』執筆に至るまでの紹巴の前半生について略述しておきたい。[7]

紹巴の生年については、現存の天正十年(一五八二)八月以前の資料から算すると大永五年(一五二五)の出生、天正十一年閏正月八日以降の資料から算すると大永四年の出生となり、この一年のずれの事情は不明で従来より謎とされてきた。すなわち、五十八歳までの資料では生年にずれがなく、天正十一年閏正月八日の『紹巴六十賀何木百韻』以降一貫して一年加算されることが指摘されている。[8] 紹巴は猪苗代兼如の興行による当百韻で「鶯の

耳にしたがふことしかな」と「耳順」を詠み入れた発句を詠んでいるほか、当百韻とは別に「於紹巴満六十心を」の詞書のある、同じく紹巴の六十賀を祝う里村昌叱の「くはゝるもミてるも年ハむつき哉」（『大発句帳』）の発句も伝存する。一年のずれの事情を伝える資料はなく結論的には不明とせざるを得ないが、天正十一年の正月が閏月ということで、この年に二度の誕生月を迎えたこととし、本来より一年早く「六十賀」を祝い、紹巴自ら天正十一年を還暦の年と定めて、以後の年齢もそれに従って記載したということも考えられるのではなかろうか。紹巴出生より天正十一年に至るまでに一月が閏月となる年は三度あるが、天正十一年の閏正月をあえて「六十賀」の年としたとすれば、何らかの理由があってのことであろう。その前年の天正十年六月には、紹巴が富士一見の旅の途次、尾張での連歌会で一座した織田信長が、本能寺の変で家臣明智光秀の反逆により自害するに至り、また連歌会を通して紹巴ときわめて親密な関係にあった明智光秀自身も同年六月に豊臣秀吉に敗れて討死するという、紹巴と縁のある大名・武将の非業の死が相次ぐ事件が起こっている。さらに、世が秀吉の政権へと急速に移行しつつあるなかで、時の権力に敏感でもあった紹巴は、天正十年の年に早々に区切りをつけ、天正十一年からは転機を求め、六十歳として新たな人生の幕開きとしたいという思惑があったのではなかろうか。いまだ推測の域を出ないが、以下本章では大永五年を生年一歳と算して扱うこととする。

紹巴の出生の地は奈良で、本姓を『続近世畸人伝』では松井氏とする。家系や家庭環境などの詳細については明らかでないが、父を十二歳で失い（『亡父二十回忌追善紹巴独吟千句』による）、幼くして興福寺明応院に喝食として入ったとも伝える（『続近世畸人伝』）。十代後半の頃であろうか、奈良の富裕な商人大東正云の手引きで連歌を学び、やがて都から奈良に下向してきた連歌師周桂に師事して上京、十九歳で出家し紹巴と名乗るようになる。しかし、翌天文十三年（一五四四）二月に周桂が七十五歳で他界し、その後は宗牧の門弟で、同じ周桂門の先輩でもあった昌休の門下となり、連歌に励むことになる。その師昌休も天文二十一年十一月紹巴二十八歳の折に四十三歳で亡くなり、紹巴はその際昌休の十四歳の子息の仍景（後の昌叱）の後見を託されることになる。昌休亡き後は連歌の師を持たず連歌学書などによって自学に努めた由、紹巴自身書き記しているが[9]、永禄六年（一五六三）冬の紹巴三十九歳の折、連歌界の中心的存在であった宗養が三十八歳で急逝、紹巴はその後を受けて連歌界の第一人者の地位につくことになるのである。

連歌師としては以上のような道程を辿る一方、紹巴は三十歳前後より三条西公条をはじめ近衛稙家ら公家と接触・交流を深め、公条の旅に随伴したことは先に述べた通りであるが、天文二十三年秋頃には公条が大覚寺義俊に対して行った『源氏物語』の講釈を聴聞しているほか、近衛稙家ら公家主催の和歌会などにもたびたび列席しており、こうした交流を通して古典学や歌学の習得に努めたようである。しかし、永禄六年十二月に三条西公条が、永禄九年七月には近衛稙家が、さらに永禄十年一月十二日には大覚寺義俊がそれぞれ他界してしまう。この数年における紹巴の古典学継承者としての自覚は、公条没後の翌年永禄七年春頃に着手し翌八年三月に初稿本が完成した『源氏物語紹巴抄』や、同八年六月に着手、同年七月に完成した『伊勢物語私抄』など、公条からの教えを基にした注釈書の編集を短期日に完成させている点にまず認められよう。さらに、『道記』の駿河での場面で「予に称名院殿、古今集の御筆を染め、文字読みを許させ給ひて後、やがて薨ぜさせ給ひしかば、伝授をば恵雲院殿（近衛殿太閤御所）より、いささか承りながら」と、三条西公条や近衛稙家から古今伝授の一端を授けられたことを記しているほか、同じく『道記』で出立を目前に控えた二月四日に、「玄哉いささか口訣の事伝授、喜びとて、色も香も知るに惜しまじ花の枝」と発句を詠み、連歌師の玄哉に『源氏物語』に関する伝授を行っていることなどからも充分にうかがえよう。

このように、紹巴が富士一見の旅に出立する永禄十年は、連歌・和歌・古典学ともに先達となる人々を次々と喪失した時期であり、またそれらの文芸の世界における継承者として自任する意を強くしてゆく時期でもあった。

連歌の師昌休から後を託された遺子の仍景は、永禄八年正月に昌叱と改名し、父昌休の後を継いで連歌師として自立してゆく形を整えたのであるが[10]、師に対する責務を果たした紹巴は、昌休の享年四十三歳の年に、初めて自らを主人公とする旅に出るのである。

『道記』の冒頭には、次のように記されている。

このたびの志は、都にありわびて出づるにもあらず、行方に頼める所もなし。奈良の都を離れて、ひと昔あなたより思ひ渡れる橋立・玉津島、いづれか先にと定めかねながら、まづ遠き所よりと心の内なるころ（略）

「都にありわびて出づるにもあらず、行方に頼める所もなし」とあり、紹巴自身は明確な旅の動機や目的はないかのごとくに記している。しかし、「都にありわびて」は『伊勢物語』の「京にありわびて、あづまに行きけるに」[11]（七段）の条を想起させ、また「行方に頼める所もなし」は、西国の守護大名大内政弘の招請で筑紫に下向した宗祇の『筑紫道記』冒頭部の「西の国の磯の上までを頼めをき給へる事ありき」[12]とある条などを想起させる。〈旅〉の先達である業平や宗祇などにおけるような外因的動機が自身の〈旅〉にはないと述べるのであるが、そこからは逆に紹巴の〈旅〉が内因的動機に拠っていることをうかがわせる。業平の旅と、宗祇などの連歌師に代表される旅の例を引き合いに出したのも、たんなる例示に留まるものではなく、一方で古典文学における典型的な〈旅〉の主人公としての業平の姿が、また一方ではまさしく〈旅〉を栖として生きた宗祇などの連歌師の姿が強く意識されていたためかと思われる。『伊勢物語』との関連については、次節で詳しく検討するが、冒頭に「奈良の都を離れて」とあるのも、紹巴が周桂に随って奈良から上京したのは十九歳の頃のことであり、ここにことさら改めて記すのも、『伊勢物語』の主人公の男が奈良の春日の里に所領を有していた（初段）ことや、意味は異なるが「奈良の京は離れ」（二段）とある言い回しを踏まえたものとも考えられよう。なお、紹巴の生地について昌叱は紹巴追善の『昌叱独吟百韻』の序文で、「紹巴法眼ならの京かすかの里に生れ」（『連歌合集』第三十一）と記している。

この後、紹巴は出立にあたり、近衛稙家の子息の前久・道澄兄弟や、連歌好士の宗仍らの餞別の座に招かれ、発句を詠み別れの挨拶を交わし、また二月七日、いよいよ都を離れる直前には、三条西公条、昌休の影前・墓前にも参り、暇の挨拶をする。門出の儀礼の場面に、今は亡き古典学や歌学の師の三条西公条や近衛稙家、また連歌の師の昌休の名が記されるところに、紹巴の〈旅立ち〉の動機の一端が示唆されているようである。

紹巴と弟子の心前は、二月十日に出立、在京時の心敬や宗祇の旧跡を経つつ、逢坂を経て園城寺に宿泊ののち、打出の浜伝いに行く途中、石山寺世尊院の住職に逢う。しばらく閑談するうち、十三年前の天文二十四年（一五五五）秋に石山寺で興行された千句連歌のことを想起し、追懐する場面が記されている。当千句は、大覚寺義俊・三条西公条・宗養と紹巴による四吟千句で、その前年の秋頃三条西公条は大覚寺義俊に『源氏物語』の講釈を行い、その竟宴として催されたものであった。大覚寺義俊は近衛稙家の子息前久・道澄の叔父にあたり、先に触れたその餞別の場面は、

夜に入り、重ね土器数添ひて、殿下・新門主様、我さへもなくなどと御言葉の匂ひも浅からぬに、源氏物語の宇治の巻に鬘鬚、咎められしも思ひ出でて、月に被き出でたらば踏歌ならましとぞいひあへる。

と、『源氏物語』の「橋姫」「椎本」「初音」の巻を踏まえて綴られているのであるが[13]、先述した通り公条の講釈は紹巴自身も傍聴しており、紹巴の注釈書『源氏物語紹巴抄』の基盤ともなったのである。連歌界の第一人者と

して、また紹巴の先輩格として活躍していた宗養は先に見たように永禄六年冬に急逝し、同じ年の十二月には古典学の師公条が亡くなり、さらにその『源氏物語』の講釈を共に聴いた大覚寺義俊さえも前月の永禄十年一月に他界したのである。紹巴は、「十三年の昔、金・蒼・宗養・予、四吟千句ありしに、独り残れるに」と記し、座を共に囲んだ者が今や誰も生存しない、まさに「独り残れる」境涯であった。競い合う先輩の連歌師もなく、『源氏物語』講釈や連歌会で座を共にした古典学の師や先達を次々に失った今、紹巴は連歌界においても古典学の世界においても頼る者のいない境遇にあることを、出立して間もなく書き記しているのである。

三　〈東下り〉と『伊勢物語』

都から東へ下る旅の途次に富士を一見する紀行は、『海道記』や『東関紀行』をはじめとして中世に多いが、〈富士一見〉を旅の目的とした紀行としては飛鳥井雅世の『富士紀行』（同じ折の紀行として堯孝の『覧富士記』、および今川家側の著者と思しき『富士御覧日記』がある）と、その子雅康の『富士歴覧記』などがある。雅康自身が当紀行の末尾に記した三井寺の僧の贈歌に対する返歌「富士の山およばぬ道はさもあらばあれねがひはみつのたかねならまし」の歌について、伊藤敬氏は「和歌と鞠と、そして富士一見とを飛鳥井家の誇りとする意識が見える」[14]と述べられている。紹巴は、その子孫の飛鳥井雅敦と早く永禄三年（一五六〇）の歌会で同席し、永禄九年に自身が初めて主催した和歌会にも他の有数の公家歌人とともに雅敦を招いており、〈富士一見〉は一つには雅敦の先祖飛鳥井家二代の富士紀行のイメージが重ねられていたとも考えられよう。

一方、『道記』は『伊勢物語』の世界との重層性を多く指摘し得る。それは他の紀行にもしばしば見える、ゆかりの地で『伊勢物語』の世界を想起するというレベルに留まらず、〈富士一見〉の旅そのものが『伊勢物語』九段の〈東下り〉の世界を踏まえて構成・演出されていると考えられる点が多く認められるのである。『道記』

冒頭部における『伊勢物語』との関連については前節でも触れたが、『伊勢物語』の〈東下り〉の旅の同伴者が「友とする人ひとりふたりして」とあるのに対し、『道記』では昌叱・心前の二人の弟子が随行するものの近江の豊浦付近で昌叱は都での留守居のため引き返し、その後は「心前一人伴ひ」旅路を行くことになる。実際には、『道記』末尾に「心前両僧片時の煩ひなく」[15]とあり、心前の外にさらに二人の随伴者がいたことが知られるが、そのことは旅の終わりの帰京の場面で初めて明かされるのである。都から、三河の国八橋・駿河の国・宇津の山・富士の山と辿る『伊勢物語』のコースは、そのまま『道記』の往路のコースでもあったが、次にその具体的な様相を順に見てゆくことにしよう。

二月十日に京都出立の後、近江路・鈴鹿峠を越え、二月二十五日に亀山に到着。続く尾張との国境付近にある桑名は織田信長の攻撃を受けて騒乱状態にあったため、その先は陸路を避け、船で三月八日尾張に渡る。尾張では織田信長の右筆で、連歌会で一座したこともある「旧識知己」であった明院良政のもとに逗留、ほぼ一ヵ月半の長きにわたり尾張に滞在している。旅の目的地である駿河の国にもほぼ同じ期間滞在しているが、旅の途次でありながら、紹巴はなぜ尾張に長く留まったのであろうか。しかも、駿河での滞在の日々の様子が日次記風に詳細に記されているのに対し、尾張での日々は、句集の一部を抄出したかのごとく、諸所の連歌会での発句とその詞書が簡単に記される程度である。長期の滞在に及んだとはいえ、尾張での記事をきわめて簡略に記したのは、一つには作品の構成として旅の目的地である駿河に焦点を置いたためであろう。発句の詞書を見ると、織田信長をはじめその家臣たち、あるいは寺々の興行による連歌会にしばしば招かれていることがうかがえ、尾張滞在中はそうした人々と風雅の交流に明け暮れたものと思われる。そうした表向きは安穏とした長期滞在の日々の背後に、金子金治郎氏が推測されるように、あるいは天下統一前夜の信長の動向に関する情報を入手するなどの政治的な画策があった可能性も考えられよう。[16]

尾張滞在中の句は、日付や季語などから日次的に季節の推移に従って配列したものと推定されるが、一連の発句を記載したその末尾近くに「富士一見急ぐゆゑ、発足とて張行ならず」とあり、四月下旬の頃になって、紹巴は突如先を急いで尾張を出立している。この尾張での長期滞在と急な出立は不可解に思われるが、長期滞在に金子氏が推測されるような政治的な画策の可能性があるにせよ、急な出立は紹巴が自身の旅を『伊勢物語』の〈東下り〉に重ね合わせ、物語の主人公と同じように、次の目的地である三河の八橋には「かきつばた」の季節に、そして駿河の富士には「五月のつごもり」の頃に到着することを意図していたからではなかろうか。『道記』では経路とともに時節も物語の時節に合わせられていると考えられるが、都から東海道を下る中世の数々の紀行のうち、八橋・富士の二つの名所ともに『伊勢物語』の時節とほぼ合う例は、管見によれば『富士歴覧記』が該当する程度である。

さて、四月二十七日、紹巴は三河の八橋の名所を訪れるが、「辺りには花もなし」という状態で、期待していた杜若の花が見えない。ある人が杜若を持参し発句を求めたため、紹巴は「杜若下り居て暮らす木陰かな」と詠む。当句を発句として四月二十八日に興行された『山何百韻』の連歌懐紙（阿久比町洞雲院本）[17]が現存するが、脇句は「沢辺の水もなつふかき色」（正勢）で、発句・脇句とも『伊勢物語』の「その沢のほとりの木のかげに下りゐて」の条を踏まえている。翌二十九日、「八橋の杜若、断絶遺恨を嘆き」つつ岡崎へ出立しようとしたところ、紹巴の嘆きを伝え聞いた代官の斎藤助十郎が駆けつけて来て言うには、杜若を植え置くよう土地の名主に命じたが、諸国の旅人が引き抜いて持ち帰るので跡形もなくなってしまったとのことで、見ると橋柱さえ削り取られた跡があるありさまであった。沢の中ほどには、「乾飯食ひける木陰」と思しき松の木があり、東の岡には業平の供養塔も建てられている。刈谷城主水野信元の重臣である無仁斎（先の『山何百韻』で脇句を詠んだ正勢）は、稲田になっていた田の早苗を引き抜き、杜若に植え替える作業を自ら率先して行い、都からの連歌師をもてなそうと奮闘する。紹巴は、「かきつばたいとおもしろく咲きたり」とある条を模して今しがた杜若が植え込まれた人工的な景色を眺めながら、無仁斎らと酒を酌み交わし、弟子の心前が取り出した乾飯を食しつつ、『伊勢物語』の世界を追懐するのであった。

物語の名所が、現実では心ない旅人の興味本位のふるまいで荒らされてゆくさまがうかがえる条であり、物語の雅びな心に対し、現世の俗な心が対照的に綴られている。一方また、『伊勢物語』の世界を形通りに再現しようと奮闘する無仁斎の姿や、人工的ににわかに再現された杜若を前に乾飯を取り出し、形通りに物語のふるまいをする紹巴の姿はいささか滑稽でもあり、物語の旅の情趣や面影よりも即物的な形をより強く求めてゆくところに、紹巴の物見遊山的な旅の姿勢がうかがわれるのであり、そうした自身をも含めた世人の世俗的な様相を具体的にリアルに描写しているところに本紀行の一つの特性がある。

ところで帰路では、七夕の日に刈谷城で城主の水野信元自らが、塩石を焚かせ城の門前の海水を汲んで、土地の名産である塩の製法を披露し、鯉魚などを馳走して紹巴らを饗応するさまが記されている。この日連歌会を興行したのは信元の重臣の無仁斎で、先に見たように往路の折、杜若を自ら植え込み、紹巴の願望に応えようとしたのであったが、この城内での製塩の場面も、『伊勢物語』八十一段に見える左大臣源融の豪壮な邸宅として知られる河原院を想起させる。当場面は、饗応する側や、紹巴自身が『伊勢物語』の世界を意識していたか否かは定かではなく、たんに土地柄に相応しい余興として披露したものとも解せるが、河原院の景観はしばしば和歌にも詠まれ、『顕註密勘』などの諸書にも記されるように、鴨川の水を引き入れて陸奥の塩釜の景を模した池水を造り、魚貝等を放って生簀とし、難波から海水を運ばせて塩焼きの風情に興じたことでよく知られており、留意される。

ついで紹巴らは、五月中旬に駿河に入り、宗長出生の地島田に一泊する。続く、宇津の山に至りぬ。我入らんとする道といへるは、右の谷に見下ろして、今は峰につきて上りぬ。誠に蔦・楓は茂り、木の下暗き五月雨の名残に、袖もすずろに湿れ、心細くして里に着きぬ。

とある条は、『伊勢物語』の

行き行きて、駿河の国にいたりぬ。宇津の山にいたりて、わが入らむとする道はいと暗う細きに、蔦、楓は茂り、物心ぼそく、すずろなるめを見ることと思ふに（略）

とある場面や言い回しを踏まえており、物語世界の確認と追想を重ねつつ自らの体験が綴られている。

さて、駿河の国には、五月中旬から六月下旬まで一月半ばかり滞在する。「五月のつごもり」の頃を間に置いて、まさに富士の山景を間近に眺める日々であったが、『道記』では五月九日遠江で富士を遠望した折に「今切の渡りして、富士を見初むるより、駒にまかせて道も覚えず」と記した後は、五月十九日「快く夜雨晴れて、富士の南に朝日も伊豆三島の北、雲の足高山・浮島が原よりこなた、田子の浦と教へられて眺めやりぬ」と清見潟から田子の浦を眺めた折に見た富士と、六月九日清見潟で「盃、富士の雪を傾けて眺めやれるに」と盃を傾けつつ眺めた富士のさまがわずかに記されるばかりで、『富士紀行』や『富士歴覧記』などと比較しても少なく、富士の景観そのものをあらためて観賞し描写する記事は見えない。そのことからも、紹巴の旅は、富士の景を純粋に眺め観賞することを希求した旅ではなかったことがうかがえる。六月七日には「夏の日も陰をや巡る富士の雪」と、『伊勢物語』と同じく夏の富士の雪を句材として発句を詠じている。

駿府に到着後、紹巴は三条西公条に共に師事した仲で在京時からの友人であった長善寺の乗阿と会い、その案内で公条の子息三条西実枝（実枝に改名したのは天正二年で、永禄十年時は実澄であるが、以下歌人として通行の実枝と記す）のもとに祗候、またその後正親町三条実福とも交流し、各々で興行された連歌会にも臨席している。三条西実枝は、天文十五年（一五四六）、および天文二十一年から永禄元年（一五五八）、永禄二年から同十二年の間、駿河に長期滞在しており、紹巴が訪れたのは三度目の在国時であった。正親町三条実福は、その祖父実望が今川氏親の姉を妻としている関係から、今川氏との結びつきが強く、祖父実望・父公兄ともに駿河に下向・在住することが多かったが、一方三条西実枝は正親町三条公兄の女、すなわち実福の姉妹を妻としており、実枝と実福とはまた姻戚関係で結ばれていた。

都から駿河に下向・滞在する公家は、今川氏親の時代以降ことに多く、今川氏と姻戚関係で強く結びつき長期滞在あるいは永住する公家らを中心として、駿河には京風の文化が形成されていた。この十年ほどの内には、今川氏と縁戚関係のあった山科言継が弘治二年（一五五六）秋から春にかけて約半年駿河に滞在しているほか、永禄九年五月以降翌年春にかけては、駿河で没し今川為和とさえ称した冷泉為和の子息為益が京駿を往還しており、紹巴が都の和歌会でしばしば一座していた山科言継や冷泉為益ら公家の駿河下向もまた、紹巴の〈富士一見〉の旅に少なからず影響を及ぼしたであろう。

駿河は室町時代前期の頃からこうした〈東下り〉した文人や僧侶らの尽力により公家文化や禅宗文化が浸透していったのであり、また一方、駿河在住の今川氏歴代の当主も積極的に文化の興隆に努め、宗長のような連歌師や、紹巴が小夜の中山でその影前に参詣した太原崇孚（雪斎）のような禅僧など、駿河から京都に進出する文化人を輩出するようにもなっていた。

しかしながら紹巴は、三条西実枝や三条実福の〈東下り〉を惜しむのである。実福については第一節で触れた(19)

が、実枝については、

逍遥院殿の御嫡孫として、（略）称名院殿より和漢有職の家を継がせ給へるものから、などしもかかる田舎渡らひには年を送らせ給ふ。あまつさへ源氏の理浅からぬ事を、また世に類あらんなど思ふものを、遠国にあるよし伝へ聞くに、「不窺玉淵」とは誠なるかな。かく言ふとて、わだかまる所を知るにはあらず。

と、『文選』巻五、および『和漢朗詠集』巻下「述懐」にも収める、中国晋の詩人左太沖の「呉都賦」の句「翫其磧礫而不窺玉淵者　曷知驪龍之所蟠」[20]を踏まえつつ、祖父の実隆、父の公条と代々、源氏学や古今伝授など古典学に秀でた三条西家の子孫でありながら、実枝のような逸材が「田舎渡らひ」[21]を続けていることを嘆じ、さらに右の文に続けて、自らが三条西公条や近衛稙家など都の一流の公家を師として古今集を学び、その伝授を受けたことを追懐している。

先にも触れたように、実枝や実福ら駿河在住の公家らは、今川氏の文芸・文化の興隆に大きく貢献したのであるが、紹巴は歌学や古典学などの継承者たる公家の地方在住をある種の〈貴種流離〉と捉えて嘆いており、公家の地方下りで貴重な文芸の継承や伝授が断絶することを危惧している。紹巴の中央集権的な意識を読み取ることもできようが、あるいはまた金子金治郎氏が指摘されるように、「今川氏の衰微」が「もはや防ぎようのないところへ来て」おり、「都への帰京を促」[22]したことも充分に考えられよう。実際、紹巴下向よりほぼ二年後の永禄十一年十二月に、駿河の国は武田信玄の侵攻により今川氏真のもとから奪われ、実枝は永禄十二年六月に帰京することになるのである。

紹巴は永禄八年七月に、『伊勢物語私抄』として自らがその注釈を完成させた『伊勢物語』の九段になぞらえて、

〈富士一見〉の旅を結構したと考えられるが、物語世界の〈東下り〉の旅の追体験は、連歌師紹巴にとって意義深い経験となったにせよ、古典学継承の立場においては都から駿河に下向した公家らの〈東下り〉は、公家文化の地方への流出として痛惜せざるを得なかったのである。

四　追憶の旅

『道記』は、作品の性格としては紀行というべきであろうが、今は亡き人々を追懐したり、その墓前に詣でる場面や記事が全体的に多い点に留意される。

墓詣でや追善連歌の記事については、まず、

七日には、故三条西殿称名院殿、御影前。昌休の印の古道分けて（略）

とあり、二月七日、紹巴は都を出立するにあたり、暇の挨拶を行うべく、古典学の師三条西公条や、連歌の師昌休の影前・墓前に詣でている。続く近江路では、六角氏の家臣の興行による光岳宗和七回忌追善の盛大なる千句連歌会に出席した後、近江八幡では、竹林寺の観道坊の墓所に詣で、さらに遠江国小夜の中山では、今川家の執権としても活躍した臨済宗の禅僧太原崇孚（雪斎）の影前に詣でている。帰路の近江では、六角氏の重臣で、弘治二年（一五五六）に永原城で宗養や紹巴を招き、百韻を興行したこともある永原重興の墓前に詣で、その後園城寺に赴き、旅の出立時に紹巴一行を石山寺まで見送り、秋の再会を約束しつつも四月の頃にはかなく他界した花光坊を弔い、彼岸花を墓前に供えている。

ついで、追憶の場面については、まず公家関係では、石山寺で、天文二十四年（一五五五）興行の、大覚寺義俊・

三条西公条・宗養および紹巴による四吟千句を想い起こし、今は亡き三人の人々を追懐する条については第二節でも触れたが、出立の折に墓詣でをした紹巴の古典学の師三条西公条は永禄六年（一五六三）十二月に、また近衛稙家の弟の大覚寺義俊は紹巴が旅に出立する直前の永禄十年（一五六七）一月に他界している。駿河においては、駿河滞在中の三条西実枝とともにその父三条西公条を偲び、さらに、

予に称名院殿、古今集の御筆を染め、文字読みを許させ給ひて後、やがて薨ぜさせ給ひしかば、伝授をば恵雲院殿（近衛殿太閤御所）より、いささか承りながら（略）

と記し、自身の古典学の師としての三条西公条（称名院）や近衛稙家（恵雲院）を回顧し、その学恩を追懐するのである。

連歌師の先達については、心敬、宗祇、宗長をはじめ、宗碩、宗牧、周桂、昌休、宗養など、室町中期から後期にかけての代表的な連歌師の面々が、旅の途次の随所で想起され、追懐される。石山寺千句での宗養に対する回顧は先に触れた通りであるが、続く旅の途次で宗碩や宗長の出生の地について次のように記している。

宗碩の生所、茨江といふ川島を眺めやるも、懐かしき心地せり。

島田といふ所に、まだ暮れやらぬ空ながら、宗長出世の地と聞きて泊まり、宇津の山に至りぬ。

宗碩出生の地については、天正十九年（一五九一）頃の成立とされる『梅庵古筆伝』に「尾州茨江人」[23]と記され、

著者の大村由己は天正四年（一五七六）十一月以降の連歌会で紹巴とたびたび同座しているが、管見によれば『道記』における宗碩出生の地の記載は、『梅庵古筆伝』に先立つ最も早い記述であろう。また、宗長出生の地についても、寛文八年（一六六八）成立の福住道祐による『宗長居士伝』に「駿州嶋田邑」[24]と記されるが、『道記』の記載は、「宗長の島田出生を記した初見史料」[25]とされ、先達の連歌師を追憶する記述であるとともに、初見史料としての文献上の価値も見出される点で留意され、『道記』のこうした史料としての価値は他の箇所でも同様に散見される。

その他、心敬や宗祇の京都の旧跡や、宗長滞在の宿坊、宗牧宿泊の地など、それぞれのゆかりの地を書き留めた記事も少なくない。

・二日には、宗長以来宿をせし滝坊に、

　　宿借るも尾花が本の名残かな

先師は、伊勢千句聴聞して雇ひし程の人とならん。

・この地は人の志あると覚ゆるは、閑窓老人に便りありて、宗牧たびたび留まれる後、歌を贈られし。

宗長滞在の熱田の滝坊については、『宗長手記』大永六年（一五二六）夏の記事に、「宮の家〳〵、くぎぬきまで、潮の満干、鳴海・星崎、松の木の間このま、伊勢海見はたされ、こゝの眺望、たがことの葉もたるまじくなむ。旅宿滝の坊興行。筑前守来あわれて、郭公松の葉ごしか遠干潟」[26]とあり、伊勢湾を見渡す滝の坊の眺望と連歌興行のさまが記されている。この折の一座については、『張州雑志』巻五十六「熱田寺院之部三」の「圓融山中正院」

の条に「於滝坊卯月五日　ほとゝきす松の葉こしか遠干潟　宗長　よこ雲のこせあくるなつの夜　良温　良温ハ滝ノ坊の住持なり」[27]とあり、当百韻の興行主である滝の坊の住持良温の脇句が見える。[28]良温は、滝の坊を開山した天台宗の大阿闍梨で、天文十五年（一五四六）から十六年にかけて興行された『天文熱田千句』[29]では、発句一句を含み最多数の百六十一句を詠むなど、主として熱田滝の坊を中心に活躍した連衆で、天文二十三年には『源氏物語』を熱田神宮に奉納しており、[30]文事にも関わりの深い人であった。宗長は、大永七年の四月にも滝の坊に立ち寄り、百韻に一座しており、紹巴はそうした宗長ゆかりの宿坊での感懐を記し、先代の住職良温の連歌数寄としての姿をも書き留めている。

宗牧宿泊の地については、『東国紀行』に桑名から知多半島の大野に渡り、大野城で松波閑宗（閑窓老人）に会い、「いづれも旧友なれば、都の物語しつゝ、ふかし侍り」[31]と記されており、松波閑宗が都に滞在していた折に知り合ったのであろうか、宗牧の旧知であったことが知られる。

あるいはまた、宗祇や宗長のゆかりの品々や遺品などに関わる記事も見える。

・蒲生左兵衛大夫殿、智閑、宗祇へ伝授古今の箱などの事語りて、興行あるべきとなれば、

　巡り逢ひぬ種まき置きし花盛り

嫡男鶴千代殿、夜更くるまで御長座ありて、酌み取り酌み取り歌ひ、給へり。翌朝、宗祇、仁正寺といふ所にて、「春なかば冬の梅咲く深山かな」とありし木の本を一見に行きて、

　春なかば冬の梅咲く山里の苔に残れる人の面影

・興津入道牧雲といふ人は、清見の辺り知れる人なりしが、宗長の昔寵愛にて、艶書など今に懐に残るとて、

墨染の袖の香も身に染める物語ありつつ（略）やがて牧雲斎城の下にて、十日に興行あり。（略）宗長・牧雲の古、同じ枕言の歌など、朝の文の筆の便りの注釈の巻物、数を知らず。仲立ちともなれる宗仙といふ世捨て人などの物語に、長公の席に陪する心地せり。

・御館様にて、宗祇香炉に、宗長松木盆、翌日御会席半ばに御手づから出ださせ給ひ、千鳥といふ香炉、名物拝見忘れがたくして、丸子に至りぬ。

最初の条の蒲生左兵衛大夫殿は、六角氏の家臣で日野城主の蒲生賢秀であり、智閑は蒲生貞秀で賢秀の曾祖父にあたる。宗祇の智閑への古今伝授は金子金治郎氏が述べられているように、正式の伝授ではなかったと思われるが、宗祇から連歌辞書『分葉』を贈られるなど厚遇されている。智閑は三条西実隆や飛鳥井雅親とも親交が深く、『蒲生智閑和歌集』の歌集があるなど、文人としてもよく活躍した人である。[32] 正式ではないにせよ、宗祇が智閑に伝えた古今の伝授は、その曾孫の賢秀まで伝わり、さらにその嫡男鶴千代（後の氏郷）の才ある立派な成長ぶりは紹巴も頼もしく思われたことであろう。鶴千代はこの翌年の永禄十一年織田信長の人質となり、翌十二年に信長の娘冬姫を娶り、以後氏郷として信長ついで豊臣秀吉に仕え、織豊時代に活躍するようになる。宗祇の発句に呼応して詠じた紹巴の歌の下句「苔に残れる人の面影」は、智閑への追憶であり、また宗祇への追憶も重ねられていよう。

次の条は、宗長が寵愛した牧雲が所持していた、宗長からの艶書にまつわるやや説話的な趣向の記事、最後は駿河を出立する際、連歌の会席の最中に、国主の氏真自らが披露した、今川家の家宝ともいうべき、宗祇および宗長からそれぞれ献呈された香炉、松木盆などを拝見した記事である。

以上のほか、宇津の山の宗長の草庵跡を訪れた際の場面は、特に詳細にそのさまを記しているが、そこでは案内の僧が紹巴の最初の師である周桂や、宗牧の昔語りをしてくれたこと、あるいはまた、帰路の遠江では、十年ほど前に長らく在京していた旧友の為雲（松下藤六郎）という老人に会い、為雲の「宗長の婿の弟として十四歳より二十二まで宗長の懐に育てるよし」との聞き伝えを記し、同じく帰路の尾張で、織田信長の家臣道家与三兵衛興行の連歌会に招かれた折には、「祖父も宗長道の記に入りたりし行方とて」と書き留め、さらには帰路で津島神社に赴く際、宗丹を訪ね、その子息の同行を得て、「宗牧に因み浅からぬ人」と記している。宗丹は、天文十三年（一五四四）閏十一月二十五日、三河国西郡に宗牧一行を迎えての千句に出座した連衆で、『東国紀行』にもその名が見える。遠江から尾張に至る帰路に登場する、為雲・道家与三兵衛は、宗長に縁ある人々であり、閑窓・熱田神宮の社僧嘉祐・宗丹らは宗牧に縁ある人々、また熱田神宮滝坊の良温は両者に縁ある人であって、これらの人々は今は亡き両連歌師の旅の足跡を偲ぶよすがともなっている。先に見たように長い旅の終わりに、永禄四年に他界した永原重興の墓前に改めて立ち寄っているのも、親交のあった重興を偲ぶ心とともに、永原氏と縁を結んだ宗祇や兼載、宗牧や宗養らの連歌師をも偲ぶ心があったからではなかろうか。

以上のように、紹巴は、旅の随所で、古典学の師や先達、連歌師の師や先達、あるいは連歌会の興行主として庇護を受けた武将など、今は亡き人々を追懐し、『道記』に書き留めているのである。[33] 両角倉一氏は、『紹巴発句帳』の注目すべき点の一つとして追善・懐旧の発句の多いことを指摘されているが、『紹巴発句帳』に収められている追善の発句のうち、紹巴と人生の重なる、連歌師関係の周桂・宗牧・昌休・宗養、古典学の師の三条西公条・近衛稙家、武将の永原重興らは、先に見たようにすべて『道記』においても追懐の対象として記されている人々である。両角氏は、「紹巴の律儀な性格」や、「人情に厚く義理堅い一面」を指摘されており、そうした面も確かに強いと思われるが、『道記』においてはさらに紹巴の生前あるいは幼少期に没した、連歌師の先達心敬や宗祇、宗長や宗碩らも想起されている。〈富士一見〉の旅で、駿河滞在の期間が長かったこともあり、宗長の名が殊に多く記されているという面はあるが、総じてこうした今は亡き人々への追懐・回顧には、紹巴が古典学の継承者としても、また連歌師としても転換期にあることを自覚し、師匠や先達として自らを導き、自身の文芸や学問を培う基盤となった人々を追懐しつつ、自己の文芸上の系譜を今一度再確認する意味があったのではなかろうか。『道記』の旅は、今は亡き人々との文芸上の絆を辿り続けてゆく追懐の旅でもあったと考えられる。

五　旅路の交流

前節では、『道記』における今は亡き人々を偲ぶ追懐・懐旧の記事を中心に見たが、『道記』ではまた一方、今を生きる人々との交流を記した記事もきわめて多い。旅の先々での連歌会を主とした雅会や、酒肴を伴う饗応の記事などを中心に、宿泊先や道中で接待や案内を受けた人々との交流のさまが書き連ねられており、雅会における詠作も詩的感性や詩想を磨き深めるという姿勢は薄く、社交的な挨拶としての性格が強いといえる。その意味で『道記』は、地方の人々との交流に明け暮れた旅ともいえるが、本節ではそうした旅先での交流における留意すべき点として、往路と帰路の二度の滞在期間をあわせ、駿河よりも長期にわたって滞在した尾張滞在の記事を中心に見てゆくことにしたい。尾張には、往路で四十余日、帰路では長島の戦いに遭遇したこともあり、二十余日滞在している。

尾張の国主織田信長は、天文二十年（一五五一）に父信秀が急逝し、十八歳で家督を継承するが、永禄三年（一五六〇）駿河・遠江・三河の大軍を率いて入京を企て、尾張に侵攻した駿河の今川義元を桶狭間の戦いで破ったことから、勢力をさらに拡大し、やがて尾張一国を統一し、支配下におさめることになる。紹巴が旅した永禄十年の年の八月には、信長は美濃の国主斎藤龍興をその居城稲葉山に侵攻して龍興を逃亡させ、長年の宿願であった隣国美濃を平定し、(34)九月には稲葉山城下の井の口を岐阜と改称して岐阜城に移住しており、信長が新興の大名として破竹の勢いで勢威を高めつつある時期であった。

『道記』の往路の尾張での滞在の様相については第三節でも触れたように、詞書と発句のみを記した句集のような体裁であるが、

大守、新作の庭にて、御所望
茂れなほ松に相生ひの花の庭

と、紹巴は国主織田信長の館での連歌会に招かれており、新しく造作された庭園の庭誉めに、織田氏繁栄への願いを込めた祝言の発句を詠んでいる。さらにまた、織田信長の家臣の明院良政や蜂屋頼隆、詳細は不明であるが織田氏家臣の大野俊秀などの居所での連歌会にも招かれ、その折々での発句も書き留めている。往路で、紹巴一行が尾張に入る際には、「清須より小牧へ着きはべりぬ。明院かねてより乗物など国境に言ひ置かれたるに」とあり、明院良政の手配により乗物も用意され手厚く出迎えられているほか、尾張を去る際にも「簗田出羽守の息、酒持たせ給へるに」とあり、織田信長の家臣簗田広正が酒を携えて見送りに出るなど、織田信長とその家臣たちに厚遇・歓待されての旅程であったことがうかがえる。

また、帰路の尾張に至る前、三河でも緒川城・刈谷城城主の水野信元やその家臣の興行による連歌会のさまや贅沢な饗応ぶりを記しているが、水野信元は父忠政の死後天文十二年以降、父の代の松平氏との親和関係を転換して織田氏に属し、元亀元年（一五七〇）の姉川の戦い以下信長率いる合戦にもたびたび参戦しており、紹巴が訪問した永禄十年の年も織田信長との結びつきの強い関係にあった点に留意される。

さて、信長の父信秀は、海上交通と商業の拠点として発達した尾張の熱田や津島の要港を支配下におさめ、勢力の拡大をはかったが、そうした経済力の重視とその掌握は信長の代にも引き継がれ、港湾都市の商業活動はさらに活況を呈するようになる。『道記』の帰路にも、熱田や津島を訪れた記事が綴られているが、なかでも熱田の加藤家についての記事に留意される。和歌や連歌などを好む文人でもあった熱田町民の豪商加藤全朔（延隆）や、その甥の加藤図書助（順盛）の邸宅に招かれての連歌会のさまやその歓待ぶりが書き留められているが、後者の記事に、

四日には、加藤図書助の新地の構まで海掘り上げたる松陰近くありて、出で入る潮早き所なれば、

満つ潮の入江や谷の秋の水

とあり、「新地の構」は加藤順盛が熱田の東の精進川口の中島を購入・開発して新たに構えた「羽城」の屋敷をさすとされ、[35]この後の『道記』にも「大高城より水野防州迎ひ船を、加藤庭に押し入れたり」と加藤家の屋敷の庭に直接船で出入りするさまが記されている。下村信博氏は、加藤氏一族は、熱田の沿岸部を開発し、そこを拠点として海を手中にした一族で、おそらく新来の一族として新開地に拠らざるを得なかったのであろうが、その時代の新しい方向を目指し、織田信秀・信長父子と結びつくことで発展し、また織田信秀・信長父子がこの新しい動きに注目し加藤氏を庇護したことの意義は大きいと述べられている。[36]信長政権において、その経済政策は大きな要であり、熱田の商業権を握る加藤家に諸免許状を与えて商業の自由を保証するなど、永禄年間頃から港湾の商業都市として急速に発展した熱田の豪商たちの経済力を取り込むことで、政権を拡張し拡大させていったのである。

三河で紹巴が定宿とした長坂守勝邸に関しても、長坂氏は知多湾奥の衣ヶ浦湾沿岸の海浜を有し、塩の生産・販売などの利権を得ていたかとされ[37]、こうした資力を蓄えた人々が連歌会を主催するなど文化的な面でも成長を遂げていることがうかがえ、室町末期の社会の一様相を示唆する記事として注目される。

紹巴の青年期の先達である大東正云は奈良で布を商う富商であったほか、天文十四年以降の連歌会でたびたび紹巴と同座し、歌人・歌学者としても活躍した林（饅頭屋）宗二は、元祖奈良饅頭を製した奈良の富裕な製菓業をも継ぐなど、紹巴の近辺の連衆にも富商の文人が存在した。先の熱田の加藤全朔がその書状の中で「代々商売仕来」ると述べ、みずからを商人として意識していたことが指摘されているが[38]、室町末期において、従来の公家・武家・寺家の権門に対し、新たな勢力として台頭してきた豪商・有徳人らの勢力は、近世の幕開けの近いことをうかがわせる社会現象であり、加藤全朔の場合も経済力で新時代を切り開いてゆく商人、あるいは経済人としての自負があったのではなかろうか。信長は、「領国の拡大と繁栄を図り、環伊勢湾政権ともいえる権力[39]」を築いたとされるが、紹巴が訪れた尾張には、新時代の到来を予測させる政権と豪商の経済力が充分に調えられていたのである。

六　都の威光

戦国末期、各地で戦国大名が群雄割拠するなかで、そうした動乱の世を統一しようという動きや傾向が、有力な諸大名を中心に強まってくる。永禄三年（一五六〇）駿河の今川義元が駿河・遠江・三河の大軍を率いて入京を企てたように、天下統一のためにはまずは権力と経済の中心であった京都とその周辺畿内地方を支配する必要があったのである。永禄十年美濃を平定した織田信長が、稲葉山城下の井の口を岐阜と改称して移住したことについては先に述べたが、岐阜の名は、妙心寺派の禅僧沢彦宗恩の進言により、中国の周時代の初代帝王の武王が岐山を本拠として天下を統一したという故事による命名とされ、永禄十年十一月より同じく沢彦宗恩の選定した「天下布武」の四文字を印文とする新しい朱印を使用し始めたこととも合わせ、信長の天下統一の大望の表明が読み取れる。実際、翌永禄十一年に信長は足利義昭を擁して入京を果たし、将軍義昭のもとで天下の実権を握るようになるのである。

政権の世界では、そうした大名領国の統一に向けて中央の京都指向の傾向が強まるなか、紹巴は〈富士一見〉のため地方への旅に出立したのである。『道記』において富士の姿は、眺望したさまがわずかに記される程度で、その景観そのものをあらためて観賞し描写した記事がないことや、駿河では都から駿河に下向・滞在している公家らの姿をある種の〈貴種流離〉と捉えて公家文化の地方への流出を嘆じているさまなどについては第三節ですでに述べた。これらに合わせ、さらに『道記』においては、富士のみならず全般的に旅路の景観や自然の景色、土地の風情などの描写が少なく、作品の大半は雅会や酒宴、宿泊先や道中など行く先々での歓迎・歓待のさまや、そこでの人々との交流のさまが書き連ねられている。京都と駿河を往還する旅路の自然の風景の多くは、作品の舞台背景として、いわば書割として描かれているに過ぎず、表舞台では紹巴を囲む人々の群れや集いの場面が出立から帰京に至るまで途切れることなく賑やかに進行してゆくのである。

こうした点を考えると、第四節で見たように今は亡き人々、第五節で見たように今を生きる人々をともに合わせて、貴顕との交流をはじめ自身を取り巻くさまざまな人々との関わりやつながりを書き留めることこそ紹巴にとって意味のあることであったのではなかろうか。先達の連歌師に倣っての旅というよりも、地方に下り、その体験記を綴ることで、〈都の連歌師〉としての紹巴の存在が創出されるのであり、その意味で旅に出て〈都の連歌師〉を体験することこそ主眼であったとも考えられよう。それゆえに、紹巴は『伊勢物語』の主人公の〈都の雅びな男〉の東下りを象りつつ、〈都の連歌師〉としての東下りを試みたのではなかろうか。『道記』に記される旅先での歓迎ぶりは〈都の連歌師〉紹巴の存在を裏づけるものであり、またそのような意図で記事が編纂され、作品が構成されている可能性も考慮に入れねばならないであろう。

都を出立するに先立っての場面では、近衛稙家の子息の前久や聖護院道澄ら貴顕との交流、北野連歌会所の万句での発句の詠作、茶人で連歌師の玄哉への『源氏物語』に関する伝授など、〈都の連歌師〉たるにふさわしい記事が書き並べられている。さらに、紹巴の先達の連歌師たちの紀行と比較してみると、宗祇の『白河紀行』が東国の塩谷から白河の関までの旅、『筑紫道記』が都から周防山口に下り、筑紫を歴訪の後山口に帰着するまでの旅を綴り、また宗長の『東路のつと』が郷国駿河から関東を廻り鎌倉に至るまでの旅、『宗長手記』上巻・下巻がそれぞれ駿河から上洛後、再び駿河に帰国するまでの旅を綴り、宗碩の『さののわたり』が都から桑名までの旅、宗牧の『東国紀行』が都から東国を目指し隅田川を渡るまでの旅を綴っており、『宗長手記』の場合は郷国の駿河であるが、他はいずれも地方の旅先の地での記事で擱筆しているのに対し、紹巴の場合、『道記』および二年後の『天橋立紀行』ともに、都に帰着するところまでを綴り、そこで擱筆している点に留意される。〈都の連歌師〉像の造形のために、旅の主人公はやはり都に帰還する必要があったのであろう。『道記』の最後の場面は、

人界はかなき世、さてもめでたやめでたやと言ひ酔ひ暮らしぬ。心前両僧片時の煩ひなく、いささかの災難に遭はずして、留守の昌叱縁者の者どもと頤を解き（略）

とあり、紹巴は無事に帰還したことを門弟たちとともに喜び合い、大笑いするという、先達の連歌師の紀行にはない祝言めいた乾いた明るさで綴られている。

〈都の連歌師〉としての紹巴の姿は、松永貞徳の『戴恩記』下に「紹巴法橋は、ならの住人たりしが、「人は三十歳のうちに名を発せざれば、立身ならぬ物なり。つく〴〵と、世の有様を見るに、連歌師はやすき道と見えて、職人町人も貴人の御座につらなれり。（略）」「称名院殿に源氏物語を聞、三吉殿の仰にて宗養と両吟を仕り、辛労の功つもりて冥加や有けん、其内に宗養もうせ、天下の上手とよばれ給ひし」[40]と記されるように、連歌師となり「貴人」に交わることを志した青年期の意識ともつながっていよう。紹巴は長じて、公家の面々や、幕府あるいは京都近在の武将らの「貴人」と連歌会や歌会で同座し、連歌師としての精進に励んでゆくのだが、駿河への旅に出立する前年の永禄九年四月には公家や連歌師らを招いて自ら和歌会を主催するに至っている。現存の記録によれば、宗祇が三条西実隆ら公家の参会する和歌会を自邸の種玉庵で主催するのは連歌師として円熟した後の長享元年（一四八七）六十七歳以降のことであり、先達の連歌師らと対照させてみてもそれはきわめて異例のことであった。

こうして「貴人」とのつながりを拡張し拡大しつつ、紹巴はやがて『戴恩記』が記すように、「天下の上手」と称されるほどの連歌師としての地位を確立してゆく。信長が京都を手中におさめて天下統一をはかるその動きと軌を一にして、紹巴もまた〈都の連歌師〉として文事における天下の第一人者となる道を志向したのであろう。その方向は、織豊の新時代にふさわしく、当代において最も現世の威光を顕現する織田信長や豊臣秀吉ら新興の「貴人」とのつながりを深めてゆくことであり、新しい時流に乗る身の処し方をわきまえることで天下の連歌師としての地歩を固めていったともいえよう。

七　喪失と出立

第二節でも触れたが、紹巴は永禄十年の〈富士一見〉の旅に出立するまでの数年間のうちに、連歌・和歌・古典学の先達となる人々を次々と喪失している。歌学や源氏学などの教えを受けた三条西公条が永禄六年十二月に亡くなり、歌会への参会などの交流を通して歌学を学んだ近衛稙家が永禄九年七月に他界、さらに連歌界の第一人者として活躍していた宗養が永禄六年十一月に急逝し、紹巴の先輩格の連衆として親交の深かった武将三好長慶も永禄七年七月に他界している。近衛稙家の子息前久や聖護院道澄、大覚寺義性らはいまだ若く、三条西実隆・公条の後継である実枝は駿河に滞在中であってそのことを紹巴は嘆いていたのであるが、いずれにせよ、紹巴の周囲の文化的環境は代替わりの時期を迎えていたのである。

戦国時代末期の政治的環境においても、旧勢力と新勢力との交代の時期が到来していた。近衛家は、将軍足利家と婚姻関係を結び、近衛稙家の妹は足利義晴の室となったが、その次男は稙家の猶子として稙家の弟の興福寺別当一乗院門跡覚誉に入室し、覚慶と名乗るようになる。永禄八年五月、兄の将軍足利義輝が松永久秀らに暗殺された後、覚慶は同九年二月に還俗して義秋と名乗り、同十一年四月さらに義昭と改名、同年七月幕府を再興すべく美濃の織田信長に援助を求め、信長に奉ぜられて入京、十月に征夷大将軍となる。以後、義昭を将軍としつつ、織田信長による天下一統の戦いと改革が推進されてゆくのである。

中世から近世への大きな転換期にある時代のさまざまな様相が、『道記』の作品からうかがえるが、紹巴個人の人生においても永禄十年の旅の前後は大きな転換期にあったといえよう。永禄九年、近衛稙家が他界した際、紹巴は追善の独吟百韻の発句で「月ぞ入まよはん道の行ゑ哉」と詠んだが、永禄十年の旅は、師や先達の亡き後、連歌や古典学の後継者たる自らの位置を再認識し、連歌においても古典学においても自立した存在として、第一線で活躍する道を歩むという文芸における新たな階梯への出立でもあり、人生の半ばでの〈富士一見〉をはじめとする三所の歌枕探訪の旅は、前半生を結び、後半生を新たに展開する上での転換点でもあった。紹巴は後半生、詠作者として関わった千句・百韻などの連歌の作品数において先達の連歌師をはるかに上回る圧倒的な数を残し、また同座した連衆の総数や階層・地域の多彩さにおいても、連歌史上稀有な存在ともいうべき活動を展開しており、さらに連歌論書や式目関係の書の著作のほか、連歌学書や辞書などの編集、古典の注釈書の著作など、きわめて多岐にわたり多量の業績を生み出していったのである。

注（1）中世から近世初期にかけての古地図に関しては、中村拓「戦国時代の日本図」（『横浜市立大学紀要』一九五七年三月）、秋岡武次郎『日本地図作成史』（『日本古地図集成』図録、鹿島研究所出版会、一九七一年）、中村拓『日本古地図大成』（講談社、一九七二年）など参照。
（2）室賀信夫「奥州街道と白河町」（『地理論叢』一九三六年八月）、同「大日本国地震之図私考」（『人文地理』一九六五年八月）参照。
（3）『紹巴富士見道記』の作品については、小高敏郎『ある連歌師の生涯―里村紹巴の知られざる生活―』第五章「富士見物の旅」（至文堂、一九六七年）、金子金治郎『連歌師と紀行』Ⅳ7「紹巴の紀行」（桜楓社、一九九〇年）、内藤佐登子「里村紹巴『富士見道記』点描（1）～（24）」（『文学堂書店古書目録』一九八七年秋～二〇〇二年一月、『紹巴富士見道記の世界』（続群書類従完成会、二〇〇二年）に再編成した形で所収）に考察・考証がある。
（4）本章第二節、参照。
（5）本文は、『紹巴富士見道記』（『中世日記紀行文学全評釈集成』第七巻、勉誠出版、二〇〇四年、所収）による。以下同じ。
（6）奥田勲「「紹巴天橋立紀行」について」（『国文学攷』一九七〇年六月）の翻刻による。
（7）紹巴の伝記については、小高敏郎注（3）同書、両角倉一「里村紹巴小伝」（『連歌俳諧研究』一九六二年一二月）、同「紹巴小伝〈改稿〉」（『山梨県立女子短期大学紀要』一九八八年三月）、同『連歌師紹巴―伝記と発句帳―』（新典社、二〇〇二年）、奥田勲「修業時代までの紹巴―里村紹巴伝考証　その一―」（『連歌とその周辺』中世文芸研究会、一九六七年）、同「紹巴年譜考（一）～（四）」（『宇都宮大学教育学部紀要』一九六七・六八・六九・七三年の各一二月）、同「中世末期連歌研究のための序章―紹巴の周辺―」（『国語と国文学』一九六九年四月）、同『連歌師―その行動と文

学―』（評論社、一九七六年）、木藤才蔵『連歌史論考　下』（明治書院、増補改訂版、一九九三年、初版一九七三年）など参照。

（8）両角倉一注（7）同書「紹巴の伝記」参照。両角氏はこの問題と関連する資料を多く提示されているが、解釈については推断を控え保留されている。

（9）永禄五年時に「卅六歳」と注する（享年三十七歳となる）百韻が一点現存する（木藤才蔵注（7）同書第二章四の注13）。

（10）『言継卿記』永禄八年正月二十日条に「連歌師紹巴、同昌叱、同心前等也」とあり、両角倉一注（7）同書「紹巴の伝記」に、紹巴の肩書が四十代より「連歌法師」から「連歌師」になることや、高弟の昌叱や心前も「連歌師」と称されるほどに成長していた旨の指摘がある。

（11）新日本古典文学大系『伊勢物語』による。表記は適宜改めたところがある。以下同じ。

（12）新日本古典文学大系『中世日記紀行集』による。

（13）『源氏物語』宇治十帖「橋姫」の巻に、鬘髭の宿直人が薫から与えられた衣装を着て「似つかはしからぬ袖の香を、人ごとに咎められめでらるる」場面があるほか、「椎本」の巻には、父八の宮を失った大君・中君の姉妹が薫を見舞った折、姉妹が供の人々にも「肴など目安き程にて、土器さし出でさせ給ひけり」と肴や酒をすすめ、また同席の鬘髭の宿直人に対し、薫が八の宮を亡くした鬘髭の悲しみを慰める場面がある。また、「初音」の巻には「月の曇りなく澄みまさる踏歌の節会の夜、常よりも殊に多く酒饌が振る舞われ、最後に禄の「綿かづき渡りて」踏歌人が退出する場面が見える。

（14）伊藤敬「富士歴覧記」の項（『研究資料日本古典文学』第九巻「日記・紀行文学」、明治書院、一九八四年）。

（15）「両僧」は紹巴自筆とされる一本では「両僕」とある（内藤佐登子注（3）同書、口絵参照）。

（16）金子金治郎注（3）同書Ⅳ7「紹巴の紀行」。

（17）『阿久比の連歌』（『阿久比町文化財調査報告　第一集』一九七五年）所収。

（18）紹巴による『伊勢物語私抄』（吉永文庫蔵本）に、「木のかげに　羇中のさまよく〳〵おもふべし」と注する。

（19）その条の「比叡の山を二十ばかり重ね上げたらん程」とある箇所も、『伊勢物語』九段を踏まえた言い回しを用いている。

（20）日本古典文学大系『和漢朗詠集』による。表記は適宜改めたところがある。

（21）この言い回しは『伊勢物語』二十三段にも見える。

(22)金子金治郎注(3)同書Ⅳ7「紹巴の紀行」。
(23)『続群書類従』第三十一輯下による。
(24)『続々群書類従』第三による。
(25)鶴崎裕雄「京下りの公家たちと今川文化」(『静岡県史』通史編2中世、第三編第五章第一節、一九九七年)。
(26)『宗長日記』(岩波文庫)による。
(27)『熱田神宮史料　張州雑志抄』(一九六九年、熱田神宮宮庁)による。
(28)当連歌については、余語敏男『宗碩と地方連歌―資料と研究―』第二編第三章一「熱田の連歌」(笠間書院、一九九三年)に紹介がある。
(29)注(28)同書第三編『天文十五・十六年千句』(熱田神宮蔵)の翻刻参照。
(30)尾崎知光「熱田本源氏物語とその筆者」(『源氏物語私読抄』笠間書院、一九七八年)参照。
(31)『群書類従』第十八輯による。
(32)金子金治郎『宗祇の生活と作品』第一章(2)「蒲生智閑をめぐって」(桜楓社、一九八三年)参照。
(33)両角倉一『連歌師―伝記と発句帳―』「紹巴発句帳の表現」一「追善句と挨拶句」(新典社、二〇〇二年)。
(34)信長の美濃稲葉山城攻略については、永禄七年とする説もある。勝村公「織田信長の稲葉山城永禄十年攻略説を糺す」(上)(下)(『郷土文化』一九九三年八月、同年一二月)など参照。
(35)下村信博「熱田町民と連歌」(『蓬左』二〇〇〇年三月)。
(36)下村信博「戦国・織豊期尾張熱田加藤氏研究序説」(『名古屋市博物館研究紀要』一九九一年三月)。
(37)内藤佐登子注(3)同書第十章「刈谷・緒川」。
(38)下村信博、注(36)同論文。
(39)有光友學「群雄の台頭と戦国大名　東国を舞台として」三2「地域国家の登場」(『戦国の地域国家』吉川弘文館、二〇〇三年)。なお、「環伊勢湾政権」については、藤田達生「織田政権と尾張―環伊勢湾政権の誕生―」(『織豊期研究』一九九九年一一月)に詳しい。
(40)日本古典文学大系『戴恩記』による。

おわりに

連歌は、現象としては中世に代表される文芸であり、近世には三十六句の歌仙形式の連句（俳諧）へと変容する。さらに近代には、「発句は文学なり、連俳は文学に非ず」（「芭蕉雑談」（十九）『日本新聞』明治二十六年十二月二十二日）とし、個の文学を提唱する正岡子規の俳句革新により、集団の文芸としての連衆による共同制作のあり方が切り捨てられ、付句から発句一句のみを切り離した俳句へと移行する。時代の流れとともに、そうした様式の変遷はあるが、近代に俳句の短詩型が新たな様式として登場し隆盛した後も、連歌や連句が生滅したわけではなく、座の文芸の水脈は涸れることなく静かに流れ続けていたのである。

福岡県行橋市の今井祇園社の奉納連歌や、日本で唯一「連歌所」が遺る大阪市平野区杭全神社での近年復興の法楽連歌会などの法楽連歌に限らず、座の文芸を愉しむ人々は少なくなく、インターネット連句を含め、現代においてまた新たな形で連歌・連句への関心が国内のみならず海外においても高まっている。

俳句革新を提唱した正岡子規自身も、明治三十二年には『ホトトギス』誌上に「自分は連句といふ者餘り好まねば古俳書を見ても連句を読みし事無く又自ら作りし例も甚だ稀である。然るに此等の集にある連句を読めばいたく興に入り感に堪ふるので、終には、これ程面白い者ならば自分も連句をやつて見たいといふ念が起つて来る」（「俳諧三佳書序」明治三十二年十二月）と記し、その前年十一月の同誌には子規と高浜虚子の両吟による歌仙形式の連句を「聯句」と題して掲載しており、門下の虚子も子規没後には『ホトトギス』に自身の連句とともに同人の連句を多数掲載するほか、連句復興を提唱し、昭和十三年には長男年尾を介して連句雑誌『誹諧』を創刊している。

子規は自身でも述べているように、連句創作に興趣を感じていた面はあったが、先に引いた「芭蕉雑談」で、「連俳に貴ぶ所は変化なり。変化は即ち文学以外の分子なり。蓋し此変化なる者は終始一貫せる秩序と統一との間に変化する者に非ずして全く前後相串聯せざる急遽倏忽の変化なればなり」と述べ、連歌・連句文芸の生命である「変化」を「文学以外の分子」として斥けている。近代リアリズムの精神に立ち、「写生」の手法を取り入れつつ個の文学としての俳句を創造した子規が、集団で連想によって即興的に他者の句に句を付け連ねる連俳の文芸を遠ざけざるを得なかったところに、「近代」という時代が端的に表されているといえよう。

連歌研究は、史的研究が比較的進展しているのに対し、百韻の作品研究が立ち後れている状況にあるのは、一つには連歌作品善本の翻刻による総合的データベースの作成や、注釈などの作品に関する基礎的研究の課題がまだ多く残されていることもあろうが、子規が指摘するとおり、連歌が何よりも「変化」する文芸であり、一句ごとに動く文芸であり、また「座」の文芸であるがゆえの作品研究の難しさにあるといえる。スタティックな対象を分析考察する手法は、連歌百韻の作品研究では通用せず、動的な対象をどのように捉え、探究するかが問われるのである。

「変化」が「文学以外の分子」ではなく、「変化」にこそ連歌文芸の様式の生命があることを前提とするならば、近代的作品観や近代的研究方法を超える視点や手法でのアプローチが必要かと考えている。このように連歌百韻の作品研究は立ち後れているが、連歌・連句の詠作者は、国内・海外ともに近年増え続けているようで、たとえば海外では二〇一〇年に南アフリカおよびアイルランドを出版地として、評論や連句作品、リポート、書評などを含む連歌連句専門の大冊の文芸誌『Journal of Renga & Renku』が創刊されている。「近代」が超えようとした連俳の集団性、一句一句変化する動的な変容性、それらは近代的な個のあり方が問い直されている現代において、再びその意味や価値が見直されているといえようか。

連歌作品に関しては、連歌百韻のほかにも句集や撰集の作品研究など課題は多い。また、本書における座と様式の問題に関しては、中世における芸能や宗教、商工業などの社会の多様な座との関係、連歌の音曲性や声明との関連については、声明関係の文献研究、連歌と神祇については各地の神社所蔵の連歌懐紙の調査を踏まえた文芸と信仰の研究などが、今後の課題としてあげられる。本書が着手し得た領域は大海の一滴の水に過ぎない。連歌研究の航路を拓く水脈の一滴となり得ているか、はなはだ心もとないが、課題の多い道に進んでこそ研究の甲斐もあるといえよう。新たな水路を拓くべく、今後とも一つ一つの課題に真摯に取り組んでいきたい。

初出一覧

本書に収載した論考の初出誌および初出図書は、左記のとおりである。研究の新たな進展や著者自身の再考を反映させて、もとの論旨を離れない範囲で大幅に改稿した場合があるほか、すべての論考において叙述の方法や表現、表記上の統一などについて大小の修正や加筆削除を行っている。なお、内容上重複する部分が多少あるが、各章や節の論旨の展開上必要と考え、そのままの形に留めたことをお断りしておく。

第Ⅰ部　連歌の座と様式

第一章　「短連歌考―場の構造と形式機能について―」（昭和女子大学『学苑』第五六五号、一九八七年一月）

第二章　「長連歌の形成―鎌倉初期に生まれた〈飛翔する詩形〉」（『国文学　解釈と鑑賞』第六六巻一一号、二〇〇一年一一月）

第三章　「連歌の時空と構造―〈発句〉様式の解析を基底として―」（早稲田大学国文学会『国文学研究』第九一集、一九八七年三月）

第四章　「連歌と音曲―南北朝期の連歌論をめぐって―」（昭和女子大学『学苑』第五九二号、一九八九年三月）

第五章　「連歌と法会―結界・声明・回向―」（『中世和歌　資料と論考』明治書院、一九九二年一〇月）

第六章　「連歌と〈座〉―中世人と神々との交流」（『国文学　解釈と鑑賞』第七五巻一二号、二〇一〇年一二月）

第Ⅱ部　作品考

第一章　「能阿『集百句之連歌』とその背景」（昭和女子大学『学苑』第八六九号、二〇一三年三月）

第二章　「連歌における〈詩〉の生成―心敬連歌論の構想と力―」（昭和女子大学『学苑』第六〇四号、一九九〇年三月）

第三章　「専順句集『前句付並発句』―翻刻と考証―」（昭和女子大学『学苑』第七二七号、二〇〇一年一月）

第四章　「『宗長秘歌抄』諸本考」（早稲田大学国文学会『国文学研究』第七二集、一九八〇年一〇月）

第五章　「『宗長秘歌抄』の注釈態度―連歌師の古典和歌享受の方法―」（『連歌俳諧研究』第六三号、一九八二年七月）

第Ⅲ部　連歌師と道の記

第一章　「宗祇―旅と表現」（『国文学　解釈と鑑賞』第六九巻一一号、二〇〇四年一一月）

第二章　「宗祇の影―宗長の二つの〈終焉記〉をめぐって」（『文学』第三巻五号、二〇〇二年九月）

第三章　「『宗長日記』の構成―悲話と笑話の断章をめぐって―」（『早稲田大学大学院文学研究科紀要』別冊第七集、一九八一年三月）

第四章　「『宗長日記』と茶の湯―下京・薪・宇治白川―」（昭和女子大学『学苑』第六六一号、一九九五年一月）

第五章　「宗長と数寄―〈竹〉のある景をめぐって―」（昭和女子大学『学苑』第六八五号、一九九七年三月）

第六章　「境界と縁―連歌師の旅日記『宗長手記』をめぐって―」（国文学研究資料館『第22回国際日本文学研究集会会議録』一九九九年一〇月）

第七章　「紹巴の旅―『紹巴富士見道記』をめぐって（一）」（昭和女子大学『学苑』第七六二号、二〇〇四年三月）、「紹巴の旅―『紹巴富士見道記』をめぐって（二）」（昭和女子大学『学苑』第七八五号、二〇〇六年三月）

あとがき

浅い経験ではあるが、文学の世界は日本や海外を問わず、時代を問わず、また詩や物語などのジャンルをも問わず、いずれも興趣深く思われるが、そのなかで日本の連歌の研究を専攻するようになったのは、ひとえに連歌の様式に惹かれたからである。

〈座〉という場を共有し、連衆個人の句の創作と、共同での百韻の創作が連鎖しつつ進行してゆく興趣。連綿とたんに付け連ねるのではなく、句や付合の句境からいかに離れ、離れつついかに新しく付けるか、という離脱と統合のダイナミックな運動性。式目のプログラムに則しつつ、即興で予測不能の展開が創出される躍動性など、連歌の動的な創作のあり方は、連歌の文芸と様式、連歌の精神と様式との不可分な関係によるもので、中世は連歌の様式の生命がまさに息づいていた時代といえよう。

人と人との関係である間柄を基底に置き、独自の人間学としての倫理学を樹立した和辻哲郎は、昭和二十(一九四五)年十二月に、「心敬の連歌論に就て」を『思想』に発表し、連歌は「芸術の制作活動たると同時に人倫の道の実現なり。これ欧米の芸術学の未だ注目せざりし点なりとす」と述べ、心敬連歌論の思想についての考察を展開している。この論文は、昭和十八年一月二十二日に宮中で行われた講書始の儀の進講草案に基づいて書かれたものとのことであるが、日本の文化や精神史についても先駆的な視点による斬新な論を提唱した和辻が、個と個との関係、個と共同体との関係を考察するうえで、日本固有の共同体の文芸である連歌に着目した点は充分に理解されよう。

連歌を専攻して間もない大学院時代、図書館で目にした尾田卓次氏の『連歌文藝論』（昭和二十二年、高桐書院）は、「連歌の形態」「宗長　其一・其二」などをはじめ、主として昭和十年代に『國語・國文』に掲載された論文や書評などを編纂した書で、淡黄色の地に、上方に渦巻きの流水文、下方に四葉文が茶で帯状に描かれた、一般の研究書とはやや趣の異なった装幀の表紙で、昭和十年代の早期に連歌の文芸論を展開した書として、その精緻な論考とともに清新な印象を受けたことを覚えている。当初、宗長を研究テーマにしていたこともあり、一条の光を見出したような思いがしたものである。巻頭に付された澤瀉久孝氏による序文は、この書が昭和二十一年五月に赴任先の山口で三十一歳にして早世した尾田氏の遺稿集で、同窓の小島憲之氏、林屋辰三郎氏の編輯によるものであることを伝えており、刊行の経緯を含めて忘れがたい一書となった。本書のタイトルを「連歌文芸論」と題したのは、大学院時代の感銘と、氏が遠望した道をささやかながらも承継する思いをかさねたところもある。筆者の生前のことではあるが、父が同じ頃、京都から山口へ尾田氏と同じ勤務先に独語の教員として数年赴任したことがあったのも、かすかな縁といえるかもしれない。

誠に遅々たる歩みの末、この度ひとまず連歌関係の論考を一書にまとめることとしたが、課題の多さに一層気づく結果となった。自身の研究課題においても、また連歌研究全般においても、なすべきことは山のようにあり、今生でなしうることはまた限られてもいるが、今後も微力ながら一つ一つの課題に真摯に取り組んでゆく所存である。

本書を上梓するに至るまでの道程においては、多くの方々から有形無形の学恩、ご厚恩を賜った。恩師とお呼びするには憚られるほど誠に不肖の弟子であったが、連歌研究の師として多大なご恩を賜った伊地知鐵男先生、お一人お一人のお名前は書き尽くせないが、連歌の共同研究や輪読会で永年にわたりお世話になった諸先生方をはじめ、すべての連歌研究者ならびに関連領域の研究者の方々に深く感謝の意を表し、篤くお礼申し上げたい。

また、本書の刊行にあたり、出版をご承諾くださった笠間書院の池田圭子社長、橋本孝編集長には一方ならずお世話になった。終始ご懇切なご教示ご支援を賜り、心より感謝、お礼申し上げる。

なお、本書は平成二十六年度日本学術振興会科学研究費補助金（研究成果公開促進費）の交付を受けて刊行するものである。記して、関係各位に感謝申し上げる。

二〇一四年十一月

岸田依子

索　引

1　連歌・和歌・人名・書名の各索引を付す。
2　連歌・和歌は、すべて歴史的仮名遣いによるひらがな表記とし、五十音順に配列した。人名・書名は、現代仮名遣いによる五十音順の配列とした。
3　連歌・和歌は初句索引とし、初句が同じ場合は第二句を掲げた。
4　人名索引は、近世までの人物を対象とし、作品中の実在あるいは伝承上の人物も含めたが、付表の人物は除外した。上皇・法皇は、天皇で表記を統一した。読み方は通行の読みに従ったが、読み方が明確でなく、便宜上音読に従って配列したものもある。
5　書名索引は、近世までの書物・作品・資料を対象とし、付表の書名は除外した。

連歌索引

に

の

は

ひ

ふ

へ

ゆ

よ

り

わ

ゐ

を

和歌索引

あ

か

さ

た

な

は

ま

や

わ

人名索引

か

き

く

け

す

せ

そ

ろ

わ

書名索引

さ

し

せ

そ

た

著者略歴

岸田　依子（きしだ　よりこ）

1951年京都府生．早稲田大学大学院文学研究科日本文学専攻博士課程
単位修得退学．昭和女子大学大学院教授．専攻、日本中世文学．

〈主要編著書〉：
『千句連歌集　六』（共著、古典文庫、1985年）
『新古今集古注集成　中世古注編1』（共著、笠間書院、1997年）
『連歌総目録』（共著、明治書院、1997年）
『新撰菟玖波集全釈』第一巻～第八巻・別巻
（共編著、三弥井書店、1999年～2009年）
『中世日記紀行文学全評釈集成』第七巻（共著、勉誠出版、2004年）

連歌文芸論（れんがぶんげいろん）

2015年2月25日　初版第1刷発行

著者　岸田依子

発行者　池田圭子

発行所　有限会社　笠間書院
〒101-0064　東京都千代田区猿楽町2-2-3
☎03-3295-1331㈹　FAX03-3294-0996
NDC分類：911.2　振替00110-1-56002

ISBN978-4-305-70757-4

新日本印刷
（本文用紙：中性紙使用）
落丁・乱丁本はお取りかえいたします。
出版目録は上記住所までご請求下さい。
http://kasamashoin.jp